U0153197

小說欣賞入門

陳碧月◎著

五南圖書出版公司 印行

再版序

給你一把鑰匙，打開小說之門

　　文學記錄每個生命時空階段的思想與情感，小說在文學裡算是多元性的文類，它可以是社會的、文化的，也可以是藝術的，透過作家完整的故事情節和現實環境的描寫，塑造多樣的人物形象，廣泛地反映人生，而其價值觀與教化意義就蘊涵在故事裡。藉由小說文本的閱讀，可以感受它的時代性，可以見到人的價值與其對生命的尊重與關懷。

　　任教以來，邁入第十九年，從技職學制到大學院校，一直想要編撰一本適合通識學生閱讀的「小說入門」之類的書籍。

　　只因在所有的文學形式中，小說是最具興味的，因其能反映現實的人生。因此，選擇從「小說」這個多元的人文素材著手，且要引發學生的多元思考，應該是較能得心應手的，同時有助於提升學生的語文表達能力與寫作程度；尤其文學教育重視新的感物經驗，小說應該是最有利於多元的教學引導的。

　　期待透過本書的分析與整理，可以讓授課的教授更有效率地把打開小說美學的鑰匙，事半功倍地交到學生手上，讓學生在打開閱讀小說的大門時，更容易與小說親近，而激發賞析和創作的樂趣。更遠大的目標是，讓學生往後可以自在地徜徉在小說的濃郁情懷，經由他人的生命經歷，內化自我閱讀小說的樂趣。

　　因此，本書的撰述，力求合乎教學的需要，並考慮到學習者循序漸進的學習效果。

　　本書從小說的定義、主題和功能談起，對於小說的敘事觀點、基本元素——人物、情節、場景，以及敘述手法——平敘、倒敘、預示、突起、懸念、巧合、驚奇、合攏、錯綜、蒙太奇、調解、戲劇模式共

十二項，都有詳細的說明。

　　本書對於小說理論與技巧的分析和說明，沒有嚴肅的學理贅述，而直接徵引中外古今名家作品為例，淺顯易懂，相當適合初學者閱讀，對於正摸索創作小說的人，應該也有所助益。

　　書末附錄「小說範例」，除了古典名作（因礙於篇幅，有所刪減）以及魯迅的大作外，還選錄了本人曾獲獎及發表的小說三篇，提供授課教授舉例加以說明，或作為分組討論的題材。

　　至於在附錄還放入一篇學術論文〈八○年代兩岸女性小說之比較〉，為的是：這篇論文詳細地分析了兩岸在八○年代女性作家的小說，共近九十餘篇，這些作品都是值得提供學習者深入研究的篇章；再者，可作為學生以論文寫作的方式完成書面報告時，可以參考的正規論文寫作編輯範本。

　　本書原於 2005 年 9 月初版，共計四刷，為力求內容更加充實精要，今增刪資料以再版，相信應仍有不足之處，還望博雅君子，不吝指教。

陳碧月

謹識於臺北敦南寓所

2014 年 8 月

C🍎ntents

Chapter 1

認識小說

　　閱讀小說之前我們要先認識小說，以下將分節定義小說、介紹小說類型、體式，並說明其主題與功能。

第一節
小說的定義

現在一般研究文學史者，大多認為小說起源於神話，如盤古開天闢地、女媧補天，這些都是以神話故事為主要內容；傳說故事，從神話演進，故事漸近於人性，多是敘述古史事蹟和英雄行為，如后羿射日、大禹治水。後來，神話傳說故事，輾轉相傳，有時神話裡的神變成了人，傳說裡的人又變成了神，於是二者的界限，已混淆難辨。

寓言，和神話一樣也是我國小說體文學濫觴。「寓言」最早以口頭文學的形式在民間流傳，這個詞最早見於《莊子》，是以生動的小故事，寄託作者所要表述的思想，寓言可以稱得上小說的地方不多，但其形象思維，卻影響後來的小說發展。

經過古代神話與先秦寓言之後，由此再演進，則正事歸為史；逸史則往小說的路上走。

在我國對於小說的定義比較籠統，唐代雖然實質上已經有「小說」，但不稱小說，叫「傳奇」。我國對小說涵義的理解，大抵上以唐代為分界點，在唐代之前，小說仍然被認為是「治身理家」的短書，而不是為政化民的「大道」；到了唐代才出現概念性的小說，這些作品是在六朝志怪小說和中晚唐商業經濟發達的社會基礎上發展起來的；清代錢謙益《絳雲樓書目》列有「小說」一項，但指的是「筆記」。

羅伯特・潘・華倫（Robert Pen Warren）說：「小說乃是有關人類種種的敘述，敘述過程中，表現衝突，並藉此敘述與衝突暗示對人類某方面價值的看法。」[1]

---

1 Cleanth Brooks, John Thibaut Purser, Robert Pen Warren: *An Approach to Literature,* Fourth edition，臺北：雙葉書廊，1973 年，頁 26。

　　佛斯特（E. M. Forster）說：「小說的基本面是故事，而故事是一些依時間順序排列的事件的敘述。」[2]

　　結合這兩個定義，我們知道小說和「人」有關，其興起乃因為人們有喜歡聽故事的渴望，所以，凡是小說都含有故事，它是有人物、結構和情節的某種長度的虛構故事，且經過用心安排，有衝突和解決的可看性，其中傳達了作者所要表現的價值肯定。

第二節
小說的類型與體式

　　古繼堂在《臺灣小說發展史》中為小說分類：

1. 按篇幅長短或規模大小分為：長篇小說、中篇小說、短篇小說、極短篇小說。

2. 按題材分為：愛情婚姻小說、武俠小說、歷史小說、神魔小說、戰爭小說、政治小說、商業小說、農業小說、科幻小說。

3. 按表現方法分為：現實主義小說、現代派小說、新古典小說、魔幻現實小說、錄影小說。

4. 按語言文字的通俗程度和讀者對象分為：嚴肅小說、大眾小說、流行小說等。[3]

　　因礙於篇幅，以下僅針對第一類的小說，舉例說明，其他三類，當讀者對於小說有更深一層的認識，並大量閱讀之後，便容易依其題材、表現方法和語言文字的通俗性而有所理解。

---

2 黃武忠：《小說家談寫作技巧》，臺中：學人文化事業公司，1980 年，頁10～11。

3 古繼堂：《臺灣小說發展史》，臺北：文史哲出版社，1996 年，頁8。

　　長篇小說字數約在十萬字以上。因其廣大的容量，故可以描繪眾多的人物形象，充分表現人物性格，且展現深廣而複雜的人生或社會面貌，例如：曹雪芹的《紅樓夢》、老舍的《駱駝祥子》、林語堂的《京華煙雲》和張愛玲的《半生緣》。

　　中篇小說字數約在五萬字左右，最多不超過十萬字。雖不及長篇小說反映社會層面那樣寬廣，但卻比短篇小說更具有彈性的餘地。其情節較為集中，可以描寫社會生活中的一組事件。楊昌年教授認為，中篇小說的特色是：「不必顧忌短篇之需求經濟，亦少有長篇組織之困難；對觀察人生之要求較長短篇為低；短篇常有匆促之弊，長篇有冗瑣之弊，中篇能有適度之調整。」[4]例如：魯迅的〈阿Q正傳〉、沈從文的〈邊城〉和黃春明的〈鑼〉。

　　短篇小說字數約在三千至二萬字左右。情節單純緊湊，結構不複雜，事件單一，所刻劃的人物也是單一性格。其特色在於截取人生中具有意義的瞬間，即最精采的部分，而非敘述報告故事。例如：魯迅的〈藥〉、白先勇的〈寂寞的十七歲〉和王禎和的〈嫁妝一牛車〉。

　　小小說又稱為「極短篇」、「微型小說」，字數約一千字左右，以二千字為限。以速寫的方式來塑造人物，講究結構，所截取的題材往往只是生活中的一個鏡頭，講究結構技巧，主題意義深遠，高潮通常出現於最後，且馬上戛然而止，結局往往出人意外，有餘不盡，引人深思。其特色在於：從小中見大。

　　至於小說的體式，基本上可分為以下四種：

1. 第一人稱的自述體：例如：白先勇的〈寂寞的十七歲〉。

2. 第三人稱的他述體：例如：張愛玲的〈金鎖記〉、白先勇的《孽子》。

3. 日記體：例如：顧寧譯的《十五歲的遺書（愛麗絲的日記）》。

---

4 楊昌年：《現代小說》，臺北：三民書局，1997 年，頁 9。

4.書信體：例如：歌德的《少年維特的煩惱》、張小嫻的《荷包
　裡的單人床》。

　　本書的下一章將針對小說的敘事觀點加以分項詳細說明，在此不
再重複。

第三節
小說的主題

　　小說，表現人生，因此，當小說家在創作作品時，當中必定有作
家的思想和人生觀，其人生觀透過小說的形式和藝術技巧表現出來，
這就是小說的主題。

　　主題，是小說的靈魂，指的是故事的意義。

　　主題的呈現，是在故事的發展中才能真正現出，往往是含蓄的、
暗示的、隱藏的，比如，白先勇的代表作《臺北人》，大多都利用人
物和時空的對比，寫出了「今非昔比」的主題意識，那是利用對比反
諷的技巧去表現的；另外，主題也可以是巧妙地安排故事結構去表現
的，比如《儒林外史》在故事開端，就利用王冕這個鮮活的角色，表
現了作者諷刺科舉制度，批判讀書人追求功名的主題；而《水滸傳》
則是在第一回就寫了貧民出身的高俅，利用機會，攀附權貴，當他成
為王府太尉後，開始欺壓百姓，首先公報私仇，把王進逼到延安府去
投靠經略，此即表現了其「官逼民反」、「逼上梁山」、「亂自上作」
的主題。

　　蒲松齡《聊齋誌異》中寫得最多的就是對社會的黑暗、政治的腐
敗提出嚴厲的批判。例如〈梅女〉寫梅女的父親在家裡捉到一個小偷，
將小偷送交典史。但典史因收受了小偷三百錢的賄賂，便誣陷小偷是
梅女私通的情人，並準備要捉拿梅女審驗。梅女氣而自縊身亡。後來，

梅女以女鬼展開復仇的故事。

蒲松齡把「人」在世間所辦不到的，借「鬼」或「神」的力量去懲治貪官汙吏，體現出作者在小說中所寄託的社會理想。

又如《金瓶梅》這本「奇」書與「哀」書的主題則主要以道家節制貪慾的思想告誡世人，情和慾都要有所節度。

社會批判也是小說家在小說裡，最常呈現的主題，而小說在描述舊社會的迂腐時，最常見的是對迷信的批判。

魯迅的〈藥〉，反映了在舊中國社會人們受迷信思想的荼毒，華老栓為了救治兒子的癆病，傾其所有買來蘸有人血的饅頭，那是一位革命烈士的鮮血啊！這裡所謂的「藥」，是浙江省紹興一帶，民間流傳的一種治肺癆偏方，用沾了血的饅頭讓病人吃，據說可以治病。

洪醒夫的〈神轎〉裡村民們認為抬神轎的人必定有一人會被附身，而這人的品行一定十分良好、是個大善人，才會被菩薩選上，結果鐵牛起乩最為厲害，村人莫不感到訝異，因為鐵牛平時吃喝嫖賭，對他的父親既不孝又惡劣。村民告訴鐵牛的父親，說鐵牛被菩薩選上了，鐵牛的父親便說菩薩一定在睡覺，否則怎會選上他。旁人則說：「是你客氣，你兒子一定好，菩薩才會選上他。」他父親非常生氣的說：「鐵牛吃喝嫖賭、無惡不作，還偷我的錢。」旁人就說一定是他父親冤枉鐵牛，他父親十分生氣，認為菩薩怎麼可以這樣是非不分。

事實上鐵牛在抬轎之前有喝酒，因為抬轎要搖來晃去，所以，他便藉著酒氣搖晃得更厲害，讓人誤以為他被附身。就在別人認為神明已附身在他身上的那一剎那，他撞到了門檻，幾乎暈過去，為了讓人們認為他是好人，便打起精神繼續搖晃起來，後來法師和他對話，他也隨便呼應、含糊亂講，反正他講的是神明的話，一般人也聽不懂。後來，大家根據鐵牛亂講的話，去摘草藥給阿樹生病的妹妹吃，而阿樹也辦了一桌酒席請做法事的人，就在這熱鬧的同時，有人來告訴鐵牛說他的父親上吊自殺了。

小說到此結束，作者以鐵牛父親的死，抗議這樣的無知，具有嘲

諷的意味。

　　另一篇〈吾土〉則是批判有病不求醫，只要問神吃丹爐的錯誤觀念，小說裡阿榮伯夫妻便是因為無知而加重病情。

　　洪醒夫還善於批判那些盛氣凌人的有錢人，〈四叔〉裡的主角到臺中唸書，一天他的四叔戴著破舊的斗笠、背了一大袋的花生去看他，結果房東一家人很瞧不起他，連小孩子也是，認為誰要吃他帶來的花生，隨便幾塊錢就可以買一大袋的花生了。房東說是請四叔吃中飯，其實是拿已經放了好幾天的剩菜給他吃，還要他多吃一點，不要客氣，彷彿很熱情地款待他的樣子；可是四叔反而並不在意。作者是有意利用人性的對比，提高他筆下的小人物，而給予正面的評價。

　　除了民間宗教信仰、求神治病的習俗外，在日據時期的一些臺灣小說裡，也有不少是批評舊社會的習俗的，例如：養女習俗、媒妁聘金和蓄妾風習等。

　　小說具有教化的功能，如何使一篇小說寫得深刻動人，主題的提煉是很重要的一環。通俗普遍的事件，在人們的生活中不停地上演，是大家所熟知的，因此，要想深化主題，就要努力開發題材所要傳達的社會內涵，才能深刻而概括地反映生活的本質。

　　〈杜十娘怒沈百寶箱〉是《警世通言》中的一篇優秀作品，也是明代擬話本中思想性和藝術性最高的代表作品之一。明朝萬曆年間，南京布政老爺的公子李甲，愛上了名妓杜十娘；杜十娘也傾其舉止文雅，二人情投意合。李甲不顧學業，日日沈浸在溫柔鄉裡，漸漸耗盡了錢財。其父聞聽後怒不可遏，斷了他的供給，並限期返家，李甲害怕父親責備，遲遲不敢回家。

　　杜十娘為了擺脫妓女的卑賤地位，追求美好幸福的生活，選擇了「忠厚志誠」的李甲委以終身，在李甲身上寄託她的希望和理想。老鴇同意只要李甲在十日內拿出三百兩銀子，就可以為杜十娘贖身。但他在親友中早已壞了名聲，誰也不肯拿出錢來幫他往妓院裡填。

　　李甲奔波數日，一籌莫展，杜十娘取出縫在被子裡的碎銀一百五

十兩，交給李甲，李甲的好友柳遇春被這位風塵女子的行為感動，設法湊足了那一百五十兩銀子。十天後果然把銀兩如數交到老鴇兒面前，老鴇兒本想反悔，杜十娘曉以利害，老鴇兒只得放人。

於是兩個有情人在柳遇春住所喜結百年之好。杜十娘與李甲本要回到老家去，無奈李甲心存顧慮，攜妓而歸難以向父親交代。杜十娘獻計說：先到蘇杭勝地遊覽一番，然後郎君回家，求親友在尊父面前勸解和順，待李父消氣後，再來接她。李甲依命而行。

旅途中，遇到了好色又陰險的富賈孫富。他夜飲歸舟，聽到杜十娘的歌聲，心動不已。天亮以後，從窗口往內看，見到花容月貌的杜十娘，更覺心蕩神搖。孫富假意與李甲接近，飲酒暢談，談到杜十娘時，李甲告知其事情的原委，孫富歎道：尊父位高，怎容你娶妓為妻！到時候進退兩難，豈不落得不忠不孝不仁不義的下場？孫富這麼一說，李甲更覺困難重重，孫富又拿出一副為朋友肯兩肋插刀的架式說：願將杜十娘以千金相贈，你拿著銀錢回去，只說在京授館，你父親一定會原諒你。李甲動了心，於是決定把杜十娘轉賣給孫富。

杜十娘聞知，如雷轟頂，才覺悟到自己遇人不淑。所以她既不以溫情的淚水求李甲回心轉意，也不將自己私藏積蓄的實情告之李甲，而誘之以利，換取他的回頭，她是徹底地絕望了。翌日，盛裝的杜十娘，先讓孫富把銀兩放到李甲船上。然後，自己站在踏板上，打開她手上的百寶箱，裡面裝滿金銀翡翠各色珍奇玩物。杜十娘指著價值連城的金銀珠寶，怒罵孫富拆散他們夫妻，痛斥李甲忘恩負義，利慾薰心，把一件件寶物拋向江中，最後縱身躍入滾滾波濤之中。

這篇作品的主題除了反映杜十娘對真正愛情和人性尊嚴的渴望外，也深刻揭露了封建社會中金錢和門第觀念的醜惡。

有不少女作家在女性議題方面有特殊的表現，反映出對女性問題、婚姻生活的關注，在其所披露的女性經驗中，我們見到了在性別壓迫中掙扎，且無法翻身的女性，也看透了女性所面對的桎梏與困境。

丁玲〈阿毛姑娘〉裡阿毛的父親為了使女兒擺脫貧苦的命運，把

女兒從鄉下嫁到了城市。一個鄉下非知識女性，無從選擇她的婚姻，但婚後有心主宰自己的命運，改變自己的生活，追求自己的幸福，可是封建社會並不允許她這麼做，同時也造成她認知的錯誤，於是悲劇就這樣產生了。

琦君〈橘子紅了〉說的是這樣一個故事：老爺在外當官娶了個交際花當二房，誰知她也像大太太一樣，久婚不孕。大太太遵從老爺的指示，為他尋覓了一個鄉下女孩，這個買來的女孩的重責大任就是要為他們家傳宗接代，這事讓家裡接受新式教育的六叔和姪女十分不苟同。在等待老爺回鄉圓房期間，六叔和三太太之間產生了一段若有似無的情愫。老爺回到城裡不久，三太太懷孕的喜訊也隨著傳到。二太太親自下鄉，要將三太太帶回城裡，表面上是要照顧她，實際上是想監控她。三太太嚇壞了，流產了，她對大太太感到愧疚，最後抑鬱而終。

自古小說以來，不難見到女性被「物化」的買賣婚姻，琦君卻在這個傳統女性的悲情主題上，同時還呈現了女性受教育的必要性，還有婚姻必須建立在愛情的基礎上，以及兩性平等的重要。

林海音〈燭〉裡的大戶人家的太太，為了成全自己賢慧的美名，她不敢對丈夫要納妾有任何的異議，但她只能藉由假裝癱瘓，讓丈夫感到內疚，每當丈夫與得寵的侍妾在享受魚水之歡時，她為了引起注意，就假裝不舒服，藉以打斷他們，可是久而久之，沒有人再理會她，而她也因為假戲真做，後半輩子都癱在小小的床褥上，陪伴她的只是一截暗沈的蠟燭。

另一篇〈金鯉魚的百襇裙〉中的金鯉魚六歲到許家，因為被太太視為是她的自己人，百依百順，逃不過她的手掌心，便收房給老爺做姨太太。年頭收到房，年底便給許家添了個唯一的男孩。大家都說金鯉魚有福氣，她自己也這樣認為，但是她以為自己的幸運並不是遇上了太太，而是她肚皮爭氣，生了兒子。兒子十八歲那年，準備成親。她長久等待的一天終於來了，她可以在兒子的婚禮上，穿上只有正室才可以穿的百襇裙。她自認為是她的兒子要結婚，理當可以穿上百襇

裙，於是去做了一件大紅的百襇裙。

太太看出她的心思，特別在婚禮前夕，發布了一個命令，說是娶親那天，家裡的女人一律穿旗袍，一是因為現在是民國了，大家都穿旗袍了；二是因為兩位新人都是唸洋學堂的，大家都穿旗袍，才顯得一番新氣象。金鯉魚的夢想破滅了──旗袍人人都可以穿，但百襇裙可是有身分的區別啊！金鯉魚到死都擺脫不了她的次等地位，因為不是正室，所以棺材不能從正門出去。後來，在兒子極力地激動爭取下，才讓他扶著母親的棺柩從大門走過。

透過這一類的作品，我們見到了傳統婚姻的弊病，以及在父權體系下的女性所遭受的扭曲，呈現了顛覆父權傳統的主題意義。

又如嚴歌苓的長篇小說《扶桑》，透過早期華人勞工和妓女的苦難生活，一方面揭示了東方文化的迂腐落後，西方文化自以為先進的野蠻所導致的種族歧視；另一方面在主題的提煉上，又是不自覺地歌頌了東方民族在承載磨難時所展現的堅韌性格。

社會關懷也是小說家特別關注的。

黃春明的《放生》，集中老人問題為主題──〈死去活來〉講的是八十九歲的粉娘死後復生的故事，小說裡對於倫理親情的疏離，有很大的諷刺；〈打蒼蠅〉裡的老農夫把房契、地契交給兒子去還債，沒了農地，老農夫每天的日子就是喝酒、打蒼蠅和等郵差送信來；〈瞎子阿木〉裡的阿木在女兒離家出走後，生活秩序大亂，他遇到村人祥雷好心提醒他，天冷了，該穿冬天的衣服保暖，他想起秀英跟人跑了的那幾天，還說要帶他到城裡買幾件衣服哪。鄰居久婆告訴阿木，可以利用類似招魂的方式找回秀英。回到家後，阿木便照著做，期待秀英會回到他身邊；〈售票口〉裡的老人們為了回鄉省親的子女，哪一個不是一大早四點半就去排隊，等到七點半，窗口開門可以買票。

張曼娟〈永恆的羽翼〉也揭示了老人安養的問題。故事中慕雲的父親在年輕的時候，是個積極奮鬥的人。他非常努力工作養活一雙子女，盡力給他們最好的生活環境。當時經濟狀況不佳，朋友都勸他送

走一個孩子比較好，但他就是捨不得，一心一意的撫養子女，渴望他們能快樂成長。他供應子女完成學業，更花盡一生積蓄，送兒子出國定居。本以為自己也可以跟著兒子到美國享清福，結果兒子卻用各種理由，將撫養父親的責任推到已婚的姐姐身上。

他在六十大壽的晚上，知道了這個消息——他被遺棄了，整個人瞬間崩潰了。原本生氣勃勃的他，頓時成了奄奄一息的老人。雖然女兒、女婿算是孝順的了，但他總覺得寄居在女兒家讓他抬不起頭來。他愈來愈消沈，不再像以前那樣認真積極了，他不再多話，整天關在自己的房間裡，身體狀況也一落千丈。

老人安養的問題，帶給上班族的女兒、女婿相當大的問題，於是夫妻倆有了爭執，女婿在女兒「選擇」父親的情況下離開了家，後來女兒發現自己懷孕了，女婿趕到醫院，一條小生命，讓女婿領悟到親情的重要。

另外，〈海水正藍〉——提示父母離異對子女的影響；〈桃夭〉是中國大陸強行「一胎化」時期所流傳的背景故事，透過被害女孩的心理描述，揭示該問題的人道關懷；〈如果長頸鹿要回家〉——關注自閉症的成因及對其患者的關懷；〈若要落車，請早揚聲〉——一個唇顎裂的巴士司機，在「溫馨接送情」中得到幸福；〈嗨！這麼巧〉——曾患有憂鬱症的瘸子牙醫，也找到他的愛情依歸，這些都是對於身心傷殘的同胞提示了人性對等的民胞物與的關懷。

小說裡的人性的表現，一直以來也是小說家長於用來表現主題的。人性裡的小奸小詐，光明與黑暗，善神與惡神的內心交戰，掙扎妥協，是最自然的，是人所以為人的本性，也最容易在反映人生的小說裡展現出來。

錢鍾書《圍城》的書名，就脫胎自法語「被圍困的城堡」（fortresseassiegee），意思是說「城外的人想衝進去，城裡的人想逃出來」，小說裡反映了人性的盲目與混亂。

於梨華的《在離去與道別之間》說的是兩個華裔女教授段次英和

方如真在美國的一所大學裡，從相識、相交、共事到疑猜、齟齬、衝突乃至最後決裂的故事。小說以人性的觀點討論知識與道德、學格與人格的關係，知識份子的偽善、軟弱、偏失和矛盾全都展現，小說主題也呼之即出。

金庸《連城訣》將人性的貪婪更是完全呈現，狄雲的師父戚長發教他武功，故意讓他墮入迷途；心愛的師妹被騙下嫁他人；戚長發與他師兄為了寶藏勾心鬥角，最後狄雲選擇了遠離塵世的大雪谷。小說中一個接一個的圈套、陰謀，金庸不用加以評論，便足以顯現人性的虛偽醜惡、爾虞我詐。

洪醒夫〈憤怒〉裡女主角，因為未婚懷孕，要把孩子拿掉，卻被醫師趁機玷污了。她的男友知道後非常生氣，便找了幾個在混黑社會的朋友去報仇。他們讓醫師選擇兩條路：一是割下他的劣根，另一條則是讓他嘗受妻子被人凌虐的滋味。結果醫師嚇得全身發抖，他的妻子反而是正義凜然地說要選擇第二條路，然後便慢慢地把自己的衣服卸下來。這一刻，本要尋仇的男主角受到震撼，他覺得那是女性母性的光輝，心頓時軟化，便告訴其他三人不要報仇了。沒想到這三個人獸性大發，不願意放棄，刀子便刺向阻擋他們的男主角。男主角在那瞬間的覺醒，代表著作者肯定人性的光明面。

朱少麟的《傷心咖啡店之歌》，在表達追尋自由和個人存在的價值。作者似乎喜歡用絕對的完美來比喻人或事，比如多金貌美，又有思想的海安，似乎什麼都有了，讓小說裡面的所有人物欣羨不已，但他的「完美」中卻帶著一份缺陷——人格頗為隱晦，有自戀、同性戀的傾向，時時懷念夭折的雙胞胎兄弟，在現實中又苦戀在馬達加斯加一個綽號叫耶穌的流浪漢。這樣一個自我主義的人，因為想要自由，所以認定所有的東西要是束縛住他的，就是不自由。他認為世上最值得他留戀的就是他哥哥和他自己，他看似自由，其實早已被他所謂的自由給綑綁住了。

離婚的婦人馬蒂，在最傷心的絕境中，走進了「傷心咖啡店」，

她的前夫說她跟任何人都存在著無限的距離，但她卻以一杯咖啡的代價，經歷了一段豐富的旅程。她見識到世上最孤獨無情的人、掙扎著找尋生命意義的漫游者，還有無可救藥的暗戀狂，他們都敢於用生命作賭注，去找尋自己生命的出口。馬蒂從傳統軌道，而後走向叛逃，再從不確定的懵懂，到最後終於在追尋中找到自己的信仰。

小說的主題展現了對生命存在意義與自我認同的探討。

沙特的〈牆〉全篇由一個死刑犯來敘述自己的內心世界，把死刑犯的內心轉變表達無遺。最後結局，主角雖未如期施行死刑，但他的內心卻已經被掏空了一大半。主旨在傳達外在環境對人的影響及探索死亡與自由的意義。

《在世界的中心呼喊愛情》的作者片山恭一，在小說中要表達的是生者對於死亡的感悟——我們生命中最重要的人去世了，我們會用什麼樣的方式去緬懷他？片山恭一的另一部作品《雨天的海豚》，也是圍繞著生死愛恨的主題去寫，想要傳達給讀者的是：學會如何生存，還有生命存在的重要。

這些作品都呈現了關懷人性的宗旨。

大陸作家劉震雲在《手機》裡，藉著手機，很真實地寫出了中國在經濟快速發展的情況下，人性的腐化、墮落和內心的荒蕪。

小說裡嚴守一的老婆從他的手機的通話紀錄中，知道伍月的存在，而提出離婚；好友費墨也因為手機的關係，被老婆和嚴守一後來交往並同居的沈雪一起發現他的婚外情，同時沈雪也意外發現嚴守一也正和另一個女人在交往中。故事就在一連串的意外中被揭發出許多醜陋的事情。後來，嚴守一也因為手機的關係，未能趕上見他奶奶最後一面，留下無限的遺憾。

小說的主題傳達出——人與人之間的誠信，已經隨著手機的流行，逐漸式微。在手機的對話中隱藏著多少的祕密，還有不可告人之事，它究竟是傳遞訊息的工具，還是洩漏祕密的工具。它本來是用來溝通的，可是一旦它使人們變得心懷鬼胎，這時手機就不再是手機，而是

摧毀幸福的手榴彈了。

　　由以上所舉的例子，我們得知，一篇作品如果沒有一個中心主題，就像一個人沒有了靈魂，主題的呈現，讓讀者能感受到讀完該篇作品的主要收穫與觸發。

第四節
小說的功能
4

　　小說的主要功能，是娛樂、教化大眾，小說在人們精神生活中的位置舉足輕重，只要人們對於精神生活有所需求，文學就會永遠存在，小說也會永不凋朽。小說的終極關懷是傳播真理，可見其文以載道的道德功能。

　　小說假借一個似乎真實的故事，為了報導一件事實或提出一個道理，引起讀者的好奇心和分析思考能力，比起作者直接向我們作出道德教訓更有說服力，小說所宣揚「因果報應」的功能更可由此現出。

　　魏晉六朝的〈白水素女〉裡的好人謝端，受到天帝憐惜，天帝特派白水素女暗中幫助他致富，故事滿足人們的良好願望；〈干將莫邪〉裡的干將受楚王之令鑄劍，幾經辛苦才鑄就雌雄雙劍。干將將雌劍獻與楚王，卻終被殺，干將之子赤比受到英雄的幫助終於復仇。

　　唐代傳奇文主要是以單篇形式流傳的，小說集多為志怪集。唐初的志怪集沿襲魏晉六朝志怪小說的舊路，借志怪來宣揚因果報應的傳統思想，如《冥報記》，又如〈霍小玉傳〉裡的薄情郎李益後來因為考量仕宦前途而娶了世族盧氏後，閨房中經常發生怪事，不是好像見到妻子和男人，就是發現有男人贈送給妻子禮物，最後因為疑忌，夫妻離婚。之後，李益又有兩次婚姻，也都不得安寧；〈紅線〉小說結尾紅線自敘身世來歷，夾雜因果輪迴、報恩贖身；〈板橋三娘子〉裡

講到了惡人自有惡人磨，而趙季動機不純，也未有善有善報的獎賞；〈錯斬崔寧〉裡更是透過多方傳達天理昭彰的道理，比如：殺人的靜山大王坦承做過「天理上放不過去」的事，害死無辜的人之後，以做功德超度亡魂的方式悔過；劉貴的老婆知道崔寧和小妾是被冤枉的，也恐懼當初堅決認定兩人通姦合謀，他們兩個在陰府也一定不會放過她。

在明代人情小說中，體現著用「因果報應」說，構架整個小說；或是借「因果報應」說，作為懲惡揚善，勸誡世人的形式。

凌濛初認為小說具有諷勸世人向善的功能，所以他所編寫的《二拍》，是以「諷勸世人，為人應為善、莫為惡」為撰寫宗旨。「言之者無罪，聞之者足以為戒」，經由情節的設計，牽動人們心底最深層的善念，在他的故事中，處處透露著希望能以故事教化人心的訊息，含有警世意味。

《初刻》卷三十〈王大使威行部下　李參軍冤報生前〉，李參軍前世殺人劫財，害了一個少年，然而天理昭彰，前世種的因，今世報；今生的李參軍終死於已投胎轉世的少年手中，真可謂「善惡有報，不是不報，時候未到」。又如《二刻》卷二十四〈庵內看惡鬼善神　井中譚前因後果〉，元自實曾經借給同鄉好友繆千戶三百兩銀，誰知事後繆千戶千推萬拖，就是不肯還銀子，甚至翻臉不認人。元自實原本氣憤之餘，想要殺了繆千戶，但由於善念猶存，終究忍下了殺氣。然而，善惡終究果報，元自實最後遇得仙人軒轅翁相助，渡過難關，而繆千戶也遭到報應，慘遭滅門，財物盡收。篇末說道：「一念起時神鬼至，何況前生夙世緣。方知富室多慳吝，只為他人守業錢。」值得人們省思。

有名的〈杜十娘怒沈百寶箱〉裡的李甲「終日愧悔，鬱成狂疾，終身不痊」、孫富「自那日受驚得病，臥床月餘，終日見杜十娘在旁詬罵，奄奄而逝，人以為江中之報也」都有作者所寄託的警世意味；還有〈蔣興哥重會珍珠衫〉以話本「無巧不成書」的標準範例，告誡人不要去做第三者破壞別人的家庭，宣揚「淫人之妻者，人亦淫其妻」

的天道報應循環。

　　透過小說主題的呈現，我們認知到小說具有其重要功能，可以讓我們吸取經驗，內化自我，比如，我們可以透過小說見到社會的演變，得到歷史經驗。

　　劉以鬯的名著〈酒徒〉裡的「我」原是內地一名文字工作者，戰後來港，在商業化社會風氣下，隨波逐流。後來在朋友的鼓勵下，重新振作，但結果還是不敵惡劣環境下的薄弱意志，沈淪於酒色中。作者對於香港的眾生相，觀察入微，完全呈顯出六〇年代香港的風貌，極具香港特色。

　　程乃珊的〈女兒經〉準確而深刻地揭示了上海市民的思想和生活風貌。

　　小說中的母親迫切希望三個女兒都能找到有錢人結婚，以彌補她的遺憾——年輕時她家裡為了怕攀上大戶，陪嫁太花錢，回掉了好幾個大戶，最後給她找了一個聖約翰大學的畢業生；婚後她極羨慕那些嫁給資本家作太太的同學。因此，她的女兒們若能嫁到好人家，還能抵制她身邊一些有錢人對她的傲氣。

　　三十五歲的蓓沁是個醫生，設計師乜唯平是她的病人。乜唯平在他們第一次約會就讓她知道他是個有家室的人，妻子現在帶著兒子在美國。蓓沁知道她早已過了玩愛情遊戲的年紀。她希望有朝一日能成為乜唯平豪華公寓的女主人。

　　乜唯平需要緊急動手術，蓓沁在眾目睽睽下代表他的家屬簽名。乜唯平感激於蓓沁對他的細心照顧，承諾準備和妻子離婚。誰知，當乜唯平的妻子回國後，他不敢得罪這位有錢的妻子，便把蓓沁給甩了。

　　而另一個女兒則是在愛情與麵包中選擇了前者，而且對她的前途充滿了希望，小說的主題思想由此展現。

　　而王安憶〈當長笛 SOLO 的時候〉也探究了愛情與麵包的問題。桑桑愛上向明的笛聲，也愛上他的靈魂；向明雖然愛桑桑，但他深知愛情不能當飯吃，他不得不忍痛拒絕她的愛，原因是：他只是一個沒

有戶口，沒有固定工作，一切都沒有保障的臨時工。

中國大陸四人幫時期，有著黑暗政治和經濟危機的惡性循環。生產力的衰竭，使得不少舊社會貧苦的女子為了家計，不得不委身於男人；或者一些上流女子，害怕貧窮，把「物質功利」擺中間。

同樣地，臺灣的被殖民經驗，我們也可以從一些日據時期的臺灣小說見到當時的臺灣人所受到的差別待遇、失業的悲情和農村經濟的剝削，還有立法執法不公和日本警察的貪婪橫暴，都透過小說被記錄了下來。賴和一九二六年的〈一根稱仔〉描述了日據時代臺灣老百姓在為虎作倀的巡警壓逼下的悲慘生活，小說裡說：「巡警們，專在搜索小民的細故，來做他們的成績，犯罪的事件，發見得多，他們的高昇就快。所以無中生有的事故，含冤莫訴的人們，向來是不勝枚舉。什麼通行取締、道路規則、飲食物規則、行旅法規、度量衡規紀，舉凡日常生活中的一舉一動，通在法的干涉、取締範圍中。」[5]

一九八〇至一九九八年，是中國大陸城市劇烈變化的年代。池莉在《來來往往》中第一次嘗試著用男性性別寫作為切入點，完整地揭示中年人在面對改革開放的衝擊的生活狀態。

少年時的康偉業臂帶紅衛兵袖章，寫過大字報，經人介紹娶了高幹子女段莉娜。改革開放後，康偉業的生意愈做愈大，而無法與時俱進的段莉娜則愈顯庸俗；康偉業和商場上風情萬種的林珠有了婚外戀情，並試圖與段莉娜離婚；可是當他和林珠同居後，現實生活取代了浪漫的激情，彼此都發現感覺不對了，兩人分手後，康偉業又遇上個才滿二十歲和他時代相差甚遠的時雨蓬，但經歷過林珠，經歷過整個大環境的變革，他無奈地想：人生究竟有多少錯誤啊！

改革開放以後，經濟地位成為衡量人的社會地位的新標準，而人們的生活情感，也相對地引起劇烈變化。在池莉這部描寫中年危機的

---

5 游喚、張鴻聲、徐華中：《現代小說精讀》，臺北：五南圖書公司，1998年，頁20。

小說中，我們見到激動不安的群體，見到城市的成長，也見到生活在這個城市裡的人的青春與生命的成長。

從池莉小說的情節設計我們見到男主人公康偉業隨著時代潮流而產生的思想變化，對理想的追求所產生的危機；現實的矛盾與錯誤；面對愛情在靈魂與肉體上的迷惘；對過去、現在和未來的茫然，作者皆有細膩而犀利的洞察。

七○年代，康偉業和段莉娜在那樣一個特定的時代背景中戀愛，因為身分的懸殊，康偉業有些怯步，然而，當段莉娜掏出她的內褲，內褲上散布著僵硬的黃斑和雜亂的血痕，要康偉業負責時，康偉業冷靜而現實地考慮他們的關係——

> 首先，康偉業肯定是要事業和前途的，事業和前途是一個男人的立身之本。其次，從大局來看，段莉娜是一個很不錯的姑娘，從始至終，待他真心實意。黨性原則那麼強的一個人，也不惜為他的入黨和提幹到處找她父親的戰友幫忙。康偉業想：如果自己不那麼自私，站在段莉娜的角度看看問題，她的確是很有道理的。雖然她的確是太厲害了一點，那麼害羞的時刻裡，還暗中留了短褲作為證據，把事情反過來說，這麼厲害的人，當你和她成了一家人之後，誰敢欺負你呢？你豈不是就很省事了嗎？[6]

婚後，兩人胼手胝足，康偉業也當過好丈夫、好爸爸，怎奈現實經不起推敲，就如愛情或婚姻是一樣的脆弱。

在這裡我們再見不到的是〈煩惱人生〉裡的印家厚生活條件的困頓、工作環境的人事糾紛；而是康偉業在事業成就，物質條件充裕之

6　池莉：《來來往往》，北京：作家出版社，1998年，頁37。

下，往精神層面尋求慰藉，他的煩惱是如何在已如一潭死水的婚姻中成就他的婚外戀情，重新找尋他的新生命。

段莉娜突然意識到康偉業是在用錢蒙蔽她、腐蝕她、擺脫她，所以，有一天段莉娜稱病把康偉業騙回家，說是她太不關心他了，從今起要開始參與他的事業，要到他公司當會計。康偉業說服不了她，於是要她把她的要求先和他工作上的夥伴賀漢儒講——「康偉業把電話丟在段莉娜身邊，賀漢儒像一個躲在電話裡的小人發出了聲音：喂，喂喂。段莉娜跳起來，挪到沙發的另一頭。她瞪電話一眼，瞪康偉業一眼，又瞪電話一眼，臉漲紅了。她想關掉手提電話，但她不會使用。」[7]

經由作者的這段細節設計，我們可以看出段莉娜與社會的嚴重脫節，也不難想像康偉業眼中段莉娜的粗俗打扮讓他感到「慘不忍睹」。

段莉娜對飛黃騰達的康偉業說：「記得當年你在肉聯廠扛冷凍豬肉時候的自悲嗎？記得我是怎樣一步一步地幫助你的嗎？記得你對我是如何的感激涕零嗎？記得你吃了多少我們家從小灶食堂購的瘦肉和我們家院子種的新鮮蔬菜嗎？記得這些瘦肉和蔬菜帶給了你多少自尊，滿足了你多少虛榮嗎？是誰對我說過：沒有你就沒有我的今天；你就是我的再生父母。」[8]

但是再多的昔日人情，也喚不回改革開放的風暴，所帶給康偉業的衝擊，讓他勇敢地拋開過去，迎向嶄新。且看他和婚外戀人林珠的第一次接觸——

> 浴池裡是一池溫暖的清波，水面上漂著玫瑰花的花瓣，裸體的
> 林珠仰臥在浴池裡，她塗著大紅指甲油的手指和腳指用花瓣戲

---

7 同註6，頁59～60。
8 同註6，頁61。

弄著自己的身體，妖野得驚心動魄。林珠這個女人啊！康偉業結過婚又有什麼用處？不說沒有見過這般陣勢，就連想也不敢去想。他的老婆段莉娜年輕的時候你要讓她這麼著，她不早把你流氓長流氓短地罵得狗血噴頭了；或者哭腫著眼睛偷偷去找你的領導談話了。中國的改革開放真是好。[9]

康偉業所能感嘆的是中國的改革開放與國際接上了軌道，林珠遇上了屬於她的好時代。

在準備和段莉娜談離婚的期間，康偉業以四十萬人民幣，用林珠的名字買了一間套房送給她，他認為她絕不是傍大款的輕浮女子，他心中也盤算著結婚後，房產也是共同財產。

但林珠的好時代卻不完完全全是他的好時代。他的父母無法接受林珠：「段莉娜是不配你，你是受了許多委屈，但是這都不是你與這個女人結婚的理由。我們沒有調查，不敢下結論說她是貪圖你的錢財，至少她太年輕了，你滿足不了她的，無論是從經濟上、肉體上還是精神上，你們不是一代人，精神境界溝通不了。你這是在飲鴆止渴。」[10]長輩們認為為了小孩，不能離婚。

的確，他倆果真不是同一代人，當浪漫的愛情真正落實到現實生活上時，問題叢生，他們實在找不到他們原所嚮往的夫妻感情。康偉業已經吃了四十多年的米飯和熱騰騰的炒菜，但林珠卻堅持吃麵包、生菜沙拉。林珠明白表示她不會做菜，也不願意做菜。然而，康偉業覺得母親在廚房裡勞動的形象是最美的；但林珠卻說她絕不重蹈母親身上全是油煙味的覆轍。

池莉把城市生活的角落，鮮活生動地牽到讀者面前，讓我們見到

---

9 同註6，頁85。
10 同註6，頁121。

社會人群的層層面面，社會問題被反映了出來，群眾心聲也被傳達了出來。康偉業以為改革開放，形勢大好，大家都在反思自己的婚姻質量，紛紛離婚，進行重新組合，他們家的形勢應該也和全國一樣大好，可其實卻不然，雙方的長輩和領導幹部紛紛加入勸說的行列。

現實因素逼迫林珠賣掉套房，帶著錢離去後，康偉業徹底死了心；相對於男性意識的覺醒，在這裡我們也同時見到女人也在進步中，她們已經不再像是〈不談愛情〉裡的吉玲——苦心經營嫁一個好丈夫，以便擺脫困窘的出身——她們要的是努力在事業和婚姻中尋求一種新的自我，畢竟林珠是個經濟獨立自主的女人。

後來，康偉業遇上時雨蓬，他們的肉體關係就只停留在解決問題的層面上，沒有人再能像林珠激起他的多重感覺了。

這部小說寫出一個在轉型期中國社會的中年男人，經由各種關係改變，完成自己的過程，有著豐富的社會人生閱歷，又承擔著社會和家庭生活的責任和壓力，同時還對未來充滿著覺醒的豐富思考。他隨著社會的變化而成熟，而在尋求成熟過程中又是如此矛盾無力與無可奈何。他想盡力去改變，卻又被現實環境折騰得疲憊不堪，無法改變；但若不得不改變，卻又徬徨於改變後的未知。

社會契機的轉變，生存環境與氛圍的變動，導致人物的精神與生活方式的改變，影響著人物性格的意識發展，在康偉業與社會磨合的過程，我們見到了他的意識的覺醒，當然，也在某些層面代表著當時集體男性意識的覺醒。

國外作品的例子也不少。

契訶夫〈賭〉的故事背景是在俄皇尼古拉一世時期，在當時中央集權的專制政體下，知識份子見到上流社會的落後無知的膚淺，試圖藉著文學作品來反映社會現象。

在一個家財萬貫的銀行家所舉辦的宴會中有了一場「死刑應該廢止，而以無期徒刑來替代」的辯論。有人認為死刑比無期徒刑更合乎道德、更近人情；也有人認為兩者都不合乎道德；一個年輕的律師在

被徵詢意見後，表示他寧願選擇無期徒刑，因為活著總比死了好。

於是在其他來賓的推波助瀾下，銀行家和律師有了一場賭局。這一幕是作者很真實地展現了當時的社會風氣。

有錢的銀行家拿出他擁有最多的金錢來當籌碼；年輕的律師則企圖以他的自由和時間（年輕、健康）來換取他所沒有的金錢，因此有了這一場賭局的約定，律師如果可以被關在小屋裡十五年，便可贏得銀行家的兩百萬元。

但孰料人生的計畫怎趕得上變化。十五年之約即將到期，銀行家從一個自負而驕傲的事業家，變成一個平凡無奇的銀行從業員，股票交易的賭博、冒險性的投資，使得他的事業日趨衰敗。而面對賭局，他終將成為輸家。

於是，銀行家決定逃避羞辱與破產的命運，他要偷溜進監禁律師的小房間弄死律師，然後嫁禍給看守人。就在他打開鑰匙進入小屋後見到的律師是：一具皮包骨頭的骷髏，頭髮蜷長如婦人，鬍鬚粗長如山羊毛，臉色枯黃晦暗，兩頰凹陷，沒有人會相信這個衰老瘦弱的面孔會是個四十歲年紀的人。

律師趴著睡著的桌上，放著一張字條，銀行家拿起來看才發現原來那是一封律師預定要留給他的信，信中表示他已不把那當初視為珍寶的兩百萬賭金放在眼裡，他決定要放棄獲得這筆賭注的權利，他決定在約定時間的前五分鐘離開小屋，這樣算是他違約，銀行家就可以免付賭金。銀行家看完信後，把信放回桌上，吻了律師的頭，不禁哭了起來，走出去時，他為自己感到可恥，那是縱然他在交易中虧損慘重也沒有過的可恥。

隔天早上，看守人說律師從大門跑掉了，銀行家從桌上收起那封聲明放棄賭注的信，鎖進保險箱裡，以作日後廓清不必要的流言之用。

律師原本是為了現實利益或爭勝強出頭而賭，但中間過程沮喪痛苦，那時他已經不是和銀行家對賭，而是和自我比賽。閱讀帶給他積累的智慧，他開始去探尋生命的意義與價值，所以留下了一封充滿矛

盾的信而去。

　　這篇小說的主題新穎，作者在處理時顯而不露，讓讀者自己去找尋其意義，不愧為膾炙人口的佳作。

　　透過小說的閱讀，小則關乎到切身的問題，可以從他人的經驗反射到自身，加以警惕；大則可以啟動大家對社會與文化價值的反思。

　　白先勇〈那晚的月光〉所提示的問題，就很可以提供大學生深思。

　　李飛雲是班上出了名的聖人，三年的大學生活沒有談過一句女人，經常和女同學在一塊兒竟會窘得說不出話來，然而那天晚上李飛雲卻將臉偎到余燕翼的頸背上去，余燕翼是第一個輕柔的對他說「我喜歡你」的女孩子。在美麗朦朧的月色下，兩人發生了關係，余燕翼意外地懷孕了，就那麼一次，因為「都是月亮惹的禍」，李飛雲不得不放棄留學的計畫，到處兼家教賺錢，挺著大肚子的余燕翼為著家計精打細算，兩人面對著未來的茫然，足茲警惕。

　　小說裡形容他們住的那條巷子時，裡面一片黯黑，李飛雲住在巷子底，一間專租給臺大學生的舊木閣樓上。他和余燕翼租了樓頂一間房，每月三百塊。小說裡有一段令人鼻酸的描寫——

　　　李飛雲爬上樓梯，走進房裡，余燕翼正坐在飯桌邊，她看到李飛雲走進來，一句話也沒有說。李飛雲看不清楚她的臉，他看見她懷著孕的身軀，在昏暗的燈光下，顯得特別臃腫，鼓圓的肚子緊抵著桌沿，桌上的菜飯擺得整整齊齊，還沒有動過。「我剛剛和陳錫麟他們在外面吃過了。」李飛雲走到書架邊將手上的筆記塞進書堆裡。

　　　……

　　　余燕翼從來不發怨言，可是她一舉一動，李飛雲總覺得有股乞憐的意味，就像她坐在飯桌邊，鼓圓的肚子抵緊著桌沿這個姿勢，李飛雲看著非常難受。她總那麼可憐得叫人受不了，李飛

雲想道，他覺得心裡一陣一陣在緊縮。余燕翼正吃力的彎下腰去盛了一碗，又佝下去盛第二碗。

……

「陳錫麟替你找好家教沒有？」余燕翼道，她吃了一碗飯，四樣菜動過兩樣，她把其餘的都收到碗櫃裡。

「我明天就去試試，不曉得人家要不要，我只能教兩天，分不開時間了。」

「我們明天要付房租和報紙錢，房東太太早晨來過兩次。」

「我上星期才交給你四百塊呢！」李飛雲回頭詫異的問道。

「我買了一套奶瓶和一條小洋氈。」余燕翼答道，她的聲音有些微顫抖，她勉強的彎著身子在揩桌子。李飛雲猛覺得心裡一縮，他沒有出聲，他把理出來的舊書一本本疊起來，參考書的書邊都積上一疊灰塵，他用抹布將灰塵小心的揩去，大四這一年他一本參考書也沒有看，參考書底下壓著一疊美國留學指南，裡面有 M.I.T.，史坦佛、普林士敦和加州大學的校曆和選課表，他以前有空時最喜歡拿這些選課單來看，心裡揣度著將來到外面又應該選些什麼課。

「房東太太說明天一定要付給她，我已經答應她了。」余燕翼說道。

「你為什麼不先付房租，去買那些沒要緊的東西呢？」李飛雲說道，他把那些指南狠狠塞進字紙簍裡。

「可是生娃娃時，馬上就用得著啊。」

「還早得很呢，你整天就記得生娃娃！」李飛雲突然站起大聲說道，他連自己也吃了一驚，對余燕翼說話會那麼粗暴。

「醫生說下個月就要生了。」余燕翼的聲音抖得變了音。她緊

捏著抹布，整個身子俯到桌子上，鼓圓的肚子壓在桌面上，鬆弛的大裙子懶散的拖到腳踝，她始終沒有回頭來，李飛雲知道她哭了。

李飛雲走到余燕翼身後，摟著她的腰，將她扳過身來，余燕翼低下頭抵住李飛雲的肩窩。李飛雲默默的拍著她的背沒有出聲。余燕翼隔不一會兒就抽搐一陣發出一下壓抑的哭聲來。李飛雲感到心裡抽縮得絞痛起來，他覺得余燕翼的大肚子緊緊的頂著他，壓得他呼吸有些困難。

「不要哭了。」李飛雲喃喃的說道，他的眼睛怔怔的望著窗外，懷恩堂頂上的十字架，懸在半空中發著青光。樓下巷子裡傳來一陣陣空洞的霜淇淋車的鈴鐺聲。空氣又悶又熱，吹進來的風是暖的。李飛雲感到余燕翼的背在冒汗，汗水沁到他手心上。

「不要哭——」李飛雲漫聲的說。他扳起余燕翼的臉來，余燕翼的眼皮哭得通紅，她的心臟不好，懷孕以後，臉及腳背到了晚上一徑是浮腫的，面色蠟黃。余燕翼閉著眼睛，臉扭曲得變了樣。李飛雲將頭埋到余燕翼頸邊的頭髮裡，低聲說道：「別難受，我會對你好的。我已經畢業了，你不會吃苦了，我可以多兼幾家家教。我去建中看過校長，他可能答應在分部讓我當教員——莫哭了，聽我說，我們可以慢慢積錢，積夠了就馬上結婚，聽我的話，噢，聽我說——我一定會對你好的——」[11]

　　透過作者對男女主角生存環境改變後的現實描寫，我們對於男主角油然升起同情之餘，也讓我們深思生命中的每個決定都會產生「蝴

---

11 白先勇：《那晚的月光》，臺北：遠景出版社，1982年，頁217～218。

蝶效應」──某一天，亞馬遜森林裡的一隻蝴蝶拍動翅膀，所引起的氣流；幾個月後在太平洋產生風暴──因為唯有在對的時間，做對的事，才是一種幸福，性愛的發生，也是如此；否則那會是一生的嘆息與遺憾。

大陸作家黃蓓佳的〈危險遊戲〉讀完後也讓人沈吟再三。

高民和三個友人在四月一日當天故意設下圈套，要老婆們有點緊迫感──講曖昧電話，讓女人打電話到家裡，又故意讓老婆接到電話，謊稱要到辦公室，又讓跟蹤的老婆發現他不是往辦公室的方向去──結果這個愚人節的玩笑，造成了四個家庭不同的結果。

有兩個家庭先悲後喜，夫妻鬧了一場後，老婆破涕為笑，危機過去後，生活不溫不火，又走入舊軌。

大林任處長職的老婆，擔心鬧出醜聞，對她今後的仕途不利，所以突然對他百般體貼溫柔。孰料，有一天，大林趁著酒興說出真相，老婆盛怒之下，打了大林一個耳光，大林不願再忍氣吞聲，當即提出離婚，兩人衝動之下馬上去辦妥了離婚手續。

至於，高民的老婆──維希，因為懷疑高民有外遇，在傷心痛苦之餘和報社裡的年輕同事──李小奇發生了婚外戀情，還意外在和高民久婚不孕後，懷了李小奇的孩子。後來才發現關於高民的外遇，一切都是玩笑；維希拿掉小孩，夫妻準備重新開始，但是李小奇不願放手，有一次在公路上，李小奇極力尋求挽回，在爭執中維希甩開李小奇，李小奇被卡車攔腰輾過，維希眼見李小奇喪生，驚愕之餘，自己也喪生在公路上。

維希的家人告上法庭認為高民也有推卸不了的責任，於是一切進入法律程序。小說最後呈現出作者所要表達的主題，提供讀者思考反省──

審判長在他多年的庭審經驗中大概從未碰到過這樣的事：一場愚人節的玩笑居然開出了兩條人命，況且玩笑性質很輕，況且

參與者都是現代意識頗濃的知識份子。他們非但沒有普通老農的愚昧，甚至可以稱得上有頭腦，有主見，是自詡為能夠掌握自身命運的人。就是這樣一群人，他們對於生活的承受能力卻又如此脆弱，或者說，竟是應上了捷克作家昆德拉的那句話：是生命中無法承受的輕？

審判長想了好久，無法想通，於是不無遺憾地詢問高民：「你們夫婦生活中明明沒有第三者存在，你怎麼想起來要開這玩笑呢？」

高民也偏了頭，思索良久，然後輕輕吐出兩個字來：「厭倦。」

……

有好事的記者還詳細報導了庭審的全部過程，著重突出了高民所說的那兩個字：「厭倦。」

那一天晚上，有無數家庭是在一種心照不宣的沈思中度過的。熄燈上床之後，又有許多夫妻小心翼翼探問對方：「你感到厭倦了嗎？」[12]

　　小說家在小說裡所呈現的主題意義，是其價值的所在，它提供給讀者反省與思考的機會，並藉由他人的生活經驗、是非對錯、好惡悲喜中學習成長。

---

[12] 黃蓓佳：《輸掉所有的遊戲》，江蘇：江蘇文藝出版社，1998年，頁384～385。

Chapter 2

敘事觀點的應用

　　敘事觀點（viewpoint or point of view），
也即敘事角度或敘事視角，是小說藝術
中相當重要的問題。意指「文學上作者
為表達素材時所取的有利的立場」。[1] 不
同的敘事角度會產生不同的藝術效果，會
賦予作品不同的藝術特色。

第一節
第一人稱

　　以「第一人稱」——「我」，作為小說敘事觀點，優點是與讀者的參與感互動得最為強烈，缺點是寫作時會受到一些限制，因為作者只能透過小說中的「我」去觀察、描述。但若是小說內容是討論到人生、人性的，反而可以善用第一人稱的特性，因為在現實生活中的複雜多變，並非我們所能一切皆知，而第一人稱小說所展現的「不可盡知」正好可以利用。

　　馬振方先生說：「不同的人見聞不同，感受也不一樣，甚至可能完全相反。選取什麼人作敘述，關係作品的基調和全局，關係構思的巧拙成敗。有經驗的作者總是精心選擇敘述人，使『我』在提煉情節、刻劃人物、表現主題諸方面充分發揮能動作用，成為藝術構思的重要手段。」[2]

　　有經驗的作家會善用角度固定，易於剪裁、集中的第一人稱，把那些頭緒複雜的材料，和自己的感受勾連在一起，相互映襯補充。

　　第一人稱敘事（first person narrative），是作者化身為小說中的主角或配角，用第一人稱「我」的形式，親身去演述整個故事的進行，並參與小說人物的交談、動作和對話。第一人稱的角度所以常用，是因為它是最容易藉以去講述故事的一種觀點，其特色就是作者已被揉合於故事中，變成小說人物的一份子，成為推演故事的媒介，除了講

---

1 廖瑞銘主編：《大不列顛百科全書》第六冊，臺北：丹青圖書有限公司，1987年，頁71。
2 馬振方：《小說藝術論稿》，北京：北京大學出版社，1991年，頁333。

述小說裡的「我」對人物事件的所見所聞外，更可以把「我」本身的思想感受、心理活動或對主要人物的看法和感覺，直接而細膩的告訴讀者。

　　此法有兩種不同類型的人物：一是主角，另一是非主角。例如：保真的《邢家大少》裡的六篇小說都是以第一人稱寫流浪的故事，有時「我」是主角，有時僅是旁觀敘述者──寫的是「我」如何在旅途中目睹、分享並分擔其他流浪者的悲喜歡憂，以引起讀者的同情與諒解。以下就從主角和旁觀敘事觀點舉例小說，加以研析。

一、主角敘事觀點

　　敘述者已化身為小說的主角，小說裡的人物或所發生的事都和「我」有關，「我」可以敘述並且評論每個發生的事件，包括「我」自己的內心想望。（此亦適用於第三人稱主角敘事）通過「我」這個人物，然後把整個故事敘述給讀者知道。例如：西西的〈像我這樣一個女子〉。

　　還有像郁達夫以帶著自傳色彩的筆調，在〈春風沈醉的晚上〉寫「我」這個生活困頓的文人在貧民住宅結識上海女工陳二妹的心情轉折。小說裡寫出了「我」的情慾掙扎到昇華──「我看了她這種單純的態度，心裡忽而起了一種不可思議的感情，我想把兩隻手伸出去擁抱她一回，但是我的理性卻命令我說：『你莫再作孽了！你可知道你現在處的是什麼境遇！你想把這純潔的處女毒殺了麼？惡魔，惡魔，你現在是沒有愛人的資格的呀！』我當那種感情起來的時候，曾把眼睛閉上了幾秒鐘，等聽了理性的命令以後，我的眼睛又開了開來，我覺得我的周圍，忽而比前幾秒更光明了。」[3] 心理活動至此表現了健康積極的人生關懷。

3　游喚、張鴻聲、徐華中：《現代小說精讀》，臺北：五南圖書公司，1998 年，頁 75。

在白先勇〈寂寞的十七歲〉裡以第一人稱主角的視角寫出了十七歲青少年共同的寂寞——

> 我想還是從我去年剛搭上十七歲講起吧。十六歲，嘖嘖，我希望我根本沒有活過這一年。
>
> 我記得進高一的前一晚，爸爸把我叫到他房裡。我曉得他又要有一番大道理了，每次開學的頭一天，他總要說一頓的。我聽媽媽說，我生下來時，有個算命瞎子講我的八字和爸爸犯了沖。我頂信他的話，我從小就和爸爸沒有處好過。天理良心，我從來沒有故意和爸爸作對，可是那是命中註定了的，改不了，有次爸爸問我們將來想做什麼；大哥講要當陸軍總司令，二哥講要當大博士，我不曉得要當什麼才好，我說什麼也不想當，爸爸黑了臉，他是白手成家的，小時候沒錢讀書，冬天看書腳生凍瘡，奶奶用炭灰來替他焐腳。所以他最恨讀不成書的人，可是偏偏我又不是塊讀書的材料，從小爸爸就看死我沒有出息，我想他大概有點道理。
>
> 我站在爸爸寫字臺前，爸爸叫我端張椅子坐下。他開頭什麼話都不說，先把大哥和二哥的成績單遞給我。大哥在陸軍官校考第一，保送美國西點，二哥在哥倫比亞讀化學碩士。爸爸有收集成績單的癖好，連小弟在建國中學的月考成績單他也收起來，放在他抽屜裡，我從來不交成績單給他，總是他催得不耐煩了，自己到我學校去拿的。大哥和二哥的分數不消說都是好的，我拿了他們的成績單放在膝蓋上沒有打開。爸爸一定要我看，我只得翻開來溜一眼裡面全是 A。
>
> 「你兩個哥哥讀書從來沒考過五名以外，你小弟每年都考第一，一個爹娘生的，就是你這麼不爭氣。哥哥弟弟留學的留

學，唸省中的唸省中，你唸個私立學校還差點畢不得業，朋友問起來，我連臉都沒地方放——」

「爸爸開始了，先說哥哥弟弟怎麼怎麼好，我怎麼怎麼不行，他問我為什麼這樣不行，我說我不知道。爸爸有點不高興，臉沈了下來。」

「不知道？還不是不用功，整天糊裡糊塗，心都沒放在書本上，怎麼唸得好？每個月三百塊錢的補習老師，不知補到哪裡去了。什麼不知道！就是遊手好閒，愛偷懶！」

爸爸愈說愈氣，天理良心，我真的沒有想偷懶。學校裡的功課我都按時交的，就是考試難得及格。我實在不大會考試，數學題目十有九會看錯。爸爸說我低能，我懷疑真的有這麼一點。[4]

張曼娟的〈我真的想知道〉用的也是這樣的敘事手法。女主角阿敏為著父母鬧離婚而苦惱——

他們還問我們有什麼意見？

「有人關心我們的意見和感受嗎？」姊姊大聲問，我看見她在發抖。我也覺得好難受，連呼吸都有點困難。爸爸委婉的解釋他們的婚姻原就是個錯誤。姊姊哭起來，她喊著：「那我們算什麼？我們算什麼？」我哭了，媽也哭了。爸還是在那天晚上搬走了。我想，姊也是個錯誤，我呢，就是錯上加錯了。[5]

後來父母分開後，關係反而變和善了，她感到輕鬆，反正不會再

4　白先勇：《寂寞的十七歲》，臺北：遠景出版社，1982年，頁176～177。
5　張曼娟：《喜歡》，臺北：皇冠出版社，1998年，頁70。

更糟了。

　　阿星是他們班的轉學生，他不聰明但很用功，總是說要出人頭地不能辜負他父親的期望；他母親在市場擺攤子，相當辛苦。

　　有一次，阿星沒帶課本，被老師罰站了一天。原來他父親是嘉義的組頭，欠了一屁股債，偷偷搬上來臺北，現在黑道又來追債了，全家逃了出來，課本也來不及拿。他說他一定要用功考上高中，然後，半工半讀唸大學，他要讀法律系，說是比較不會被欺負。

　　阿星連續被罰站了三天，他不願意讓老師和同學知道他爸爸是組頭，所以寧願罰站。阿敏想到阿星的可憐相，在前任班導劉老師關心的詢問下，把阿星的隱情告訴了劉老師，劉老師也答應她不會說出去。

　　阿星順利回家取得課本後，他送了一個打瞌睡的小沙彌給阿敏，謝謝她替他保密。就在這個時候，劉老師在一次和現任班導楊老師的爭執中，責怪她不夠關心學生，而把阿星的狀況說了出去。

　　模擬考時，數學老師忽然喊了一聲：「不准作弊！」

　　下午班導進教室說，一個人出身在什麼家庭並不重要，爸爸做什麼事也不重要，但不該自甘墮落，她要害群之馬在放學前認錯。

　　阿星被幾個男生帶走，說要清理門戶，阿敏跑去拯救他，並對他道歉，但他卻喊著要她走開。放學前，不見阿星回來，阿敏把小沙彌放進他的抽屜，想他大概不要她這個朋友了；隔天，小沙彌又回到了她的抽屜，她很高興他原諒他了。

　　作弊事件發生過後，「我」覺得更是荒謬——

> 班導帶著數學老師進來了，數學老師說有點誤會，她只是叫我們不可以作弊，並不是我們班有人作弊。班導笑得很高興，像贏得了勝利。我一點也不高興，事情真奇怪，昨天發生的一切好像都不存在似的。[6]

6　同註5，頁78。

　　當警察和記者出現後，他們才知道阿星在「育英樓」下被找到，還背著書包，那些書是他冒險從家裡偷出來的。他永遠離開大家了。

　　一條年輕生命因為大人的明爭暗鬥給犧牲了。大人利用了孩子的善良，爭權奪利；如果作者不是用這樣的敘述手法，我們是不容易聽見孩子的心聲的——

> 　　我想他是老師應該能幫忙的，所以我就把事情告訴他了，並且拜託他一定不要告訴別人。劉老師答應我，還說我關心同學很可貴，以後有什麼事都要告訴他，他會想辦法的。……我在辦公室外聽見好像有人在吵架的聲音，仔細一聽是班導楊老師激動的聲音：「一天到晚到我班上問長問短是什麼居心？我帶得好不好分數會說話。」另一個聲音是劉老師：「分數就是一切嗎？班上有學生出狀況，你不聞不問。那個轉學生，他爸爸是組頭，他們全家被黑道追殺，妳知道嗎？」我摀住嘴跑開，為什麼？為什麼這樣？他答應我不會告訴任何人的，現在全天下的人大概都知道了。大人怎麼可以說話不算話呢？我那麼相信他。[7]

　　小說主角從自己在家中的被忽視，再透過阿星的事件向大人的世界提出質疑，作者以此敘事觀點是最恰切的。

　　由鄭豐喜所著的《汪洋中的一條船》是家喻戶曉的真實故事，故事敘述一個殘疾青年奮勵自強卻也燦爛一生的歷程。鄭豐喜出生雙腿殘疾，險遭拋棄，幸而爺爺與二嬸等人的疼愛與庇護，終於能夠從艱難的困境中成長。

　　因為家貧，幼年的鄭豐喜經歷了街頭賣藝，養鴨時又幾乎喪生洪

---

[7] 同註5，頁74～75。

水，環境的艱苦折磨，激勵了鄭豐喜自強不息的毅力與上進心，不但靠雙手生存了下來，還爭取上學，取得了優異的成績。可是因為他的殘疾卻使他受到了一些老師的刁難以及同學的欺辱，鄭豐喜寵辱不驚，以他的聰慧及過人的勇氣與毅力贏得了大家的尊重與欽佩。

為完成中學學業，鄭豐喜到處打工，他以《汪洋中的一條船》參加徵文比賽，引起了社會很大的迴響，許多人表示願意資助他完成學業，但是他卻不願過多依靠他人。

而最讓鄭豐喜欣喜的是徐錦章替他裝了義肢，讓他站了起來。

鄭豐喜終於不負眾望考上了中興大學法律系，並繼續撰寫《汪洋中的一條船》。大學時，鄭豐喜和同學吳繼釗相戀。吳家二老雖欽佩鄭豐喜的奮鬥精神卻不願將女兒嫁給他，鄭豐喜上門與他們懇談，吳母要他為吳繼釗的幸福著想，而鄭豐喜堅持只有自己才能給她幸福，幾經周折，鄭豐喜終於與吳繼釗結為連理。婚後鄭豐喜與吳繼釗生活幸福美滿，育有兩女。三十一歲時鄭豐喜因癌症不治辭世，身後留給世人一段自強不息的感人故事。

小說中不乏出現「勵志」的詞句——

> 正當我和五哥談星的時候，五哥突然若有所思的說：「這些星斗，我最敬佩月亮的了。」他接著說：「因為她有時雖然只有半邊，卻也比眾星明亮。」我問他：「五哥！我能不能像月亮呢？」他很肯定的說：「能的，只要你努力！奮鬥！」[8]

考上中興大學法律系的鄭豐喜，在報到當天他是這麼寫的：

---

8 鄭豐喜：《汪洋中的一條船》（原名《汪洋中的破船》），臺北：吳繼釗發行，1976 年，頁 43。

下午是各班自由活動。自我介紹時，同學們一直盯著我看，有的說我是「新聞人物」，有的說我是「下港人，草地佬」，還有人說：「像這種人，也來上大學，真是奇蹟。」不管他（她）們怎麼說，怎麼笑我，反正，我明天就要站起來了。[9]

中外聞名的《少年維特的煩惱》，是歌德只花了四個星期便寫成的書信體小說，故事情節簡單，描寫維特在給好友威廉的信中訴說自己畸戀的經歷與痛苦。

作者藉由這本書讓主角為情所困而自殺，讓現實中的自己跳脫那種悲苦的情境，維特等於是代替作者歌德死了。

書中以「我」與友人的書信往返，每篇都以日期分隔，由於是以第一人稱主角敘事，更能表現出個人情感。讀者易溶入書中人物的心靈感受，也因此《少年維特的煩惱》這本書發表後引起相當大的震撼，直到現代仍占有一定的地位，當時許多青年為此書而瘋狂，學著維特的穿著，甚至學維特為愛情而自殺，這是作者始料未及的。

利用這類由主角敘事的寫法，可以把第一人稱角度的優點發揮出來──讀者讀了「我」的陳述，會產生一種由「當事人」講述他自己親自經歷的親切感，無形中更容易接受小說人物、故事和情節，因為作者、人物與讀者之間的交流達到了最高效益，敘事者的敘述則使讀者有如聽當事人侃侃而談，其內容皆為敘事者的親身見聞與感想，所以真切感人、生動鮮明。

陳雪在〈蝴蝶的記號〉中故意安排女主角小蝶「為人師表」的身分，讓她頂著高帽子扛起教育下一代的社會責任，然而，當她的學生心眉與武皓的同性戀情一曝光，即再度觸痛她。面對社會輿論的否定與嫌惡，即使她內心有所反動，也無法或不敢給予真誠的支持──

9　同註8，頁159。

「乖乖回家去，沒有事的。好好唸書將來才可以長久在一起啊。」我說這話時感覺自己在說謊，我身為她們的老師，卻不知道應該說什麼才對，我怎能鼓勵她們去走一條我明知道會很坎坷的路呢？但我又要怎麼違背良心說妳們不要在一起了這樣不好。[10]

在異性戀的社會體制下，小蝶每天努力扮演被社會認同的女性角色，無形中早已喪失自我的主體性，所以當她一開始以為人妻母的角色接觸到小葉，去面對伺機而起的同性戀情時，她是惶恐而罪惡的；但當經歷過內心交戰，坦然面對女女結合時，她所展現的是她生命底層真實的一面──

在心愛的人面前是不需要害羞的，我從來缺乏的就是這麼放心大膽地表現自己的情緒和慾望，我一直小心翼翼戰戰兢兢深恐自己傷害別人、影響別人，甚至連做愛時都要考慮自己表現得夠不夠溫柔體貼以前和阿明做愛，一會擔心保險套破掉，一會心疼他明天上班沒精神，不是想到會弄髒床單，就是害怕自己姿勢難看、叫聲不好聽……簡直就是在作秀不是做愛嘛！阿明還說他就喜歡我這種氣質優雅、性情陳靜的女人，可是我不喜歡做這種人，我已經厭倦了。就算只有一次也好，我要讓自己再次熊熊燃燒。[11]

小說以主角敘事，寫出小蝶自己的內心的渴望與掙扎──

---

10 陳雪：《蝴蝶》，台北：印刻出版公司，2005 年 1 月，頁 33。
11 同註 10，頁 42。

我總是愛上女孩子但我從來不能這麼做。我一生都在做違背自
己的事。我好羨慕武皓和心眉她們能勇敢相愛，我想幫助她們
結果是害了她們。我好害怕，我覺得自己再也無法回去原來的
世界做個讓人放心的好人了，可是我把事情做了一半放那兒，
如果我就這樣逃走會傷害很多人的。

……武皓死了，真真還在廟裡，心眉已經精神失常了，我該怎
麼做呢？我會連阿葉都失去嗎？我不要再失去我愛的人了。[12]

　　且看當她決定要和阿葉一起分享生命後的內心一連串地對異性戀
機制的反抗的聲音——

是不是只要做錯一個決定就要賠上一生來償還？我不知道，是
我自己選擇這段婚姻，難道我沒有權利選擇放棄嗎？我不想和
媽媽一樣，痛苦了幾十年到老了才說要離婚，我不認為兩個女
人不能撫養孩子，什麼是正常的家庭正常的小孩呢？悲劇不斷
在我身邊上演，使我無法再輕易地順從別人的期望，滿足旁觀
者無聊的評斷，也許孩子會問我關於爸爸的事，也許她會因為
別人的恥笑而受傷，但我會讓她明白，這世界不是只有一種樣
子，別人有爸爸，但妳有兩個愛妳的媽媽，我不會編織美麗的
謊言來騙她，我要讓她知道，即使我們跟別人不同，但我們有
屬於自己的世界，我們需要更多勇氣才能走下去，但我們絕不
輕易放棄自己的希望。[13]

---

12 同註 10，頁 39～40。
13 同註 10，頁 75。

陳雪以第一人稱主角敘事，一方面剖露同性愛戀間的挫敗煎熬和艱難心情，另一方面也呈現在異性戀體制下的兩性差異。

二、旁觀敘事觀點

所謂「旁觀敘事」，也就是非主角敘述，第一人稱敘述者不是主人公而是旁觀者，作者透過旁觀者「我」的觀察和思想去展現有關主角的故事，而建立讀者對這個「我」的同體感。該敘事觀點是有限度的，他只可以告訴讀者他的見聞，如果敘述者要超出他的觀察，比如「我」不在的現場，不能直接描述，只能間接描寫。而對於別人的心理活動只能間接推想。

魯迅的〈孔乙己〉和〈孤獨者〉都用這種敘述手法。〈孔乙己〉是由故事的敘述者「我」，一名酒店伙計，遇到常客孔乙己而展開。孔乙己讀過書，卻沒有進學，又不會營生，於是愈過愈窮，弄到將要討飯了，雖然偶爾替人抄抄書混一口飯吃，但他卻好吃懶做，常穿著又破又髒的長衫，對人說話總是滿口「之乎者也」，是酒店裡大家談笑的對象；〈孤獨者〉中的「我」以旁觀者角度，通過回憶片斷和朋友魏連殳的話，講述關於魏連殳如何由積極變成意志消沈，最後離世的故事。

老舍的〈柳家大院〉透過旁觀者「我」，一個算命先生之口，介紹大雜院所居住的人家，並描述所目擊的小媳婦慘死的前因後果——

> 老王上工去的時候，把磨折兒媳婦的辦法交給女兒替他辦，那個賊丫頭！我一點也沒有看不起窮人家的姑娘的意思；她們給人家作丫環去呀，作二房去呀，當窯姐去呀，是常有的事（不是應該的事），那能怨她們嗎？不能！可是我討厭王家這個二妞，她和她爸爸一樣的討人厭，能鑽天覓縫的給她嫂子小鞋穿，能大睜白眼的造旱謠言給嫂子使壞。……她一萬多個看不

上她的嫂子。她也穿雙整鞋，頭髮上也戴著把梳子，瞧她那個美！我就這麼琢磨這回事：世界上不應當有窮有富。可是窮人要是揹著有錢的，往高處爬，比什麼也壞。老王和二妞就是好例子。……我沒功夫細說這些事兒，反正這個小媳婦沒有一天得著好氣；有的時候還吃不飽。[14]

　　白先勇〈一把青〉的敘述者是一位空軍軍官的妻子，人稱師娘的角色，她看著朱青認識郭軫、嫁給郭軫，到朱青喪夫。之後因為中國的時局動盪，師娘輾轉來到了臺灣之後又巧遇朱青，見到朱青三百六十度的大轉變。

　　一開始師娘認識朱青，是郭軫帶朱青到師娘家吃飯的時候，那時候的朱青，在師娘眼中是：

原來朱青卻是一個十八、九歲頗為單瘦的黃花閨女，來做客還穿著一身半新舊直統子的藍布長衫，襟上披了一塊白綢子手絹兒。頭髮也沒有燙，抿的整整齊齊的垂在耳後。腳上穿了一雙帶絆的黑皮鞋，一雙白色的短統襪子倒是乾乾淨淨的。我打量了她一下，發覺她的身段還未出挑得周全，略略扁平，面皮還泛著些青白。可是她的眉間卻蘊著一脈令人見之忘俗的水秀，見了我一逕半低著頭，靦靦腆腆，很有一股教人疼憐的怯態。一頓飯下來，我怎麼逗她，她都不大答的上腔來，一味含糊的應著。[15]

---

14 同註3，頁87。

15 白先勇：《臺北人》，臺北：爾雅出版社，1971年，頁27。

可見得朱青是個乖巧靈秀，而且蠻內向的女孩。

婚後一天，當朱青接到丈夫墜機身亡的消息時——

> 朱青歪倒在一張靠椅上，左右一邊一個女人揪住她的膀子，把
> 她緊緊按住，她的頭上紮了一條白毛巾，毛巾上紅殷殷的沁著
> 巴掌大一塊血跡。我一進去，裡面的人便七嘴八舌告訴我：朱
> 青剛才一得到消息，便抱了郭軫一套制服，往村外跑去，一邊
> 跑一邊嚎哭，口口聲聲要去找郭軫。有人攔她，她便亂踢亂
> 打，剛跑出村口，便一頭撞在一根鐵電線桿上，額頭上碰了一
> 個大洞，剛才抬回來，連聲音都沒有了。[16]

朱青的用情之深以及死心眼，在這裡表露無遺。

後來戰亂，師娘逃到臺北。過了很長一段時間之後，在空軍新生社的一次活動上再次遇到朱青，朱青在臺上唱著白光的「東山一把青」，師娘完全沒認出那女人就是當年的朱青，反倒是朱青笑吟吟的叫著師娘。

過了幾日，朱青接師娘到她的公寓打幾圈麻將，那時的朱青已經是大大的不同於當年在南京的朱青了——她穿了一身布袋裝，身上披了一件紅毛衣，袖管子甩蕩甩蕩的，兩筒膀子卻露在外面。腰身變得異常豐圓起來，皮色也細緻多了，臉上畫得十分入時。

朱青的身邊跟著一個叫做小顧的二十出頭的年輕小空軍，朱青對他非常的好。在師娘遇見朱青的三、四個月後，從別人口中得知小顧墜機身亡的消息，便急忙的趕到朱青的住處，以為她還會像上一次失去丈夫時那樣，哭得死去活來，結果見到的居然出乎她意料：

---

16 同註 15，頁 35。

「師娘、老闆娘，你們進來呀，門沒有閂上呢。」

我們推開門，走上她客廳裡，卻看見原來朱青正坐在窗臺上，穿了一身粉紅色的綢睡衣，撈起了褲管蹺起腳，在腳趾甲上塗蔻丹，一頭的髮捲子也沒有卸下來。她見了我們抬起頭笑道：「我早就看見你們兩個了，指甲油沒乾，不好穿鞋子走出去開門，叫你們好等——你們來得正好，晌午我才燉了一大鍋糖醋蹄子，正愁沒人來吃。回頭對門余奶奶來還毛線針，我們四個人正好湊一桌麻將。」[17]

　　我們能夠透過作者的敘事觀點的安排見到朱青的性格變化。這時候的朱青，和在南京的時候遭遇喪夫之痛的朱青成了兩個截然不同的對比。

　　而白先勇的另一篇〈金大奶奶〉則是敘述抗戰勝利那一年，故事的敘述者——「我」——容哥兒，跟著他奶媽順嫂回到上海近郊的虹橋鎮安居。在那邊最有名的便是金家了，容哥兒常去金家找他們的同齡玩伴小虎子玩，卻發現大家都討厭金家的大奶奶，歷經多次事件後，容哥兒逐漸瞭解金大奶奶是個怎樣的人，直到金大先生要迎娶新娘子時，順嫂叫容哥兒送東西給金大奶奶吃，才發現金大奶奶已上吊自殺了。

　　整個故事透過容哥兒這個外人的「我」去敘述，是最能公平客觀地為金大奶奶的委屈申冤的。

　　〈玉卿嫂〉和金大奶奶的敘述者相同，皆為旁觀者容哥兒，作者借用容哥兒的孩童口吻，講述玉卿嫂與慶生錯縱複雜的乾姊弟的愛情關係。

　　讀者先從容哥兒的眼中見到玉卿嫂的外表和為人。再從容哥兒小孩子的眼光看大人的世界，他見到玉卿嫂堅拒滿叔的提親，毫不貪戀

---

17 同註 15，頁 47。

他的錢財。

> 「表哥,這些話你不要來講給我聽,橫直我不會嫁給你就是
> 了!」玉卿嫂轉過身來說道,她的臉板的鐵青,連我都嚇了一
> 跳。她平常對我總是和和氣氣的,我不曉得她發起脾氣來那樣
> 唬人呢。[18]

當玉卿嫂看見慶生跟戲子金飛燕在纏綿,她的心如刀割,也由容
哥兒傳達給讀者。

> 玉卿嫂不曉得什麼時候已經滑倒在地上去了,她的背軟癱癱的
> 靠在木桿上,兩隻手交叉著抓緊胸脯,混身都在發抖。我湊近
> 時,看到她的臉變的好怕人,白得到了耳根了,眼圈和嘴角都
> 是發灰的一大堆白吐沫後嘴裡淌了出來。她的眼睛閉得緊緊
> 的,上排牙齒露了出來,拼命咬著下唇,咬的好用力,血都沁
> 出來了,含著口沫從嘴角掛下來,她的胸脯一起一伏,抖得衣
> 服都顫動起來。[19]

玉卿嫂的強烈反應,透過容哥兒這個小孩來看,給讀者的感受比
讓玉卿嫂自己去敘述來得好,因為玉卿嫂不可能自己去形容自己的表
情反應。

〈花橋榮記〉裡的名為「花橋榮記」的飯館的老闆娘以「我」的
口吻,敘述一名同鄉盧先生的遭遇。

老闆娘從故鄉廣西桂林輾轉到臺北來,對故鄉有著無限依戀。於

---

18 同註4,頁73。
19 同註4,頁104。

是開了一家米粉店，像幼時爺爺經營的米粉店一樣，取名為「花橋榮記」。與她同鄉的盧先生，因對未婚妻的承諾，努力教書攢錢，希望也把她接來臺灣。後來他表哥表示可以幫他，使他整個人都歡喜起來：

> 「是不是有喜訊了，盧先生？」有一天我看見他一個人坐著，抿笑抿笑的，我便問他道。盧先生臉上一紅，往懷裡掏了半天，掏出一信封來，信封又粗又黃，卻是摺得端端正正的。
> 「是她的信──」盧先生嚥了一下口水，低聲說道，他的喉嚨都哽住了。
> 他告訴我，他在香港的表哥終於和他的未婚妻連絡上，她本人已經到了廣州。
> 「要十根條子，正好五萬五千塊，早一點我也湊不出來──」盧先生結結巴巴的對我說。說了半天我才瞭解過來他在講香港偷渡的黃牛，帶一個人要十根金條。盧先生一面說著兩手卻緊緊的捏住那封信不肯放，好像在揪住他的命根子似的。[20]

但沒想到，所有的錢都被表哥給騙走，從此盧先生性情大變，而且姘上個洗衣婦──阿春。最後盧先生發現阿春偷人，回去捉姦，反被她狠狠打了一頓，不成人樣。最後，被發現時，已經死了，死因不明，說是「心臟麻痺」！

〈橘子紅了〉是琦君就她的年少經驗寫成的小說，琦君化身為故事中十六歲的秀娟，以她「純真」的眼睛去看主角令他們難懂的世界。

這個受過新式教育的女子秀娟，慶幸自己不過和買來的三太太秀芬相差兩歲，但卻有著天壤之別的命運。她同情秀芬「她要跟一個像她父親一般老的男人過一生一世，卻又不能經常在一起，我心中又不

由得為她擔起沈重的心事來。也有點怪大媽,她一廂情願地製造這麼一件古裡怪氣的事,安排了一個年輕女孩的命運,究竟是憐惜她,還是害了她呢?」[21]

蕭颯〈我兒漢生〉裡的潘漢生是一個具有熱忱和正義感的青年,他在高中時因為懷著虛無和無政府主義心態,從玩鎖匙到和同學去書店偷書被抓,甚至後來因打抱不平殺傷同學,轉學後在學校辦報紙抨擊師長。大學畢業後秉持著熱忱,積極參與社會服務,從教育協進機構、傷殘服務中心、保險公司、廣告公司到開計程車,因堅持自己的理想,不願面對現實,最後面臨被倒帳欠債的結局。

全篇透過漢生母親的觀點,來描述漢生從年少到出社會後,因堅持理想而凡事處處碰壁的經過。整篇故事明顯地表示出漢生和他所處環境的對立。小說一開始,寫到漢生高中時玩鎖匙,稱此為「也算一種收集」,並說是「一種心智訓練」,接著,漢生和同學到書店偷書被抓,說道:「哎呀?誰偷書嘛,只是,只是打賭看誰拿得了。」從此可約略感覺出漢生的不同。在他轉學後,在學校辦報紙抨擊師長,理由是:只是為了正義,說大家不敢說的話……導師沒有學問,沒有品德,兼課外活動組長的時候,只知道汙學校的錢。當母親要他只唸書,不去管學校的事情,他回答:「怎麼不關我的事,我要接下去辦校刊,怎麼不關我的事。」對於漢生不願同一般人一樣只求潔身自保,要能積極參與謀求改進,卻不曾考慮如何在社會許可範圍內發揮他的熱忱和正義感,他的母親所感受到的是:

> 他握牢了的拳頭像是隨時會迸出火花一樣,好一頭憤怒的小乳
> 獅。可是他又知道我這做母親的感受嗎?我的憤怒早已經不只
> 針對他的某一件罪行了,我真為他以後的前途擔心,他早蹯出

---

21 琦君:《橘子紅了》,臺北:洪範書店,2001 年,頁 25。

常軌，我不能想像，這樣孩子可能正常的成為一個成功的男人嗎？[22]

　　漢生畢業後，在求職道路上一直碰壁，只因為他「實在受不了一些同事，成天抱怨薪水低，沒有前途……看著生氣，還不如離開他們遠些。」漢生的這份志氣，似一個虛幻的理想主義者。他的雙親只得暗中幫他拉保險、籌錢，甚至幫他還債。他的母親想幫助漢生順利創業，卻又怕漢生會接受這安排而失去他原先想要自力更生，為社會做楷模的理想和熱情。

　　透過漢生母親的角度敘事，不僅客觀，還能見出母親心底的憂心，因為，大抵上，母親應該是最瞭解她自己的孩子的弱點的。

　　白先勇在〈Tea For Two〉中藉著小說裡的「我」去看在曼哈頓雀喜區 Tea For Two 酒吧裡成長的人物，「我」就是在 Tea For Two 邂逅安弟的——「安弟對我說，他一直有著身分認同的困擾，大概幼年時他與他的中國母親便遭到他美國父親的遺棄，所以他覺得他身體裡中國那一半總好像一直在漂泊、在尋覓、在找依歸。我把安弟緊緊摟入懷裡，撫摸著他那一頭柔順的黑髮，在耳邊輕輕說道：『安弟，讓我來照顧你一輩子吧。』那時我已在NYU拿到了企管碩士，並且在大通銀行找到一份待遇相當優厚的差事。我在第三大道上近二十一街處租到一間第十八層的頂層閣樓，閣樓有一個陽臺，站在陽臺上，入夜時，可以看到曼哈頓燦爛的晚景。……我緊執著安弟的手，心中有一份莫名的感動。安弟是我第一個深深愛戀上的男孩子，那份愛，是用我全部生命填進去的。我與安弟決定生活在一起，那是在我們交往半年後的事了。安弟搬進我的頂樓公寓，我們打算成立一個家，其實多少也受了大偉和東尼的啟發。」[23]

---

[22] 李昂：《七十七年短篇小說選》，臺北：爾雅出版社，1990 年，頁 163。
[23] 林秀玲主編：《92 年小說選》，臺北：九歌出版社，2004 年，頁 107。

　　大偉和東尼是 Tea For Two 的老闆，這裡有來自世界各地的朋友，而小說裡的其他人物，也經由「我」被介紹出來，除了每個人的故事，還有彼此間的情誼。

　　小說最後大偉和東尼選擇在發病前，一起離開人間，他們留下一封感人的信，要大家在送別會中盡情吃喝，開開心心地送他們走——

> 仔仔大概忘了他那張臉因瘤腫而變了形，學起東尼來，愈更醜怪滑稽。珍珠和百合兩人剛剛端著香檳進來，看見仔仔學東尼學得惟妙惟肖，忍不住哈哈大笑起來。百合雙手一手拎著兩瓶香檳，珍珠手上捧著一隻水晶盤，上面擺著五隻酒杯，都是從前 Fairyland 那種鬱金香型的高腳香檳杯。珍珠小心翼翼地把五隻酒杯都斟滿了香檳酒。我們各拿一杯，同時舉起杯子向大偉東尼我們的大爹爹胖爹爹送行說再見。突然間，幾乎同時我們一齊唱起 Tea for Two 來。愈唱我們的聲音愈高昂，我看到珍珠的眼睛淚水開始湧現，百合的眼睛也在閃著淚光，仔仔爛掉了的眼眶淚水已經盈到邊緣，小費那雙呆滯的圓眼一直在眨巴，我感到自己的眼眶也是熱辣辣的，可是我們一邊唱一邊卻拼命強忍住，不讓眼淚掉下來，生怕一掉淚，正在踢踢踏踏跳往「歡樂天國」的大偉和東尼會被我們拖累，跳不上去了。[24]

　　小說藉由「我」的眼光，真實地讓每個人在他們的舞臺上展開表演。

---

24 同註 23，頁 140～141。

第二節
第三人稱

　　當作者以第三人稱的敘事觀點去寫小說時，是只選擇一個人物作聚焦——她、他或人名作為小說敘事觀點，通過這個人物的眼睛、感受來觀看事情，這就是「第三人稱敘事」（third person narrative）。

　　第三人稱的敘事者，是指敘事人不在小說中出面，而是通過小說中的某一主角或配角以第三人稱的角度敘事的。

一、主角敘事觀點

　　透過主角的眼睛去觀看，並通過其思維去想像，通過其感覺去感受，這種方法相近於第一人稱的主角敘事了。

　　第三人稱「從主角的角度敘事」之所以最常被採用，乃因為此觀點不會流於太過主觀，結構也不易散漫，而且較能將一個人物完整而清楚的呈現出來。

　　張愛玲的〈花凋〉裡的川嫦有三個姐姐，而她總是沒有任何主見的聽從姐姐們的意見，不去反駁，所以總是撿姐姐或媽媽不要的衣物用，因為她們覺得那是適合川嫦的。

　　就連她所交往的醫生都是父母所選，雖然到了後來川嫦動了情愫，但是她卻生病了，肺病讓她在人世拖了幾年。

　　她受不了這痛苦。她想早一點結束了她自己。

　　早上趁著爹娘沒起床，趙媽上廟燒香去了，廚子在買菜，家中只有一個新來的李媽，什麼都不懂，她叫李媽背她下樓去，給她僱一部黃包車。她爬在李媽背上像一個冷而白的大蜘蛛。

　　她身邊帶著五十塊錢，打算買一瓶安眠藥，再到旅館裡開個房間住一宿。多時沒出來過，她沒想到生活程度漲到這樣。五十塊錢買不了安眠藥，況且她又沒有醫生的證書。她茫然坐著黃包車兜了個圈子，在西菜館吃了一頓飯，在電影院裡坐了兩個鐘頭。她要重新看看上海。[25]

　　之後她漸漸看輕人世的冷暖，也親眼看見醫生移情別戀，而家裡也似乎允許，只因為醫生免費為她包辦一切醫療，就連最後她死去了，她的碑陰都還虛假的行述著：「……川嫦是一個稀有的美麗女子……十九歲畢業於宏濟女中，二十一歲死於肺病。……愛音樂、愛靜、愛父母……無限的愛，無限的依依，無限的惋惜……回憶上的一朵花，永生的玫瑰……安息罷，在愛你的人的心底下。知道你的人沒有一個不愛你的。」[26] 因為作者站在主角的角度敘述，所以，這一段話，更讓人著實感到悲哀、諷刺與淒涼。

　　金正賢〈爸爸〉裡的韓正洙原是個工作認真的文官，突然被診斷出罹患惡性胰臟癌，於是開始思索該如何告訴家人這個消息。

　　當他要向家人開口時，才發現自己喪失了和最親密的親人的溝通能力。長久以來忙碌不已的他，因為多年的缺席，這個家早已沒有了他的位置。面對妻子和一雙兒女對他的不諒解，他所有的悲傷和痛苦湧上心頭。

　　徬徨失措的韓正洙在一次藉酒澆愁後，回到家中和妻女有了爭吵，後來因病狀產生嘔吐衝到廁所，卻被妻女以為是酒醉的嘔吐。在廁所中嘔吐完的韓正洙心中又有股說不出的空虛及酸楚。

　　作者站在主角的立場敘事，我們更容易見到他的心理變化。

　　張曼娟在〈架空之城〉也是用這樣的敘事觀點。它說的是這樣一

---

25 張愛玲：《傾城之戀》，臺北：皇冠出版社，2000 年，頁 220。
26 同註 25，頁 222。

個故事：阿育的女友莎莎，哭著對他說，她母親簽賭欠下幾百萬，準備要送她去陪酒，莎莎提議要綁票證券鉅子在住院的嬰兒。阿育為了莎莎，潛入醫院偷偷抱走了一個嬰兒，阿育打電話聯絡莎莎時，才發現他抱錯了小孩，他手上抱著的是一個等待社會捐款，準備要開刀的心臟病女嬰。

　　莎莎把所有的責任丟給阿育，阿育才發現拜金的莎莎騙了他，她母親根本沒有欠債。阿育在經過電視牆時，從新聞中才知道莎莎和同夥的豪哥，冒充綁匪向要收養心臟病女嬰的證券鉅子勒索三千萬。

　　阿育跳上一輛列車，抱著小嬰兒回想起他悲慘的童年，他也像手中的小嬰孩是個沒人疼愛的棄嬰。童年記憶的流轉，讓他決定把小嬰兒抱回醫院，說是在捷運站看見她的。他慶幸沒有讓莎莎得逞。

　　如果作者不是用第三人稱的主角角度去敘事，我們很難集中去理解阿育最後是在怎樣的心情下做出決定的。

　　王定國的〈櫻花〉也是站在主角牙醫張斯林的角度，見到病人碧茵的成長，從父親陪她來看牙，到她自己可以獨立來定期檢查——

> 有一年，日子過了大半她才出現，墨鏡一直不願摘下，有意無意透露著第一次的戀愛，還有四個月後的分手。
>
> 有一年，她說清明節那天很孤單，捧著鮮花去上墳，才發現母親已在父親的碑石前哭泣著。
>
> 有一年，出現在診所的午休時分，背後束起馬尾，淡慘的神色像極她身上的白衫，從頭至尾沒說一句話，沒有掛號，後來靜靜地離開。[27]

　　作者十分巧妙地這樣安排了以上三個段落交代了碧茵的成長，後

---

27 同註 23，頁 185。

來，還有張斯林面對碧茵從少女到女人的轉變的心理起伏，以及兩人婚外戀情的經過。

　　張斯林規定碧茵不能再去看牙，他們在電話中使用暗號，決定上車的時間地點，比如「牙痛」指的是公園東側後門，「牙肉出血」是火車站，「門牙」是下午一點，「第三顆」就是下午三點。張斯林盡情地享受性愛，可是後來出門的藉口能用的逐漸用罄，偷到手的時間愈來愈短，「脫衣服的速度只好慢慢加快了。有時甚至是他先把自己的衣服除盡，衝進浴室像是把自己丟進了洗衣機，一陣胡搓亂抹後，出來時已經滿身大汗，然後他跳上床，往旁側的棉褥一拍，『上來啊，碧茵。』而這時候，她還呆立在窗邊，甚至皮包還掛在手上。」[28]

　　戀情的最後，碧茵的弟弟來訪，告訴張斯林她姐姐自殺了，留下遺書，交代要把在他這裡做的新牙裝上去；張斯林怎麼也沒料到，就因為他無法依約和碧茵去旅行看櫻花，結果她選擇了這樣的方式，讓他愧疚一輩子。

二、旁觀敘事觀點

　　站在旁觀的角度敘事所以有趣，在於這個觀點使讀者可以看見其他觀點可能遺漏的許多點。旁觀者可說是對小說中行為特別敏銳而有價值的評論者，他和第一人稱的旁觀敘事一樣，可將他所認識的主角的一切告之讀者。

　　「第三人稱旁觀敘事」與「第一人稱旁觀敘事」是十分相近的，它們的分別只在於所使用「人稱」不同，而第一人稱是自我剖白的態度，第三人稱是敏銳客觀的描寫，是與讀者站在同一邊的。

　　白先勇〈國葬〉的主角是已去世的陸軍上將李浩然將軍，這篇小說是以一個重要的配角——李將軍過去的副官——秦義方的視角去展開的。

---

28 同註 23，頁 192。

　　敘述李浩然將軍的副官秦義方，參加了將軍的喪禮，時勢轉變，引發他記憶中一連串當年伺候將軍的種種過往。

> 　　長官直是讓這些小野種害了的！他心中恨恨的咕嚕著，這些吃屎不知香臭的小王八蛋，哪裡懂得照顧他？只有他秦義方，只有他跟了幾十年，才摸清楚了他那種拗脾氣。
>
> 　　秦義方朝著將軍那幅遺像又揪了一眼，他臉上還是一副倔強樣子！秦義方搖了一搖頭，心中嘆道，他稱了一輩子的英雄，哪裡肯隨隨便便就這樣倒下去呢？可是怎麼說他也不應該拋開他的。……他倒嫌他老了？不重用了？主人已經開口了，他還有臉在公館裡待下去嗎？
>
> 　　秦義方伸出手去，他想去拍拍中年男人的肩膀，他想告訴他：父子到底還是父子。他想告訴他：長官晚年，心境並不太好。他很想告訴他：夫人不在了，長官一個人在臺灣，也是很寂寞的。可是秦義方卻把手縮了回來，中年男人揪了他一眼，臉上漠然，好像不甚相識的模樣。[29]

　　方娥真的〈佳話〉敘述一個女子徐家雯，十分熱愛作家薛淺晴的作品，然而，她對薛淺晴以自殺結束生命的做法十分不解，於是展開一連串對薛淺晴生前的作家男友陸振放的追索。最終，徐家雯知道了真相，也知道薛淺晴和陸振放這對文壇佳偶名不副實的戀情，原來，薛淺晴所愛另有其人。但是，徐家雯並未將此事公諸於世，使得薛淺晴與陸振放之間的情愫得以在文壇上繼續流傳。

---

29 同註15，頁267、268、270。

三、全知敘事觀點

　　全知觀點（omniscient viewpoint），又稱萬能觀點，屬第三人稱的技巧，作者是以第三人稱的語法去表現小說人物內、外在的全貌，對作者而言，應算是最適意的一種敘事形式，因為作者自比為上帝，處理小說情節時無所不知、無所不能，能夠進入人物的內心，超越時空地進行敘事。

　　全知觀點在運用上比較靈活，因為敘述者可以隨意操縱場景、人物、事態，交代因由，加插評論。但是，全知觀點比較容易限制讀者的獨立思考，使他們對敘述者的「全知」感到懷疑，故事的說服力便會打了折扣。為求取得讀者信賴，運用全知觀點的作家，通常集中選擇一些核心人物作聚焦，或以戲劇呈現增加逼真程度。

　　首先來看白先勇的〈永遠的尹雪豔〉，看看作者為何選擇全知觀點去敘述。〈永遠的尹雪豔〉不能以第一人稱來寫，若以尹雪豔自述，不但容易情不自禁的剖露她的內心想法，而且也大大削弱了小說的神祕氣氛，況且尹雪豔也無法自吹她自己令他人動心之處。

　　又若以小說中的某一配角以第一人稱作敘事，那麼小說中的時、空範圍必定會受到相當的限制，除非這個人物從過去到現在寸步不離跟著尹雪豔，而尹雪豔視她如無所不談的知己，但回過頭來說，小說若真創造了這樣一個配角，非但有多此一舉之嫌，而且尹雪豔在小說中的地位也就顯得不那麼重要了，因為她必須不能離開這個配角的視線，她再也無法「像一陣三月的微風」或「踏著風一般的步子」來去自如了。

　　又假若白先勇以第三人稱，從主角尹雪豔或擇一配角的角度敘事，必然都將無法「天南地北」的展現尹雪豔這個集美麗與邪惡於一身的女人的完整形象。

　　經過以上的假設分析，我們得知〈永遠的尹雪豔〉唯有以全知的敘事觀點去敘述，在人物的刻劃上才能收到「事半功倍」的美學效果；

同時，也才能讓作者在尹雪豔身上建立起那種若隱若現、忽暗忽明的神祕感，使讀者想更進一步一窺究竟，這正是使用全知觀點的好處。

　　魯迅的〈阿Q正傳〉故事從作者要幫阿Q做正傳開始，共分十章，第一章是序。作者說明為何要幫阿Q做正傳，及阿Q的身世經歷。從第二章開始，作者好像二十四小時跟著阿Q，把在阿Q身上發生的事一一記錄下來，順帶把阿Q內心的想法表達出來，同時也出面交代其他人物的背景。

　　張愛玲的〈色戒〉開頭先是介紹了麻將桌上四位太太的穿著打扮——

　　　左右首兩個太太都穿著黑呢斗篷，翻領下露出一根沉重的金鍊條，雙行橫牽過去扣住領口。戰時上海因為與外界隔絕，興出一些本地的服裝。淪陷區金子畸形的貴，這麼粗的金鎖鍊價值不貲，用來代替大衣鈕釦，不村不俗，又可以穿在外面招搖過市，因此成為汪政府官太太的制服。也許還是受重慶的影響，覺得黑大氅最莊嚴大方。[30]

　　接著易太太又說明和王佳芝的結識過程——

　　　她跟佳芝是兩年前在香港認識的。那時候夫婦倆跟著汪精衛從重慶出來，在香港耽擱了些時。跟汪精衛的人，曾仲鳴已經在河內被暗殺了，所以在香港都深居簡出。易太太不免要添些東西。抗戰後方與淪陷區都缺貨，到了這購物的天堂，總不能入寶山空手回。經人介紹了這位麥太陪她買東西，本地人內行，香港連大公司都要討價還價的，不會講廣東話也吃虧。他們麥先生是進出口商，生意人喜歡結交官場，把易太太招待得無微

---

30 張愛玲：《惘然記》，台北：皇冠出版社，1992 年 6 月，頁 10。

不至。易太太十分感激。珍珠港事變後香港陷落，麥先生的生意停頓了，佳芝也跑起單幫來，貼補家用，帶了些手錶西藥香水絲襪到上海來賣。易太太一定要留她住在他們家。[31]

小說以全知敘事觀點開展，以涵括廣大的時空與人物的安排。

李碧華在小說《霸王別姬》裡用了不少筆墨去傳達小豆子母親的無奈，她賣身去養活小豆子。但有一天，當男人在她身上聳動時，她從門簾縫見到他能殺死人的眼睛，她知道無法再留他在窯子裡了。

且看母親帶著九歲的小豆子去見戲班的關師父時，描寫當場每個人的態度與反應——

娘趕忙給他剝去了脖套，露出來一張清秀單薄的小臉，好細緻的五官。

「小豆子。」

關師傅按捺不住歡喜。先摸頭、捏臉、看牙齒。真不錯，盤兒尖。他又把小豆子扳轉了身，然後看腰腿，又把他的手自口袋中給抽出來。

小豆子不願意。

關師傅很奇怪，猛地用力一抽：

「把手藏起來幹嘛——」

一看，怔住。

小豆子右手拇指旁邊，硬生生多長了一截，像個小枝椏。

「是個六爪兒？」

材料是好材料，可他不願收。

---

31 同註 30，頁 11。

「嘿！這小子吃不了這碗戲飯，還是帶他走吧。」

堅決不收。女人極其失望。

「師父，您就收下來吧？他身體好，沒病，人很伶俐。一定聽您的！他可是錯生了身子亂投胎，要是個女的，堂子裡還能留養著。」

說到此，又覺為娘的還是有點自尊：

「──不是養不起！可我希望他能跟著您，掙個出身，掙個前程。」

把孩子的小臉端到師傅眼前：

「孩子水蔥似地，天生是個好樣……，還有，他嗓子很亮。來，唱──」

關師傅不耐煩了，揚手打斷：

「你看他的手，天生就不行！」

「是因為這個麼？」

她一咬牙，一把扯著小豆子，跑到四和院的另一邊。廚房，灶旁……。

天色已經陰暗了。玉屑似的雪末兒，猶在空中飛舞，飄飄揚揚，不情不願。

無可選擇地落在院中不乾淨的地土上。

萬籟俱寂。

所有的眼睛把母子二人逼進了斗室。

才一陣。

「呀──」

一下非常淒厲，慘痛的尖喊，劃破黑白尚未分明的夜幕。[32]

---

32 李碧華：《霸王別姬》，湯臣電影有限公司，1992 年，頁 13-15。

　　作者以全知觀點敘事，後續才能在各個場景開展以及進入人物的內心自由來去。

　　蘇童的《妻妾成群》也是以全知敘事觀點，介紹老爺與四個妻妾之間爭寵的心機故事。唯有善用全知觀點，作者才能充分展現每個女人內心的悲哀，以及老爺的威權。

　　張愛玲善於利用全知觀點，展現各個人物之間內心幽微的想法。〈怨女〉描述一個出身麻油店的美麗女子——銀娣，因為貧窮的環境，促使她想選擇一個富有的婆家。於是她嫁給殘疾的姚二爺，犧牲自己的愛慾成全她的物質生活，進而開始了她被壓抑、被扭曲、荒涼的、怨恨的一生。

　　廖輝英的《輾轉紅蓮》裡六歲就賣給大戶人家做童養媳的許蓮花，一生命運波濤起伏。因紈袴子弟的丈夫——茂生迷戀煙花，恩斷義絕，終至狠心拋妻奪子。在絕境中蓮花艱苦奮鬥，最後終於苦盡甘來。

　　張小嫻的《雪地裡的天使蛋捲》裡，寫的是愛好自由的李澄，遇上一生只想守候一個男人的方惠棗，在這場愛情承諾的角力賽裡，兩個不同愛情觀的人，在情愛追逐裡的紛爭與妥協。雖然是彼此相愛，終究因為觀念的差異，方惠棗選擇離開。

　　在小說中有一段描寫李澄去參加同事的慶生會，打了一通電話回家——

　　　「我忘了告訴你，報館的編輯今天生日，我們在迪斯可裡替她慶祝。」

　　　「我知道了。」方惠棗在電話那一頭說。

　　　「我可能會晚一點回來。」

　　　「嗯。」

　　　「你先睡吧，不用等我。」

　　　「知道了。」她輕鬆地說。她在學習給他自由，只要他心裡有

她，在外面還會想起她，她就應該滿足。

他放下話筒，雖然只是打了一通電話，但他知道她正在一點點的改變，為了愛情的緣故。[33]

作者在此呈現了兩人為彼此所做的妥協，像是電影鏡頭般，在兩個不同的場景裡，藉著電話線的傳播，不僅讓方惠棻知道李澄的行蹤，也讓讀者藉著這條線，知道了兩人因為這段愛情的性格上的轉變。若不是全知觀點，如何辦到？

杜修蘭的《默》也是利用全知觀點，以臺灣戰後的歷史背景，深刻地記錄了當時人民的生活現況。

朱少麟的《燕子》，以職業舞者的世界為背景，描寫世紀末現代人感情和藝術的矛盾與困惑。作者選擇以全知觀點的敘事角度，去展現故事裡每個人的缺陷。

卓教授有著天才所具備的狂妄人格、暴躁天性，讓舞團的每一個舞者又敬又畏；聽不見的龍仔「天性純良一如童男」；克里夫是個外型俊美的外國男孩，雖然很不相襯地說著一口臺灣國語，可他「天真而熱情」；教人又愛又恨的榮恩，個性複雜而多面；李風恆是卓教授的得意門生，外型中性俊美、聰明非常，具有領導才能。

這些人物都有他們生命的弱點和缺陷，大家努力尋找新的事物，其實是有心要彌補過去的空洞，希冀找到新的人生。

比如，讀者可以清楚地見到阿芳建構出自己生命的侷限，認為氣喘是她一輩子的限制，又加上非專科出身，在舞團中感到自卑；但卻又自詡見識不凡，而孤芳自賞──在舞團的文化課程中，「這類良莠不齊，雞同鴨講的討論令我辛苦難當」；「我花了這麼多年終於置身在純舞者的世界，與他們揮汗同行我才又發現，我與他們早已經如此

---

33 張小嫻：《雪地裡的天使蛋捲》，臺北：皇冠出版社，1998 年，頁 109～110。

不同。」[34] 在職場中，她又因為沒有目標，想要逃離，因而成為眾人眼中凡事漠不關心的一員。阿芳的個性消極，感情淡漠，二十八歲還是處女，她在生活與精神上處處潔癖，偏執地視其他人為「俗物」。後來，總算在卓教授的帶領下，走出屬於自己的光明之路。

大仲馬《基督山恩仇記》也是使用全知觀點。十九歲的鄧迪斯是個單純善良的青年，即將由埃及王號的大副升任船長一職，就在他準備迎娶美麗的梅黛絲時，一封誣陷的告密函使得他被捕，關入黑牢。他不明所以，震驚、憤怒、失望、沮喪，最後想以自殺結束一切，所幸後來認識了同被關在黑牢裡的法利亞長老。博學、睿智的長老不但把豐富的知識交給鄧迪斯，和他一起計畫越獄，且把藏於基督山島岩洞中的寶藏祕密告訴他，而且解開了他所以被謀害的謎。十四年後，鄧迪斯因法利亞長老的去世而逃離黑牢，並找到了基督山島上的寶藏，他決心完成復仇計畫，除報答恩人外，還要設陷者一一付出代價。

如果作者不是用全知觀點來表現，想必很難安排計畫逃獄、尋找寶藏並且復仇的情節。

福樓貝《波法利夫人》裡的艾瑪，少女時期被送到修道院陶冶，自此開始夢想貴族般海闊天空的愛情生活。成年以後，她嫁給一位平庸的醫生，成為波法利夫人。平淡的生活很快破滅了她的浪漫幻想，波法利為解除她的煩悶，於是遷居到雍維勒鎮。在這裡情場老手何多夫乘虛而入，艾瑪錯把他當成夢寐以求的情人，由半推半就到難捨難分，卻在要求與他私奔時遭到拋棄，艾瑪在精神上受到很大的打擊。後來她在盧昂遇到舊識——雷翁，兩人舊情復萌，過了將近兩年的偷情的生活，最後也遭到遺棄，並使她債臺高築。最後在高利貸商人的逼迫之下，她求告無門，服毒自盡。

雷翁和艾瑪偷情一段日子後，開始互相感到厭煩。

---

34 朱少麟：《燕子》，臺北：九歌出版社，1999 年，頁178。

如今，他也感到厭煩，當艾瑪忽然偎在他胸口上嗚咽起來的時候，就像某些人只能忍受少量的音樂，而他的心一聽見愛的喧囂就因淡漠而昏昏欲睡，他已經分辨不出愛情的細緻了。

他們彼此熟悉了，不再因互相占有而驚喜。她討厭他，他也對她感到厭倦。艾瑪在姦淫之中又發現了像婚姻一般的平淡。

可是，怎麼擺脫呢？儘管她因這種幸福的卑劣而感到羞辱，但是由於習慣或是由於淫穢，她仍然不放手，她一天比一天抓得更緊。因為她希望太多的幸福，所以耗竭了所有的幸福。她責怪雷翁使她失望，好像他曾經對她不忠，她甚至希望有一種災禍使他們分手，因為她實在沒有勇氣下決心分手。[35]

在這段引文中，可以看到雷翁對艾瑪已經厭煩的內心分析，也可以看到艾瑪內心對他們的感情掙扎，如果不是作者使用全知觀點，是不可能同時知道小說裡兩個以上的人物的內心世界。

由以上的舉例可以瞭解全知觀點的神通廣大的特點。

四、客觀敘事觀點

黃慶萱對客觀觀點介紹說：「以客觀觀點敘事法寫成的作品，完全敘述事實而不及其他。作家置身於作品之外，使所呈現的事物保持客觀之面貌，即所謂『作者的分離』。詳細地說：作者站在一個連續的時空，客觀地報導事情發生的經過。沒有內心刻劃，而由言語行動表情來反映人物心理；不牽涉過去，除非對話中展示過去；對所發生的一切，沒有分析、沒有解釋、沒有結論，而完全由讀者自己去分析、去解釋、去下結論。這種敘述法，乃師承科學研究的客觀態度。」[36]

---

35 福樓貝著，胡品清譯：《波法利夫人》，臺北：志文出版社，1978年，頁349。
36 黃慶萱：〈細品〈梁父吟〉〉，臺北《中央日報》第十版，1976年10月10日。

這是一段十分詳盡而清楚的「客觀觀點」之介紹，由此很容易能分辨出全知觀點與客觀觀點的差異性。

以完全客觀觀點敘事的小說，最重要的是小說人物的對話，因為作者不能直接說明，只能通過人物之間的對話，讀者才能得知人物的過去與其內心的想法，讀者必須負起自己想像、下結論的義務。白先勇的〈梁父吟〉、〈歲除〉和〈思舊賦〉這三篇小說，正可說是建立在人物的對話上，而對人物進行刻劃，使主、從人物的性格能透過其對話內容，栩栩如生地呈現出來。

黃慶萱先生在〈細品〈梁父吟〉〉一文中說：「白先勇的〈梁父吟〉，嚴格地遵守著客觀觀點的規則，甚至比海明威的《殺人者》更標準。」[37]

小說一開始白先勇先向讀者介紹：「一個深冬的午後，臺北近郊天母翁寓的門口，一輛舊式的黑色官家小轎車停了下來，車門打開，裡面走出來兩個人。前面是位七旬上下的老者，緊跟其後，是位五十左右的中年人。」[38]

從這段話讀者可以推知小說的主人翁應該姓「翁」，而且身居非當權的官職，因為他所乘坐的官家黑色小轎車是舊式。接著上一段文字，白先勇把老者和中年人的衣著介紹給讀者，讓讀者在心中對這兩個人物產生概括的形象。但至目前為止，讀者和白先勇一樣都還不知道這兩個人物的姓名，甚至還不確定他們兩人是否為「翁寓」的主人。一直到應門的老侍從出現，向老者和中年人不停的點著頭說：「長官回來了？雷委員，您好？」讀者才確知老者是「翁寓」的主人，而中年人則是雷委員，老者姓翁，但別人對他的稱呼呢？這從雷委員接著的話可以得知：「樸公累了一天，要休息了吧？我要告辭了。」樸公挽留雷委員，並叫：「賴副官。」這位老侍從沏茶到書房。至此讀者

---

37 同註 36。
38 同註 15，頁 123。

和白先勇已經同時知道如何稱呼出場的人物了。所以小說後面的篇幅中，白先勇就將原先的「老者」、「中年人」、和「老侍從」的稱呼，改口為「樸公」、「雷委員」和「賴副官」。透過這樣只「訴諸事實」的客觀觀點敘事，在無形中逼使作者更仔細地去觀察人物，更精確地去描述並記錄人物的言語、表情、動作。因此，使用客觀觀點為敘事基礎的小說，其作者對人物的刻劃實比任何一種敘事觀點來得深刻動人。像〈梁父吟〉中，白先勇就通過樸公和雷委員的動作對話、外表、反應去暗示樸公對已故的老朋友以及過去那段結「隊」起義的革命懷念——

> 「我記得恩師提過：他和樸公、仲公都是四川武備學堂的同學。」
>
> 「那倒是。不過，這裡頭的曲折，說來又是話長了——」
>
> 樸公輕輕的嘆了一下，微微帶笑的合上了目。雷委員看見樸公閉目沈思起來，並不敢驚動他，靜等了一刻功夫，才試探著說道：「樸公講給我們晚輩聽聽，日後替恩師做傳，也好有個根據。」
>
> 「唔——」樸公吟哦的一下，「說起來，那還是辛亥年間的事情呢。仲默和他夫人楊蘊秀，剛從日本回來，他們在那邊參加了同盟會，回來是帶了使命的：在四川召集武備學堂的革命份子，去援助武漢那邊大舉起義。那時四川哥老會的袍哥老大，正是八千歲羅梓舟，他帶頭掩護我們暗運軍火入武昌。其實我們幾個人雖然是先後同學，彼此並不認識，那次碰巧都歸成了一組。我們自稱是『敢死隊』，耳垂上都貼了紅做暗記的，提出的口號是『革命倒滿・倒滿革命』。一時各路人馬，揭竿而起，不分晝夜，兼水路紛紛入鄂。仲默的夫人楊蘊秀倒底不愧

是有膽識的女子！」樸公說著不禁讚佩的點了幾下頭。[39]

因為客觀觀點的重要特色是作者的筆觸不能涉及小說任何人物的內心，所以為了讓讀者能更接近人物，作者除了以人物的外表去反映他的內心，以動作去述明他的感情外，還可利用環境中客觀事物的陳述，以引起讀者自我意識的主觀想像。

白先勇描寫〈梁父吟〉中尊重傳統的樸公，他那古色古香的書房，就是為了表現樸公的性格：

一壁上掛著一幅中堂，是明人山水，文徵明畫的《寒林漁隱圖》。兩旁的對子卻是鄭板橋的真蹟，寫得十分蒼勁雄渾：
錦江春色來天地
玉壘浮雲變古今
另一壁也懸著一副對聯，卻是漢魏的碑體，乃是展堂先生的遺墨。上聯題著「樸園同志共勉」。下聯書名了日期：民國十五年北伐誓師前夕。聯語錄的是國父遺囑：
革命尚未成功
同志仍須努力 [40]

這樣的陳設是十分古雅的，靠窗左邊是一張烏木大書桌，桌上文房四寶一律齊全。一個漢玉鯉魚筆架，一塊天籟閣珍藏的古硯，一隻透雕的竹筆筒裡插著各式的毛筆，桌上單放著一部《大藏金剛經》，旁邊有一隻三角鼎的古銅香爐，爐內積滿了香灰，中間插著一把燒剩的香棍。

---

39 同註 15，頁 128～129。
40 同註 15，頁 125～126。

　　歐陽子說：「細讀〈梁父吟〉裡作者對樸公的描寫，即發現樸公除了具有不屈不撓、貫徹始終的創國精神，更秉具中國五千年積留下來的傳統文化之精神。正如劉備是漢室正統後裔，樸公是漢族的正統後裔，身體不混雜一滴外族血液，靈魂未受到一絲外族沾染。我們很可以說，王孟養代表中華民國的精神，樸公則更代表中華民族的精神。」[41] 這段話的意義，正好可透過以上以客觀觀點的景物的烘托加以呈現。

　　再看〈歲除〉中自視甚高的賴鳴升，在喝醉前後不同的說話語氣。

　　喝醉前——賴鳴升帶來一打金門高粱，說是過去一個老部下送的。

> 「大哥，你也是我的老長官，我先敬你一杯。」劉營長站起來，端著一杯滿滿的高粱酒，走到賴鳴升跟前，雙手舉起酒杯向賴鳴升敬酒。
>
> 「老弟臺，」賴鳴升霍然立起，把劉營長按到椅子上，粗著嗓門說道，「這杯酒大哥是要和你喝的。但是要看怎樣喝法。論到我們哥兒倆的情份，大哥今晚受你十杯也不為過。要是你老弟臺把大哥拿來上供，還當老長官一般來敬酒，大哥一滴也不能喝！一來你大哥已經退了下來了。二來你老弟正在做官。一個營長說大不大，說小不小，手下也有好幾百人。你大哥呢，現在不過是榮民醫院廚房裡的買辦。這種人軍隊裡叫什麼？伙伕頭！」[42]

　　喝醉後——劉營長夫婦見賴鳴升已有醉意要他喝慢點，賴鳴升卻誇說：以前貴州茅臺都喝過幾罈了，臺灣的金門算什麼。

41 歐陽子：《王謝堂前的燕子》，臺北：爾雅出版社，1978 年，頁 150。
42 同註 15，頁 56。

「大哥的酒量我們曉得的。」劉營長陪笑道。

「老弟臺，」賴鳴升雙手緊緊的揪住劉營長的肩帶，一顆偌大的頭顱差不多擂到了劉營長的臉上，「莫說老弟當了營長，就算你掛上了星子，不看在我們哥兒的臉上，今天八人大轎也請不動我來呢。」

「大哥說的什麼話。」劉營長趕忙解說道。

「老弟臺，大哥的話，一句沒講差。吳勝彪，那個小子還當過我的副排長呢。來到臺北，走過他大門，老子正眼也不瞧他一下。他做得大是他的命，捧大腳的屁眼事，老子就是幹不來，幹得來現在也不當伙伕頭了。」[43]

白先勇利用劉營長和賴鳴升兩人的對話，把賴鳴升對「官位」的敏感話題，在喝醉前後以截然不同的講話語氣和態度，具體的呈現出來，不去分析他的性情，他所作的「只是在故事進展中『目擊者』基於官能感應所報導的事實」[44] 然而，這就足以使讀者在不知不覺中就發覺出賴鳴升心靈內在層次的寂寥情感，白先勇無須多加批評或說明，賴鳴升這個人物就已經活生生的撼動讀者的心靈了。

〈思舊賦〉也是一篇以客觀觀點敘事的作品——「一個冬日的黃昏，南京東路一百二十巷李宅的門口，有一位老婦人停了下來，她抬起頭，瞇起眼睛，望著李宅那兩扇朱漆剝落，已經沁出點點霉斑的檜木大門，出了半天的神。……李宅是整條巷子裡唯一的舊屋，前後左右都起了新式的灰色公寓水泥高樓，把李宅這幢木板平房團團夾在當中。」[45] 從白先勇這樣的客觀描寫，讀者可以輕易地感受到一股陰暗

43 同註 15，頁 67。
44 丁樹南譯：《小小說的寫作與欣賞》，臺北：純文學出版社，1967 年，頁 95。
45 同註 15，頁 111～112。

的氣氛籠罩著李宅，由此可想像李宅應是一個衰落不興的家庭。

那位在門口徘徊的老婦人，原想按門上的電鈴，卻又將手遲疑地縮了回來，她繞到房子後門去，喊著：「羅伯娘」，接著又對探出的頭說：「二姐，是我順恩嫂」。至此讀者可推知順恩嫂和羅伯娘，這兩個剛出場的人物，應該就是要交代小說主題的口述者，也是白先勇要藉其口去刻劃其他人物的配角，所以白先勇才會先將她們兩人「老態龍鍾」的形象介紹給讀者，讓讀者瞭解〈思舊賦〉的基調是絕對「灰暗衰敗」的。

從順恩嫂和羅伯娘兩人的對談，我們看到由盛而衰的李家——夫人的死、少爺的瘋、小姐的走、僕人的逃以及長官絕望地要削髮出家，都像一幕幕轉動的畫面映入讀者的眼簾。

由此來看，〈思舊賦〉本可說是一篇情感激烈的小說，但白先勇以看似「冷酷無情」的客觀觀點去敘事，不但避免了作者可能把持不住的「氾濫情感」，而且那種僅僅「提示事實」的陳述，遠比除了說明事實外，再加上自己的主觀情感和現身說法要顯得更為動人了。

由以上的分析可知，白先勇利用客觀觀點，讓各人物在相當的情狀中自由演出，把昔日那個憂患重重的時代，通過人物的造型予以呈現。白先勇無須使用任何贅詞浮文就把〈歲除〉、〈梁父吟〉和〈思舊賦〉中出場或未出場的人物直接或間接地在讀者的眼前出現，其人物形象，可說是具備了相當高度的藝術概括性。

第三節

第二人稱

第二人稱敘事觀點，起源於西方現代主義所孕育的敘事技巧，是近年來才發展出來的敘事技巧，很明顯的關鍵就在於小說文本中大量

出現第二人稱——「你」，大多見於短篇小說。作者企圖運用這種敘事觀點以「你」的人稱拉近與讀者之間的距離。

廣為人知的小說有義大利伊塔羅‧卡爾維諾的〈如果在冬夜，一個旅人〉，對岸的高行健《一個人的聖經》和《靈山》，而國內張系國的〈藍色多瑙河〉和〈一千零一夜〉，還有朱天心的〈古都〉都是以第二人稱觀點寫成。

第二人稱敘事有分為三種：

一、以「第一人稱」和「第三人稱」展開敘述，作者可以盡情地與身為「你」的讀者加以議論與抒情。

二、敘事者「我」和另一個人物「你」進行交談，讓讀者成為一個第三者客觀身分的旁聽者。

三、通過某一個特定的人物——「你」的間接觀點去敘述故事，與讀者進行交流，文本中沒有「我」，只有敘事者與「你」之間的關係。

以上三種較為廣義，嚴格來說，有人認為只有第三種才是屬於最明確而狹義的「第二人稱」敘事觀點。

舉朱天心〈古都〉為例：「我」和結婚二十年的丈夫去參加反對運動集會，有一個助講員說了類似外省人應該趕快離開到中國去之類的話。「我」的丈夫在慌亂中匆忙望了妻子一眼，好像擔心妻子會被周圍的人認出來，並且被驅離似的。小說裡說：

你簡直不明白為什麼打那時候起就從不停止的老有遠意、老想遠行、遠走高飛，其實你不曾有超過一個月以上時間的離開過這海島，像島夷海寇們常幹的事。好些年了，你甚至得時時把這個城市的某一部份、某一段路、某一街景幻想成某些個你去過或從未去過的城市，你才過得下去，就像很多男人，必須把不管感情好壞的妻子幻想成某個女人，才能做得了男女之事。

你從未試圖整理過這種感覺，你也不敢對任何人說，尤其在這動不動老有人要檢查你們愛不愛這裡，甚至要你們不喜歡這裡就要走快走的時候。要走快走，或滾回哪哪哪，彷彿你們大有地方可去大有地方可住，只是死皮賴臉不去似的……有那樣一個地方嗎？[46]

　　朱天心在這裡寫出了外省族群無奈的身份糾纏與悲哀。她以第二人稱和讀者接近，寫出了多數人的刻板印象，讓外省籍身份的人被認為是不可能像臺灣本省人一樣認同臺灣這塊土地，這種狀況讓那一群身處尷尬困境的被認為不認同臺灣，也不被臺灣所認同的外省人進退維谷。

第四節
混合式的敘事觀點

　　小說家除了可以利用小說的敘述手法，比如透過時序的顛倒和對人物潛在意識活動的推測等來加強作品的藝術效果外，敘述角度的變動也是很可以善用的。

　　基本上，一個敘事本文通常只運用一種觀點。但為了表達需要，可根據藝術需要而作彈性處理，只要效果良好，同一篇作品中的敘事觀點，是可以轉變或交替的多重運用的。

　　以魯迅的作品為例，〈祝福〉就有兩個本文，開始和結尾用的是第一人稱，而關於祥林嫂的那一段故事，則基本上用的是全知觀點。作者如此設計為的是要以全知觀點來擴充敘述幅度，而又以敘事者

---

46 朱天心：《古都》，台北：麥田出版社，1997 年，頁 169。

「我」的觀點，客觀地維繫了祥林嫂的可憐身世，讓讀者感到更有說服力。再看〈在酒樓上〉，這篇小說雖然用了第一人稱，但呂緯甫的經歷，是從呂緯甫口中以另一個第一人稱方式引述出來的，並不是由敘述者「我」旁觀得之的，這可說是一種雙重第一人稱敘事。

沈從文的〈燈〉有兩個本文：第一個是以全知觀點敘述，放置於小說開頭和結尾，先引出主人和油燈，中間則嵌入另一個第一人稱敘述本文，由主人以「我」敘述油燈的來歷，引出一位老兵如何殷勤服侍少主人，以及如何關心他的婚姻大事等等。整個故事講完後，再以全知觀點，敘述主人不過是在虛構了那個「第一人稱」故事。作者如此設計，為的是可以利用兩個本文，加強現在和過去、真實和虛構、城市和鄉土的對比。

余華《活著》小說的主角徐福貴是個農夫，小說裡的敘事者是個到鄉間採集民歌的年輕人，余華安排讓這位民歌收集者以「第一人稱旁觀敘事」聽著福貴以「第一人稱主角敘事」緩緩回憶他那一段辛酸歲月，他如何歷經身邊一個個親人的離去，最後只剩他和老牛作伴的往事。所以，該篇小說混合了兩種敘事觀點，就是「混合式的敘事觀點」。

小說開頭是站在旁觀年輕人的角度敘事——

> 我比現在年輕十歲的時候，獲得了一個「遊手好閒」的職業，去鄉間收集民間歌謠。那一年的整個夏天，我如同一隻亂飛的麻雀，遊蕩在知了和陽光充斥的農村。……我遇到那位名叫福貴的老人時，是夏天剛剛來到的季節。那天午後，我走到了一棵有著茂盛樹葉的樹下，田裡的棉花已被收起，幾個包著頭巾的女人正將棉稈拔出來，她們不時抖動著屁股摔去根鬚上的泥巴。[47]

---

47 余華：《活著》，麥田出版社，1994年5月，頁1、11。

中間則穿插著年輕人去採訪曾是地主少爺的主角福貴的自敘——

> 上私塾時我從來不走路，都是我家一個雇工背著我去，放學時
> 他已經恭恭敬敬地彎腰蹲在那裡了，我騎上去後拍拍雇工的腦
> 袋，說一聲：「長根，跑呀！」雇工長根就跑起來，我在上面
> 一顛一顛的，像是一隻在樹梢上的麻雀。我說一聲：『飛呀！』
> 長根就一步一跳，做出一副飛的樣子。[48]

　　長大後的福貴好色好賭，更總往城裡跑，常常不回家，福貴迷上賭
博後表示：「後來我更喜歡賭博了，嫖妓只是為了輕鬆一下，就跟水喝
多了要去方便一下一樣，說白了就是撒尿。賭博就完全不一樣了，我是
又痛快又緊張，特別是那個緊張，有一股叫我說不出來的舒坦。」。[49]
　　終於，福貴在一夕間把家產都敗給了龍二，徐老爺子傾家蕩產為
兒子還債，離開祖屋後沒多久就死了。變成落拓窮農戶的福貴，開始
過著艱苦的生活。在勸他戒賭不成負氣離家的妻子家珍又回家後，他
重燃起求生的意志，跑去跟龍二借五畝地來耕，沒有當過農夫的福貴，
開始下田工作，手指常被鐮刀割傷。幫忙下田的母親見到他手指受傷，
便抓起田間一把泥土往他的傷口處貼，說泥土是最滋養的，能長作物，
也能滋養身體。一家人，雖由盛而衰沒了家產，但母親卻常安慰福貴
說窮沒有關係，家人能在一起就是幸福。
　　在小說裡，余華藉著旁觀敘事者的眼睛，讓我們看到土地之於農
民的重要——

> 炊煙在農舍的屋頂裊裊升起，在霞光四射的空中分散後消隱

---

48 同註47，頁16～17。
49 同註47，頁17。

了。女人吆喝孩子的聲音此起彼伏，一個男人挑著糞桶從我跟
前走過，扁擔吱呀吱呀一路響過去。慢慢地，田野趨向了寧
靜，四周出現了模糊，霞光逐漸退去。我知道黃昏正在轉瞬即
逝，黑夜從天而降了。

我看到廣闊的土地袒露著結實的胸膛，那是召喚的姿態，就像
女人召喚她們的兒女，土地召喚著黑夜來臨。[50]

也讓我們客觀地見到像福貴這樣的農民形象——

他們臉上的皺紋裡積滿了陽光和泥土，他們向我微笑時，我看
到空洞的嘴裡牙齒所剩無幾。他們時常流出渾濁的眼淚，這倒
不是因為他們時常悲傷，他們在高興時甚至是在什麼都沒有的
平靜時刻，也會流淚而出，然後舉起和鄉間泥路一樣粗糙的手
指，擦去眼淚，如同彈去身上的稻草。[51]

福貴的農民性格便由此開展，然而，世事無常，他卻被軍隊抓去
當兵了，後來，好不容易大難不死回到家，才從家珍口中知道母親在
他離家不久就病死了。原以為只要知足地和家人過著窮困的日子也開
心，但兒子有慶竟在捐血時失血過多而死；唯一的在他被抓丁的那一
年，發了七天七夜的高燒，燒退後，就成了聾啞的女兒鳳霞嫁了個好
丈夫，卻偏偏難產而死；久病的家珍也接著兒女離開人世；沒多久女
婿又在一次工業意外中死去，而飢餓過度的孫子苦根，最後竟因狂吃
豆子給噎死了，最終只剩下送走一個個親人的福貴，和一隻老牛相依
相伴。

---

50 同註47，頁257。
51 同註47，頁54。

小說中我們透過敘事者見到老人福貴——

> 這位四十年前的浪子，如今赤裸著胸膛坐在青草上，陽光從樹葉的縫隙裡照射下來，照在他瞇縫的眼睛上。他腿上沾滿了泥巴，刮光了的腦袋上，稀稀疏疏地鑽出來些許白髮，胸前的皮膚皺成一條一條，汗水在那裡起伏著流下來。此刻那頭老牛蹲在池塘泛黃的水中，只露出腦袋和一條長長的脊梁，我看到池水猶如拍岸一樣拍擊著那條黝黑的背脊……[52]

《活著》採用配角與主角輪流講述的方式，引出主角的生命故事，在平穩的敘事中，讓讀者輕易地融入主角的回憶中。

莫言也是成功地運用「混合式敘事觀點」的作家。《紅高粱》敘述視角的獨創性，造就其特殊面貌的成功意義。莫言曾表示他對《紅高粱》比較滿意之處是小說的敘述視角：「《紅高粱》一開頭就是『我奶奶』、『我爺爺』，既是第一人稱視角又是全知的視角。寫到『我』的時候是第一人稱，一寫到『我奶奶』，就站到了『我奶奶』的角度，她的內心世界可以很直接地表達出來，敘述起來非常方便。這就比簡單的第一人稱視角要豐富得多開闊得多，這在當時也許是一個創新。[53]小說在敘事人稱上，第一人稱和第三人稱疊合在一起，以嶄新的人稱敘事視角，製造出一個新的敘述天地。莫言認為這樣的寫作方式「打通了歷史與現代之間的障礙」。[54]

而《天堂蒜薹之歌》則是用三個不同的視角——民間藝人瞎子、

---

52 同註 47，頁 53～54。

53 莫言：〈我為什麼要寫《紅高粱家族》〉，《錯誤！超連結參照不正確。》，2012 年 10 月 16 日。

54 莫言：〈作為老百姓寫作——在蘇州大學演講〉，《小說在寫我：莫言演講集》，臺北：麥田出版社，2004 年 4 月，頁 107。

作家全知視角以及官方視角，講述事件的整個過程；又《十三步》更是複雜而特別，把漢語的人稱——我、你、他、我們、你們、他們與它們，轉換變化全都使用。

陳映真在〈將軍族〉裡為了能夠全面而完整地敘述事件，交待始末，所以使用全知觀點去做倒敘；可是又為了要寫出人物的強烈感受，所以在小說現實進行的順敘時，是站在「他」——從大陸來的四十多歲的退役軍人的視角，去對「小瘦個兒」——十五歲家貧的女孩，被騙從娼，進行描述的。因為敘事觀點的靈活使用，所以寫出了兩個同是天涯淪落人的相濡以沫的關懷。

長篇小說的敘事觀點尤為多樣。陳墨在賞析金庸的《雪山飛狐》時，稱讚其結構是一種十分精妙的「立體結構」，主要可以兩條線索、三個片段場景、十多種角度來看這個故事。

兩條線索即「一日」和「百年」：「一日」是清乾隆四十五年三月十五日這一天。這一日發生了許多事，一是，天龍門掌門人曹雲奇與陶百歲父子、北京平通鏢局三方人馬打成一團。二是，寶樹和尚邀請打鬥的三方人馬共赴玉筆峰助拳，而這一群人卻被雪山飛狐的兩名童子打得狼狽不堪。三是，大內高手一干人欲捉拿「打遍天下無敵手」苗人鳳，恰被胡斐遇上，救助他脫險。四是，苗人鳳與胡斐進行決鬥。

而「百年」是一百多年前，闖王的四大衛士胡、苗、范、田四人，在李自成兵敗後分手，苗、范、田三人因誤會錯殺胡衛士，導致胡家後人與苗、范、田三家子弟百餘年來輾轉報仇、互有勝負，也因為前代的恩怨，才有乾隆四十五年三月十五日的種種決鬥，因此「一日」與「百年」之事是互相關連的。

「十多種角度」是指書中說故事的人不止作者一人，而是書中出現的十幾個人：寶樹和尚、苗若蘭、平阿四、陶百歲、陶子安、劉元鶴以及胡斐等人，他們都是「故事中的人」，又都是「說故事的人」。這些「說故事的人」有的說其「前因」有的說其「後果」，有的說「百年前的事」有的說「天龍門」近期發生的事，雖然這些人各說各的，

卻不脫「胡、苗、范、田四家的舊怨新仇」這個大框架。而這「十多
種角度」最特別的地方在於這十多個敘事者各有各的觀點，即使對於
同一件事，卻各有不同的說法。例如「胡一刀」的事蹟，在寶樹和尚、
苗若蘭與平阿四三人的口中說來就大不相同；另外「李自成的軍刀故
事」在寶樹、陶百歲與劉元鶴三人說來又各不相同。

　　這樣「一日」、「百年」、「十多個角度」的敘事觀點及角度，
並不使故事本身顯得混亂，反而讓其中的人事顯得曲折、深刻。[55]

　　香港作家劉以鬯《對倒》的故事呈雙線發展的格局，一個緬懷過
去的老人淳于白和一個憧憬未來的少女阿杏，兩條主線各無瓜葛，並
行發展，以兩位主角作交錯的第三人稱敘述，兩個人格，相映相襯，
使作品更具有立體的節奏感，充分發揮對比的作用。

　　全知觀點和限知觀點的交叉使用，也是長篇小說的特色。比如在
《紅樓夢》裡作者是利用限知觀點去描述像薛寶釵和襲人這一類，心
思較細、城府較深的人物的內心晦暗的一面，而其他主要人物，或其
所代表的理想世界則是以全知觀點加以佈置的。同樣的情況發生在金
庸筆下，我們見到郭靖、楊過、胡斐、狄雲、張無忌、令狐沖和韋小
寶等主要人物，作者描述的是全知全明；而面對周芷若、白世鏡、嶽
不群、林平之和方怡等反派角色的墮落過程、變態心理或醜惡罪行，
則是以限知觀點去側寫或暗喻。

　　還有以眾多人物的第一人稱作交叉式敘述，也算是混合式的敘事
手法，福克納（William Faulkner）的《當我彌留之際》（*As I Lay
Dying*）也正是成功的一例。

---

55 陳墨：《賞析金庸》，臺北：雲龍出版社，1997 年，頁 48。

Chapter 3

小說的基本元素

　　小說的基本元素主要為：人物、情節
和場景，以下分三節，舉例小說加以分析
說明。

第一節

人　物

　　人物是故事的發動者，人物賦予情節以生命和意義——事件與動作本身並無意義，因而也不具趣味，只有當事件與動作關係到人物時，才能引發讀者的興趣。

　　英國偉大的小說家佛斯特（E. M. Forster）將小說人物分為兩種：

一、扁平人物：又叫簡單人物或平板人物，屬性格單一化的人物，僅以某一態度或意念具現，其好處在易於辨認，只要他一出現即為讀者的感情之眼所察覺，且又因其性格固定不為環境所動，易為讀者所記憶，為喜劇典型。

二、原型人物：又叫複雜人物或圓整人物，屬二重或多重複雜性格結構的人物，審美價值高於扁平人物，為悲劇典型。[1]

一、人物的命名

　　小說人物的命名，是人物刻劃所不容忽視的。在人物的命名上用心，可增加作品中人物姓名的美感，而且又可使讀者從中領悟其命名的含意，使得看見人物的名字就能大概瞭解他的身分、性格、命運、際遇和結局。

　　例如：久婚不孕的女人被身為獨子的丈夫休掉，改嫁後很快地懷孕生子，很明顯地，問題是出在這個獨子丈夫身上，我們可以替這個丈夫取一個很諷刺的名字——傳宗；又如：要安排一個家財萬貫的土財主，可以安排他姓「錢」，名為「鑫財」。

---

1 劉再復：《性格組合論》下，臺北：新地出版社，1988 年，頁 260～280。

　　〈合同文字記〉裡的「劉安住」，最後終於在包拯的聰明審理下，拿回屬於自己的家產，因此，「劉安住」的「劉」就是「留」的意思，「安住」就是「安心居住」，完全符合小說的結局安排。

　　〈賣油郎獨佔花魁〉裡的「秦重」也是個符合其性格的名字——重情重義。表現在愛情上，對花魁女情有獨鍾，情深意重，兩次在她最難過困頓時，幫助她、拯救她；表現在親情上，則是對養父和生父盡全人子之孝，他並不因為被養父誤會而懷恨，反而在養父落難時，還主動回到養父身邊照料他的生活。

　　所謂「名正言順」，因此優秀的小說家若能為筆下人物的命名用心講究，與其命運、身份和地位加以關聯，就會為小說人物形象大大加分。

　　黃春明的代表作〈兒子的大玩偶〉裡的父親叫「坤樹」。「坤」取其《易經》裡坤卦，有意展現母性的堅忍毅力；而，「樹」則有擋風遮雨，抵禦狂風暴雨的父親威武形象。很能符合小說裡的男主角形象。

　　有人認為余華《活著》裡的主角「福貴」這個名字，真是諷刺，因為他一點也不「福貴」，雖然出身於地主富貴之家，卻因好賭，失去所有家產，卻又因為環境作弄，失去了一雙兒女，白髮人送黑髮人。後來，妻子病死、女婿公傷而死、孫子吃豆子噎死，最後只剩下他和一頭老牛。但是，從另一個角度來看，「福貴」也還真是「福貴」，因為小說所要傳達的哲理就是只要活著，便充滿無窮希望。

　　另外，最重要的是他的福氣還來自於他的妻子——「家珍」。我們可以把這個名字解釋為「家裡的珍寶」，試想如果沒有家珍，福貴的人生應該是要完全改寫了。小說裡家珍對愛好女色的福貴總是一再隱忍，委婉勸說，有一次，福貴又在城裡遊蕩了很多天才回家，他以為會遭遇家珍的臉色，沒想到，家珍居然煮了四道菜，熱情地伺候著福貴，福貴發現這四道菜全一個樣，底下都是一塊肉，上面則是菜。福貴明白家珍是有意開導他：儘管女人外表不同，但睡在床上都是一樣的。

　　福貴敗光家產後，在龍二那兒取得五畝田，改行當農夫，過去也是有錢人家女兒的細皮嫩肉的家珍，也是挽起袖子，下田工作，家珍

一身的病也就是這樣來的。她總認為：「有活幹心裡踏實。」所以，就算病了，在床上休養時，她也要福貴把所有破爛的衣服放在她床邊，開始拆拆縫縫為兒女做衣服。

家珍不僅勤勞質樸，也很聰明機警。有一次，鎮長帶著一位風水師在村子裡想找一個風水好的地方放置煉鋼的汽油桶，當風水師走到福貴家門口停了下來左顧右盼時，福貴很怕他們的茅屋被看中，就無家可歸。正巧家珍和風水師舊識，她請風水師進屋喝茶而化解了危機；後來，風水師轉而相中了鄰居的茅屋，鎮長放了一把火把那茅屋給燒了。

家珍還有著傳統母親的委曲求全，為子女無悔付出。小說裡描述有一陣子家珍病得很重，鳳霞背著她進城裡看醫生，就在要進村之前，家珍擔心有慶看到她被鳳霞背的狼狽悲苦樣，會更加擔心她的病情，堅持要自己下來走。家珍就是這樣一個人如其名的擁有傳統婦德的女性。

魯迅在為他筆下的人物命名也是具有別出心裁的用意的。例如：〈祝福〉裡的「祥林嫂」──「祥」有吉祥祥和之意；「林」有成雙成對的意象，但是祥林嫂卻是一生悲苦，嫁了兩任丈夫都成了寡婦，似乎與幸福安詳的生活「絕緣」。與幸福絕緣的還有〈故鄉〉裡的，因為是「閏月所生，五行缺土」，所以，老實迷信的農民父親為他取名叫「閏土」。命運不濟的父親希望用名字為兒子消解災難，孰料，幸福總是和閏土遠離。

這些名字都是具有反諷意思的。

《紅樓夢》裡的「晴雯」，楊昌年先生認為：晴雯──情文也，此一命名不是說她多情能文，而是作者藉她來說明人間情事，她就是表徵情愛悲劇的題材。

而「元」春、「迎」春、「探」春、「惜」春四姐妹，諧音「原應嘆息」，從其四人的遭遇，可以想見作者悲憫之切。[2]

白先勇在〈遊園驚夢〉中為寶夫人的妹妹取其藝名為「天辣椒」，

---

2 楊昌年：《古典小說名著析評》，臺北：五南圖書公司，1994年，頁250。

就是影射她「風騷潑辣的標勁性格」。

〈秋思〉裡的兩位互別苗頭的夫人，其姓氏就有暗示作用——「華」夫人，形容「質」之美，暗示其氣質高貴；「萬」夫人，形容「量」之多，暗喻品質庸俗。

白先勇為筆下的知識份子，取名常賦予象徵含意。吳漢魂、吳柱國、吳振鐸，這幾位旅美華人，不約而同地出自「吳氏家族」，「吳」者，「無」也，他們都是背負著精神創傷的「無根的一代」。

張曼娟的〈再見，啟德再見〉，利用男主角「啟德」的名，敘述了一段逝去的香港戀情；小野的〈周的眼淚〉裡的周篤行是一個人如其名的人，他做起實驗來從不馬虎，按部就班，而班上所有同學，都是不重視實驗過程的人。他們為了漂亮的數據，都會修改實驗結果，但分數居然都比較高。最後終於讓教授發現只有周篤行最誠實，而平反了他平時的委屈。

總之，小說家若能汲取「姓名學」的營養，將可在其作品中以化工之筆縮短小說人物與讀者間的距離。

二、人物的相貌與裝扮

通過有實感的人物相貌描寫，可使讀者因其形而想見其人。小說中的人物必須以能反映其個性或身分為原則，而一個人的特性影響他對服飾的選擇，讀者也能從人物所穿戴的衣飾，瞭解其性格。

曹雪芹在《紅樓夢》中成功地塑造了黛玉和寶釵這兩位主要女主角，作者首先就對她們的相貌加以描寫。

黛玉是賈母心愛的外孫女。先喪母，其父不久亦過世，曹雪芹形容黛玉有「兩彎似蹙非蹙籠煙眉，一雙似喜非喜含情目，態生兩靨之愁，嬌襲一身之病；閒靜如嬌花照水；行動如弱柳扶風」一席古代病態美人圖，躍然於紙上。

再看曹雪芹是怎麼樣描寫寶釵的——「生得臉若銀盆，眼同水杏，唇不點而含丹，眉不畫而橫翠，肌膚也豐澤而白皙，自是一付健美體

態」經過作者如此的相貌描寫，寶釵一席大家閨秀的福態宜男相，亦栩栩如生。

曹雪芹為這兩位女主角在臉型和體態上，做了相當生動的描摹，並藉以暗示整部小說中「衝突」的意象。

魯迅在〈祝福〉中對於第二次喪夫，再回到魯鎮的祥林嫂，描述說她：臉色青黃，兩頰上消失了血色，眼角上帶著淚痕，眼光也沒有先前的精神。

對於〈孤戀花〉裡長相不祥的娟娟，白先勇描寫她笑的樣子──「她那張小三角臉，扭曲得眉眼不分」[3]而「瘦稜稜的背脊」六個字，更加強了她的「薄命」。

J. K. 羅琳《哈利波特──神祕的魔法石》中那位魔法學校的校長──阿不思・鄧不利多，實在令人印象深刻──

> 他又高又瘦，而且非常老，這是從他那銀白閃亮，長的足以塞進腰帶的長髮和鬍鬚來判斷。他穿著長袍，罩著一件拖到地的紫色斗篷，腳上踏著一雙鑲環扣的高跟鞋。淡藍色的眼睛十分明亮，在半月型的眼鏡後面閃爍發光，他的鼻子長而扭曲，看起來就好像是鼻樑至少斷過兩次以上。[4]

從以上作者對阿不思・鄧不利多的描述，彷彿見到一個充滿無比智慧的老者出現在我們面前，尤其是他眼鏡還閃著光，更有其深度，他高超的魔力，更可從他的相貌得到印證。

利用服飾可描寫人物在不同時空的心情轉變──剛喪夫的祥林嫂，頭上紮著白頭繩，穿著烏裙，藍夾襖，月白的背心；同樣是寡婦的玉卿嫂，也是素淨的打扮──「一身月白色的短衣長褲，腳底一雙帶絆

---

3 白先勇：《臺北人》，臺北：爾雅出版社，1971 年，頁 153。
4 J. K. 羅琳：《哈利波特》，臺北：皇冠出版社，2001 年，頁 11。

的黑布鞋。」[5] 然而，會見情郎的玉卿嫂又是怎樣的嬌豔呢？「她換了一件棗紅束腰的棉滾身，藏青褲子，一雙松花綠的繡花鞋兒，顯得她的臉色愈更淨扮，大概還搽了些香粉，額頭的皺紋在燈底下都看不出來了。只見腦後烏油油的挽著一個髻兒，抿著光光的，發了亮了呢。」[6]

再看白先勇是如何描寫金大班俗豔的打扮：「金大班穿了一件黑紗金絲相間的緊身旗袍，一個大道士髻梳得烏光水滑的高聳在頭頂上：耳墜、項鍊、手串、髮針，金碧輝煌的掛滿一身。」[7]

蕭颯〈廉楨媽媽〉裡離婚重生的廉楨去參加一個攝影展，她特地穿了一襲紫金絲絨寬腰身長袍，袍面上綴滿了以一襲金線鉤織成的牡丹花卉，一朵朵飛揚跋扈，怒放爭豔，再配上暗金色眼部化妝和金屬耳墜、手鍊。

從作者為廉楨的服飾「打點」，可見廉楨二次單身的自信形象，尤其是以牡丹花「飛揚跋扈，怒放爭豔」，其實映襯的是廉楨不同於以往的形象。

張曉風〈潘渡娜〉裡的潘渡娜被劉克用介紹給張大仁，兩人結婚後，張大仁開始對於這個完美無缺的妻子感到懷疑，後來才知道原來妻子是劉克用所製造的，她是試管所合成的生命，難怪完全像是按照他的賢妻標準量身訂作。小說裡有一幕形容美麗的潘渡娜的打扮，說她穿著粉紅的曳地旗袍，外面罩著同質料的披風，頭上結著銀色的闊邊大緞帶，看起來活像一盒包紮妥當的新年禮物。

〈杜十娘怒沉百寶箱〉的小說開頭就描寫了杜十娘的相貌，說她生得：「渾身雅豔，遍體嬌香，兩彎眉畫遠山青，一對眼明秋水潤。臉如蓮萼，分明卓氏文君；唇似櫻桃，何減白家樊素。」[8]；〈霍小玉

5　白先勇：《寂寞的十七歲》，臺北：遠景出版社，1982 年，頁 73。

6　同註 5，頁 102。

7　同註 5，頁 71～72。

8　方元珍：《古典短篇小說選讀》，台北：國立空中大學，2006 年 8 月，頁 266。

傳〉裡霍小玉出場時，說她從廳堂東面的閨房裡出來，李益連忙起來拜迎，頓時只覺得整座堂屋，像瓊林玉樹一樣，相互照耀，眼光轉動神采照人。

　　成功的小說家在對人物進行相貌描寫時，可利用各種修辭手法，將人物高度形象化，也可提供筆下人物的衣著打扮的細節給讀者，讓讀者憑著這些細節，透過他們自己的想像，據以判斷其性格，去為小說人物構思其肖像畫。

三、人物的舉止與談吐

　　小說人物的一切動作行為——表情反應、舉手、投足、談吐言語、心靈思緒，是製造故事情節發展的主要條件。

　　在〈李謫仙醉草嚇蠻書〉裡當權的楊國忠和高力士都是貪財之人，當收到賀知章推薦李白的束帖後，且看這兩人的舉止和談吐——

> 二人接開看了，冷笑道：「賀內翰受了李白金銀，卻寫封空書在我這裡討白人情，到那日專記，如有李白名字卷子，不問好歹，即時批落。」時值三月三日，大開南省，會天下才人，盡呈卷子。李白才思有餘，一筆揮就，第一個交卷。楊國忠見卷子上有李白名字，也不看文字，亂筆塗抹道：「這樣書生，只好與我磨墨。」高力士道：「磨墨也不中，只好與我著襪脫靴。」喝令將李白推搶出去。9

　　短短的幾句文字就足以將這兩人小人得志的嘴臉躍然紙上。再看李白被試官屈批卷子，怨氣沖天，回至內翰宅中，立誓：「久後吾若得志，定教楊國忠磨墨，高力士與我脫靴，方縷滿願。」10 也可見出

---

9 同註8，頁259。
10 同註8，頁259。

李白的自恃才高，不畏強權的性格。

　　白先勇在〈永遠的尹雪豔〉中有一幕描寫尹雪豔的表情和舉動，相當經典。

　　白先勇將尹雪豔塑造成一位具有誘人魔力的「禍水型」交際花。當尹雪豔擄獲了徐壯圖，就算是徐太太請來法力無邊的師父替徐壯圖排難解厄，還是無法拯救他——一個被徐壯圖拍桌喝罵的工人，持扁鑽從徐壯圖前胸刺穿到背後。

　　出殯那天，尹雪豔也來祭弔，她「仍舊一身素白打扮，臉上未施脂粉，輕盈盈的走到管事檯前，不慌不忙的提起毛筆，在簽名簿上一揮而就的簽上了名，然後款款的步到靈堂中央，客人們都倏地分開兩邊，讓尹雪豔走到靈堂跟前，尹雪豔，凝著神，斂著容，朝著徐壯圖的遺像深深的鞠了三鞠躬」[11] 這時在場的人都呆如木雞，徐壯圖的慘死，有些人遷怒於尹雪豔，他們都沒料到尹雪豔居然有這個膽識闖進靈堂來。行完禮後，尹雪豔走到徐太太面前，撫摸了孩子的頭，然後莊重地和徐太太握了握手，正當眾人感到訝異時，尹雪豔已經輕盈盈地步出了殯儀館，一時靈堂大亂，徐太太昏了過去。

　　白先勇在這裡利用了強烈的對比，更襯托出尹雪豔泰然自若的鎮定。

　　人物的動作是性格的表現，其一舉一動不但顯示出獨特的性格，而且也呈現出在社會所處的地位與在特定場合下的心理狀態。

　　且看第八回「賈寶玉奇緣識金鎖　薛寶釵巧合認通靈」中，寶釵在瞧寶玉身上的玉時，舉止端正嫻淑，講話慢條斯理，當她氣定神閒地鑑賞完寶玉身上的那塊玉後，丫環鶯兒對寶玉說他玉上的「莫失莫忘，仙壽恆昌」和寶釵項圈上的兩句話是一對，寶玉便央求著寶釵也讓他瞧瞧，以滿足他的好奇心，寶玉在這裡便於無形中流露出他天真無邪的孩子氣。

　　黛玉因為自身的身世背景，使自卑的她老覺得比寶釵矮上一截，

---

11 同註3，頁20。

所以，對於寶玉和寶釵之間的「金玉姻緣」之說，總有一份心結。在第二十八回中，寶玉送東西給黛玉，黛玉說：

> 「我沒那麼大福氣禁受。比不得寶姑娘什麼金哪玉的，我們不過是個草木人兒罷了。」
> 寶玉聽他提出「金玉」二字來，不覺心裡疑猜，便說道：「除了別人說什麼金什麼玉，我心裡要有這個念頭，天誅地滅，萬世不得人身！」黛玉聽他這話，便知他心裡動了疑了，忙又笑道：「好沒意思，白白的起什麼誓呢？誰管你什麼金什麼玉的？」[12]

從黛玉形於外的表現，我們看見的是她的小心眼與猜疑，黛玉的「冷笑」、「猜疑」、「將頭一扭」的動作，在在顯示她與別人的格格不入。

在「抄檢大觀園」這一回中，王善保家搜到了晴雯的箱子，當襲人正要幫晴雯打開時，只見晴雯挽著頭髮闖了進來，二話不說便將箱子掀開，兩手提著底子，往地下一倒，把所有的東西都倒了出來，接著便是激動憤怒的一頓臭罵，晴雯剛烈的性格由此又是一證。

人物的性格，必須通過人物行動來表現。從白先勇〈謫仙記〉對李彤的描寫，也能略見其對人物動作描寫的自然功力。

李彤是一位美麗絕倫、心性高傲的貴族小姐。一九四六年到美國留學深造，過了一段出盡風頭的學生生活。之後，不久李彤家裡便出了事，國內戰事爆發了，李彤一家人從上海逃難出來，乘太平輪到臺灣，輪船中途出了事，李彤的父母罹了難，家當也全淹沒了。這個消息在一夜之間改變了李彤的命運，她從嬌生慣養的千金小姐，淪為遊

---

12 曹雪芹：《紅樓夢》，高雄：大眾書局，1978 年，頁 256。

戲人間、悲觀厭世的美國「飛女」，終至含恨於威尼斯跳水自殺。

　　白先勇利用李彤跳舞的一段描寫，把李彤受創後「隨波逐流」、「放浪形骸」的心態和行徑表現出來。

　　在現代小說中講到舞女形象，第一個想到的便是白先勇的「金大班」，而金大班之所以教人印象深刻，以她的肢體動作的傳神描寫居功。且看金大班在舞廳中與客人嬉鬧的樣子——金大班轉過頭去，看見靠近樂隊那邊有一檯桌子上，來了一群小夥子，正在向她招手亂嚷，金大班認得那是一群在洋機關做事的浮滑少年，身上有兩文，一個個骨子裡都在透著騷氣。金大班照樣也一咧嘴，風風飄飄的便搖了過去。一個叫小蔡的一把便將金大班的手捏住，笑嘻嘻的對她說道：「你明天要做老闆娘了，我們小馬說他還沒吃著你燉的雞呢。」說著桌子那群小夥子都怪笑了起來。「是嗎？」金大班笑盈盈的答道，一屁股便坐到了小蔡兩隻大腿中間，使勁的磨了兩下，一隻手勾到小蔡脖子上，說道：「我還沒宰了你這頭小童子雞，那裡來的雞燉給他吃？」說著她另一隻手暗伸下去在小蔡大腿上狠命一捏，捏得小蔡尖叫了起來。正當小蔡兩隻手要不規矩的時候，金大班霍然跳起身來，推開他笑道：「別跟我鬧，你們的老相好來了，沒的教她們笑我『老牛吃嫩草』。」

　　作者藉由一些小動作把金大班舞女的身分和性格表現出來，同時，也讓我們更清楚舞女與酒客間的打鬧方式。此外，當客人準備要不規矩時，金大班又霍然跳起身來，那是歡場女子欲擒故縱的厲害，金大班在白先勇的動作描寫下活了起來，把金大班的詼諧逗趣、世故歷練發揮到極限。

　　旅居美國的大陸作家嚴歌苓的《扶桑》，敘述十九世紀中國妓女扶桑，被拐騙到美國從事賣淫的工作，後來與白人男子克里斯發生了一段朦朧的愛情。且看小說中有著謎樣笑容的扶桑連嗑瓜子的情態，都教克里斯傾倒：

　　　　繃緊嘴唇，在瓜籽崩裂時眉心輕輕一抖，彷彿碎裂的一個微小

的痛楚；在那樣漫不經心又心事滿腹地挪動舌頭，讓鮮紅的瓜籽被嘴唇分娩出來，又在唇邊遲疑一會，落進小盤。那樣清脆細碎的唇齒動作使她的緘默變成極微妙的一種表達。[13]

這樣細膩的動作描寫，讓讀者對於人物的形象，有了更寬廣的想像。

動作與人物描寫的關係相當密切，動作描寫是否恰當，決定了一個人物創造的成敗，而人物的談吐也相當重要，那能完全表示一個人的心理與性格。

曹雪芹在《紅樓夢》中也利用人物的談吐，展現他筆下角色的不同性格。

除了門第的差異外，還有黛玉本身的問題，她的體弱多病，她的不通人情世故，心細如髮，都太小家子氣；在長輩的眼裡，唯一能與寶玉匹配的，也只有通達事理、知常守分的寶釵。

在第二十回中，寶玉和寶釵聽說史湘雲來了，兩人便連忙至賈母處見史湘雲，黛玉正好在一旁，便問寶玉，「打哪裡來？」寶玉回答：「打寶姐姐那裡來。」

黛玉冷笑道：「我說呢，虧了絆住，不然。早就飛了來了。」後來黛玉又賭氣回了房，最後，還是在寶玉再三保證他對她的「心」，黛玉才釋懷。

其實，寶玉也感到黛玉的任性，所以才會對她說：「就是我說錯了，你到底也還坐坐兒，合別人說笑一會子啊。」寶玉也希望黛玉能懂事明理些，以贏得長輩們的心。

而寶玉和寶釵之間的言語又不同於黛玉，寶玉對黛玉是一種惺惺相惜的知己之情，而他對寶釵則是一份手足的尊重之情，自然說話也不涉及愛情；然寶釵的家教也不容許她說出越矩的話來。

例如在第三十回中，寶玉問寶釵怎麼不聽戲，寶釵推說怕熱。寶

13 嚴歌苓：《扶桑》，臺北：聯經出版社，1996 年，頁 55～56。

玉笑說怪不得大家都拿她比成楊貴妃，寶釵聽了，紅了臉，想了想，臉上愈下不來，便冷笑了兩聲，說道：「我倒像楊妃，只是沒個好哥哥好兄弟可以做得楊國忠的。」

　　寶釵之所以能夠得到上自家中長輩，下自丫環奴僕的愛戴，在於她善解人意，能識時務，所以很得人心；試想上面的這種狀況如果是發生在黛玉身上，她定不是拂袖而去，必又是冷嘲熱諷一番了。

　　寶釵很善於「見人說人話」，比如在第三十二回中金釧兒投井自殺，王夫人正自責著不知金釧兒是否因前日弄壞了東西，她攆她下去，一時想不開投井的？

　　且看寶釵是怎麼樣在言語上寬慰王夫人的──

> 寶釵笑道，「姨娘是慈善人，固然是這麼想。據我看來，他並不是賭氣投井，多半他下去住著，或是在井旁邊兒玩，失了腳掉下去的。他在上頭拘束慣了，這一出去，自然要到各處去玩玩逛逛兒，豈有這麼大氣的理？縱然有這樣大氣，也不過是個糊塗人，也不為可惜。」[14]

　　後來，寶釵為了加強王夫人對她的好感，立刻把自己所做的兩套衣服，送出來做裝裹──

> 寶釵忙道：「姨娘這會子何用叫裁縫趕去？我前日倒做了兩套，拿來給他，豈不省事？況且他活的時候兒也穿過我的舊衣裳，身量也相對。」王夫人道：「雖然這樣，難道您不忌諱？」寶釵笑道：「姨娘放心，我從來不計較這些。」[15]

---

14 同註12，頁294。
15 同註12，頁295。

　　曹雪芹為了加強讀者對賈寶玉、薛寶釵和林黛玉這三個主要人物的印象，於是特別同時創造了甄寶玉、花襲人和晴雯三個次要人物來作陪襯。所以，我們可以把襲人看成是薛寶釵的影子；把晴雯當作是林黛玉的化身。

　　性情溫婉、懃懃懇懇的襲人，服侍寶玉無微不至，她心思細密，照料寶玉衣食冷暖，絲毫未有懈怠。

　　襲人在怡紅院中的地位是相當微妙的，因為她是第一個把最寶貴的處女貞操，獻給寶玉的人。所以寶玉對襲人總有一份難以言喻的情愫；而襲人也自然而然地將自己的前途與命運繫在寶玉的身上，所以，相對地，襲人就對寶玉的前途格外關心。

　　在第十九回中，襲人故意騙寶玉說她家裡人準備要來贖她回去，寶玉急慌了，襲人趁機出三件事要寶玉切實做到。

　　　　寶玉忙笑道：「你說，那幾件？我都依你。好姐姐，好親姐
　　　　姐！別說兩三件，就是三兩百件我也依的。只求你們看守著
　　　　我，等我有一日化成了飛灰，……」急的襲人忙握他的嘴，
　　　　道：「好爺！我正為勸你這些個。更說的狠了！」寶玉忙說
　　　　道：「再不說這話了。」襲人道：「這是頭一件要改的。」……
　　　　「第二件，你真愛唸書也罷，假愛也罷，只在老爺跟前，或在
　　　　別人跟前，你別只管嘴裡混批，只做出個愛唸書的樣兒來，也
　　　　叫老爺少生點兒氣，在人跟前也好說嘴。……」[16]

　　襲人是一個敢愛不敢恨的女人，她對於寶玉的喜、怒、哀、樂完全照單全收。

　　在第三十回中，寶玉淋雨返家，一肚子沒好氣，滿心裡要把開門

---

16 同註 12，頁 167。

的踢幾腳，沒料到一記窩心腿踢在襲人肋上。襲人從來不曾受過一句大話兒，今寶玉生氣，當著許多人面踢了她，她又羞、又氣、又疼，一時置身無地。不過當她又面對寶玉時，她還是忍著痛，說了些讓寶玉寬慰的話：「我是個起頭兒的人，也不論事大事小，是好是歹，自然也該從我起。但只是別說打了我，明日順了手，只管打起別人來。」[17]

襲人平日多有小善，而她做最多的善行是代人受過，她會把大事化小，小事化無，下面的人感謝她，上面的人稱讚她。

又如在第八回中，奶娘拿了原本寶玉要留給晴雯吃的包子；後來奶娘又喝了寶玉的楓露茶，寶玉一氣之下遷怒丫環茜雪，順手將茜雪遞給他的茶杯往地下一摔，引來賈母派人來問——

襲人忙道：「我纔倒茶，叫雪滑倒了，失手砸了鍾子了。」一面又勸寶玉道：「你誠心要攆他，也好。我們都隨意出去，不如就勢兒連我們一起攆了。你也不愁沒有好的來服侍你。」[18]

襲人如此深明大義，不僅茜雪感激她，連寶玉也不但自覺理虧，且佩服襲人識大體的機智掩護。

寶玉患了瘋癲症後，算命的說：要娶了金命的人幫扶她，必要沖沖喜才好；不然，只怕保不住。這金命的人指的當然是薛寶釵。

襲人心知寶玉中意的是林黛玉，若寶玉知道家中要為他安排的對象是薛寶釵，只怕沖不了喜，竟是會催命了，於是對王夫人說：

「這話奴才是不該說的，這會子，因為沒有法兒了！」

「寶玉的親事，老太太、太太已定了寶姑娘了，自然是極好的一

---

[17] 同註 12，頁 276。
[18] 同註 12，頁 77。

件事。只是奴才想著，太太看去，寶玉和寶姑娘好，還是和林姑娘好呢？」

「奴才說是說了，還得太太告訴老太太，想個萬全的主意纔好。」[19]

於是鳳姐設下妙計——安排黛玉的丫環雪雁扶新人，成就了寶玉和寶釵的好事，當然也同時圓了襲人的夢想——倘若寶玉娶的是黛玉，以黛玉「愛情裡容不下一顆沙子」的性格，襲人是永遠也不可能有機會坐上姨奶奶的座椅的。

襲人和晴雯性格上的差異，正如同寶釵之於黛玉，前者代表了「傳統保守」，後者代表了「叛逆先進」。

就賈政命寶玉讀書一事，襲人和晴雯兩人的態度就大不相同——

襲人勸寶玉把心暫且放在書本上，等過了這一關，再去張羅別的事，也不會耽誤什麼。這是襲人的看法，而晴雯就不同了。

晴雯見寶玉讀書苦惱，便替寶玉想了個主意，要他趁這個機會快裝病，說是嚇著了。

晴雯是一個敢愛又敢恨的女人。她可以為寶玉「病補孔雀裘」；因寶玉「為麝月篦頭」而吃醋；因寶玉無心的一句責罵，不但反唇相譏一番後，還要寶玉低頭，給她臺階下，她才化哭為笑。

晴雯的小心眼，可以說和黛玉是有得比的。有一次晴雯不防把扇子失了手，掉在地上，將骨子跌斷，寶玉罵了她一句「蠢才」；而晴雯的答話竟超出了一般丫頭的身分——

晴雯冷笑道：「二爺近來氣大得很，行動就給臉色瞧。前兒連襲人都打了，今兒又來尋我的不是。要踢要打憑爺去。就是跌

---

19 同註 12，頁 939。

了扇子，也算不了什麼大事。先時候兒，什麼玻璃缸、瑪瑙碗，不知弄壞了多少，也沒見個大氣兒；這會子，一把扇子就這麼著。何苦來呢？嫌我們就打發了我們，再挑好的使，好離好散的，倒不好？」[20]

寶玉氣得渾身亂戰；襲人忙趕過來打圓場。

晴雯冷笑道：「姐姐既會說，就該早來呀，省了我們惹得生氣。自古以來，就只是你一個人會服侍，我們原不會服侍。因為你服侍得好，為什麼昨兒才挨窩心腳啊！我們不會服侍的，明日還不知犯什麼罪呢？」[21]

襲人聽了這話，又惱又愧對晴雯說：「好妹妹，你出去逛逛兒，原是我們的不是。」晴雯聽襲人說「我們」兩字，不覺又添了醋意——

冷笑幾聲，道：「我倒不知道你們是誰，別教我替你們害臊了！你們鬼鬼祟祟幹的那些事，也瞞不過我去！不是我說正經，明公正道的，連個姑娘還沒掙上去呢，也不過和我似的，那裡就稱起『我們』來了？」[22]

晴雯那不肯屈就的高傲性格，在其言語中展現了。最後還是寶玉投降撕扇，求得晴雯千金一笑。

晴雯雖是個丫頭，但常常說起話來就無形中流露出自恃甚高的心

---

20 同註 12，頁 279。
21 同註 12，頁 279。
22 同註 12，頁 279。

態，她不以丫頭自居，覺得就算是丫頭，也有丫頭的尊嚴。例如有一次二奶奶在太太面前誇寶玉孝順，太太覺得臉上增了光，當下便賞給了秋紋兩件衣裳，這事給晴雯知道了，她的看法就和秋紋不同。

晴雯笑著說秋紋是個沒見過世面的小蹄子！她覺得是把好的給了人，挑剩下的才給她，她還充有臉！秋紋卻不這樣認為，她說，管太太是給誰剩下的，到底是太太的恩典。晴雯則辯解說，要是她，她就不要。若是給別人剩的給她也就罷了，一樣這屋裡的人，難道誰又比誰高貴些？把好的給別人，剩的才給她，她寧可不要，衝撞了太太，她也不受這口氣！

晴雯就是這樣一個「寧為玉碎，不為瓦全」的真性情的人，毫不矯揉造作，講話行事，我行我素，口角鋒芒，不用心機，所以暗地裡也得罪了不少人。

受到《紅樓夢》影響極深的張愛玲在〈傾城之戀〉裡利用男女主角的「語言」展現兩人心城的互相攻防戰。且看一個是一心一意想找個長期飯票的白流蘇，和一個玩世不恭只想談一場浪漫戀愛的花花公子范柳原，兩人各有各的心理戰術，不但要急於征服對方，也要小心不被征服──當白流蘇受邀來到香港，范柳原便先展開「語言」攻勢──

柳原倚著窗臺，伸出一隻手來撐在窗格子上，擋住了她的視線，只管望著她微笑。流蘇低下頭去。柳原笑道：「你知道麼？你的特長是低頭。」流蘇抬頭笑道：「什麼？我不懂。」柳原道：「有人善於說話，有的人善於笑，有的人善於管家，你是善於低頭的。」流蘇道：「我什麼都不會，我是頂無用的人。」柳原笑道：「無用的女人是最厲害的女人。」

許地山在〈春桃〉裡非常成功地刻劃了一個在困厄的現實生活中勇往直前的堅強女性。春桃和李茂成親之夜，李茂被土匪綁走，春桃在戰亂中為了生活以撿破爛為生，並與向高在工作上互相扶持，且同居，彼此照顧；後來，李茂加入義勇軍，受傷成了殘廢，以行乞為生，和春桃相遇了。

　　當李茂知道春桃和向高同居後，沈吟了一句說是人家會笑話他是活王八。春桃說：「有錢有勢底人才怕當王八。像你，誰認得？活不留名，死不留姓，王八不王八，有什麼相干？現在，我是我自己，我做底事，決不會玷著你。」李茂說：「到底是一夜夫妻百日恩。」春桃馬上回說：「算百日恩，也過了好十幾個百日恩。四五年間，彼此不知下落，我想你也想不到會在這裡遇見我。我一個人在這裡，得活，得人幫忙。我們同住了這些年，要說恩愛，自然是對你薄得多。今天我領你回來，是因為我爹同你爹底交情，我們還是鄉親。你若認我做媳婦，我不認你，打起官司，也未必是你贏。」

　　春桃收留李茂，也要向高接受三人一起生活的事實，面對這樣的三角關係，春桃比起兩個都想退讓的男人勇敢許多。春桃蔑視傳統的禮俗，當向高表示同行的人在笑話他時，春桃說：「咱們底事，誰也管不了。」當李茂把龍鳳帖交給春桃，就算是他們不是夫妻了，春桃對他說：「茂哥，我不能要這個，你收回去罷。我還是你底媳婦。一夜夫妻百日恩，我不做缺德的事。今天看你走不動，不能幹大活，我就不要你，我還能算人嗎？」李茂說：「我瞧你怪喜歡他底，你還是跟他過日子好，等有點錢，可以打發我回鄉下，或送我到殘廢院去。」春桃的聲子低下去：「這幾年我和他就同兩口子一樣活著，樣樣順心，事事如意；要他走，也怪捨不得。」[23]

　　透過春桃的語言可以知道她是一個堅強獨立，具有自我意識的勇敢女性。

　　小說家運用多樣化的語言，在不同的環境、場合和情境下，刻劃人物性格的多面，表現出人物豐富而複雜的性格。

　　美國的文藝理論家瑪仁・愛爾渥德（Maren Elwood）將對話主要、次要功能歸納為：呈現性格、推進情節（「建築」故事）、傳達必需

---

23 游喚、張鴻聲、徐華中：《現代小說精讀》，臺北：五南圖書公司，1998 年，頁 43、51、52。

的「情報」、表現發言者的情緒狀態、製造懸疑、預示困難和災禍、幸福或成功、向讀者就情節的進展作概括性的提示。[24] 因此,可知「對話」在小說中擔負著重責大任。

四、人物的內心世界

小說家把人物的思想感情和精神世界豐富化,使其筆下的人物有自己獨特的個性、有獨立的行動意識和愛恨嗔癡的情感。

十九世紀下半葉和二十世紀初,在文學藝術的領域中,由於資本主義危機的出現,作家們開始反傳統的創作思想和方法,力求革新,因此產生了現代派文學。在現代派文學中,最具聲名的是意識流小說。

弗洛伊德學說就是對意識流小說中人物心理層次構成極大影響的學說,它認為人的內心世界以無意識內容為主體。弗洛伊德把人的心理過程區別為三種類型:

一、有意識:有邏輯的意識,即理性能夠把握的。

二、前意識:意識到的潛意識經驗,即知覺尚未把握,但已處於有意識與無意識之間。

三、無意識:無邏輯的意識,即知覺不能把握的、非自覺非理性的。

意識流小說中的材料雖然千變萬化,實際上也不外由以上三種構成。[25]

傳統的心理描寫,是先將思想條理化,接著再加以表述;而意識流——意識像河流一樣,呈現自然流動的狀態——則是一種非理性的心理描寫,所有意念完全集中在人物的心靈,隨其下意識的流動,可以回憶,可以想像,可以處於現在,可以幻想未來,作者注重用自由聯想的方法來表現人物的內心世界,充分展現了人物精神世界的複雜

---

24 瑪仁‧愛爾渥德(Maren Elwood)著,丁樹南譯:《人物刻劃基本論》,臺北:傳記文學出版社,1970 年,頁 66。

25 金建人:《小說結構美學》,臺北:木鐸出版社,1988 年,頁 116～118。

與多變。

在傳統的寫法中，內心獨白（人物自言自語的方式）只用來表現人物在特定心境中的思想、情緒和感覺等，而且只片斷地使用，僅僅只是心理描寫中的一種技巧。

在〈蔣興哥重會珍珠衫〉中，當蔣興哥得知因為自己作生意未有歸期，妻子出軌時，我們見到了傳統小說裡相當難得的內心描寫，作者用了不少的文字描寫蔣興哥在回家途中，懊惱又悔恨的心理活動——「望見了自家門首，不覺墮下淚來。想起當初夫妻何等恩愛，只為我負著蠅頭微利，撇他少年守寡，弄出這場醜來，如今悔之何及！」[26] 這樣的心理描寫，可以讓讀者正視人性，自我檢討，並作出寬容的看待。

曹雪芹善於利用人物的「內心獨白」技巧，去刻劃人物在某一個時空的心理活動。

賈環因中傷寶玉對金釧兒強姦未遂，金釧兒便賭氣投井自殺，引來賈政大怒，打了寶玉十幾大板。

黛玉為此哭得像個淚人兒似的，寶玉因此命晴雯送了兩條半新不舊的絹子給黛玉，黛玉拿到絹子後，原不解何意，後體貼出寶玉送絹子的意義，不覺神癡心醉。

> 想到「寶玉能領會我這一番苦意，又令我可喜。我這番苦意，不知將來可能如意不能，又令我可悲。要不是這個意思，忽然好好的送兩塊帕子來，竟又令我可笑了。再感到私相傳遞，又覺可懼。他既如此，我卻每每煩惱傷心，反覺可愧。」如此左思右想，一時五內沸然，由不得餘意纏綿。[27]

---

26 陳碧月：《文學與人生》，台北：國立空中大學，2012 年 1 月，頁 155。
27 同註 12，頁 309。

　　寶玉在第三十二回中向黛玉坦然表明心跡，並要黛玉「放心」，今又送舊絹表明「故人情重，故箭情深」的意念；黛玉領會寶玉的心意，立即在舊絹上題詩，所以，這兩條舊絹可說是他們的「定情之物」；而在黛玉臨終，除了焚稿斷情之外，同時連這兩條舊絹也付之一炬。

　　寶釵的心思也很細膩，但她的細膩不像黛玉的心眼，而是設身處地為人著想。

　　有一次，寶釵和迎春、探春她們在花園裡玩，獨不見黛玉，便說要去找黛玉加入。在往瀟湘館的途中，忽然看見寶玉走了進去，此時寶釵便停住腳，低頭想了一想：寶玉和黛玉是從小一處長大的，他兄妹間多有不避嫌疑之處，嘲笑不忌，喜怒無常；況且黛玉素多猜忌，好弄小性兒：此刻自己也跟進去，一則寶玉不便，二則黛玉嫌疑，倒是回去的妙。

　　寶釵出身世宦名家，所受的是「淑女」的訓練，是為了將來能有機會進入宮廷，享受榮華富貴的，可惜時不我予，讓她置身在大觀園中，寶玉成了他的最佳選擇。於是她戴上了面具，收斂起最底層的感情，把她所訓練的交際手腕運用出來，但一切以保護自己為主，為了她自己，是不惜犧牲別人的。

　　像在第二十七回中，她在滴翠亭旁不小心聽到了小紅和墜兒談私心話。寶釵心中吃驚，想道：「怪道從古至今那些姦淫狗盜的人，心機都不錯！這一開，見我在這裡，他們豈不臊了？況且說話的語音，大似寶玉房裡的小紅，他素昔眼空心大，是個頭等刁鑽古怪的丫頭。今兒我聽了他的短兒，『人急造反，狗急跳牆』，不但生事，而且我還沒趣。如今便趕著躲了，料也躲不及，少不得要使個『金蟬脫殼』的法子。」[28]

---

28 同註 12，頁 237～238。

　　於是寶釵故意放重了腳步，假裝是和黛玉在玩捉迷藏，小紅擔心地說：「要是寶姑娘聽見，還罷了。那林姑娘嘴裡又愛刻薄人，心裡又細，他一聽見了，倘或走露了，怎麼樣呢？」

　　寶釵就這樣自然而然地把後果丟給黛玉去承擔，而保全了自己。

　　寶釵所接受的生活教訓和禮教陶冶，養成她日後行事語言，考慮再三，而變得市儈現實且世故能幹。我們從曹雪芹對她的心理活動的描寫便可見其性格。

　　心理刻劃是人物刻劃的必要手段，曹雪芹在描寫人物的心理活動時，十分注重內心獨白與人物性格的聯繫，並以合乎人物的心理邏輯，去刻劃人物的心理，以觀照人物的內心世界，使筆下的人物個個皆具其特性。

　　小說透過人物的命運，牽動讀者的內心，以情引人，以情動人。讀者是有感情的，所以寫人就必須要寫感情，而要寫出人物內心深處幽微的感情，就必須大膽地寫進人物的內心世界，才能表達出感情的豐富與多樣。

　　巴金在他的〈家〉這篇小說中以四層內心獨白來展現男主角覺新的心理。覺新的妻子因難產而死在一間鄉下的舊屋子裡，覺新趕來了，但不知妻子已死。且看此時覺新的情緒起伏。第一層，覺新猛力敲著門，他知道發生事情了，但不敢多想，只希望能救回妻子，或者最起碼也要見上最後一面。第二層，覺新確知妻子已死，但他哀嚎著，狂叫著，希望能把妻子從死神手中奪回來。第三層，覺新從絕望轉為懺悔，他悔悟過去幾年來，因為自己的懦弱，不敢對封建舊制度的專橫提出反抗，而使他的妻子葬送了生命。第四層，覺新覺醒了，他終於明白妻子是舊制度的犧牲品，他由悲傷轉為對腐敗的舊制度的憤恨。

　　巴金透過這樣層層的心理描寫，合乎邏輯地把覺新的心情和控訴展露無遺。

　　〈遊園驚夢〉是白先勇使用意識流手法中，最教人稱讚的一篇。

　　小說中的錢夫人，她內心世界的複雜是雙重的，一方面「她明白

她的身分,她也珍惜她的身分」跟了錢鵬志那十幾年,筵前酒後,哪一次她不是捏著一把冷汗,恁是多大的場面,總是應付得妥妥貼貼的,她「體驗得出錢鵬志那番苦心。錢鵬志怕她念著出身低微,在達官貴人面前氣餒膽怯,總是百般慫恿著她,講排場,耍派頭」;另一方面,那團屬於「青春」的「紅火焰又熊熊的冒了起來」,錢夫人既是「貞潔的、冷靜的」,又是「慾的、忌妒的、熱情的」[29] 作者將此矛盾的二者,統一於錢夫人身上,而且巧妙地把它剝露出來,促使讀者能輕易地進入錢夫人的心靈世界,瞭解其內心的痛苦。

黃春明〈兒子的大玩偶〉裡的坤樹是一個為了生計早出晚歸扮小丑的人,然而,最後竟使他幼小的兒子只認得扮小丑的他。

作者的寫作手法是將內心獨白部分以括號與故事內文作區隔,讀者可以很容易發現其為「內心獨白」——

　　無論怎麼,單靠幾張生疏的面孔,這個飯碗是保不住。老闆遲早也會發現。他為了目前反應,心都頹了。
　　(我得另做打算吧。)
　　此刻,他心裡極端的矛盾著。
　　「看哪!看哪!」
　　(開始那一段日子,路上人群的那種驚奇,真像見了鬼似的。)
　　「他是誰呀?」
　　「那兒來的?」
　　「咱們鎮裡的人嗎?」
　　「不是吧!」
　　「唷!是樂宮戲院的廣告。」

---

29 姚一葦:〈論白先勇的〈遊園驚夢〉〉,《遊園驚夢》,臺北:遠景出版社,1985 年,頁 154。

　　「到底是那裡的人呢？」

　　（真莫名其妙，注意我幹什麼？怎麼不多看看廣告牌？那一陣
子，人們對我的興趣真大，我是他們的謎。他媽的，現在他們
知道我是坤樹仔，謎底一揭穿就不理了。這干我什麼？廣告不
是經常在變換嗎？那些冷酷和好奇的眼睛，還亮著哪！）[30]

　　張曼娟在〈鴛鴦紋身〉中描寫陷入愛情與麵包兩難選擇的趙飛燕
的內心掙扎。趙飛燕向她的愛人赤鳳提出分手，她準備進府習歌舞，
那是她夢寐以求的機會，但她的內心是矛盾的，所以她在內心對赤鳳
說：「射吧，射吧。我辜負了你的深情，射死了我，我便是你的。」
她的心裡流轉著進退維谷的痛苦──他的感情如此濃烈，怎能忍受我
的離開？我想像他拉滿弓，瞄準，手指鬆開，鋒利的箭穿過空氣，刺
透我的肌膚，刺穿我的心臟，就像射中飛翔的鳥雀，尖銳的疼痛麻痺，
一切都靜止。他究竟射不射？府邸大門打開了，樊姊一身鮮麗華服，
笑盈盈出現，我的未來，富貴榮華一身。我的腳步加快，終於奔跑了
起來，帶著一種驚悸的情緒，不要，我不要死。我有我的夢想，我有
我的繁華歡愉的人生，我不要死，赤鳳！我不要死──不要射！你先
放我走。

　　在這裡只有主角的獨白最能展現其內心。

　　賴和在〈不如意的過年〉裡描述一個日據時代的官吏獨自暗想：
最近大家都不太聽他的話，人民變得不合作，他努力想尋回官威。其
內心獨白正可表現他的憤怒：「這些狗，不！不如！是豬！一群蠢豬，
怎地一點點聰明亦沒有？經過我一番示威，還不明白！長官不能無些
進獻，竟要自己花錢嗎？怪事，銀行儲金，預計和這次所得，就可湊
上五千，現在似已不可能了。哼！可殺，這豬。」[31]

---

30 黃春明：《兒子的大玩偶》，臺北：皇冠出版社，2000 年，頁 17～18。
31 賴和：《賴和全集──小說卷》，臺北：前衛出版社，2000 年，頁 81。

　　大陸新時期的女作家航鷹在〈東方女性〉中便是對女主角做了成功的「內心獨白」。

　　這篇小說的故事發生在八〇年代。二十歲的余小朵愛上了一個有婦之夫,她的母親林清芬接到對方妻子的來信,要到她家和林清芬談談。林清芬找來方我素一起勸阻余小朵。兩個長輩接續說起了一段往事——

　　身為婦產科主任的林清芬和他的外科主任丈夫老余,結婚已二十多年,兒女在家時,有他們「作為感情的紐帶」,婚姻生活還算過得去;如今孩子先後離家唸大學,老余感到寂寞孤單,平靜的婚姻生活,因為年輕的方我素介入,而起了大變化,方我素的人生也因此而改變。

　　老余因為婚外戀而犯了「生活錯誤」,要被下放農村。

　　懷著身孕的方我素求助無門,上余家找不到老余,失去活下去的勇氣,在河邊徘徊。林清芬將她救起,發現她有早產的跡象,將她送進了醫院。她在產臺上出現了難產,林清芬經過內心交戰之後,為她接生。後來,她遠走他鄉,林清芬將她的小孩視為己出。

　　聽完了故事,余小朵才發現原來那個小女孩就是她。

　　乍看小說的內容簡介,讀者可能會很詫異林清芬竟有如此的寬容大度,簡直不可思議,不合常理。

　　這篇小說展示的是東方女性特有的美德——寬容,但是大陸方面的評論界有人質疑林清芬的寬容是否體現了美,他們認為她這種不分是非、包攬錯誤的寬容,就很難使人接受。[32]

　　林清芬的寬容表現在對丈夫和情婦的身上。以下我們經由小說中林清芬的內心表白,來分析看看她為什麼會對丈夫和情敵表現如此「不分是非,包攬錯誤」的寬容?

　　當老余向林清芬坦承他的婚外戀時,她狠狠地把他罵了一頓,他請求她先不要去辦離婚手續,否則會影響女兒大學畢業後的分配;正

---

32 胡若定:《新時期小說論評》,南京:南京大學出版社,1990 年,頁 88~89。

在入黨準備期的兒子，可能會無法轉正。

　　原本院長是要將老余記大過處分，在醫院勞動兩年，然後再回外科。但老余情願下放到農村，免得鬧得人人皆知。他向院長提出請求：不要向孩子所在的大學透露他下放農村的真實原因，組織考慮到林清芬的處境和他的一貫表現，答應了對外只說他是因醫療事故才受處分的。

　　林清芬聽老余提起孩子，像個洩了氣的皮球。接著她固執地要問出他所以背叛她的原因；他低著頭，結巴地不知從何說起。林清芬氣得不願再抬頭看他。可是他卻忽然抓住她的手央求說：「再看我一眼吧！哪怕還用那種仇恨的目光！這麼多年來，你一直沒有好好望過我……明天，我就要走了……」[33]

　　林清芬聽了驚異萬分。的確，自從有了孩子後，她再也沒有擁有像戀愛和新婚時，和他眼眸相對的閒情逸緻了。

　　基本上，林清芬和老余兩人的性格差異頗大，林清芬是個「性格內向」，理性重於感性的人；而老余年輕時想當演員，曾考上過戲劇專校，他是個「熱情奔放」，感性重於理性的人，孩子離家後，生活沒有了熱情，他一直渴望生活中有更多的樂趣和享受。過去他常向林清芬抱怨：「你太冷了。」老余對林清芬說：

> 你是一塊恆溫的玉石，和你碰撞在一起沒有失火的危險。而我和她都是一塊燧石，稍一磨擦就會成為火種。誰知道這麼一來就不可收拾了，我像被點燃的爆竹似地把蘊藏多年的熱力一股腦兒迸發出來，把自己炸了個粉碎……[34]

---

33 馬漢茂（H. Martin）編：《掙不斷的紅絲線》，臺北：敦理出版社，1987 年，頁 144。

34 同註 33，頁 146。

　　林清芬還愛著老余，所以在聽了老余的表白後，她才發現自己在感情上對老余的粗心；而在老余離去後，她有了更多的時間去反省自己。

　　其實面對方我素，林清芬的內心一直被「善」與「惡」兩面掙扎糾纏著。

　　當林清芬想到她的家已名存實亡，而方我素卻「逍遙法外」時，她迫不及待地跑到她的劇團去，把她的醜事公布於眾，她要她名譽掃地。

　　處理事情的科長是個女幹部，相當同情林清芬的遭遇，答應會嚴辦，而且告訴她民憤極大，大家都很同情她。她氣喘吁吁跑上三樓，看見走廊上掛滿了大字報，方我素被稱為「狐狸精」、「現代潘金蓮」、「糖衣炮彈」，而老余則被稱作「老流氓」、「老色鬼」之類的——那是主持正義的群眾對她的支持。

　　她又看到了一張彩色漫畫，方我素被畫成了人頭蛇身，蛇身纏繞著一個行將就木的老人，那當然指的是老余。此時此刻，我們來看看林清芬的內心反應——「幸災樂禍的感覺也被嚇跑了，剩下的只是驚慌、憂慮，甚至厭惡。我暫時忘記了自己是受害的妻子，竟為那位沒有看過面的情敵默默擔心起來，她看見這些大字報精神上受得了嗎？她今後還怎麼在劇團裡立身呢？……」[35]

　　這是林清芬第一次的內心掙扎；第二次掙扎則在方我素要自尋短見時。

　　方我素的母親知道她成為人家婚姻的第三者，一氣之下心肌梗塞復發去世了，家人把她趕出了家門，工作單位嚴厲地批判她。

　　懷著身孕的方我素找不到老余後離去，林清芬頓時意識到她就是那個第三者——「她竟敢跑到家裡來找老余！竟敢當著我的面問老余！竟敢向我打聽他的地址！熊熊怒火湧上心頭，使我恨得咬牙切齒，看大字報時的憐憫之心一掃而光。」[36]

---

[35] 同註33，頁151。

[36] 同註33，頁155。

　　方我素在河邊徘徊，林清芬跟著她，腦中升起一個疑問：「她別是要自殺吧？這麼一想，我又得到了復仇的快意，她這是自作自受，只有一死才能洗去自己的恥辱！」[37]

　　林清芬實在不想管方我素的死活，但是「理智的分析戰勝了感情的憎惡：如果讓她死了，尤其是死在自己家門口，老余就要承擔法律責任！那……他和我的孩子們……我似乎清晰地看見了老余被人戴上手銬，啷噹入獄的形象，一下子兩腿癱軟，身子無力地倚在了窗臺上。母性的愛和女人的恨，像兩把鈍齒鋸子交替鋸著我的心，撕著肉，滴著血。最後，無以匹敵的母愛戰勝了嫉妒心。不能讓她死！」[38]

　　林清芬內心的第三次掙扎，發生在她把想尋短見的方我素帶回家照顧時。

　　林清芬用著自己都認不得的聲音去勸方我素不可輕生，她明白「只有用人間的友愛和溫暖，才能召回她生存的勇氣。」她捧著曾為老余端的臉盆，擰了熱手巾，讓她擦臉。此時，她「心裡狠狠地罵著自己：你怎麼能這樣沒有尊嚴？難道可以原諒她嗎？」[39] 可是她同時又拿起了梳子，為她梳頭。

　　方我素對於林清芬的照顧感到愧疚。此時，她突然尖叫起來，是子宮在收縮；林清芬看著她的痛苦，突然感性馬上向她的理性打了一個回馬槍──「這時我完全陷入了感官上的憎惡，剛才的熱情全然消失了。她這是自作自受！我冷眼站在一旁，望著她那痛苦的情狀。」[40]

　　林清芬判定是早產。三更半夜，根本叫不到車子，最後，是林清芬用自行車推她去醫院。這是林清芬內心的第四次掙扎。

　　方我素被送進產房，出現了難產的徵兆，值班醫生請林清芬去會

---

37 同註 33，頁 155。
38 同註 33，頁 155～156。
39 同註 33，頁 157。
40 同註 33，頁 159。

診。她故意拖延著時間，自認已經仁至義盡，怎麼可能還親手去接生他們的孩子？真是滑稽。

護士又來催促，說是孩子的胎心音變弱。她以頭痛的理由拖延著，心裡暗暗地升起一個念頭：「胎心音變弱，是很危險的徵兆。如果孩子死了，無論是對她，對老余，還是對我，都是一種解脫。不然，這個孩子怎麼辦呢？只要再拖延二十分鐘，一刻鐘，哪怕是十分鐘，那不應該出生的孩子都可能發生意外……」[41]

這次是醫生出馬，說是產婦出現休克，胎心音也沒有了。此時，窒息空白的林清芬的腦細胞又有了一些活動，方才自私的想法又被刪除了，「而首先復活的是一個理智的信號——生命攸關的此時此刻，職責，醫生的職責……」[42] 她覺得她的白大褂一穿上身，就發揮了神奇的作用，她「女人的靈魂被壓抑了，女醫生的靈魂顯現了」她走進手術室，忘記了七情六慾，「甚至忘卻了躺在手術臺上的是她。這時的我，只感到寧靜、堅定、自信、專注，只知道面前是病人，我是醫生，救死扶傷的醫生……」[43]

這是林清芬內心的第五次掙扎。

在大家的搶救下，方我素醒來了，小孩也被生下來，可是那女孩沒有哭，是個死嬰！此時的林清芬又是怎麼樣的呢？她「沒有一點遺憾和憐憫，而是一陣驚喜湧上心頭：孩子死了，醫生們盡了最大的努力，責任不在我們。這是天意，蒼天助我！」[44]

方我素呼叫著要看小孩，喚醒了林清芬的職責感——一個醫生應該做出最大的努力。她抓起嬰兒的雙腳倒提起來，做拍背呼吸法——「我狠命地朝著嬰兒的背脊打去……我打的是他倆的孩子……說也奇

---

41 同註 33，頁 163～164。
42 同註 33，頁 164。
43 同註 33，頁 165。
44 同註 33，頁 165。

怪，儘管我覺得使出了平生最大的力氣，但我的動作卻始終沒有超過這一搶救法的規範，並且發出了神妙的效果……」[45] 終於，林清芬親手把她的丈夫和方我素的小孩帶到了這個世界。人道主義精神還是戰勝了林清芬對情敵的仇恨心理，這是林清芬內心的第六次掙扎。

小孩被救活後，林清芬從醫院逃回家中，一下子撲倒在床上，想起這一切都不是出於她的本意，可是她又對一切都執扭不過。林清芬的「善」終究還是戰勝了她的「惡」。

如果作者不是利用內心獨白的方式，將很難呈現林清芬內心幽微的想法。

五、人物的性格對比

在性格對比中來刻劃典型性格，這種方式就是中國古典小說中的「用襯」。[46] 利用性格的衝突來刻劃人物，使人物與人物間的對立性格發生尖銳的衝突時，就加倍強烈地寫出兩個人物的性格。

宋濂在〈杜環小傳〉中從四個方面去刻劃杜環的形象：第一，太守不念舊情拒收張氏，對比杜環收留張氏的義情；第二，張氏作客的不安，反襯杜環要全家人「皆以母事之」；第三，以張氏性情急躁，反襯杜環的孝順善良；第四，以張氏幼子的棄養，反襯杜環的有始有終。

馮夢龍《警世通言》第三十二卷的〈杜十娘怒沈百寶箱〉裡的杜十娘的勇敢堅貞，正好和李甲的懦弱、沒有擔當形成強烈對比。她不甘做王孫公子們尋歡取樂的玩物，真誠地追求愛情，千方百計設法逃出火坑，她覺得李甲忠厚志誠，以為可以依靠，沒想到在回鄉途中，李甲把她賣給了商人孫富。在她絕望投江前，拿出私存多年的無價珍寶，在眾人面前投入江中，她對李甲說：「妾風塵數年，私有所積，本為終身之計。自遇郎君，山盟海誓，白首不渝。前出都之際，假託

45 同註 33，頁 166。
46 葉朗：《中國小說美學》，臺北：里仁書局，1987 年，頁 168。

眾姊妹相贈，箱中韞藏百寶，不下萬金。將潤色郎君之裝，歸見父母，或憐妾有心，收佐中饋，得終委託，生死無憾。誰知郎君相信不深，惑於浮議，中道見棄，負妾一片真心。今日當眾目之前，開箱出視，使郎君知區區千金，未為難事。妾櫝中有玉，恨郎眼內無珠。命之不辰，風塵困瘁，甫得脫離，又遭棄捐。今眾人各有耳目，共作證明，妾不負郎君，郎君自負妾耳！」這一段話正是最有力的控訴，也最能展現人物性格。

《紅樓夢》第三十四回中，寶玉被賈政痛打，此時可看出寶釵和黛玉兩人因性格上的差異所表現的不同。寶釵是冷靜地送藥，並勸寶玉：

> 「早聽人一句話，也不至有今日！別說老太太、太太心疼，就是我們看著，心裡也——」剛說了半句，又忙咽住，不覺眼圈微紅，雙腮帶赤，低頭不語了。[47]

然而黛玉呢？寶玉一見她時「他兩個眼睛腫得桃兒一般，滿面淚光」寶玉嘆了一口氣，寬慰黛玉說，他是故意裝出來很疼的樣子，好讓他們去外頭散布，讓老爺知道。

> 此時黛玉雖不是嚎咷大哭，然愈是這等無聲之泣，氣噎喉堵，更覺厲害。聽了寶玉這些話，心中提起萬句言語，要說話時卻不能說得半句，半天方抽抽噎噎的道：「你都改了罷！」[48]

由此可看出寶釵和黛玉兩人與寶玉之間情感層次的差等——寶釵送藥，做的是一般人都可以做到的關心和慰問；而黛玉哭泣，則是一

---

47 同註 12，頁 303。
48 同註 12，頁 305。

種感同身受的切身之感，她幾乎是把自己和寶玉看成一體了。

寶釵是一個「不敢恨也不敢愛」的人，她的婚姻是母親為她承應的，薛母承應了這樁婚姻，一方面寶釵那不成材的哥哥可以改判誤殺回家，另一方面寶釵的終身大事有了依歸，薛母的心裡也安頓些。

其實寶玉並非寶釵心目中的理想人選，只是賈府少奶奶的高貴「身分」才是她所追求的。因此，儘管她心裡並不十分願意；儘管她明知寶玉中意的是黛玉，但在別無選擇的情況下，她還是順了母親所包辦的婚姻。

黛玉則是一個「敢恨不敢愛」的人，儘管寶玉認定對她情有獨鍾，彼此的生命強烈相通，但黛玉因其性格與其所處的環境發生尖銳的衝突，雖然對這份感情的深度一而再，再而三的探測，但總有一份強烈的不安全感。

一直到在第九十一回中寶玉和黛玉「剖心」，黛玉才稍稍「放心」。在其中一大段啞謎式的囫圇語中：寶玉表示只愛黛玉一人，他絕不向環境妥協，一切要自己作主；當黛玉問到，若因疾早夭將如何？寶玉亦堅決地表示「曾經滄海難為水」的忠貞信誓。剖心至此，莫怪黛玉「低頭不語」，這「低頭」與「不語」蘊涵了多少的感動與情傷。

人物的動作反應也是性格的表現，人物的一舉一動，都有表現性格的功能，曹雪芹描寫人物的動作都是充分性格化的。

黛玉超越了她所處的時代，她把名利都超然於物外，僅專心致志於自己的感情生活；寶釵則是安分地追隨著她所處的時代，是個最正統派的人物。曹雪芹創造這兩個對比的角色，正是有意表達《紅樓夢》裡所表現的「環境與性格的衝突」。

角色對比的重要性就在於強調人物性格的呈現。口角鋒芒的黛玉——「見一個打趣一個」；心計城府的寶釵——「隨分從時」、「裝愚守拙」、「拿定主意不干己事不開口，一問搖頭三不知」。

在《紅樓夢》裡我們見不到一個性格上真正十全十美的人，然而，

也正因為這些人物都不是完人，所以才給我們親切的真實感。

白先勇在〈一把青〉裡塑造「豁達、認命」的師娘，是用來對比朱青的性格的。郭軫和朱青結婚後，蜜月沒度成，國內的戰事便爆發了。郭軫一早便請求師娘，在他調到東北後，請她多照顧朱青。

那段時間，師娘常陪著朱青，有時教朱青做菜，有時教她織毛衣，有時還教她玩幾張麻將牌，師娘對她說，那玩意兒是萬靈丹，有心事，坐上桌子，紅中白板一混，什麼都忘了。

師娘有時還告訴朱青一些村子人的身世，給朱青機會教育：「她們背後都經過了一番歷練呢。像你後頭那三個原來都是一個小隊裡的人。一個死了託一個，這麼輪下來的。她那些丈夫原先又都是好朋友，對她也算周到了。還有你對過那個徐太太，她先生原是她小叔，徐家兩兄弟都是十三大隊裡的。哥哥歿了，弟弟頂替。原有的幾個孩子，又是叔叔又是爸爸，好久還叫不清楚呢。」[49]

師娘終究影響不了朱青「死心眼」的個性，她依然天天守在村子裡，有時一大群空軍太太上夫子廟去聽那些姑娘們清唱，朱青也不肯跟她們去，她說她怕錯過總部打電話傳來郭軫的消息。

同樣面對丈夫的死亡，朱青是哭得死去活來；師娘卻是相當振作，打從她嫁給偉成那天起，她心裡就已經盤算好以後怎樣去收他的屍骨了，她早知道像偉成他們那種人，是活不過她的。

他們逃離撤退到海南島時，偉成便病歿了，偉成一斷氣，船上水手便用麻包袋將他套起來，和其他幾個病死的人，一齊丟到了海裡。可笑他在天上飛了一輩子，沒有出事，卻在船上硬生生的病故了。師娘眼睜睜的看著水手將偉成的屍體往海裡去，只聽到「砰」一下，人便沒了，她怎麼也沒料到末了連他的屍骨也沒收著。

師娘獨立、達觀的性格是用來和朱青依賴、看不透的性格相對襯的，這種手法突出了人物不同的個性，使各自的特殊性更為明顯。

---

49 同註3，頁31。

　　張愛玲在〈紅玫瑰與白玫瑰〉裡為振保的生命裡塑造了兩個女人彼此糾結著，一個是他的白玫瑰，聖潔的妻子；另一個是紅玫瑰，熱烈的情婦。

> 也許每一個男子都有過這樣的兩個女人，至少兩個。娶了紅玫瑰，久而久之，紅的變了牆上的一抹蚊子血，白的還是「床前明月光」；娶了白玫瑰，白的便是衣服上沾的一粒飯黏子，紅的卻是心口上一顆硃砂痣。[50]

　　在現實中，適合他的是一位聽話、順從、不愛交際的女人；然而在他心底渴望的卻是狂熱的、放浪的、娶不得的女人。

　　於梨華《在離去與道別之間》裡的方如真的存在似乎專門是為段次英做陪襯的。在方如真的身上，作者寄託對知識份子身上美好品質的留戀，比如正直的性格，或者對工作及家庭的責任感等，相對於段次英的鉤心鬥角的形象有著天壤之別。

　　小說家除了在小說裡利用兩個以上的性格人物作比較外，其實，小說家還注意到任何一個人，不管他的性格多麼複雜，都是相反的兩個極端所構成的。

　　施耐庵《水滸傳》裡〈魯提轄拳打鎮關西〉的魯達在渭州一家茶坊首次登場，他請人喝酒，路上碰到耍槍棒賣膏藥的師父，便順道邀他一起去喝酒，但他卻說要收了錢再走，魯達個性焦躁，把一旁看耍棍的人都趕走了，師父看了只得陪笑道：「好性急的人！」這裡用一個事件寫出魯達的急性子。

　　到了酒樓喝酒，魯達聽見隔壁房間裡有哭泣聲，又焦躁了起來，把碗盤全丟在樓板上。一問之下才知道，原來有父女二人，來這裡投

---

50 張愛玲：《傾城之戀——張愛玲短篇小說集之一》，臺北：皇冠出版社，2001年，頁52。

親不著，女兒被「鎮關西」鄭大官人硬要抓去作妾，寫了三千貫文書，虛錢實契。不到三個月，女兒被大娘子趕出來，鄭大官人又要追回原來的契典身錢三千貫。父女因而在酒樓賣唱，賺錢歸還。但這兩天酒客稀少，已經過了還錢的期限，怕受羞辱，因此啼哭。

魯達詳細追問他們的姓名、住所，「鎮關西」的鄭大官人是誰？住在哪裡？從此處卻又看出他毫不急躁，粗中帶細，以及助人的用心。

當他得知鄭大官人就是狀元橋下賣肉的鄭屠之後，魯達將身上的十五兩銀子留給那對父女，回到房裡，晚飯也沒吃，便氣憤地睡了。由此更進一步看出他的古道熱腸。

魯達找到了鄭屠，故意找個切肉的目名來消遣他，在衝突發生後，才三拳就打死了鄭屠。

小說家利用事件的進展，呈現人物的性格。

金庸筆下的很多人物，都是由於危機而表現出個性。例如《鹿鼎記》中的韋小寶雖說是個小無賴，但是大難來時，卻能表現出意想不到的機智和勇猛──殺史松、小桂子、鰲拜、董金桂、瑞棟，幾度死裡逃生。師父九難被眾喇嘛高手追殺，他以性命作賭注和大喇嘛決鬥，雖然嚇得尿濕褲襠，最終還是大獲全勝。

白先勇筆下的金大班有著「孤傲自大，爭強好勝」的性格；但是在金大班的性格內層，又富有極強的同情心，她把舞場經理要趕出去的新舞孃朱鳳給包攬過來，金大班把舞場裡的十八般武藝一一傳授給她，還百般替她拉攏客人，使朱鳳成為一個紅舞女。誰知朱鳳對客人動了真心，給人睡大了肚子，金大班把她臭罵一頓後，就毫無考慮地脫下手上一隻一克拉半的大鑽戒送給朱鳳，要她離開舞廳，好好安排自己和孩子的生活。

〈悶雷〉裡的福生嫂就是因為正反兩極的性格衝擊，讓她陷入痛苦的深淵──在她生日那天，就在劉英隱約對她表達愛意的關鍵時刻，她退縮了，她本可抓住眼前期待很久的幸福，但傳統禮教的束縛，在她的性格裡已根深蒂固，「正極」戰勝了「反極」，她還是無法擺脫

她那無能又不知體貼的丈夫。

　　人物的性格是在不斷的運動當中，所以人物的性格結構中相反兩極的各種元素，也會隨著空間或時間的改變，而有所變化。

　　杜修蘭《逆女》裡的天使最後終於明白了，為何她還要再回家，原來根本上她是一個絕對戀家的人，因為太愛它，它的傷害更讓她心碎，她終於絕望地離開家，卻始終沒能擺脫它的陰霾，而她這麼些年來沒能離開美琦，是因為她也是讓她認同的家人。即使天使在對母親劇烈的報復中，她的心理也是矛盾且具後悔的。但在她心中最重要的矛盾，是在於對母親的感受：瞭解、怨恨、無奈卻又同情，想要挽回又不甘心失去了愛的能力，這種矛盾才是最深入、最劇烈的。

　　王文興《家變》的范曄對父親的愛與憎恨，在他的心中不斷的重覆出現、輪替。

　　芥川龍之介的〈羅生門〉裡那個被主人解僱，對未來不知去向的僕人也是在內心的兩極對照中掙扎。僕人在羅生門下躲雨，他一直想著到底是要在路邊餓死呢？還是去做盜賊活命？

　　羅生門的二樓是停放無人認領的屍首的地方，僕人想可以在那個地方睡覺。就在他走上樓梯時發現已經有人在上面，是一位老太婆，她正在拔死人的頭髮，原本陣陣傳來死屍的惡臭，已經被老太婆這樣的舉動所帶來的憎惡感所取代。

　　僕人憎惡老太婆在此風雨交加的夜晚，在羅生門拔著死人的頭髮，他上前將老太婆抓住，問她為什麼要拔死人頭髮。老太婆表示拔死人的頭髮可以拿去做假髮賣錢。老太婆覺得她這麼做沒什麼不對，因為這些人生前也並非都是好人。就拿她現在正在拔頭髮的這個女人來說，她生前總是把蛇切成四段曬成乾，然後充當成魚乾，帶到軍營賣給武士。不知情的武士還稱讚她的魚乾很好吃，天天買魚乾配飯吃呢！要不是因為生病死了，她現在一定還做這種生意。再者，她並不認為這個女人生前做的事情有什麼不好，要是不這麼做，那就只有餓死這條路可走。所以，她現在這麼做也不算是壞事，都是為了能活下去，是

身不由己的啊！她認為那個女人大概也會原諒她對她所做的事。

僕人聽了老太婆說的話之後，心中突然生起一股勇氣，這個勇氣是剛才在城門時所欠缺的，而且與他剛才抓住老太婆時那股嫉惡如仇的正義感迥然不同。僕人不再為了要餓死路邊，還是要去當盜賊而猶豫不決，對於餓死路邊這件事他早已拋諸腦後了。

僕人等老婆婆的話一說完，他以極不屑的語氣低聲的反問：「那麼，如果我脫下你的衣服，你應該也不會恨我吧！因為如果我不這麼做的話，一定也只有死路一條。」

僕人快速的脫下老太婆的衣服，將老太婆推倒，迅速的衝出樓梯口在黑夜中消失於羅生門。

僕人因為現實環境的關係，想著到底是要當盜賊活命或是就餓死在路邊。僕人原本是一位心地善良有正義感的人，在看見老太婆的作為，和聽了老太婆所說的話後，他原本的正義感被現實環境所產生的邪惡的心所戰勝，所以他決定當一位盜賊藉此賴以活命。

這幾篇小說都能寫出人物內心底層仙子與魔鬼的交戰，那是一種雙重矛盾性格的交戰。

六、角色襯托

紅花要有綠葉來陪襯，所以，主角也需要配角來烘托。配角的地位和任務是要來烘托主角，使主角得以充分表現。

林海音在〈春風〉裡為主角靜文安排了一個好友秀雲，藉以和她形成對比——靜文畢業後便投入就業市場，一手打造自己的家庭，並且供應丈夫讀書；秀雲畢業後隨丈夫出國，但非深造，而是「作隨件」。靜文深知求學不易，於是將畢生的心力投入教育事業，希望每個小孩都能有機會上學，成了模範校長；秀雲滿足於富裕舒適的家庭生活，不想外出工作，全心為家庭奉獻，成了模範妻子；靜文有強烈的事業心，希望丈夫也能積極求上進，結果和丈夫貌不合、神也離；秀雲則是成為丈夫事業成功背後的那個女人，家庭美滿幸福。

作者在小説中刻意安排靜文強調家事的重要，並在學校蓋了棟家事樓，可諷刺的是她在自己現實的婚姻生活中並不完滿，在新舊時代交替的過渡時期，我們從靜文身上見到了當時女性知識份子在事業與婚姻無法兩全兼顧的艱難處境。

白先勇長篇小説《孽子》裡的配角有好幾類：有些是有錢有勢，企圖用金錢購買一切，唯求性慾滿足的凋零老人，就像盛公、老周和盧胖子等；有些則是為了滿足上一類的人而去賣的，就如老龜頭。

當然，每一位「孽子」的背後都有一段故事，例如：桃太郎，父親是日本人，在菲律賓打仗打死的。桃太郎長得清清秀秀的，但性子卻是一團火。他跟一個理髮師十三號愛上後，兩人雙雙逃到臺南。十三號原定了親，被家人一逼，就給捉回去結婚了。結婚的晚上，桃太郎還去喝喜酒，跟新郎你一杯我一杯猛灌。誰知他吃完喜酒，一個人走到中興大橋，一縱身便跳到淡水河裡，連屍首也撈不到；十三號天天到淡水河邊去祭，桃太郎總也不肯浮起，有人說是因為桃太郎的怨恨太深，沈到了河底，浮不上來了。

涂小福，現今還在精神療養院治療。五年前，涂小福跟一個從舊金山到臺灣學中文的華僑子弟纏上了，兩人轟轟烈烈的好了一陣子，後來那個華僑子弟回美國去了，涂小福就開始精神恍惚起來，她天天跑到松山機場西北航空公司的櫃臺去問：「美國來的飛機到了麼？」

這是《孽子》裡其中兩個配角，作者以「舖墊法」將配角的命運和遭遇先行舖寫，以襯托正面實寫的主要人物。

黃春明〈看海的日子〉裡的鶯鶯的角色是用來襯托白梅的，這兩個人被賣到妓院的經過很相似，所以就暗中結為姐妹。白梅在鶯鶯剛入行還很羞澀時，幫她解過危，也勸她在這種場合別動感情，她有計畫的替鶯鶯還錢，帶她離開桃園，到全省各地去幹活，因為男人好新鮮，如果在同一個地方待久了，身價會低落，想要永遠保持三十歲，就要時常流動。鶯鶯這個角色，展現了白梅助人的善良性格，也藉著這個角色，讓白梅有機會說出妓女的悲情。

　　珍澳斯汀的《理性與感性》寫的是十九世紀英國一對姐妹花愛情故事,姐姐愛蓮娜性格內斂,理性重於感性,經常壓抑自己對愛情的感覺;妹妹瑪麗安個性衝動而多情,感性重於理性。當她們心儀的男子出現時,兩人對愛情的處理方式,表現了兩極化的個性。

　　成功的小說家會善用不同人物之間的性格對照,讓兩個特徵相對應的人物,互相補充,彼此襯托,這種參差對照的手法,不但寫出次要人物的性格,也襯托出主要人物的性格特徵,而使故事變得複雜有趣。

第二節
情　節

2

　　佛斯特(E. M. Forster)在《小說面面觀》(*Aspects of the Novel*)裡說:「國王死了,王后也死了,這是故事;國王死了,王后也因悲傷而死了,這是情節。」情節就是選擇最有意義的事件,營造出生動的情景。在小說中情節(plot)指的是作者有意識地挑選和安排的相互有關的行動的結構。佛斯特說:「情節也是事件的敘述,但重點在因果(causality)。」[51] 而製造那些「因果關係」的主角,就是置身於「衝突」之中的「人物」。

　　簡要言之,情節指的是小說吸引人的地方,舉三個例子加以說明。

　　在洛陽這個地方的百姓,要從東岸到西岸去,唯一的交通工具就是搭船,有一天,船夫準備把載滿了男女老少的船渡到對岸去,誰知原本風平浪靜的江面,突然波濤洶湧起來,大家十分驚慌,都以為船要翻覆了,就在這個時候,天邊突然傳來一個聲音:「王貴人在此,不得使船翻覆。」此時,江面又恢復平靜,船夫趕緊把船渡到對岸,

---

51 佛斯特著,李文彬譯:《小說面面觀》,臺北:志文出版社,1980 年,頁 75。

一下船，大家都急著要找出姓王的貴人，好好感謝一番，誰知，船上一個姓王的都沒有，只有一個身懷六甲的嫁給姓王的孕婦，撫著她的肚子，心想：居然是我肚裡的小孩救了全船人。

　　話說姓王的婦人努力把小孩教養成人，孩子也不負所望，中舉當官，成了一人之下，萬人之上的宰相，而這位宰相輔佐皇帝有功，受到皇帝的重用，一直到可以退休的年紀了，皇帝還不願意放人；可是宰相一直掛念著母親的心願——希望有生之年可以見到他為家鄉蓋一座橋。有一天，宰相邀請皇帝趁著風和日麗的好天氣到花園散步，走了一會，宰相指著前面的一顆樹說是長得很不錯，皇帝往前一看，見到樹幹上居然有螞蟻排成的一行字：「宰相可告老還鄉。」當皇帝講完這句話，宰相馬上跪下去：「謝主隆恩。」皇帝解釋說那不是他的意思，只是直覺地把螞蟻排成的字給唸出來，但是宰相暗自得意地說：「君無戲言。」

　　宰相順利回到家鄉後，準備大興土木造橋，可是總是諸事不順，不是工人被石頭砸傷，就是有人扭傷了腿，根本無法開工。就在宰相傷腦筋的一天下午，午睡時，宰相做了一個夢，夢中什麼都沒有，只出現了一個「醋」字，宰相百思不解，後來經過拆字悟出：「也許上天給了我一個時間的暗示，把醋字兩邊拆開，一邊是酉，一邊是二十一。今天是十九日，或許老天指示我可以在後天的酉時動土。」於是，宰相就在那個時間招集工人動土，接著就很順利地完成了母親的心願，把洛陽橋給蓋起來了。

　　這三個故事，各自有吸引人的情節，如果第一個故事船上正好有一個姓王的貴人，那就沒什麼稀奇的了，可是貴人在媽媽的肚子裡，這就很特別；第二個情節在於宰相事先用蜂蜜或糖漿在樹幹上寫字，好讓螞蟻順利在上面排成了字，而順利安排皇帝中計，終於心想事成；第三個吸引人的當然就是夢中的那個「醋」字了。

　　人與人之間的矛盾和衝突的糾葛，造成事件的發生，所以說，人物造成情節，人物與情節之間的關係是非常密切的。人物如果沒有骨

血,情節就像無源之水。一篇小說的優劣,主要決定在人物,但情節設計得不好,人物也無法豐滿。

余華為其小說《活著》設計了這樣一個情節:福貴本是少爺,在荒唐的生活後,敗盡家產,把一百多畝的土地全賭輸了,開始過著貧窮人的生活。孰料後來因禍得福,在中國大陸土地改革時,將地主的土地沒收,也將地主判為黑五類,福貴因此免於一死,這件事情影響福貴往後的命運發展,不管日子再怎麼艱苦,他總能在挫折的環境中堅強地活著。

情節是小說中不可或缺的要素,也是故事要引人入勝的必需品,而情節與人物息息相關,因為人物造成情節。金庸《飛狐外傳》裡有幾個重要的情節:第一,胡斐行俠仗義,為鍾阿四一家四人,追殺鳳天南。第二,胡斐在商家堡諸多的經歷:苗人鳳與田歸農的恩怨、馬春花的愛情、胡斐與趙半山結拜、袁紫衣與胡斐的邂逅。第三,胡斐追殺鳳天南途中,為他的「殺父仇人」苗人鳳求醫求藥,治癒了他的眼睛。第四,胡斐結識袁紫衣和程靈素,最後程靈素為救他而死,袁紫衣離去,胡斐孑然一身。

情節也就是因果關係,因果的過程轉變故事中人物的個性,一部好的小說必定會有轉變的因素,情節設計多半是用來轉變故事中人物的個性。

張愛玲的《半生緣》描寫曼楨和世鈞兩人的愛情故事,他倆原本該是一對人人稱羨的佳偶;但曼楨的姊夫趁著酒意跟曼楨的姐姐表明他對曼楨的愛意,雖然曼楨的姐姐在當時很生氣的拒絕了,但後來竟天真的以為丈夫只要娶了曼楨,就不會再拈花惹草,於是答應用計讓曼楨失身於她的丈夫。曼楨失身於她的姐夫後,又懷了小孩,自覺配不上世鈞,而世鈞以為她愛上了別人;曼楨嫁給姐夫,世鈞也娶了他的表妹,兩人過著沒有交集的生活;事隔多年,兩人巧遇街頭,發現彼此還是深愛對方,但人事全非,過去已不堪回首。

張愛玲在小說中讓姐姐和姐夫陷害曼楨所設的計,還有世鈞陰錯

陽差的因為他人轉述的話，而以為曼楨另有所屬，這些都是屬於情節設計。

黃春明〈兒子的大玩偶〉裡的坤樹從事廣告人的工作，必須在臉上著上鮮豔的油彩，活像個特技團的小丑，但為了養家糊口，不得不為了現實低頭。稚齡的兒子因為總是習慣父親小丑般的裝扮。後來，坤樹換了工作，不必再扮小丑，可是兒子卻因為不認識卸下濃妝的爸爸而嚎啕大哭，不願意讓他抱。小說末尾把坤樹的痛苦、矛盾與期望等心理狀態刻劃得更加極致。

從這裡我們也可以看出小說中情節對人物的影響。

愛情的不圓滿，也常常是故事中人物個性轉變的因素，藉由情節設計使劇情具有張力，這種轉變也是小說的關鍵。

張曼娟的〈陽光以外〉裡的吳悅昭，是老闆的外遇對象。偶然在住所附近的餛飩麵攤，認識一個男子，漸漸產生情愫，一起偷偷去旅行；甚至男子說自己遇到困難，需要金錢，悅昭拿出身邊所有財產。直到有天，老闆之妻約悅昭和老闆，三人要對質，未料老闆之妻是要掀悅昭底牌──悅昭拿錢倒貼別的男人──老闆憤而離去，此時悅昭才知道，原來讓自己願意付出一切的男子，竟是老闆之妻的弟弟。原欲自殺卻未成，後來，她的心境漸轉為沈靜而純真，也原諒那男子了。

由此可知情節設計在小說中的重要性。

莫泊桑的〈戒指〉敘述一對夫婦為了參加一場晚宴，而向佛勒斯第耶夫人借了一串鑽石項鍊，但就在晚宴結束後，發現鑽石項鍊丟掉了，後來，夫婦倆為了買一串新的鑽石項鍊還給夫人，卻花了十年的時間來償還借貸的錢，但是到最後才知道那不是真的鑽石項鍊。

伊莉莎白‧金的《昨日不可留》故事中的女主角是韓國女子和美國大兵所生下的小孩。她的父親離開她們母女，她們母女為韓國社會所不容。

幼年時的女主角在母親的保護下，過著不與世人接觸卻十分安樂的日子。但是，有一天晚上，女主角的外公和舅舅到她們居住的房子，

改變了原本安逸的日子。這兩個在村落裡有一定地位的男人，不容許女主角這個雜種的女孩的存在，他們先將女主角的母親勒死，但女主角在母親的最後保護下逃脫出來，被人送進了孤兒院。

孤兒院裡的小孩為了得到來領養的大人們的歡心，背地裡面目猙獰、自私，在大人面前裝乖，本來不會如此的女主角，也漸漸有樣學樣。

後來，女主角被一對教士夫婦領養，離開了韓國，被帶到了人人稱羨的美國。

但事實上這對夫婦是宗教狂熱份子，他們不停地對女主角施加壓力及思想改造，而美國的種族歧視，使女主角被視為怪胎、異類，在這樣的大環境的轉變下，女主角由原本在母親身邊天真爛漫的小女孩，磨成了孤僻、自卑的人，終其一生都活在憂閉恐懼症的陰影下。

小說家利用情節設計，去感動讀者，加強讀者的印象，讓讀者在情節的設計中，見到小說家的用心。

第三節

場　景

3

這裡的場景指的是作者在小說裡為人物所設計的所處的環境，包括有：一、自然環境——日常生活活動周遭的客觀景物或氣氛；二、社會環境——歷史、時代、社會背景以及人與人之間複雜的人際關係。例如：余華將《活著》的故事背景擺在中國最動盪的年代——國共內戰、土地改革、大躍進，文化大革命——並且藉小說中的人物寫出當時中國人最困苦難堪的日子。又張愛玲的〈色，戒〉將社會環境背景安排發生在第二次世界大戰日本侵華，對日抗戰期間，當時汪精衛在南京成立日本在華的傀儡政府。故事中可見當時上海的貧富懸殊、日本文化大肆進入、集權高壓獨裁、珍珠港事變、香港陷落以及大學生

投入愛國運動的背景。

一、景物的描寫

　　景物的描寫是為了烘托人物的思想、心理、性格和行動，適當的景物描寫將使讀者獲得特殊的審美感。透過景物的描寫，故事才能有骨有肉。

　　朱天心〈風櫃來的人〉裡那三個來自澎湖島上的逐風少年——阿清、郭仔與阿榮，守在藍天大海的家鄉，正值高中畢業，等待著入伍當兵，過著家人眼中遊手好閒的無聊日子。虛耗多餘的精力、扔擲旺盛的青春，卻無力面對自己的未來，於是離鄉背井從澎湖鄉間到高雄大都市工作，努力的探索未來的生活——當兵、愛情或生存，都成為一種莫名壓力；即使他們有所自覺，茫然與壓力仍揮之不去，故事的結尾，在城市走了一遭的主人翁——阿清，還是決定返鄉了。

　　小說裡有一段描述著，血紅的落日像鹹鴨蛋黃浸在金粼粼的海面，郭仔走到浪裡把手腳沖淨。摩托車支在沙灘上，一道輪印老遠從大馬路斜斜劃過細白的沙崚，沙上平躺著兩個人，空寂的海邊再沒有別人。黃昏一寸寸，一寸寸蝕掉海岸，最終一暗，太陽沈到水裡，沙上起了風，細細清清的晚涼的風，叫人很累，很累的，想丟掉這一身臭重皮囊，讓潮水把他們帶走，走得遠遠的。

　　作者以「落日的沙灘」、「晚涼的徐風」襯托小說人物對未來所感到的未知與渺茫。

　　白先勇在〈悶雷〉中，以天氣的變化，襯托福生嫂的心理變化——「天上的烏雲愈集愈厚，把伏在山腰上的昏黃日頭全部給遮了過去。大雨快要來了，遠處有一兩聲悶雷，一群白螞蟻繞著芭蕉樹頂轉了又轉，空氣重得很，好像要壓到額頭上來一樣。」[52] 隨著白先勇安排窗外飛蛾「噗咚、噗咚」和悶雷「隆隆隆隆」等字眼，穿插於福生嫂心

---

52 同註5，頁43。

情的轉折與起伏之中，前後有十多次之多，使讀者更容易接近她心頭的震盪。

蕭麗紅《桂花巷》裡的高剔紅，從小生長在窮苦的家庭中，她的弟弟為生計出海捕魚被淹死，正因如此，她瞭解到貧窮的可怕，選擇嫁入豪門，捨棄真心所愛的漁民秦江海，婚後不久，丈夫死亡，她開始掌握一切，也開啟了她下半生的愛恨情仇。

小說裡有一段描述高剔紅喪夫多年，和下人懷了小孩，於是帶著她的兒子去日本，在那裡生下孩子；當她從日本回到故鄉時，看到故鄉蕭瑟的景物——石砌門牆的外道，是排半高的木棉樹，原有的綠葉，可能冬天前，就落光了。禿著的樹幹，只好用剝皮露肉來形容，枝枒全灑上一層白，像水柿仔上頭的柿霜——她想到自己就如同沒有軀殼的靈魂，真正的自己並沒有回來，在這人世間彷彿沒有她可以依靠的。

張愛玲〈金鎖記〉描寫民初一名叫曹七巧的女子，一生在舊式婚姻的糾結情慾、權力和金錢的慾望中沈浮。曹七巧嫁到姜家後，因為家世背景不佳，飽受欺凌。丈夫又體弱多病，情慾無法紓解。愛上小叔卻也得不到真愛。在當家主政後，以幾近變態的行徑，投射在兒女身上，一生孤寂。

> 風從窗子裡進來，對面掛著的回文雕漆長鏡被吹得搖搖晃晃，磕托磕托敲著牆。七巧雙手按住了鏡子，鏡子裡反映著的翠竹簾子和一副金綠山水屏條依舊在風中來回盪漾著，望久了，便有一種暈船的感覺。再定睛看時，翠竹簾子已經褪了色，金綠山水換為一張她丈夫的遺像，鏡子裡的人老了十年。[53]

曹七巧就在這樣的恍惚中，發現鏡子裡的人老了十年。

---

[53] 同註50，頁156。

　　又《半生緣》裡有一段是描寫曼楨被曼璐囚禁，曼楨看到窗外的景色襯托出她當時心中的感受——她扶著窗臺爬起來，窗櫺上的破玻璃成為鋸齒形，象尖刀山似的。窗外是花園，冬天的草皮地光禿禿的，特別顯得遼闊。四面圍著高牆，她從來沒注意到那圍牆有這樣高，花園裡有一棵紫荊花，枯藤似的枝幹在寒風中搖擺著，她忽然想起小時候聽見人家說，紫荊花底下有鬼的，不知道為什麼這樣說，但是，也許就因為有這樣一句話，總覺得紫荊花看上去有一種陰森之感，她要是死在這裡，這紫荊花下一定有她的鬼魂吧？反正不能糊裡糊塗的死在這裡，死也不服這口氣，她想，房間裡只要有一盒火柴，她真會放火，乘亂裡也許可以逃出去。

　　小說裡的「冬天的草皮地光禿禿的」、「枯藤似的枝幹在寒風中搖擺著」、看見紫荊花即想到「死亡」，這些景物的描寫都在暗示她的孤立無援。

　　褚威格《一位陌生女子的來信》寫一位作家收到一封來自陌生女子的信，信中敘述女子的兒子死了，她正在兒子床邊的燭光下寫這封信。信中還述說著作家和女子之間相遇及女子單戀的過程，而死去的兒子亦是作家的兒子。

　　小說以「兒子已死」來貫穿文本，而主要勾起女子悲傷的是「燭光」。因為「燭光下」晃動的影子，使她認為兒子還活著。但是兒子的死使她失去生命的支柱。「燭光」襯托了女子悲傷的情緒。

　　三島由紀夫的《金閣寺》描寫一個天生口吃的青年僧侶的苦惱以及對生存的詛咒，最後為擺脫美的觀念的羈絆，以致火燒金閣寺。

　　主角溝口在幻想中對金閣寺景緻的描述，凸顯金閣寺所代表所謂「美」的極致表現：

> 黑暗中，我幻想中的金閣，仍歷歷在目，仍舊那麼輝煌燦爛。現在，法水院臨水的勾欄已謙虛的隱縮，潮音洞支撐著天竺式插肘木的勾欄，朝池面伸出，廊柱因受水光的反射顯得很光

亮，隱約可看到蕩漾的水波。由於水光的陪襯，更把金閣寺罩
上一種神奇的美感，每當夕陽斜照或明月高懸時，金閣似在美
妙的舞動，又像在翩翩翔翔。那時的金閣，看來就不再是堅固
的建築，她像是以風或水、火禍之類的材料所構築而成，永遠
搖曳不停。[54]

成功的景物描寫，足以增強小說的美學藝術，因為，寫景可以輕
易地暗示出一種境地，讓讀者「心中有物」地勾畫出人物所在的環境。

二、環境的描寫

小說裡的環境描寫，密切地聯繫著人物的思想和行動，其在小說
中的任務可想而知。

小說家通過人物的性格和環境的矛盾來塑造人物形象，於是出現
了為愛殉情的羅密歐與茱麗葉、出家當和尚的賈寶玉、發瘋的祥林嫂
和選擇玉石俱焚的玉卿嫂。

人物與環境兩者相互依存和滲透，人物創造環境，環境也同樣創
造人物。

在〈霍小玉傳〉裡當媒婆鮑十一娘引薦李益和霍小玉認識，當晚
便安排了浪漫綺麗的場景可供飲酒唱歌製造氣氛。酒宴結束，已到天
黑，鮑十一娘引著李益到西院安息。清靜的庭院深邃的房子，簾帳都
很華麗。在這樣美好的場景安排下，兩人便共赴雲雨。

再看〈聊齋誌異・口技〉裡小說女主角看病的「小房間」的場景
描寫，彷彿讓人置身其中；靈怪小說〈陳巡檢梅嶺失妻記〉也在作者
為「環境」的設置下，讓讀者輕易感受到紫陽真人能預知未來的超能力。

沈從文的〈蕭蕭〉──「最特別的技巧，是把人物放在環境中，

---

[54] 三島由紀夫：《金閣寺》，臺北：志文出版社，1999 年，頁 276。

例如小說寫童養媳，並不以家庭的戲劇性關係入手，而是以大量筆墨描繪社會風俗，將人物置於這種風俗之中，展示人物的命運。比如湘西少夫老妻的習俗，青年男女之間以歌傳情的奇俗，沈潭或發賣的習俗等等。」[55] 舉「沈潭」和「發賣」的習俗來看，小說裡的童養媳──蕭蕭的肚子，是預備在十年後給小丈夫繼承香火的，但如今卻先被另一個男人搶先下了種──

> 這在一家人生活中真是了不得的一件大事！一家人的平靜生活，為這件新事全弄亂了。生氣的生氣，流淚的流淚，罵人的罵人，各按本分亂下去。懸樑，投水，吃毒藥，被禁困著的蕭蕭，諸事漫無邊際的全想到了，究竟是年紀太小，捨不得死，卻不曾做。於是祖父從現實出發，想出個聰明主意，把蕭蕭關在房裡，派人好好看守著，請蕭蕭本族的人來說話，照規矩看，是「沈潭」還是「發賣」？蕭蕭家中人要面子，就沈潭淹死了她，捨不得死就發賣。蕭蕭只有一個伯父，在近處莊子裡為人種田，去請他時先還以為是吃酒，到了才知是這樣丟臉事情，弄得這老實忠厚的家長手足無措。
>
> 大肚子作證，什麼也沒有可說。照習慣，沈潭多是讀過「子曰」的族長愛面子才作出的蠢事。伯父不讀「子曰」，不忍把蕭蕭當犧牲，蕭蕭當然應當嫁人作二路親了。
>
> 這也是一種處罰，好像極其自然，照習慣受損失的是丈夫家裡，然而卻可以在改嫁上收回一筆錢，當作損失賠償。[56]

　　大陸作家池莉在九〇年代的作品中，也充分地顯示了人與環境的

---

55 同註 23，頁 121～122。
56 同註 23，頁 117。

依憑關係——改革開放的時代,尤其是發展商品和建設市場經濟的社會環境,是最能夠激發人性向上的動力,池莉在她的小說中掌握住新的時代環境,而把這種內在的衝動,變成了現實——例如:《你以為你是誰》的背景是國營大中型企業的經濟轉軌,池莉安排陸武橋為了掙脫工人的生活困境,不惜停薪留職承包居委會的餐館;《化蛹為蝶》、《午夜起舞》、《來來往往》和《小姐你早》的大背景是商品大潮和市場經濟所構造的特定環境,池莉安排孤兒小丁抓住一個偶然的機會,馳騁商海;王建國和康偉業兩人都是機關幹部,但為了改變人生,實現自我,毅然決定下海經商;王自力被市政府建委派去做房地產而發跡。

　　有了這樣市場經濟建設過程中發展商品經濟滾滾大潮的社會環境,我們見到池莉讓她筆下的人物經歷了城鄉經濟轉軌和市場經濟建設過程中,所產生的種種矛盾、誘惑與問題,引發讀者無限的思考。

　　一切的環境描寫都是人為的實現性格共性的手段,「當人物處於異質環境時,性格就朝著負方向運動,此時人物就背離自己;當人物處於同質環境時,性格就朝正方向運動,這時人物又回歸自己。」[57]

　　像白先勇〈芝加哥之死〉的吳漢魂,六年來,他在那間潮濕陰暗的地下室,不分晝夜地完成了他的碩、博士論文,這是他自己認同的「同質環境」;一旦,他通過了資格考,離開了書堆,擺脫了已習慣的緊湊的生活作息,他的時間突然完全停擺,他對於地下室沖鼻的氣味開始感到噁心,開始思索生命存在的意義,這是他的「同質環境」向「異質環境」的過渡。

　　接著吳漢魂便進入了異質環境,他跟著人群走過芝加哥的金碧輝煌的大街,他覺得自己好像是第一次進入這個紅塵萬丈的城中區似的,後來他走進一間酒吧,隨一個前來搭訕的妓女到她的公寓發生關係。

---

57 同註1,頁114。

　　芝加哥大街、酒吧、妓女公寓，這些「異質環境」使得吳漢魂在他「同質環境」裡所培養的性格出現了一種遠離平衡狀態的「非平衡狀態」，但是，在這種「異質環境」中，吳漢魂的性格的反常現象，又讓人感到是可以接受的正常現象。

　　吳漢魂為了專攻學業，他不但疏離了在臺灣常來信的女友，也斷絕了在美國的社交活動，生活不是賺錢就是讀書，今天他畢業了，希望得到完全的解脫，但他沒有朋友，沒有別的去處，他必須發洩他壓抑已久的性慾，所以，處於「異質環境」的吳漢魂，並不會讓讀者感到唐突，反而讓人覺得他是個活生生的人。

　　又像〈花橋榮記〉的盧先生，除了教書、替學生補習外，還養雞賺錢，為的是存夠錢，好把他在大陸的未婚妻給接出來，盧先生在他的「同質環境」裡，克盡本分，受到大家的尊敬。一直到盧先生十五年的積蓄被他表哥騙光了，他的未婚妻根本沒有消息，盧先生從他的「同質環境」走向「異質環境」，他姘上了一個潑辣的洗衣婦，把他自己花白的頭髮染黑，臉上塗抹粉白的雪花膏，屈躬卑膝地服侍那個洗衣婆，對學生不再富有愛心，這些，都是盧先生在「異質環境」中的反常狀態。

　　在「同質環境」與「異質環境」之間有一過渡期，是人物性格、情節發展的關鍵處。假如人物在過渡期中適應良好，不斷成長，在「同質」轉換至「異質」的過程順利，是為「正轉」；反之，假如人物產生偏差行為，與原先的本性背道而馳，則為「逆轉」。

　　在情節與架構舖排上，「逆轉」較「正轉」富有衝突性，具有刻劃力，能製造出令人出乎意料的效果。同時，藉由「環境組合法」與人物相輔相成，可以讓讀者易於明瞭人物的深層性格。

　　例如童話《小公主》裡，女主角莎拉的父親因採礦不慎，墜崖身亡，使莎拉一夕之間從「富家女」貶為「學校女傭」，但她並沒有怨天尤人，卻反而用她僅剩的餘力幫助他人。從「同質環境」的「富家女」過渡至「異質環境」的「女傭」，莎拉的心理層次不降反升，性

格正成長，所以屬於「正轉」。

相對地，在白先勇〈那片血一般紅的杜鵑花〉裡，主角王雄原本是雇主女兒麗兒的車夫，與麗兒的感情親密，但隨著麗兒年齡漸長，她不再需要依賴王雄，而是重視同儕對她的評價。於是，她開始嫌棄長相醜陋無比，但心地善良的王雄，並且有意疏遠他，不再讓他接送她上下學。

王雄禁不住這樣的打擊，性格驟變，遂鑄下大錯。從與麗兒之間「親近」的「同質環境」到「冷漠」的「異質環境」，王雄適應不良，致使其性情驟變，從「憨厚」轉變為「陰晦」，性格負成長，屬於「反轉」。白先勇是以這樣冷靜的「環境」刻劃，來塑造王雄這個無能為力改變現狀，又無法面對未來的悲劇人物。

楊逵〈送報伕〉裡一個來自臺灣的留日窮學生，好不容易找到可以安身唸書的地方，卻是一個骯髒狹小的空間；而他唯一賴以維生的工作──送報與推銷報紙──也因為老闆的苛刻剝削而得不到報酬。無奈之餘，他又想起先前在臺灣家鄉所受到的不公平待遇，當時家鄉的村民也是遭到利益剝削，卻沒人敢反抗，整個氣氛是懦弱的、不願力求抗爭的，現在的他，更不知該如何是好，此時，他在日本相識的朋友卻告訴他不能忍氣吞聲，一定要抗爭到底，那群與他一樣被長期剝削的工人，已策劃整個抗爭行動，邀他一同參與，他從一貫的服從、忍氣吞聲到勇於爭取自我權益。

他在臺灣是忍氣吞聲、默默接受安排，以至於他在日本的前半期都不懂得反抗，這是屬於「同質環境」；而後周遭日本友人反抗資本剝削的心意強烈，使他受到影響，敢於突破困境，面對挑戰，而加入反抗的活動，最後得到勝利，這便是他從「同質環境」到「異質環境」的改變。

契訶夫的〈賭〉裡的銀行家和年輕律師在一場廢除死刑與否的討論中，各持己見──銀行家贊成死刑，律師則否，他認為無期徒刑的苟活總比死去還來的好。爭執不下的結果是他倆約定以十五年為限，

銀行家以「金錢」；律師以「自由」作賭注，若律師能在隔離的小屋中待上十五年，銀行家將付給他兩百萬盧布。

律師因這場「賭」而自願被關進一間小屋——代表失去自由而幽閉的「異質環境」，在開始的第一年，他感到寂寞、煩悶、恐懼，他所閱讀大多是一些不需思考的書籍，他害怕酒會激起慾望，所以拒絕菸酒；第二年，他閱讀古典作品，安定情緒；第五年，他開始喝酒，原希望建立自我卻又猶豫否定，他變得沮喪憤怒；而從第六年到十五年之間，他重新振作，再度出發，從「異質環境」中找出一絲曙光，在裡面將自己原本血氣方剛、不成熟的思想沈澱下來，轉為成熟內斂，他迫切閱讀，並勤奮地鑽研書中的學問，進而在最後第十五年快到期滿時，自願拋棄那二百萬盧布而毀約出走，因為他體認到書所帶給他的價值遠勝於金錢所能帶給他的價值。

律師從自由的「同質環境」過渡到被囚禁的「異質環境」，在遠別以往的監牢生活中轉變自我性格，達到自我人生的追尋。

雨果《悲慘世界》裡的主角尚萬近，生在一個貧苦的農家，在他二十五歲時因偷了一個麵包被判了五年苦役，後因逃獄總共被關了十九年，而十九年來他並沒有留下一滴淚。

出獄後，他到了笛涅城，但找不到任何一家旅店肯收留他，即使他有錢，也無法得到人們的信賴。最後幾乎要露宿街頭的他，意外地被一個好心的主教收留。

那位好心的主教對人們一視同仁，連對這個看起來窮凶惡極的人，都以一般人看待，甚至連連用「先生」來稱呼他，讓他感到受人尊重、受人關心，原本必須在外餐風露宿的他，現在卻能在溫暖乾淨的床上好好休息，他的心靈上受到了極大的顫動與改變，這時的尚萬近處於「異質環境」，內心受到衝擊，由自卑、貪心，漸漸轉變為擁有自尊、善良的人。

雖然他後來偷了主教的銀器及銀燭臺，但主教並不因此輕視他、羞辱他，反而當著所有準備給他難堪的人的面，說銀器和燭臺是他送

給他的，這件事更讓他徹徹底底的重新做人、改頭換面，成為一個到處幫助人，溫柔善良的市長。

在主教所為他安排的環境，對原先的他而言，算是「異質環境」，但當他接觸到主教的寬容與接納，終於靠著自己的努力改變了原來「同質環境」中個性與行為的偏差。

卡夫卡《審判》裡的 K 是平常生活規律的公務員，也追求愛情、娛樂，是一個正常不過的普通人，他生活在「同質環境」中，日復一日的過活。突然，一個無預警的逮捕令降臨，一日清晨被兩名男子告知他被逮捕了，將受到審訊，卻不說明罪名，然後將他釋放，因為他仍被允許自由工作、生活。

對他而言，此衝擊已經讓他的生活起了大風浪，他進入了「異質環境」。K 遭受一連串的被傳訊、被釋放，他無法再像從前一樣靜下心來工作，而是力圖找尋自己可能犯的罪，並在審判中堅稱自己沒罪，他驚覺自己對法律所知甚少，並不斷為脫罪而努力。

在轉向「異質環境」的過程中的 K，是不安的、焦慮的，是力求反抗的，包括對法律、社會產生質疑，這與他在「同質環境」中所過的生活截然不同，他的性格出現了反抗、爭取的一面，朝向另一方面滋長，讓人感到十分合乎常理，但是後來他卻已經陷入了幻滅的邏輯思考，精神失去原有平衡，這是長久處在「異質環境」下的一種性格萎縮現象，使他的思維產生麻痺，甚至可說是超脫到其他層次、境界，他那尋求真理的反抗細胞、像是根蠟燭燃燒殆盡，對於工作的熱誠、愛情的渴望已索然無味，一連串的審判、辯護交錯的環境下，他看不到目標了，甚至放棄抵抗一無所知的敵人，他無從抵抗。

在尋不著任何代表意義、價值的打擊下，終究，黯然接受莫須有罪名所安排的死亡。

十九世紀中葉，法國寫實派作家們就提出尊重「環境」（milieu）的主張，他們認為：凡是任何一種文學藝術的產生，必然是由種族（racial）、社會（social）以及風土（climatic）等三種因素所構成的個

人的創作才能。[58]

舉例來說，大陸作家王安憶經歷過文化大革命，曾經身處那樣的「環境」，所以，當她將筆下的〈流逝〉裡的歐陽端麗擺在那樣她所熟悉的環境中，描寫起來便能更加「悠由自在」。

人物與環境有主從之分，人物是主體，環境是客體，保持相對的獨立性。然而兩者又相互依存和滲透，其聯繫是複雜微妙、千變萬化的。任何一個現實的人，都要受環境的影響。

---

58 周伯乃：《現代小說論》，臺北：三民書局，1974 年，頁 114。

Chapter 4

小說的敘述
手法

　　小說家為了安排敘述者能夠更靈活地
處理被敘述的事件，而達到吸引讀者的目
的，因此，必須使用一些敘述手法。本章
將敘述手法整理為以下十二項加以說明。

第一節

平　敘

　　「平敘」的手法，又有人稱為「直敘」或「顯示」，指的是用平舖直敘的口吻，把故事從頭到尾陳述出來。

　　以錢鍾書的代表作《圍城》為例，作者以冷靜的直敘筆法呈現清末民初中國學生留洋的種種醜態劣行。小說以男主角的婚姻作為切入點而伸展，折射出各個階層的人對待社會功利的態度，在小說的第九章中敘述說：行禮的時候，祭桌前舖了紅毯，顯然要鴻漸夫婦向祖先靈魂下跪。柔嘉直挺挺踏上毯子，毫無下拜的意思，鴻漸跟她並肩三鞠躬完事。旁觀的人說不出心裡驚駭和反對，阿醜嘴快，問父母親說：「大伯伯大娘為什麼不跪下去拜？」這句話像空房子裡的電話鈴響，鴻漸窘得無地自容，虧得阿醜、阿凶兩人搶到紅毯上去跪拜，險些打架，轉移了大家的注意。方老太太滿以為他們倆拜完了祖先，會向自己和鴻漸家翁正式行跪見禮的，但鴻漸全不知道這些儀節，他以為一進門已經算見面了，不必多事。所以那頓飯吃得並不融洽。

　　侯文詠的《危險心靈》從一個十五歲國中生的角度直敘他奮勇面對人生的第一場大挑戰的經過。小傑在導師的課堂上看漫畫，而被罰坐在教室外，隨後一連串意想不到的吵鬧、對質和遊行抗議，就像連鎖反應般排山倒海而來──「電視一再播出我從宣傳車頂被水柱沖翻下來的畫面，一個多禮拜的之後的星期天，朱委員以及謝委員又發動了一次全民關心教育抗議遊行，這次經過申請的合法遊行一共吸引了將近一百五十個團體、七萬多名民眾參加。我並沒有參加這次遊行。一方面我還打著石膏住在醫院，一方面，對我來說，當我在車頂上說

完那些話時，這整件事情，其實就已經告一個段落了。」[1]

　　這種平鋪直敘的寫作，優點是讀者較容易閱讀，但也因為這個優點，它的過於刻板，沒有懸疑起伏的缺點，也由此而生。

第二節
倒　　敘

　　「倒敘」的手法，又有人稱為「回溯」，正好和直敘的手法是相反的。這個手法的特點是：先說出結局，再由結局推回到發生點，所以，首尾呼應是很重要的，通常是推理小說最常採用的。例如芥川龍之介的〈竹藪中〉，先講到發現一具屍體，再從地方司法官一一詢問七個人的口供中，去釐清線索，最後讓兇手落網。

　　張愛玲的〈花雕〉用的就是倒敘的寫法，小說一開頭鏡頭先寫出女主角的墓碑，然後再切換到她的青春容貌的描寫——

> 她父母小小地發了點財，將她墳上加工修葺了一下，墳前添了個白大理石的天使，垂著頭，合著手，腳底下環繞著一群小天使。上上下下十來雙白色的石頭眼睛。在石頭的縫裡，翻飛著白石的頭髮，白石的裙褶子，露出一身健壯的肉，乳白的肉凍子，冰涼的。是像電影裡看見的美滿的墳墓，芳草斜陽中獻花的人應當感到最美滿的悲哀。天使背後藏著個小小的碑，題著「愛女鄭川嫦之墓」。碑陰還有托人撰制的新式的行述。……全然不是這回事。的確，她是美麗的，她喜歡靜，她是生肺病

---

1 侯文詠：《危險心靈》，臺北：皇冠出版社，2003年，頁354。

死的，她的死是大家同聲惋惜的，可是……全然不是那回事。
川嬸從前有過極其豐美的肉體，尤其美的是那一雙華澤的白肩
膀。然而，出人意料之外地，身體上的臉龐卻偏於瘦削，峻整
的，小小的鼻峰，薄薄的紅嘴唇，清炯炯的大眼睛，長睫毛，
滿臉的「顫抖的靈魂」，充滿了深邃洋溢的熱情與智慧，像
《魂歸離恨天》的作者愛米麗·勃朗蒂。實際上川嬸並不聰
明，毫無出眾之點。她是沒點燈的燈塔。[2]

　　而長篇小說因為篇幅的關係，也會在中間穿插倒敘的手法。例如：
沈從文《邊城》的第四章整個就是一個倒敘的情節。敘述者讓儺送出
場後，於是就把翠翠和儺送在兩年前一個端午初遇的情節，加入小說
中。今昔的時空，在鼓聲和煙雨中連接起來，翠翠的意識一下子轉回
到過去，焦點集中在和儺送的初遇。作者這一個倒敘的安排，不但符
合她當時的心理變化，同時，也交代了他們愛情萌芽的關鍵。

　　又如，魯迅的〈祝福〉，其大結構的安排是按照祥林嫂一生的遭
遇的生命順序來進行的。比較特別的是，小說的起頭，便把結局告訴
了讀者──祥林嫂在魯鎮新年「祝福」之前死了，魯四老爺責怪祥林
嫂早不死，晚不死，偏偏在就要「祝福」的時刻死去，不停嘴地罵她
果然是個「謬種」。

　　故事一開頭，就把階級對立的悲劇展現在讀者面前，於是當我們
見到，兩度喪夫又喪子的祥林嫂的逆來順受時，我們可以更輕易地感
受到封建制度對女性的壓迫之深。

　　這種利用回憶的方法把故事寫出，先講結局大要，引起讀者期待，
再追溯前因後果，是很能見到作家對小說結構的用心。

---

2 張愛玲：《第一爐香──張愛玲短篇小說集之二》，台北：皇冠文化出版有限公
　司，2005年10月，頁202～203。

第三節
預　　示

　　「預示」的手法是營造出一種氣氛，使讀者可以預感到即將有重大的事情要發生。

　　沈從文的《邊城》在一開始就籠罩著祖父即將離世的預示。祖父希望在有生之年能見到孫女翠翠有好的歸屬，祖父還問過翠翠：「假若大老要你做媳婦，請人來做媒，你答應不答應？」翠翠當然不同意，她知道祖父的心思，後來「祖孫二人便沈默的一直走還家中」、「祖父把手攀引著橫纜，注目溪面的薄霧，彷彿看到了什麼東西，輕輕的吁了一口氣」。這些預示像是「山雨欲來風滿樓」，使讀者有所期待，在小說結構上有所呼應。

　　大陸作家黃蓓佳的〈危險遊戲〉的開頭就提示了讀者即將有大事要發生──

　　維希用鑰匙捅開房門的時候，看見高民西裝筆挺地坐在沙發上打電話。他雙腿併攏，身上微微地側向話筒的一邊，彷彿被一根看不見的牽線強扯過去了一樣。他臉上的笑容令維希十分陌生，是那種帶著點媚態的殷勤的笑，維希在婚前婚後都沒見過高民有這樣的神情，所以心裡免不了覺得異樣。
　　高民大概沒料到維希會在這時突然進門，笑容一下子來不及收回去，凝固在臉上，成一個怪怪的模樣，使維希不忍卒看。她趕忙換了拖鞋進臥室，耳朵裡聽到高民一句急匆匆壓得很低的

話：「好了我不能再說了，晚上見面談吧。拜拜！」[3]

隨著作家在小說起頭的預示，帶領讀者發現這場「危險遊戲」。

第四節
突　　起

所謂「突起」的手法，指的是從突出的一點開始，然後回溯或向後延伸。且看曹麗娟〈斷裂〉的起頭——

「走吧！」愛達說。

席拉背對愛達坐在床沿，矮櫃上一盞燈照著她，把她半截身體放大成巨大黑影，打上愛達背後那面牆，連愛達的臉也被影子吃掉了。席拉略略一動，黑影倏地膨脹，入侵天花板，乍看像一隻龐大的爬行的獸。

「走了啦！」愛達又說。

席拉沒反應，汗水自她背上沁出、凝結、滑落。

……

因為冷氣機故障的緣故。而且她失業。她不許席拉出錢修冷氣，自己也沒錢修。差不多就算陰謀了，愛達心裡有數，她的夏日陰謀就是虐待她。沒有冷氣，席拉百分之百過不完這個夏天。

……

3 黃蓓佳：《輸掉所有的遊戲》，江蘇：江蘇文藝出版社，1998年，頁347。

「你快來不及了。」愛達把手從席拉背上移開，往衣服上抹兩下手心的汗，跳下床跨步一個前滾翻，貼著牆壁開始倒立。今天要多撐幾分鐘，她可不想到了舞臺上再出糗。

席拉的腳丫經過她眼前，乒乒乓乓，她聽見她在敲冷氣。

「喂！」愛達吐氣，提高嗓門：「快四點了耶⋯⋯」席拉三點就該走了。[4]

　　為什麼席拉該在三點離開，卻還沒有走的打算呢？作者在故事的起頭便利用「突出」的敘述手法讓故事往前走——席拉告訴愛達說是要為了她拋夫棄子，愛達感到惱怒；也同時往後看——席拉讓愛達介入她的生命，她崇拜她，模仿她——「遇見愛達，她才知道大便時可以不關門並且跟另外一個人聊天，才知道怎樣把餐廳的銀匙偷回家，怎樣說三字經。如果假以時日，她甚至相信自己也能學會怎麼把老人推倒路邊、把小孩扔進井裡。愛達令她嘆為觀止、令她嫉妒、令她著迷。才短短幾個月，她便迅速說服自己滿懷熱情勇往直前，等著愛達發給她一張結業證書。即使先天血統不正，她也要憑後天的努力成為愛達那樣的人。愛達說過，她完全有潛力。」[5]席拉在決定要辦離婚前，去理了一個大光頭，但並未因此而變成另外一個嶄新的人，她開始痛恨自己的五歲小兒——因為愛達痛恨——她才終於害怕起來。她無法與兒子獨處，她感到羞愧，繼而憤怒；兒子看她的眼神彷彿洞悉一切，那無邪的、殘忍的、理直氣壯的眼神啊！她簡直懷疑最後不是她手刃骨肉就是有人弒母。

　　我們在故事最後見到兩個女同志的衝突，愛達說：「你要離婚，我沒意見，你要拋夫棄子，不當賢妻良母要搞Lesbian，我也沒意見，

4　曹麗娟：《童女之舞》，臺北：大田出版社，1999 年，頁 52～54。

5　同註 4，頁 64。

你搞什麼我統統都沒意見,拜託不要再說是為了誰,誰都擔當不起!」[6]席拉心裡想:其實她是真的下了決心的,只要愛達站在她這邊,她真的會回去離婚的,沒想到愛達離棄了她,她得自立門戶了。

至此,整個故事從突起的一點,連接前後而完整呈現。

被日本文學界譽為「女村上春樹」的吉本芭娜娜的《廚房》[7]也是以「突起法」為敘述手法,小說是以「祖母去世」這件事開啟後來的情節。女主角御影從相依為命的祖母過世後,又經歷了一場自幼連續失去父母、祖父的傷痛回憶,這段時間她唯一在寬敞的房子裡找到可以安然入睡的地方是廚房的冰箱旁邊,聽著馬達聲,感覺有人陪伴。

而就在御影內心最為陰暗荒蕪的時刻,祖母生前的忘年之交——田邊雄一收留了她,還有雄一的母親——惠理子也帶給她最大的溫暖。後來,惠理子才告訴御影她真正的身分,其實她原來是雄一的父親,因為雄一的母親過世後,他發現自己無法再愛上別人了,所以變性成為女人,以母親的身分把雄一撫養長大。

後來,惠理子因為遭愛慕者追求不成,而慘遭殺害;此時,御影對於同樣面對喪親之痛的雄一伸出援手,在陪著他療傷止痛的過程中,走出光明。

第五節

懸　念

「懸念」的手法,又有人稱為「懸宕」——是指「在文章的開頭或文章中提出問題,擺出衝突,或設置疑團,引起讀者的關注。懸念

6　同註 4,頁 65。
7　吉本芭娜娜著,吳繼文譯:《廚房》,臺北:時報出版公司,1999 年。

的特點是，先將疑問懸在那裡，然後，或者『顧左右而言他』，故意不予理會；或者作出種種猜想，令人念念不忘。總之，作者並不急於揭開謎底、解決矛盾，而是蘊蓄比較長的時間後，再解開『懸念』，寫出結局，回答先前擇出的問題。」[8]

劉向〈馮諼客孟嘗君〉的故事所以吸引人就在於其使用「蓄勢待發」的方法，它不是單刀直入，而是吊著讀者的胃口，給他們造成懸念，其藝術感染力是很強烈的。

從孟嘗君向馮諼問起他的嗜好和才能，馮諼給予否定的答案後，孟嘗君左右的人對馮諼便有點狗眼看人低。當馮諼三番兩次吵著要魚吃、出門要車子、要養家時，孟嘗君一一滿足他，左右的人對馮諼更是反感。

孟嘗君需要一個學過會計的人幫他到薛地收債，馮諼自告奮勇，行前他問孟嘗君收完債後，要順便買些什麼回來，孟嘗君說缺什麼就買什麼。結果，他為孟嘗君買回了「義」——原來他假傳孟嘗君的命令，把債賜還給薛地的百姓，燒掉契據——孟嘗君有點不高興。

當孟嘗君被齊王以不用先王的臣子為臣子的理由趕出國後，他只好回到薛地，當他受到薛地百姓高呼萬歲的迎接時，他才體會到馮諼為他所買的義。

馮諼說狡兔有三窟，除了「焚券市義」，收買薛地民心作為後路外，他還「遊梁立名」，藉助外力使齊王央求孟嘗君回去，又「立廟於薛」，祭祀不絕以固其根本。

馮諼這樣的運籌帷幄過程，使人有所期待，最後揭出真相。就很有「懸念」的效果。

小說家在敘述的過程裡，讀者一直被事件背後的真相究竟為何所牽引，在有待揭曉的結局中，作家會故意停頓，延長節奏，提高讀者的閱讀興趣到故事結尾。通過懸念的設置與解決，將能充分展現人物

---

[8] 劉勵操：《寫作方法一百例》，臺北：萬卷樓圖書有限公司，1990 年，頁 19。

的內心世界以及小說主題所要呈現的內涵意義。

張曼娟的〈乍暖還寒時候〉也利用「懸念」吊著讀者的胃口。

孟琳一直忌妒著大學好友蘇可容優渥的先天條件，但在蘇可容經歷過感情的重大創傷後，她一直以為蘇可容不可能在婚姻上會找到幸福了。所以，當她接到蘇可容的訂婚喜帖後，她設想著怎麼樣的男子會真的愛上蘇可容，還是被蘇可容那天使般的純潔外表所眩惑？一個留洋的博士，自小就被書本壓迫著，深度的近視眼鏡，光禿無髮的頭頂，微隆的小腹，這樣的一個人猛然遇上了蘇可容，於是就把她當是個安琪兒一般的愛寵；而蘇可容也意識到青春稍縱即逝，不容再揮霍。孟琳想到這，真誠地為蘇可容歡喜，蘇可容當年那張憔悴黯然的神情始終盤旋在孟琳腦中。

讀者隨著孟琳的臆測，而臆測，而想像；接著也急著跟隨孟琳參加訂婚宴，等待男主角的出現。

終於聽見有人喊著新郎來了，先是孟琳的角度見不到他的正面，只看見他的中等身材。等到他張開雙臂，走向蘇可容後，孟琳才和他照面，她簡直為蘇可容感到惋惜，這個頭頂禿，小腹圓的男人看起來最少也有五十歲了，當他擁抱蘇可容時，穿著高跟鞋的蘇可容，足足比他高半個頭，可悲的是，他一點書卷氣也沒有，卻有十足的商人架勢。

正當孟琳還在疑惑蘇可容是為了金錢，才嫁給這個年齡足以當她父親的男人時，她的眼前一亮，她見到一個年輕高大的男子，穿著黑色西裝，戴著一副金絲邊眼鏡，長方臉，稚氣的笑容，溫文儒雅。猛然，她想起母親臨出門時交代她眼睛放亮點，為自己找機會。

此時，她卻聽見英俊的男子對著蘇可容的父母喊爸媽。

後來，一切才真相大白，之前的矮短男人是英俊男子的姑父，姑父是這家新開幕的大飯店的老闆。

至此，我們的心情隨著孟琳的起落而起落。

司馬中原的〈紅絲鳳〉裡的李老朝奉，鑑定古玩從不出錯。當他收到稀世奇珍的瓶子「紅絲鳳」後，先是大為讚賞，接著便把它砸碎，

眾人不知緣故，大為驚訝。過了一段日子，他才解釋在中國古法中，可以用瓷乳修補完整，於是「懸念」在此解開——原來他故意製造砸瓶的事實，一方面是來自他對瓷藝的真知灼見，另一方面是擔心瓶子會被盜劫或給豪強硬討，所以才砸瓶。

「懸念」必須具備真實而新奇的特質。既要能是在讀者的意料之中，又要是在他的意料之外，如此，才能吊住讀者的胃口，引起其閱讀意願，給予讀者「山重水復疑無路，柳暗花明又一村」的感覺。

大陸學者劉勰操認為：「通過懸念的設置與解決，能直接而充分地展示人物的內心世界和事件的內在蘊涵，使得人物形象有血有肉……」[9]

第六節
巧　合

　　小說家為了要使故事有趣和產生驚奇感，往往會採用巧合的方式處理情節，把現實生活中的機緣表現出來，但是巧合必須要有邏輯性，否則就會顯得虛假；作家會用心布置偶然的事件、機會、場合，使得故事或人物性格得以必然發展。

　　在中國古典小說中，說起巧合，宋話本的〈錯斬崔寧〉可能是第一個想到的故事。這則公案小說是：身懷十五貫錢的劉貴醉酒回家，戲稱要賣了小妾陳二姐，她信以為真，連夜逃跑，途中與一賣絲的商人崔寧邂逅，兩人同行；而其時陳二姐的丈夫正好被盜賊所害，且偷走他身上的十五貫錢；官兵追到陳二姐，搜出崔寧身上正好也有十五貫錢，於是兩人屈打成招，成了通姦謀財的兇手。劉貴的大老婆被靜

9　同註8。

山大王劫作壓寨夫人，有一天意外得知真相後，報官將竊賊正法，崔
寧和陳二姐的冤情得以昭雪。

這篇小說設計了很多巧合的情節：第一巧是：劉貴和大老婆一起
回娘家，卻只有劉貴回家；第二巧是：劉貴喝醉了，所以亂開玩笑去
戲弄陳二姐；第三巧是：陳二姐離開劉家，沒有把門關好，讓小偷跑
了進來；第四巧是：陳二姐清早離家後，剛巧遇上了崔寧，所以兩人
同行；第五巧是：崔寧身上正好帶了十五貫錢；第六巧是：劉貴的大
老婆正好被殺夫的靜山大王擄走，才得以讓事情水落石出。

另外在《醒世恆言》裡的〈錢秀才錯占鳳凰儔〉講的是富家女和
窮秀才巧合的姻緣。

窮秀才錢青倚賴長得其醜無比的表哥顏俊度日。顏俊覬覦貌美的
富家小姐高秋芳，但因見不得人，故請錢青冒名頂替。高家答應婚事
後，老爺堅持要顏俊上門迎娶。但迎娶之日，顏俊當然又無法親自露
面前往，故又求錢青前往迎娶，計畫當日娶來洞房後，生米煮成熟飯，
高秋芳只好認了。孰料迎娶時遇上一場風雪，湖面封凍，船不能行。
高家鄰居建議在女方家合巹，以免錯過吉時。但錢青面對高秋芳卻是
恪守信義，連著三夜皆和衣而睡；可是顏俊卻認為錢青必定敵不過美
色，於是兩人見面後，不由分說，大打出手。高家送親的人眼見新姑
爺被打，便幫新姑爺出頭，結果是顏俊和高家的奴僕打成一團。這一
幕正好被縣官遇見，於是將所有人帶入衙門問審，最後縣官將高秋芳
斷給了錢青，郎才女貌結成良緣。

還有〈喬太守亂點鴛鴦譜〉也是巧得有趣。

孫珠姨是劉璞未過門的妻子，但是因為劉璞患了重病，迷信的劉
家父母，想要迎娶孫珠姨沖喜；可是孫家知道劉璞有病，擔心女兒嫁
過去後，馬上成了寡婦，因此，決定讓兒子孫潤男扮女裝，代替姐姐
嫁過去，以便探看劉璞的病情，等到三天回娘家之後，再決定是不是
要拒絕這一段婚姻。

孫潤打扮起來，長得和姐姐很像，劉璞在拜堂見了之後，病情就

好了許多，可是還是無法同房，於是劉家安排妹妹劉慧娘女扮男裝陪伴新娘同寢。

　　這時郎才女貌的孫潤和劉慧娘被陰錯陽差地湊在了一起，當晚就行了夫妻之禮。

　　三天之後，孫潤要回娘家，劉慧娘依依難捨，被母親追問下，事情才敗露。但麻煩的是，劉慧娘已經許配給裴家的兒子，當裴家輾轉知道未過門的媳婦已經被占有，便告上了知府衙門。

　　喬太守見到孫潤和劉慧娘天生一對，有心成全。正好孫潤原本已經聘定的徐家的女兒，和裴家的兒子，看起來各方面也相當登對；於是判定孫潤娶劉慧娘，裴家兒子娶徐家女兒，免除了一場糾紛，同時也保有了劉璞和孫珠姨的良緣。

　　就這樣將錯就錯的巧合安排，真是大屬人心。

　　袁枚《子不語》〈騙術巧報〉裡一位華姓商人身懷鉅款準備搭船前往淮海一帶購買貨物，當船經過丹陽時，岸邊有個旅客背著行囊，呼喊搭船。華姓商人看他可憐，想讓那旅客上船，但船戶不答應，擔心會有禍害。

　　後來，旅客還是上了船，當船過丹徒時，搭便船的人上了岸，這時華姓商人打開箱子拿衣服，才發現箱子中的三百兩銀子全部變成瓦石，此時他才大悟，旅客是騙子。

　　接下來幾天，天氣遽變，風雨交加，船在海上十分難行，再加上銀子失竊，華姓商人重新考慮對策，決定先返回鄉里收拾整頓，再赴淮海。沒想到在返途時，又有人冒雨背著行李呼喊搭船，一看竟是剛才那個騙子！原來那騙子在風雨交加之際，沒看清楚剛剛的船又折返回來，直到他上了船，這才發現華姓商人，一時情急之下，把所有的東西都丟在船上，匆忙逃走了，於是華姓商人的三百兩銀子失而復得，額外還得到珍珠數十粒，從此大富。

　　這篇文章篇幅雖短，但卻充滿情節設計的趣味性，作者利用巧合寫出了「開合」的變化（開，指矛盾衝突的開始；合，指矛盾衝突的

解決）經由這一開一合的設計，讀者可以充分理解「無巧不成書」的巧妙所在。

而在外國小說中，美國小說家歐・亨利（O. Henry）的《麥琪的禮物》（*The Gift of the Magi*），也是「無巧不成書」的經典，小說寫一對貧困的夫妻互贈聖誕禮物的故事——妻子賣掉自己一頭金髮，買了金錶鏈要送給丈夫；而在另一頭的丈夫卻是賣了金錶，買了髮梳要送給妻子。故事的巧合，帶給讀者——人生總是無法十全十美的主題思想。

巧合「可以把本來互不關聯的人物、事件以一種獨特的方式聯繫在一起，集中而強烈地反映社會生活中的現象，深化作品的主題，增強作品的故事性、戲劇性，使作品波瀾突起，奇事巧合。」[10]

第七節

驚　奇

所謂「驚奇」指的是小說裡的敘述者不動聲色地把真相延緩到小說結尾才揭露，而產生讓讀者意外的驚奇效果，這種效果是改變讀者一般的期待，豐富讀者的思考空間，更深地挖掘主題。

沈從文的〈生〉裡的賣藝老頭子玩傀儡戲，他的兩個傀儡，一個叫王九，一個叫趙四，常常互相打架，但王九永遠打敗趙四；觀眾總也不明白為什麼趙四永遠是輸的一方。敘述者最後說明，原來老頭子的兒子叫王九，十年前被一個叫趙四的人打死了，老頭子移情於傀儡戲的表演，以達到心理報復的快慰。

大陸作家黃蓓佳〈電梯上的故事〉也有一個出乎讀者意料之外的

---

10 同註 8，頁 5。

結局。它的故事是說：老實古板的小宋在擁擠的下班電梯裡遇到愛開玩笑的小羅，小羅發現小宋的連衣裙衣領，一片翻在外衣外面，一片在裡面，生性活潑的小羅很認真地摸了小宋的衣領，思考地問著小宋衣領應該放外面還是裡面較好，不苟言笑的小宋請小羅放下他的手，旁邊的同事冷不防接上一句：「骯髒的手。」電梯裡的人笑到不可遏止。

　　這個單純的玩笑事件立刻傳到小宋的丈夫和小羅的女朋友耳裡，一連串的質疑，如滾雪球般展開，小說以雙線進行——久婚不孕的小宋突然懷孕了，原本丈夫萬分關懷，後來居然懷疑起孩子是不是小羅的，甚至不願聽從小宋的意見抽胎兒的血做親子鑑定，覺得是擺明了自己出洋相，像是和別人宣告：我戴上綠帽子了，要求醫學為我澄清事實。所以他給小宋兩個選擇：一個是送他進精神病院，一個是做人工流產。他認為只要再懷第二個孩子，就可以用第二個證明第一個是他們的小孩。小宋悲憤之餘，決定做人工流產，因為若是決意生下這個孩子，孩子也是註定要受苦。

　　至於小羅的女朋友則是在和小羅挑選了家具，準備向單位打證明、體檢、領取結婚證書前，急急踩了煞車，說是覺得他太輕率隨便，真假難辨，教她摸不透。而小羅也覺得她缺乏幽默感，是可悲的，不懂得生活。

　　小說結局這樣寫著——

　　　　報社裡傳出特大新聞，小羅和小宋結婚了，都說新房布置得別出心裁，家具是淡紫羅蘭色鑲著咖啡色編框，典雅柔美得不同凡響。

　　　　小羅原來的女朋友聽說之後大哭一場，心裡說：這家具原來是我的。哭過之後又覺得慶幸：好在她沒有跟小羅結婚，他們分手才這麼點時間，小羅跟小宋的關係就由暗轉明，不恰恰證實

這兩個人之間存在著「骯髒的手」嗎?

再過一年,小宋手裡已經抱上了一個瘦精精眉眼很像小羅的兒子。

這回輪到小宋原來的丈夫開開心心喝酒拍大腿了。他得意洋洋對廣告部的同事說:「怎麼樣,某人還是有眼力的吧?上次要讓小宋把那個孽種生下來,我不是白替人家養兒子嗎?」[11]

小說講到了「疑心」的可怕,一冒出頭,就愈冒愈高,不可收拾,疑心可能是相當危險,人生的風浪也許經受不起猜疑的連鎖效應。

張曼娟的〈終站〉說的是這樣一個故事:

外文系的系花嬌嬌女潤卿愛上了家世背景和她截然不同的電機研究所高材生薛家齊,她幾乎是把自尊完全扔掉,毫無理智地對他傾盡情愛,但他始終不肯給她一個承諾,因為他曾明白告訴她,他們不適合。他表示等他母親見過她後再談,他說他母親比他更瞭解他,並要她放心,他相信他母親會喜歡她的。

好友亞玲見到潤卿為情所苦,分析說,她只是不服氣薛家齊不同於他過去的男朋友把她捧在手上,所以去招惹他,等他拜倒在她石榴裙下,她又會把他一腳踢掉。潤卿覺得亞玲錯看她了,她確實是愛他的。

潤卿在薛家齊的畢業典禮當天將和他母親見面,所以一大早她捧著傭人買的花,不搭轎車,改搭公車,她要讓薛家齊看見她從擁擠的公車下來,讓他的那位刻苦耐勞、勤儉持家的母親,讚許她雖是富家出身卻沒有半點驕縱氣。

潤卿搭上公車,她的人和花引起矚目,碰到幾個同學,大家都訝異於她會在公車上出現。車上的人愈來愈多,她一直擔心手上的花岌岌可危。正好有人下車,她急著去搶那個空位,她推開一個婦人,婦

---

11 同註3,頁346。

人差點跌倒，還好被友人扶住。她覺得全車的人彷彿都在盯著她，等她讓座給婦人，她實在恨那婦人為什麼站在她身邊。

「早知道我就坐計程車！」潤卿向著美俞說，故意提高聲音：「這花重得要死！」
只是要叫婦人死心，讓座是不可能的。
「薛哥和薛伯母一定會很喜歡的。」美俞說。
「誰知道！」潤卿嗅了嗅玫瑰，她有些意態闌珊：
「他媽也許很難纏呢！」
「不會的，他媽媽一定喜歡妳！」
「不喜歡就算了！」她突然意識到自己不該在這女孩面前示弱的：「她喜歡我，我還不一定喜歡她呢！」[12]

後來另一個同學說她這一回可真是委曲求全，曲意承歡；潤卿意氣用事地卻說：「我當然要先讓他拜倒在我的石榴裙下，才能把他一腳踹開呀！」
終點站到了，潤卿怕花受到擠壓，坐在位子上等人下車，她望向窗外，見到站牌下的薛家齊，才正在猜想他怎麼知道她搭這班公車，知道來接她，卻見到他大步走向車門，然後與一個女人擁抱，那個女人居然是剛才被她推開的婦人。
那果然是潤卿愛情的「終站」。
有一篇西洋短篇小說，說一個人開著車，路上遇到一個衣著不整的人搭便車。上車後，車主覺得那人的言談舉止有些怪異，於是摸摸自己的口袋，發現手錶不見了，於是不動聲色地拿起手槍，要對方把手錶交出來；對方情急之下脫下了自己的手錶，倉皇下車。車主自得

12 張曼娟：《笑拈梅花》，臺北：皇冠出版社，1987年，頁125。

意滿地繼續往前開，後來居然在另一個口袋發現自己的手錶。

故事的結尾是意料之外的，這就是作者設計的巧妙所在。如果搭便車的人真的是小偷，那這個故事就不稀奇；問題是他是無辜的，反而在車主的喝令下，反以為車主是強盜，這樣的安排就是作者的高明所在了。

莫泊桑的〈項鍊〉也在小說結尾藉著羅瓦賽爾太太友人之口揭露項鍊是假的的事實。驚奇的效果，來自一直被抑壓著的情緒。

詹姆斯·邁基米的〈哈里的罪過〉被選入全美《最佳短篇小說集》。哈里是一個身上只剩下五塊錢的窮途潦倒的詩人，他決定犯罪被抓進監獄，才能繼續寫作。他拿著玩具手槍，搶劫了一家商店，然後在門口等警察來。誰知警察來抓走的卻是老闆第二任老婆的拖油瓶，他常常鬧事，老闆為感謝哈里陰錯陽差幫他除掉了這個累贅，於是送給了他一些罐頭；哈里用磚頭砸碎了一個有錢人的豪華轎車的玻璃，結果，有錢人送給哈里二十元，因為他正好可以向保險公司申請理賠；接著，哈里在晚上爬上陽臺，進入一個女子的房間，強暴那女子，誰知女子欣賞他的冒險犯難的精神，甘願獻身給他，還送給了他一些錢；最後，哈里索性使出最後一招，公然毆打警察，果然當場被趕來的警察給帶到了警察局，誰料，原來哈里打的是專門冒充警察犯案的累犯，他得到警方頒發的一萬五千元獎金，終於他可以安心寫作了；然而，不久之後，他被國稅局找去，稅務部門以弄不清錢財來源的罪名，將他關進了監獄。

福約斯特的《人質》──一九四四年秋天，一位德國的將軍接到元首的命令要去守衛一個不重要的要塞，且要堅持到最後一個士兵死去，這和大屠殺沒什麼兩樣，可是根據當時的人質法，軍官如果不盡忠職守，家屬就會被處決。將軍為了保護他的妻子，在陣地上努力做好自己。此時，他接到妻子的訣別信，說是罹患了癌症。將軍悲痛之餘，決定向盟軍投降，挽回一萬士兵的性命。然而，就在這個時候，他那謊稱患病的妻子，坦然地接受在柏林被捕的命運。

　　加斯克爾的《彩票福》——一間小酒館的老闆，是怕老婆出名的。有一次，他圖吉利，花了一百美元，買了整整一套同一號碼的彩票。回家後，遭到妻子的斥責，要他把彩票賣掉，只能留一張。後來，開獎後，這些彩票全部中獎，總值一百萬美元，而他只得到一萬美元。朋友去看望他，想安慰他幾句，卻不見他感傷，他反而滿意地說，他用九十九萬美金，得到了多數男人所買不到的東西，那就是一個安靜賢淑的妻子。

　　普朗茲尼與馬爾博格合著的《報應》——在紐約一場冠亞軍的籃球比賽中，威德凱茨隊的主力中鋒受了傷，輪到一位替補球員上場，他在隊員們體力不濟的情況下，展現了超乎水準的演出，十分鐘獨得十八分，後來，又在延長賽中，奪得十四分，拿下冠軍的寶座。翌日，當紐約各大報準備爭相報導這位名不見經傳的新球員時，大家卻採訪不到他，他像泡沫式地消失在世上。

　　一位當時看好另一隊的記者，一直在找尋他的下落，終於在二十一年後，在一間小酒館裡找到了他，軟硬兼施地讓他說出了當年的真相。

　　當年一個從事球賽賭博的賭徒，要他保證自己的球隊輸球，否則會將他的右腿打斷。誰知道，他一上場後，禁不住觀眾的掌聲，他找到了自己的舞臺，愈打愈順手。比賽揭曉後，他果然失去了右腿，從此，不再與外界聯絡，過著隱居的生活。

　　這位記者在採訪完後說，其實當年，他也得到了內幕消息，所以將所有的財產押在另一隊，結果，他為此葬送了自己的婚姻與前途。

第八節

合　攏

　　這種敘述手法是「雙管並進，漸漸合一」的敘述方式。

　　蕭颯的〈死了一個國中女生之後〉透過兩個問題青少年，揭示臺灣社會道德倫理觀的轉變。小說起頭於國中女生藍惠如墜河身亡，記者深入查訪藍惠如的背景，從導師和父母的口中，知道這個出身於家庭環境很不錯的獨生女，性格有些孤僻，沈默寡言，但不是個惹事的孩子；另一條線是警方依目擊者的描述找到兇嫌同樣是國中生的高宏輝——一手帶大的祖母溺愛他，酗酒嗜賭的爸爸怨恨他，只會鬥毆、逃學，因竊盜目前在管束中。

　　兩條線索，雙線交叉進行，最後經由高宏輝的偵訊筆錄，雙線合一，真相水落石出。

　　高宏輝怨恨他父親只會喝酒，趕走他母親，讓他在沒有愛的環境中長大。一天下午，他想起觀護人的話，決定要好好往正路走。此時他見到藍惠如從堤防往河邊走，高宏輝去逗她，兩人聊了起來，原來藍惠如並非表面那樣幸福。他對警察轉訴：「說他爸爸在外頭有女人，生了個兒子。她很生氣，可是又不敢說，她在家裡都沒人可以說句真心的話。她說她的家庭很不正常，因為她媽媽就是不正常的女人，她媽媽知道爸爸有女人一點都不氣，因為她高興他有別的女人，可以不用煩她，他們很多年前就不同房，她媽媽不喜歡同房，她是個不正常的女人。她說大人以為她什麼都不知道，其實她什麼都知道。她知道她媽媽很後悔憑媒妁之言就結婚，她嫌她爸爸只會做生意，沒有一點藝術修養，她媽媽可是很棒的，會彈琴，喜歡看書，欣賞畫展。可是她卻喜歡爸爸，也喜歡媽媽，所以十分痛苦。」[13]

　　然而，事情就發生在藍惠如主動要高宏輝親她，就在他親遍她全臉到脖子，她也沒有拒絕後，他不可遏止地想要更進一步，但她用力掙脫了他，他追著她，抓住她的外套，她丟下外套，掉進河裡去了，他不敢去救她，怕被送進感化院。

---

[13] 游喚、徐華中：《現代小說精讀》，臺北：五南圖書出版公司，2004 年，頁471～472。

　　雙線進行的方式，所以受到小說家的青睞，是因為可以取其條裡分明，不致單調乏味，又使得內容充實的優點，例如：周明《聲東擊西》[14] 這部小說的故事是雙線進行的，一條線描寫班超在西域穿梭外交；另一條線，寫竇固在朝廷進行說服工作和權力布局，經由兩條線帶出了竇家二百七十多年的興衰歷史。

　　環玥的《江南之第二天堂》[15] 也是採雙線進行的方式，一邊是美國內華達州的現代，一邊是唐朝時的江南，故事中融入了大家耳熟能詳的白蛇傳的故事原型，以及希臘神話裡酒神狄奧尼索斯的天堂的譬喻，跨越古今彼此對照又互為詮釋。

　　周丹穎《飄浮的眼睛》，[16] 描述貸款隻身赴法留學的女主角，經濟拮据，她把希望寄託在截稿在即的小說獎獎金，還有與同居法國男友前景堪慮的愛情，她努力往前，希望能把混亂成一團的生活理出個頭緒；另一條線是她該如何為她筆下的人物，安排妥善的結局。

　　卡爾維諾的《寒冬夜行人》[17] 的故事是：男主角買了卡爾維諾的新書《寒冬夜行人》後，迫不及待地開始閱讀，讀到第三十二頁時，發現裝訂有誤，便往書店更換，書店老闆說，已接獲出版社通知，該書在裝訂時與另一本書弄混了，可以更換。此時女主角也來換書，二人因此相識。故事由此展開，卡爾維諾設置的是一個雙線並行的複式敘述結構，一條線是男女主角為了看到真正的原書內容的閱讀過程與發現；另一條線則是男女主角在閱讀、換書和探索書的過程中產生了愛情。又如村上春樹的《1973 年的彈子球》[18] 裡的兩個主角——「我」

---

14 周明：《聲東擊西》，臺北：遠流出版社，2004 年。

15 環玥：《江南之第二天堂》，臺北：希代出版社，2004 年。

16 周丹穎：《飄浮的眼睛》，臺北：麥田出版社，2002 年。

17 伊塔洛・卡爾維諾著，蕭天佑譯：《寒冬夜行人》，臺北：譯林出版社，2001 年。

18 村上春樹著，林少華譯：《1973 年的彈子球》，上海：譯文出版社，2001 年。

和「老鼠」，一虛一實的在東京和家鄉發展，以雙線進行的二重結構的方式表現。

第九節

錯　綜

　　這裡的「錯綜」指的是，時空交錯法，以現在、過去、未來三種時態，揉合在一起，間雜錯綜進行。把時間和空間分割成許多碎片，錯置開來，或以主線、支線交叉進行。形成互不連貫的混合體，時間變成一張複雜的網路，敘述和回憶可以交替出現。

　　於梨華的《在離去與道別之間》用多重敘述法，以漩渦式的結構——有從中間、從旁側說起；有說著眼前，又返回過去的；又有過去躍入現今的。時空、人物、事件高度集中，情節緊湊，足見作家的筆力。故事從美國大學裡一群華人教授間勾心鬥角、明箭暗刀、你爭我奪的爭鬥展開——尚必宏，學問一流，卻心胸狹窄、自大狂妄；段次英的老公黃立言，這位物理大家，人前是君子，人後是小人；以及李若愚冷漠又自視清高。作者著重刻劃段次英這個人物形象。她是個有能力卻處處工於心計的大學老師。為了得到永久聘書，不惜放棄原則，浮現於人事上明爭暗鬥的旋渦。她不擇手段的排擠他人，甚至是她的恩人和朋友。孰料她以為一切都在掌控之中，最後卻是雙雙失去事業和家庭。

　　郭松棻的〈雪盲〉是一部跨越時間與空間較大的小說，以錯綜的手法描寫校長與瘋女米娘的情愫，描寫校長如何回憶死去的兄長，描寫校長的兄長生前學醫的悸怖，還有描寫阿幸仔對於米娘暗中偷偷的傾慕。

　　杜修蘭在《沃野之鹿》中採取的是「時空交錯」的寫法，故事開

始於一個要去追本溯源的女子——

> 我叫丁雅雅，「雅雅」就是我們凱達格蘭族語裡「星星」的意
> 思。從外婆隨身佩戴的草編小袋子中，倒出了從年輕時保留下
> 來的小木鼓，它敲出她們在歷史的洪流中顛簸的腳步；我終於
> 明瞭，原來我是被賦予能和祖靈溝通的女巫，原來我的使命就
> 是用星星般的光芒，點亮走在這片土地上的凱達格蘭族人。於
> 是我用天生的大腳丫，隨著鼓聲、踩著祖先的腳步往前進：
> 往前一步，我看見母親金鳳年輕時和日軍內藤進轟轟烈烈的那
> 段戀愛，卻因為要堅守住凱達格蘭人的土地而放棄了可能擁有
> 的幸福；我也看見外曾祖母鹿疏和「牽手」無井阿蛻瑪鑿齒為
> 盟，見證愛情的信物……
> 再往前一步，我聽到纏著小腳、穿著織錦軟緞的外婆微瑪朗對
> 外曾祖母鹿疏說：「我要去找我的夢想，我要去賺錢，我要買
> 下整個八頭（北投），買下原來屬於『我們』的土地。」[19]

　　作者將臺灣平埔族的歷史，加入於小說中，藉由數代女性的生命
歷程，追索一個族群的消長，幾乎是橫跨了六、七代的故事。

---

[19] 杜修蘭：《沃野之鹿》，臺北：皇冠出版社，2001 年，頁 1。

第十節
蒙太奇

　　所謂「蒙太奇」——montage——原來是電影的基本技巧的一種，通常指電影鏡頭的組合、疊加或剪輯——而monter，這個字源自法文，就是具有「組織」的意思。而意識流小說中蒙太奇的運用，指的是作者把不同時間和空間中的事件和場景組合拼湊在一起，一則超越了時空的限制，一則表現了人物意識跨越時空的跳躍性與無序性。

　　試舉兩例說明如下：

一、餐館老闆勸說快要喝醉的男人早一點回家陪伴大腹便便的老婆，但男人說：「還早得很呢？哪有那麼快趕著來受苦的。」話才剛說完，下一個鏡頭就切入他老婆躺在病床上痛苦哀嚎，正被推進產房的鏡頭。

二、一個口氣很囂張的大男人正在和他的狐群狗黨吹噓：「我的女朋友愛我入骨，我說一，她一定不敢說二。」接著這個畫面之後，是這個大男人的女朋友和一個體貼溫柔的男人在餐廳裡約會，男人正幫她拉開椅子。

　　在小說裡運用這種場景銜接的蒙太奇手法，可以省卻許多冗長的敘述，特別是在描述人物內心獨白（interior monologue）時最常被使用。

　　張愛玲的〈傾城之戀〉裡有一段白流蘇受到委屈，希望母親為她作主，她摟住母親的腿，使勁搖著，哭著喊媽，接著時間跳到她十來歲時，看戲出來，在傾盆大雨中和家人擠散了，在陌生人群中，忽然聽見背後有腳步聲，猜著是她母親來了，結果她所祈求的母親與她真正的母親根本是兩個人。經由小說這樣的今昔跳接，我們見到流蘇期待母親保護的心情仍然不變，但母親的漠然冷淡也依舊。

　　〈金鎖記〉裡有一個片段，也運用時空轉換的手法，船過水無痕般地自然，相當成功──七巧雙手按住鏡子，鏡子裡反映著的翠竹簾子和一副金綠山水屏條依舊在風中來回盪漾著，看久了，有種暈船的感覺。再仔細一看，翠竹簾子已經褪色了，金綠山水換成了她丈夫的遺照，鏡子裡的人也老了十年──這是利用「視覺」來連接時間和空間的轉換。

　　白先勇的〈國葬〉講到秦義方去參加因心臟病發去世的李浩然將軍的國葬。他看不起那些在靈堂裡穿來插去，收拾得頭光臉淨的年輕侍從，覺得將軍就是讓他們這些不會照顧他的人給害了的！他認為只有他秦義方，跟了幾十年，才摸清楚將軍的拗脾氣。你白問他一聲：「長官，你不舒服嗎？」他馬上就黑臉。他病了，你是不能問的，你只有在一旁悄悄留神守著。在喪禮上秦義方還遇到了大陸最後撤退時的幾位司令和副司令，他把過去和將軍一起參與的生命經歷著實回顧了一遍，最後──

　　　　一輛儀隊吉普車老早開了出來，停在殯儀館大門口，上面佇立一位撐旗兵，手舉一面四星將旗領隊，接著便是靈車，李浩然將軍的遺像豎立車前。靈柩一扶上靈車，一些執綁送殯的官員們，都紛紛跨進了自己的轎車內，街上首尾相銜，排著一條長龍般的黑色官家汽車。維持交通的員警憲兵，都在街上吹著哨子指揮車輛。秦義方趕忙將一條白麻孝帶胡亂繫在腰上，用手撥開人群，拄著拐杖急急蹭到靈車那邊，靈車後面停著一輛敞篷的十輪卡車，幾位年輕侍從，早已跳到車上，站在那裡了。秦義方蹭到卡車後面，也想爬上扶梯去，一位憲兵馬上過來把他攔住。「我是李將軍的老副官。」秦義方急切地說道，又想往車上爬。「這是侍衛車。」憲兵說著，用手把秦義方撥了下來。「你們這些人──」秦義方倒退了幾個踉蹌，氣得幹噎，

他把手杖在地上狠狠頓了兩下，顫抖抖地便喊了起來：「李將軍生前，我跟隨了他三十年，我最後送他一次，你們都不准嗎？」一位侍衛長趕過來，問明了原由，終於讓秦義方上了車。秦義方吃力地爬上去，還沒站穩，車子已經開動了。他東跌西撞亂晃了幾下，一位年輕侍從趕緊揪住他，把他讓到車邊去。他一把抓住車欄杆上一根鐵柱，佝著腰，喘了半天，才把一口氣透了過來。迎面一陣冷風，把他吹得縮起了脖子。出殯的行列，一下子便轉到了南京東路上，路口有一座用松枝紮成的高大牌樓，上面橫著用白菊花綴成的「李故上將浩公之喪」幾個大字。靈車穿過牌樓時，路旁有一支部隊正在行軍，部隊長看見靈車駛過，馬上發了一聲口令。

「敬禮！」

整個部隊士兵倏地都轉過頭去，朝著靈車行注目禮。秦義方站在車上，一聽到這聲口令，不自主地便把腰杆硬挺了起來，下巴頦揚起，他滿面嚴肅，一頭白髮給風吹得根根倒豎。他突然記了起來，抗日勝利，還都南京那一年，長官到紫金山中山陵去謁陵，他從來沒見過有那麼多高級將領聚在一塊兒，章司令、葉副司令、劉副長官，都到齊了。那天他充當長官的侍衛長，他穿了馬靴，戴著白手套，寬皮帶把腰杆子紮得挺挺的，一把擦得烏亮的左輪別在腰邊。長官披著一襲軍披風，一柄閃亮的指揮刀斜掛在腰際，他跟在長官身後，兩個人的馬靴子在大理石階上踏得脆響。那些駐衛部隊，都在陵前，排得整整齊齊地等候著，一看見他們走上來，轟雷般地便喊了起來：「敬禮——」[20]

---

20 白先勇：《臺北人》，臺北：爾雅出版社，1971 年，頁 272～273。

　　這段引文的前半段的時間是現在，描寫出殯的排場，當秦義方聽到「敬禮」的號令，腰杆也不自主地硬挺起來，接著，他的意識流不經意地轉到從前也是「敬禮」的一幕場景，作者透過主角的內心獨白，很巧妙地將兩個場景結合在一起。

　　費特瑞克‧圖頓在《凡‧高的背德酒館》也以電影蒙太奇的手法銜接小說故事中所跨越的兩個世紀，和不同時空場景。小說中年輕貌美的烏蘇拉，身著十九世紀的服飾，從法國的小村莊奧維斯，不僅穿過了磚牆，也越過了時空的藩籬，透過一面牆的裂縫，來到二十世紀末的美國紐約街頭。烏蘇拉為了尋找凡‧高，來到現代的大都會，在敘事者的幫助下，認識了這個新世界，走入愛情的喜悅、狂亂、陰鬱和絕望。

第十一節
調　解

　　這個手法指的是小說裡的矛盾得到緩和，使小說轉向另一片斷或結局。

　　張曼娟的〈嗨！這麼巧〉裡的若葵在男友提出分手時，知道自己懷了身孕，決心瞞著他生下小孩，讓他日後後悔。獨立扶養女兒多年後，碰上已經為人父的他，才發現後悔的是自己。

　　麥明傑是個小兒科醫師，四年前送妻子、兒女去美國移民，兩年前妻子提出離婚，他原想挽回，卻發生車禍瘸了腿，為了不耽誤妻子的幸福，於是簽下了離婚協議書。

　　若葵與麥明傑在一場停車誤會中相識，又因若葵的女兒——楚楚生病，而有近一步的接觸。麥明傑前妻再婚的消息以及麥明傑接著而來的求婚，讓若葵誤以為自己是替代品。

　　後來，作者安排讓麥明傑在若葵和友人合開的咖啡店——「客人說故事時間」中，有機會說出他心底的話，真誠告白對若葵的感情——

　　「聽到前妻結婚的消息，我真的覺得很失落，不是因為情感，是因為過去的歲月，一去不回……所以，我去找那個女孩，她收留了我，還給我早餐吃。」

　　「她很驕傲，也很天真，那一天做早飯的時候，她好美，我看著她，忽然有一種很幸福的感覺，已經很久，沒有過了，那樣的感覺……我就是想看見她，看見她的小女兒，只要有機會，都不願意放棄。有一次，她請我喝咖啡，我其實不能喝咖啡，因為會心悸，可是那一天，為了想和她親近些，也勉強喝了兩杯……」

　　「可是，她不能明瞭我的心意，她以為我只是想結婚，其實，我是想和她在一起，結婚不結婚，也不是最重要的事，我應該爭取，是不是？我當然知道，但是，我常常想起自己是一個有殘疾的人，她其實可以有更好的選擇……」他的聲音充滿情感：「但是，我可以開車，我能看病，我可以好好照顧她們，讓她有一天能相信幸福這種東西，就像我看到她以後相信的。」[21]

　　儘管失去婚姻後，獨自面對憂鬱症的無力，但他並沒有因此放棄對婚姻美好的信仰，反而是懂得抓住機會，再求一段美好的姻緣。
　　作者採取欲露先隱、欲揚先抑的曲折方式，先是說明人物對婚姻的畏懼與排斥，但故事結局卻又讓人物絕處逢生。

---

21 張曼娟：《喜歡》，臺北：皇冠出版社，1998 年，頁 231～232。

第十二節
戲劇模式

12

　　所謂「戲劇模式」（dramatic mode）指的是作家把小說當作舞臺，直接描述小說人物的語言、行為，讓讀者自然進入情節之中，而不對人物的心理加以描述，也不加評論。

　　如果就短篇小說的體式結構來說，楊昌年教授認為這種：「劇場設計──是以戲劇的分場設計與短篇小說相整合的一種體式。短篇的各段猶如戲劇的各場。」[22]

　　小說理論家布斯（Wayne C. Booth）創造了一個術語──「非人格化敘述」（impersonal narration）──來形容這種模式。[23]

　　以《紅樓夢》來說，它主要也是用到了「非人格化敘述」的戲劇呈現方式。小說除了運用一個由始至終進行敘述的說書人之外，還用了不同的敘述代理來說故事，包括：賈雨村、甄士隱、劉姥姥、焦大等人間代理，以及癩頭和尚、跛足道士、空空道人、石兄等超自然代理。事實上，一個較長的敘事作品，時間綿長，空間廣闊，人物眾多，其中包含不少需要交代的事實，假如只由一個敘述者、一種角度來敘述，便顯單調，敘述代理是藉小說角色充當作者的替身，藉其口吻和眼界，使所描述的世界產生多元色彩。[24]

　　我國的白話小說原本就脫胎於說唱藝術；而西方古典戲劇中常見

---

[22] 楊昌年：《現代小說》，臺北：三民書局，2002 年，頁 319。

[23] 相關理論參見 W. C. 布斯，華明、胡曉菊、周憲等譯：《小說修辭學》，北京：北京大學出版社，1987 年。

[24] 參考王開明（Wong Kam-ming），黎登鑫譯：《紅樓夢的敘述藝術》（*The Narrative Art of the Red Chamber Dream*），臺北：成文出版社，1977 年。

一種序幕，戲劇開始前，由致詞人致開場白，介紹劇情大概，使觀眾先有個大概印象，也是一樣的用意。舉《紅樓夢》來看——「冷子興演說榮國府」，是戲劇中常見的引出劇情的方法。

　　金庸筆下的戲劇特徵更是發揮得淋漓盡致——《連城訣》中的大雪谷、《飛狐外傳》中的商家堡、《射鵰英雄傳》中的牛家村、《天龍八部》中蘇星河的棋局，在金庸布置了確定的地點、時間和上演的人物後，即可成為舞臺，推動故事達到高潮。

　　經由本章的研析，我們見識到小說家若能善用小說的敘述手法，將能使小說更引人入勝，令讀者印象深刻，可以極大地豐富藝術對生活的表現力；也瞭解到當我們認識到小說的敘述手法後，將更容易與小說親近，激發閱讀和學習的樂趣，發揚小說的功能與其影響力。

Appendix

附　錄

小說範例

白水素女

佚名

　　晉安帝時，侯官人謝端，少喪父母，無有親屬，為鄰人所養。至年十七八，恭謹自守，不履非法。始出居，[1] 未有妻，鄰人共憫念之。規[2] 為娶婦，未得。

　　端夜臥早起，躬耕力作，不舍晝夜。後於邑下得一大螺，如三升壺，以為異物，取以歸，貯甕中，畜之十數日。端每早至野，還，見其戶中有飯飲湯火，如有人為者，端為鄰人為之惠[3] 也。數日如此，便往謝鄰人。鄰人曰：「吾初不[4] 為是，何見謝也？」端又以鄰人不喻其意。[5] 然數爾如此，後更實問，鄰人笑曰：「卿已自娶婦，密著室中炊爨，[6] 而言我為之炊耶？」端默然心疑，不知其故。

　　後以雞鳴出去，平日潛歸，於籬外竊窺其家中，見一少女從甕中出，至灶[7] 下燃火。端便入門，徑至甕所視螺，但見殼，乃到灶下，問之曰：「新婦從何所來，而相為炊？」女大惶惑，欲還甕中，不能得去。答曰：「我天漢[8] 中白衣素女也。天帝哀卿少孤，恭慎自守，故使我權為守舍炊

1　出居：離開鄉里，單獨生活。
2　規：打算。
3　惠：幫忙。
4　初不：從來沒有。
5　不喻其意：不瞭解自己的意思。
6　炊爨：燒火做飯。爨，ㄘㄨㄢˋ。
7　灶：指燒火做飯。
8　天漢：銀河。

烹。十年之中，使卿居富得婦，自當還去。而卿無故竊相窺掩，[9] 吾形已現，不宜復留，當相委去。[10] 雖然，爾後自當少差，[11] 勤於田作，漁采治生，留此殼去，以貯米穀，常可不乏。」端請留，終不肯。時天忽風雨，翕[12] 然而去。

　　端為立神座，時節祭祀。居常饒足，[13] 不致大富耳。於是鄉人以女妻之。後仕至令長云。今道中素女祠是也。

【賞析】

　　本篇選自題為陶潛作的《搜神後記》卷五。陶潛（365～427），東晉文學家、詩人。字淵明，一說名淵明，字元亮，東晉末、南朝宋之間的傑出詩人。少好讀書，兼諳玄佛。曾為州祭酒、參軍，後任彭澤令，因不為五斗米折腰，毅然解印去職，歸隱田園，至死不仕。所作詩文多描寫農村景色，以《歸田園居》、《飲酒》、《桃花源詩》等為代表作，今存《陶淵明集》。四十一歲時，因家貧，求為彭澤縣令，為官八十餘日便藉故辭官，賦《歸去來辭》，息絕交遊，不再出仕，躬耕自資，飲酒賦詩，自娛心志。陶淵明的「田園詩」在中國文學史上產生了重要影響，他高潔孤傲的人格和「桃花源」的理想，以及詩意化的生活情趣，對後世文人士大夫產生了多方面的影響。

　　小說的故事是：謝端從小父母雙亡，又沒有親屬，被鄉人所撫養。到十七八歲的時候，他恭順謹慎自守，不涉足非法的事。開始自己出去生活。他沒有妻子，鄉人們都可憐他、惦念他，共同謀劃給他娶媳婦，卻一直沒有找到。謝端日出而作、日落而息。有一天，他在城下發現一個大螺，就

9　掩：趁著別人不注意而偷襲。

10　委：丟下。

11　少差：稍微好轉。

12　翕：迅速的樣子。

13　饒足：豐饒富足。

把它拿回家去,放到甕中養著它。一連十幾天,他工作回家後,就看見家中已經有準備好的飯菜。他以為是鄰人幫他做的好事,就去向鄰人道謝,鄰人都說:「我們當初幫你做的不是為了這個,何必感謝我們呢?」謝端又覺得鄰人不明白他的意思,然而這樣的情況還是持續著。後來他就把實話告訴他們,問他們是誰幫他做的。鄰人笑著說:「你自己已經娶了媳婦,藏在屋裡給你做飯,怎麼反而說我們給你做的飯?」謝端沒話可說,心裡懷疑,卻不知其中緣故。後來他在雞剛叫的時候出去,天亮時悄悄地回來,在籬笆外偷偷地窺視自己的家,看見一個年輕女子從甕中出來,到灶下去點火。他就進了門,直奔放甕的地方去看那個大田螺,卻只看見田螺的殼。他就又到灶下問那個女子說:「妳從什麼地方來?為什麼給我做飯呢?」女子很惶惑,想要回到甕中去,卻沒能回去,只好回答說:「我是天河中的白水素女。天帝可憐你年少孤單,能以恭敬謹順的態度自守,所以派我暫且給你看守房舍,做飯做菜。十年之內,使你家中富裕,等你找到媳婦時,我自當回去。而你無故偷著看我,把我擋住。我的身形已經暴露,不能再留下,你應當放我回去。你今後的情況會稍微好轉,我這個殼給你留下,用它貯存米穀,可以經常不缺糧食。」天上忽然刮起風,下起雨,白水素女忽然身形一收就離去了。謝端為她立了神位,逢年過節祭祀她,家裡常常豐足,只不過不致大富而已。於是有人把女兒嫁給謝端。謝端後來做了官,官至縣令、郡守。

　　這篇小說寫天河裡的白水素女下凡幫助貧善的青年謝端成家立業。說明了人們對美好與理想生活的渴望與追求。

沈小官一鳥害七命

馮夢龍

飛禽惹起禍根芽，七命相殘事可嗟。

奉勸世人須鑒戒，莫教兒女不當家。

　　話說大宋徽宗朝，宣和三年，海寧郡武林門外北新橋下有一機戶[1]，姓沈名昱，字必顯，家中頗為豐足。娶妻嚴氏，夫婦恩愛，單生一子，取名沈秀，年長一十八歲，未曾婚娶。其父專靠織造緞疋為活。不想這沈秀不務本分生理，專好風流閑耍，養畫眉[2]過日。父母因惜他一子，以此教訓他不下，街坊鄰里取他一個渾名，叫做沈鳥兒。每日五更，提了畫眉，奔入城中柳林裡來拖畫眉，不只一日。

　　忽至春末夏初，天氣不暖不寒，花紅柳綠之時，當日沈秀侵晨起來，梳洗罷，吃了些點心，打點籠兒，盛著個無比賽的畫眉。這畜生只除天上有，果系世間無，將他各處去鬥，俱鬥他不過，成百十貫贏得，因此十分愛惜他，如性命一般，做一個金漆籠兒，黃銅鉤子，哥窯[3]的水食罐兒，綠紗罩兒，提了在手，搖搖擺擺徑奔入城，往柳林裡去拖畫眉。不想這沈秀一去，死於非命。

　　當時，沈秀提了畫眉徑到柳林裡來。不意來遲了些，眾拖畫眉的俱已散了，淨蕩蕩黑陰陰沒一個人來往。沈秀獨自一個，把畫眉掛在柳樹上，叫了一回。沈秀自覺沒情沒緒，除了籠兒，正要回去，不想小肚子一陣疼，

1　機戶：專門織造緞疋的手工業者。疋，音ㄆㄧˇ，也作匹。
2　畫眉：鳴禽名，是一種黃黑色善鳴的禽鳥，叫聲很好聽，眼上有白毛像眉，故名畫眉。
3　哥窯宋代一種珍貴的瓷器。有章氏兄弟各自建窯造瓷，而兄之窯出品最精，因此有「哥窯」之稱。

滾將上來，一塊兒蹲倒在地上。原來沈秀有一件病在身上，叫做「主心餛飩」[4]，一名「小腸疝氣」。每常一發，一個小死。其日，想必起得早些，況又來遲，眾人散了，沒些情緒，悶上心來，這一次甚是發得兇，一跤倒在柳樹邊，兩個時辰不醒人事。你道事有湊巧，物有偶然，這日有個箍[5]桶的，叫做張公，挑著擔兒，徑往柳林裡，穿過褚家堂做生活。遠遠看見一個人，倒在樹邊，三步那[6]做兩步，近前歇下擔兒。看那沈秀臉色臘查黃[7]的，昏迷不醒，身邊並無財物，止有一個畫眉籠兒。這畜生此時越叫得好聽，所以一時見財起意，窮極計生，心中想道：「終日括得這兩分銀子，怎地得快活？」這畫眉見了張公，分外叫得好。張公道：「別的不打緊，只這個畫眉，少也值二三兩銀子。」便提在手，卻待要走。不意沈秀正甦醒，開眼見張公提著籠兒，口裡罵道：「將我畫眉那裡去？」張公聽罵：「這小狗入的，忒[8]也嘴尖！我便拿去，他倘爬起趕來，我倒反喫他虧。一不做，二不休，左右是歹了。」卻去那桶裡取出一把削桶的刀來，把沈秀按住一勒，那彎刀又快，力又使得猛，那頭早滾在一邊。張公也慌張了，東觀西望，恐怕有人撞見。卻擡頭見一株空心楊柳樹，連忙將頭提起，丟在樹中。將刀放在桶內，籠兒掛在擔上，也不去褚家堂做生活，一道煙徑走，穿街過巷，投一個去處。

　　張公一頭走，一頭心裡想道：「我見湖州墅裡客店內，有個客人，時常要買虫蟻[9]，何不將去賣與他？」一徑望武林門外來。也是前生註定的劫數，卻好見三個客人，兩個後生跟著，共是五人，正要收拾貨物回去，卻從門外進來客人，俱是東京汴梁人，內中有個姓李名吉，販賣生藥，此人

---

4 主心餛飩：疝氣病象是臍部發生劇痛，四肢拳曲起來，像是餛飩。
5 箍：用竹篾或金屬條束緊物體，音ㄍㄨ。如：木桶散了，叫人把它箍好。
6 那：和「挪」字相通。
7 臘查黃：描寫人因為痛苦，臉上出現像蠟渣子一樣的焦黃或慘白的顏色。
8 忒：過分的，音ㄊㄜˋ。
9 虫蟻：指可以玩賞的飛禽、蟲魚，還有小動物。

平昔也好養畫眉，見這箍桶擔上，好個畫眉，便叫張公借看一看。張公歇下擔子，那客人看那畫眉毛衣[10]並眼，生得極好，聲音又叫得好，心裡愛它，便問張公：「你肯賣麼？」此時張公巴不得脫禍，便道：「客官，你出多少錢？」李吉轉看轉好，便道：「與你一兩銀子。」張公自道：「著手了。」便道：「本不當計較，只是愛者如寶，添些便罷。」那李吉取出三塊銀子，秤秤看倒有一兩二錢，道：「也罷！」遞與張公。張公接過銀子看一看，放在荷包裡，將畫眉與了客人，別了便走，口裡道：「發脫得這禍根，也是好事了。」一直奔回家去，心中也自有些不爽利。

婆兒見張公回來，便道：「緣何又回來得早，有甚事幹？」張公只不答應，挑著擔子，徑入門歇下，轉身關上大門，道：「阿婆，你來，我與你說話。」洽纏如此如此，「謀得這一兩二錢銀子，與你權且快活使用！」兩口兒歡天喜地，不在話下。

卻說柳林裡無人來往，直至巳牌[11]時分，兩個挑糞莊家打從那裡過，見了這沒頭屍首，躺在地上，喫了一驚，聲張起來。次日，差官吏仵作[12]人等，前來柳陰裡，檢驗得渾身無些傷痕，只是無頭，又無苦主[13]，官吏回覆本府。本府差應捕挨獲兇身，城裡城外，紛紛亂嚷。

卻說沈秀家，到晚不見他回來，使人去各處尋不見。天明，央人入城尋時，只見湖州墅嚷道：「柳林裡殺死無頭屍首。」沈秀的娘聽得說，想道：「我的兒子昨日入城拖畫眉，至今無尋他處，莫不得是他？」連叫丈夫：「你必須自進城打聽！」沈昱聽了一驚，慌忙自奔到柳林裡看了無頭屍首，仔細定睛上下看了衣服，卻認得是兒子，大哭起來。其時沈昱徑到臨安府告說：「是我的兒子，昨日五更入城拖畫眉，不知怎的被人殺了，望老爺做主！」本府發放各處應捕及巡捕官，限十日內要捕兇身；著沈昱

---

10 毛衣：指鳥類的皮毛。
11 巳牌：午前九時到十一時之間。
12 仵作：古時檢驗死傷的官役。
13 苦主：指被害人的家屬。

具棺木盛了屍首，放在柳林裡。一逕回家，對妻說道：「是我兒子，被人殺了，只不知將頭何處去了？我已告過本府，本府著捕人各處捉獲兇身。我且自買棺木盛了，此事如何是好？」嚴氏聽說，大哭起來，一跤跌倒。不知五臟何如，先見四肢不舉。

當時眾人灌湯，救得甦醒，哭道：「我兒日常不聽好人之言，今日死無葬身之地。我的少年的兒，死得好苦！誰想我老來無靠！」說了又哭，哭了又說，茶飯不喫。丈夫再三苦勸，只得勉強過了半月，並無消息。

沈昱夫妻二人商議：「兒子平昔不依教訓，致有今日禍事，喫人殺了，沒捉獲處，也只得沒奈何，但得全屍也好。不若寫個帖子，告稟四方之人，倘得見頭全了屍首，待後又作計較。」二人商議已定，連忙便寫了幾張帖子滿城去貼，上寫：「告知四方君子，如有尋獲得沈秀頭者，情願賞錢一千貫；捉得兇身者，願賞錢二千貫。」將此情告知本府。本府亦限捕人尋獲，亦出告示道：「如有人尋得沈秀頭者，官給賞錢五百貫；如捉獲兇身者，賞錢一千貫。」告示一出，滿城哄動。

且說南高峰腳下，有一個極貧老兒，渾名叫做黃老狗，一生為人魯拙，撞轎營生。老來雙目不明，只靠兩個兒子度日，大的叫做大保，小的叫做小保。父子三人，正是衣不遮身，食不充口，巴巴急急，口食不敷。一日，黃老狗叫大保、小保到來：「我聽得人說，甚麼財主沈秀喫人殺了，沒尋頭處。今出賞錢，說有人尋得頭者，本家賞錢一千貫，本府又給賞五百貫。我今叫你兩個別無話說，我今左右老了，又無用處，又不看見，又沒趁錢 14。做我著，教你兩個發跡 15 快活，你兩個今夜將我的頭割了，埋在西湖水邊，過了數日，待沒了認色，卻將去本府告賞，共得一千五百貫錢，卻強似今日在此受苦。此計大妙，不宜遲，倘被別人先做了，空折了性命。」只因這老狗失志，說了這幾句言語，況兼兩個兒子又是愚蠢之人，不省法度的。當時兩個出到外面商議。小保道：「我爺設這一計大妙，便

---

14 趁錢：賺錢。
15 發跡：得志的意思。

是做主將元帥，也沒這計策。好便好了，只是可惜沒了一個爺。」大保做人，又狠又呆，道：「看他早晚要死，不若趁這機會殺了，去山下掘個坑埋了，又無蹤跡，那裡查考？又不是我們逼他，他自叫我們如此如此。」小保道：「好倒好，只除等睡熟了，方可動手。」二人計較已定，卻去東奔西走，賒得兩瓶酒來，父子三人喫得大醉，東倒西歪。一覺直到三更，兩人爬將起來，看那老子正齁齁[16]睡著。大保去灶前摸了一把廚刀，去爺的項上一勒，早把這顆頭割下了。連忙將破衣包了，放在床邊。便去山腳下掘個深坑，扛去埋了。也不等天明，將頭去南屏山藕花居湖邊淺水處理了。

　　過半月入城，看了告示，先走到沈昱家報說道：「我二人昨日因捉蝦魚，在藕花居邊看見一個人頭，想必是你兒子頭。」沈昱見說道：「若果是，便賞你一千貫錢，一分不少。」便去安排酒飯喫了，同他兩個徑到南屏山藕花居湖邊，淺土隱隱蓋著一頭，提起看時，水浸多日，澎漲了，也難辨別：「想必是了，若不是時，那裡又有這個人頭在此？」

　　沈昱便把手帕包了，一同兩個徑到府廳告說：「沈秀的頭有了。」知府再三審問，二人答道：「因捉蝦魚，故此看見，並不曉別項情由。」本府准信，給賞五百貫。二人領了，便同沈昱將頭到柳林裡，打開棺木，將頭湊在項上，依舊釘了，就同二人回家。

　　嚴氏見說兒子頭有了，心中歡喜，隨即安排酒飯，管待二人，與了一千貫賞錢。二人收了，作別回家，便造房屋，買農具家生[17]。二人道：「如今不要似前擡轎，我們勤力耕種，挑賣山柴，也可度日。」不在話下。正是光陰似箭，日月如梭，不覺過了數月，官府也懈了。

　　卻說沈昱是東京機戶，輪該解[18]緞疋到京。卻說沈昱在路，饑餐渴飲，夜住曉行，不只一日，來到東京。把緞疋一一交納過了，取了批回，心下思量：「我聞京師景致，比別處不同，何不閒看一遭，也是難逢難遇

---

16 齁齁：睡時的鼻息聲，音ㄏㄡ。

17 家生：生活所用的家具。

18 解：發送。

之事。」其名山勝概，庵觀寺院，出名的所在都走了一遭。

　　偶然打從御用監禽鳥房[19]門前經過，那沈昱心中是愛虫蟻的，意欲進去一看，因門上用了十數個錢，得放進去閒看。只聽得一個畫眉，十分叫得巧好，仔細看時，正是兒子不見的畫眉。那畫眉見了沈昱眼熟，越發叫得好聽，又叫又跳，將頭顛沈昱數次。沈昱見了，想起兒子，千行淚下，心中痛苦，不覺失聲，叫起屈來，口中只叫得：「有這等事！」那掌管禽鳥的校尉喝道：「這廝好不知法度！這是什麼所在，如此大驚小怪起來？」沈昱痛苦難伸，越叫得響了。那校尉恐怕連累自己，只得把沈昱拿了，送到大理寺[20]。

　　大理寺官便喝道：「你是那裡人？敢進內御用之處，大驚小怪？有何冤屈之事，好好直說，便饒你罷。」沈昱就把兒子拖畫眉被殺情由，從頭訴說了一遍。

　　大理寺官聽說，呆了半晌，想：「這禽鳥是京民李吉進貢在此，緣何有如此一節隱情？」便差人火速捉拿李吉到官，審問道：「你為何在海寧郡將他兒子謀殺了，卻將他的畫眉來此進貢？——明白供招，免受刑罰。」李吉道：「先因往杭州買賣，行至武林門裡，撞見一個箍桶的擔上，掛著這個畫眉，是吉因見他叫得巧，又生得好，用價一兩二錢，買將回來。因他好巧，不敢自用，以此進貢上用。並不知人命情由。」勘官問道：「你卻賴與何人？這畫眉就是實跡了，實招了罷。」李吉再三哀告道：「委的[21]是問個箍桶的老兒買的，並不知殺人情由，難以屈招。」勘官又問：「你既是問老兒買的，那老兒姓甚名誰？那裡人氏？供得明白，我這裡行文拿來，問理得實，即便放你。」李吉道：「小人是路上逢著買的，實不知姓名，那裡人氏。」勘官罵道：「這便是含糊了，將此人命推與誰償？據這畫眉便是實跡，這廝不打不招！」

---

19 禽鳥房：宋代宮廷中專門蓄養賞玩禽鳥的機關。

20 大理寺：是高級的司法機關。

21 委的：確實。

　　再三拷打，打得皮開肉綻，李吉痛苦不過，只得招做：「因見畫眉生得好巧，一時殺了沈秀，將頭拋棄」情由。遂將李吉送下大牢監候。大理寺官具本奏上朝廷，聖旨道：李吉委的殺死沈秀，畫眉見存，依律處斬。將畫眉給還沈昱，又給了批回，放還原籍；將李吉押發市曹斬首。

　　當時恰有兩個同與李吉到海寧郡來做買賣的客人：「有這等冤屈事！明明是買的畫眉，我欲待替他申訴，爭奈賣畫眉的人雖認得，我亦不知其姓名，況且又在杭州，冤倒不辯得，和我連累了，如何出豁[22]？只因一個畜生，明明屈殺了一條性命，除我們不到杭州，若到定要與他討個明白！」也不在話下。

　　卻說沈昱收拾了行李，帶了畫眉，星夜奔回。到得家中，對妻將前項事情告訴了一遍。嚴氏見了畫眉，大哭一場。

　　知府發放道：「既是兇身獲著斬首，可將棺木燒化。」沈昱叫人將棺木燒了。

　　卻說當時同李吉來杭州賣生藥的兩個客人，徑入城來，探聽這個箍桶的人。尋了一日，不見消耗，二人悶悶不已，回歸店中歇了。

　　次日，又進城來，卻好遇見一個箍桶的擔兒。二人便叫住道：「大哥，請問你，這裡有一個箍桶的老兒，這般這般模樣，不知他姓甚名誰，大哥你可認得麼？」那人便道：「客官，我這箍桶行裡，只有兩個老兒，一人姓李，住在石榴園巷內；一個姓張，住在西城腳下。不知那一個是？」二人謝了，徑到石榴園來尋，只見李公正在那裡劈篾[23]。二人看了，卻不是他。又尋他到西城腳下，二人來到門首便問：「張公在麼？」張婆道：「不在，出去做生活去了。」二人也不打話[24]，一徑且回。正是未牌[25]時分，二人走不上半里之地，遠遠望見一個箍桶擔兒來。

---

22 出豁：解決困難的意思。
23 篾：把竹子或蘆葦劈成細而長的薄片，如「竹篾」，音ㄇㄧㄝˋ。
24 打話：說話。
25 未牌：午後一時至三時之間。

其時，張公望南回來，二人朝北而去，卻好劈面撞見。張公不認得二人，二人卻認得張公，便攔住問道：「阿公高姓？」張公道：「小人姓張。」又問道：「莫非是在西城腳下住的？」張公道：「便是，問小人有何事幹？」二人便道：「我店中有許多生活要箍，要尋個老成的做，因此問你。你如今那裡去？」張公道：「回去。」三人一頭走一頭說，直走到張公門首。張公道：「二位請坐喫茶。」二人道：「今日晚了，明日再來。」張公道：「明日我不出去了，專等專等。」

二人作別，不回店去，徑投本府首告。二人告道：「大理寺官不明，只以畫眉為實，更不推詳來歷，將李吉明白屈殺了。小人路見不平，特與李吉討命。如不是實，怎敢告擾？望乞憐憫做主。」知府見二人告得苦切，隨即差捕人連夜去捉張公。

其夜眾公人奔到西城腳下，把張公解上府去，送大牢內監了。次日，知府升堂，公人於牢中取出張公跪下。知府道：「你緣何殺了沈秀，反將李吉償命？今日事露，天理不容。」喝令好生打著。張公猶自抵賴。知府大喝道：「畫眉是真贓物，這二人是真證見；若再不招，取夾棍來夾起！」張公驚慌了，只得將前項盜取畫眉，勒死沈秀一節，一一供招了。知府道：「那頭彼時放在那裡？」張公道：「小人一時心慌，見側邊一株空心柳樹，將頭丟在中間。隨提了畫眉，徑出武林門來，偶撞見三個客人，兩個伴當，問小人買了畫眉，得銀一兩二錢，歸家用度。所供是實。」知府令張公畫了供，又差人去拘沈昱，一同押著張公，到於柳林裡尋頭。哄動街市上之人無數，一齊都到柳林裡來看尋頭。只見果有一株空心柳樹，眾人將鋸放倒，眾人發一聲喊，果有一個人頭在內。提起看時，端然不動。沈昱見了這頭，定睛一看，認得是兒子的頭，大哭起來，昏迷倒地，半晌方醒，遂將帕子包了。押著張公，徑上府去。知府道：「既有了頭，情真罪當。」押送死囚牢裡，牢固監候。知府又問沈昱道：「當時那兩個黃大保、小保，又那裡得這人頭來請賞？事有可疑。今沈秀頭又有了，那頭卻是誰人的？」隨即差捕人去拿黃大保兄弟二人，前來審問來歷。

沈昱眼同公人，徑到南山黃家，捉了弟兄兩個，押到府廳，當廳跪下。

知府道：「殺了沈秀的兇身已自捉了，沈秀的頭見已追出。你弟兄二人謀死何人，將頭請賞？一一承招，免得吃苦。」

　　大保、小保被問，口隔心慌，答應不出。知府大怒，喝令吊起，拷打半日，不肯招承；又將燒紅烙鐵²⁶燙他，二人熬不過死去。將水噴醒，只得口吐真情。知府道：「你父親屍骸埋在何處？」兩個道：「就埋在南高峰腳下。」當時押發二人到彼，掘開看時，果有沒頭屍骸一副，埋藏在彼。依先押二人到於府廳回話，道：「南山腳下，淺土之中，果有沒頭屍骸一副。」知府道：「有這等事，真乃逆天之事！世間有這等惡人！口不欲說，耳不欲聞，筆不欲書，就一頓打死他倒乾淨，此恨怎的消得！」喝令手下：「不要計數，先打一會！」打得二人死而復醒者數次，討兩面大枷²⁷枷了，送入死囚牢裡，牢固監候。沈昱並原告人，寧家²⁸聽候。隨即具表申奏，將李吉屈死情由奏聞。

　　奉聖旨著刑部及都察院，將原問李吉大理寺官好生勘問，隨貶為庶人，發嶺南安置。李吉平人屈死，情實可矜，著官給賞錢一千貫，除子孫差役。張公謀財故殺，屈害平人，依律處斬，加罪凌遲²⁹，剮³⁰割二百四十刀，分屍五段。黃大保、小保，貪財殺父，不分首從，俱各凌遲處死，剮二百四十刀，分屍五段，梟首示眾³¹。

　　一日，文書到府，差官吏仵作人等，將三人押赴木驢³²上，滿城號令三日，律例凌遲分屍，梟首示眾。

　　其時，張婆聽得老兒要剮，來到市曹上，指望見一面，誰想仵作見了行刑牌，各人動手碎剮，其實兇險，驚得婆兒魂不附體，折身便走。不想

26 烙鐵：用火燒熱，可以熨物的一種鐵器，正名「熨斗」。
27 枷：古時套在犯人脖子上的刑具，通「架」。
28 寧家：回家。
29 凌遲：淩通「凌」，古時的酷刑，先把犯人斬斷四肢，然後處死。
30 剮：從前凌遲處死的刑罰，音ㄍㄨㄚˇ。
31 梟首示眾：舊刑律的斬首示眾。
32 木驢：古代的殘酷刑具，木頭製的，形狀像驢。

被一絆，跌得重了，傷了五臟，回家身死。正是：

積善逢善，積惡逢惡。仔細思量，天地不錯。

【賞析】

〈沈小官一鳥害七命〉選自《喻世明言》第二十六卷，講的是一個名叫沈秀的年輕人由於養的一隻畫眉而被殺，由此引起無頭公案，前後總共死了七個人的故事。

小說除了講到因果報應外，也似乎強調了造惡業者，其妻兒必連帶受報之意。故事的內容大致如下：富人沈昱之子沈秀，年輕無業，終日遊手好閒，每日帶著畫眉鳥到柳林與人比鬥。一日，到柳林太遲，人都已散去，沈秀突發疾病，倒地不起，被當時路過的張公看見。張公，見畫眉叫聲分外好聽，想據為己有。正要偷走鳥籠離去時，沈秀忽然甦醒。張公猛砍沈秀人頭，後將人頭丟入林中一株空心柳樹中，趕到杭州去轉售畫眉。適逢旅客李吉三人，正啟程回東京。李吉嗜養畫眉，便以一兩二錢買下畫眉。

沈秀的無頭人屍被發現後，其父沈昱寫了懸賞告帖，消息傳遍各處。窮人黃老狗聞說此事，以身老無用為由，教其子大保、小保將他頭割下，埋在湖邊，待其浮腫不能辨認後，帶去沈府騙得賞金。兩人聽從父命，將父親人頭割下，屍體掩埋，並於半月之後，到沈府報稱在捉魚蝦時見到人頭。沈昱見到難以辨認的浮腫人頭，以為應是兒子人頭無誤，遂將兒子屍身與人頭縫合，入棺安葬。

數月後，沈昱入京辦事，事完之後順便遊覽京師，經御用監禽鳥房門前，見畫眉一隻，非常眼熟，認為是沈秀之物，向大理寺哭訴冤情，大理寺找到原進貢者李吉，將他屈打成招，依律處斬於市曹。李吉的兩個夥伴，為李吉不平，於再入杭州做買賣時，到處打聽，終於找到張公，報到杭州官府，把李吉被冤殺之事詳細說明。官府立即拘提張公，張公只好招出事實。官差立即入柳林中找到沈秀人頭，通知沈昱辨認無誤，確定張公殺人。

大理寺官僅憑一個線索，就將李吉屈打成招後處斬，白白斷送了無辜，於是被貶為庶人，發嶺南安置。

　　知府又下令拘提黃大保、小保審訊，問其人頭從何而來，兩人說出殺害其父原委，與張公一併正法，處斬於市曹。張婆到市曹，見張公已被處死，魂不附體，轉身欲走，跌倒於地，五臟受傷，回家後立即殞命。

　　小說中夾雜著勸諫人的詩句：「奉勸世人須鑒戒，莫教兒女不當家。」沈昱夫妻在兒子遭到橫禍後感慨：「日常不聽好人之言，今日死無葬身之地。」「平昔不依教訓，致有今日禍事。」同時也教訓父母「子不教，父之過」之意。

　　馮夢龍寫至張婆身死後，立即說「積善逢善，積惡逢惡，仔細思量，天地不錯。」顯示他有意宣揚上天主宰報應，作惡會遭天地責罰，所以「非理之財莫取，非理之事莫為」、「明有刑法相系，暗有鬼神相隨」，小說在寫天理昭彰，公正無私的同時，也對率性斷獄、草菅人命的官府提出了嘲諷。

金玉奴棒打薄情郎

馮夢龍

枝在牆東花在西，自從落地任風吹。

枝無花時還再發，花若離枝難上枝。

　　這四句，乃昔人所作「棄婦詞」。言婦人之隨夫，如花之附于枝。枝若無花，逢春再發；花若離枝，不可復合。勸世上婦人事夫盡道，同甘同苦，從一而終。休得慕富嫌貧，兩意三心，自貽後悔。

　　且說漢朝一個名臣，當初未遇時節，其妻有眼不識泰山，棄之而去，到後來悔之無及。朱買臣，家貧未遇，夫妻二口，住于陋巷蓬門，每日買臣向山中砍柴，挑至市中，賣錢度日。性好讀書，手不釋卷，肩上雖挑卻柴担，手裡兀自擎著書本，朗誦咀嚼，且歌且行。市人聽慣了，但聞讀書之聲，便知買臣挑柴担來了，可憐他是個儒生，都與他買。更兼買臣不爭價錢，憑人估值，所以他的柴比別人容易出脫。一般也有輕薄少年及兒童之輩，見他又挑柴，又讀書，三五成群，把他嘲笑戲侮，買臣全不為意。一日，其妻出門汲水，見群兒隨著買臣柴担，拍手共笑，深以為恥。買臣賣柴回來，其妻勸道：「你要讀書，便休賣柴；要賣柴，便休讀書。許大年紀，不癡不顛，卻做出恁般行徑，被兒童笑話，豈不羞死！」買臣答道：「我賣柴以救貧賤，讀書以取富貴，各不相妨。由他笑話便了。」其妻笑道：「你若取得富貴時，不去賣柴了。自古及今，那見賣柴的人做了官，卻說這沒把鼻[1]的話！」買臣道：「富貴貧賤，各有其時。有人算我八字，到五十歲上必然發跡。常言『海水不可斗量』，你休料[2]我。」其妻道：

1　沒把鼻：沒根據。

2　料：看不起。

「那算命先生見你癡顛模樣，故意耍笑你，你休聽信。到五十歲時連柴担也挑不動，餓死是有份的，還想做官！除是閻羅王殿上少個判官等你去做。」買臣道：「姜太公八十歲尚在渭水釣魚，遇了周文王，以后車載之，拜為尚父。本朝公孫弘丞相五十九歲上還在東海牧豕，整整六十歲，方才際遇今上，拜將封侯。我五十歲上發跡，比甘羅雖遲，比那兩個還早，你須耐心等去。」其妻道：「你休得攀今吊古，那釣魚、牧豕的，胸中都有才學；你如今讀這幾句死書，便讀到一百歲只是這個嘴臉[3]，有甚出息！晦氣！做了你老婆。你被兒童恥笑，連累我也沒臉皮。你不聽我言拋卻書本，我決不跟你終身，各人自去走路，休得兩相擔誤了。」買臣道：「我今年四十三歲了，再七年，便是五十。前長後短，你就等耐，也不多時。直恁薄情，捨我而去，後來須要懊悔。」其妻道：「世上少甚挑柴担的漢子，懊悔甚麼來！我若再守你七年，連我這骨頭不知餓死於何地了！你倒放我出門，做個方便，活了我這條性命。」買臣見其妻決意要去，留他不住，歎口氣道：「罷！只願你嫁得丈夫，強似朱買臣的便好。」其妻道：「好歹強似一分兒。」說罷，拜了兩拜，欣然出門而去，頭也不回。買臣感慨不已，題詩四句於壁上，云：

　　　　嫁犬逐犬，嫁雞逐雞。妻自棄我，我不棄妻。

　　買臣到五十歲時，值漢武帝下詔求賢，買臣到西京[4]上書，待詔公車[5]。同邑人嚴助薦買臣之才。天子知買臣是會稽人，必知本土民情利弊，即拜為會稽太守，馳驛赴任。會稽長吏聞新太守將到，大發人夫，修治道路。買臣妻的後夫亦在役中，其妻蓬頭跣足[6]，隨伴送飯。見太守前呼後擁

3　嘴臉：面貌。
4　西京：西漢建都長安，長安在洛陽西面，所以叫西京。
5　待詔公車：當時被朝廷徵聘的人才都用公車迎接，安置在這個官署裡，等待皇帝的詔命。公車：漢代管理公家車輛的官署。
6　跣足：光著腳。

而來，從旁窺之，乃故夫朱買臣也。買臣在車中，一眼瞧見，還認得是故妻，遂使人招之，載於後車。到府第中，故妻羞慚無地，叩頭謝罪。買臣教請他後夫相見，不多時，後夫喚到，拜伏於地，不敢仰視。買臣大笑，對其妻道：「似此人未見得強似我朱買臣也！」其妻再三叩謝，自悔有眼無珠，願降為婢妾，伏事終身。

買臣命取水一桶，潑於階下[7]，向其妻說道：「若潑水可復收，則汝亦可復合。念你少年結髮之情，判後園隙地，與汝夫婦耕種自食。」其妻隨後夫走出府第，路人都指著說道：「此即新太守夫人也。」於是羞極無顏，到於後園，遂投河而死。

這個故事，是妻棄夫的。如今再說一個夫棄妻的，一般是欺貧重富，背義忘恩，後來徒落得個薄倖之名，被人講論。話說故宋紹興年間，臨安雖然是個建都之地，富庶之鄉，其中乞丐的依然不少。那丐戶中有個為頭的，名曰「團頭」[8]，管著眾丐。眾丐叫化得東西來時，團頭要收他日頭錢。若是雨雪時，沒處叫化，團頭卻熬些稀粥，養活這夥丐戶。破衣破襖也是團頭照管。

杭州城中一個團頭，姓金，名老大。祖上到他做了七代團頭了。掙得個完完全全的家事，住的有好房子，種的有好田園，穿的有好衣，吃的有好食。真個廒[9]多積粟，囊有餘錢，放債使婢。雖不是頂富，也是數得著的富家了。那金老大有志氣，把這團頭讓與族人金癩子做了，自己現成受用，不與這夥丐戶歪纏。然雖如此，裡中口順，還只叫他是團頭家，其名不改。金老大年五十餘，喪妻無子，止存一女，名喚玉奴。那玉奴生得十分美貌。金老大愛此女如同珍寶，從小教他讀書識字。到十五六歲時，詩

---

7 取水一桶，潑於階下：據《拾遺記》記載，潑水是姜尚和他的妻子馬氏的故事，當是後人嫁名朱買臣的。

8 團頭：宋、元以來各種行業都有組織，叫做「團行」。行的首領是「行老」，團的首領就是「團頭」。

9 廒：糧倉。

賦俱通，一寫一作，信手而成。更兼女工精巧，亦能調箏弄管，事事伶俐。金老大倚著女兒才貌，立心要將他嫁個士人。可恨生於團頭之家，沒人相求。若是平常經紀人家，沒前程的，金老大又不肯扳他了。因此高低不就，把女兒直挨到一十八歲，尚未許人。偶然有個鄰翁來說：「太平橋下有個書生，姓莫，名稽，年二十歲，一表人才，讀書飽學。只為父母雙亡，家窮未娶。近日考中，補上太學生，情願入贅人家。此人正與令愛相宜，何不招之為婿？」金老大道：「就煩老翁作伐[10]何如？」鄰翁領命，徑到太平橋下，尋那莫秀才，對他說了：「實不相瞞，祖宗曾做個團頭的，如今久不做了，只貪他好個女兒，又且家道富足。秀才若不棄嫌，老漢即當玉成其事。」莫稽口雖不語，心下想道：「我今衣食不周，無力婚娶，何不俯就他家，一舉兩得。也顧不得恥笑。」乃對鄰翁說道：「大伯所言雖妙，但我家貧乏聘，如何是好？」鄰翁道：「秀才但是允從，紙也不費一張，都在老漢身上。」鄰翁回覆了金老大。擇個吉日，金家倒送一套新衣穿著，莫秀才過門成親。莫稽見玉奴才貌，喜出望外。不費一錢，白白的得了個美妻，又且豐衣足食，事事稱懷。就是朋友輩中，曉得莫稽貧苦，無不相諒，倒也沒人去笑他。

到了滿月，金老大備下盛席，教女婿請他同學會友飲酒，榮耀自家門戶，一連吃了六七日酒。惱了族人金癩子，那癩子道：「你也是團頭，我也是團頭，只你多做了幾代，掙得錢鈔在手，論起祖宗一脈，彼此無二。侄女玉奴招婿，也該請我吃杯喜酒。如今請人做滿月，開宴六七日，並無三寸長、一寸闊的請帖兒到我。你女婿做秀才，難道就做尚書、宰相，我就不是親叔公？坐不起凳頭？直恁不覷人在眼裡！」叫起五六十個丐戶，一齊奔到金老大家裡來。

金老大聽得鬧吵，開門看時，那金癩子領著眾丐戶，一擁而入，嚷做一堂。癩子徑奔席上，揀好酒好食只顧吃，口裡叫道：「快教侄婿夫妻來拜見叔公。」嚇得眾秀才站腳不住，都逃席去了，連莫稽也隨著眾朋友躲

10 作伐：說媒。

避。金老大無可奈何，只得再三央告道：「今日是我女婿請客，不干我事。改日專治一杯，與你陪話。」又將許多錢鈔分賞眾丐戶，又抬出兩甕好酒和些活雞、活鵝之類，教眾丐戶送去癩子家，當個折席[11]，直亂到黑夜，方才散去。玉奴在房中氣得兩淚交流。這一夜，莫稽在朋友家借宿，次早方回。金老大見了女婿，自覺出醜，滿面含羞。

卻說金玉奴只恨自己門風不好，要掙個出頭，乃勸丈夫刻苦讀書。凡古今書籍，不惜價錢，買來與丈夫看。又不吝供給之費，請人會文會講。又出貲財，教丈夫結交延譽[12]。莫稽由此才學日進，名譽日起，二十三歲發解[13]，連科及第。

這日瓊林宴罷，烏帽官袍，馬上迎歸。將到丈人家裡，只見街坊上一群小兒爭先來看，指道：「金團頭家女婿做了官也！」莫稽在馬上聽得此言，又不好攬事，只得忍耐。見了丈人，雖然外面盡禮，卻包著一肚子忿氣，想道：「早知有今日富貴，怕沒王侯貴戚招贅成婚，卻拜個團頭做岳丈，可不是終身之玷！養出兒女來，還是團頭的外孫，被人傳作話柄。如今事已如此，妻又賢慧，不犯七出之條，不好決絕得。正是事不三思，終有後悔。」為此心中快快，只是不樂。玉奴幾遍問而不答，正不知甚麼意故。好笑那莫稽，只想著今日富貴，卻忘了貧賤的時節，把老婆資助成名一段功勞，化為春水。這是他心術不端處。

不一日，莫稽謁選[14]，得授無為軍司戶。丈人治酒送行，此時眾丐戶料也不敢登門鬧吵了。莫稽領了妻子，登舟起任。行了數日，到了採石江邊，維[15]舟北岸。其夜月明如晝，莫稽睡不能寐，穿衣而起，坐於船頭玩

---

11 折席：代替酒筵。
12 結交延譽：結交權貴或名流，提高個人的名譽和地位。
13 發解：唐、宋時取士，先在州縣地方推舉出合格的人選，由所在地方發遣解送到京師。
14 謁選：官吏去到吏部等候選派。
15 維：停留。

月。四顧無人，又想起團頭之事，悶悶不悅。忽然動一個惡念，除非此婦身死，另娶一人，方免得終身之恥。心生一計，走進船艙，哄玉奴起來看月華。玉奴已睡了，莫稽再三逼他起身。玉奴難逆丈夫之意，只得披衣，走至馬門[16]口，舒頭[17]望月，被莫稽出其不意，牽出船頭，推墮江中。悄悄喚起舟人，吩咐快開船前去，重重有賞，不可遲慢。舟子不知明白，慌忙撐篙蕩槳，移舟於十里之外。住泊停當，方才說：「適間奶奶因玩月墮水，撈救不及了。」卻將三兩銀子賞與舟人為酒錢。舟人會意，誰敢開口？船中雖跟得有幾個蠢婢子，只道主母真個墜水，悲泣了一場，丟開了手，不在話下。

　　事有湊巧，莫稽移船去後，剛剛有個淮西轉運使[18]許德厚，也是新上任的，泊舟於採石北岸，正是莫稽先前推妻墜水處。許德厚和夫人推窗看月，開懷飲酒，尚未曾睡。忽聞岸上啼哭，乃是婦人聲音，其聲哀怨，好生不忍。忙呼水手打看，果然是個單身婦人，坐於江岸。便教喚上船來，審其來歷。原來此婦正是無為軍司戶之妻金玉奴，初墜水時，魂飛魄蕩，已拚著必死。忽覺水中有物，托起兩足，隨波而行，近於江岸。玉奴掙扎上岸，舉目看時，江水茫茫，已不見了司戶之船，才悟道：「丈夫貴而忘賤，故意欲溺死故妻，別圖良配。」如今雖得了性命，無處依棲，轉思苦楚，以此痛哭。見許公盤問，不免從頭至尾，細說一遍。說罷，哭之不已。連許公夫婦都感傷墮淚，勸道：「汝休得悲啼，肯為我義女，再作道理。」玉奴拜謝。許公吩咐夫人取乾衣替她通身換了，安排他後艙獨宿。教手下男女都稱他小姐，又吩咐舟人，不許洩漏其事。

　　不一日，到淮西上任。那無為軍正是他所屬地方，許公是莫司戶的上司，未免隨班參謁。許公見了莫司戶，心中想道：「可惜一表人才，幹恁

---

16 馬門：船艙的門。

17 舒頭：伸頭。

18 轉運使：官名。最初只負責軍需、糧餉水陸轉運；後來又兼管邊防、獄訟、盜賊、錢穀等等。

般薄倖之事！」約過數月，許公對僚屬說道：「下官有一女，頗有才貌，年已及笄，欲擇一佳婿贅之。諸君意中有其人否？」眾僚屬都聞得莫司戶青年喪偶，齊聲薦他才品非凡，堪作東床[19]之選，許公道：「此子吾亦屬意久矣，但少年登第，心高望厚，未必肯贅吾家。」眾僚屬道：「彼出身寒門，得公收拔，如兼葭倚玉樹[20]，何幸如之，豈以入贅為嫌乎？」許公道：「諸君既酌量可行，可與莫司戶言之。但云出自諸君之意，以探其情，莫說下官，恐有妨礙。」眾人領命，遂與莫稽說知此事，要替他做媒。莫稽正要攀高，況且聯姻上司，求之不得。便欣然應道：「此事全仗玉成，當效銜結之報[21]。」眾人道：「當得，當得。」隨即將言回覆許公。許公道：「雖承司戶不棄，但下官夫婦鍾愛此女，嬌養成性，所以不捨得出嫁。只怕司戶少年氣概，不相饒讓，或致小有嫌隙，有傷下官夫婦之心。須是預先講過，凡事容耐些，方敢贅入。」眾人領命，又到司戶處傳話，司戶無不依允。此時司戶不比做秀才時節，一般用金花彩幣為納聘之儀，選了吉期。皮鬆骨癢，整備做轉運使的女婿。

　　卻說許公先教夫人與玉奴說：「老相公憐你寡居，欲重贅一少年進士，你不可推阻。」玉奴答道：「奴家雖出寒門，頗知禮數。既與莫郎結髮，從一而終。雖然莫郎嫌貧棄賤，忍心害理。奴家各盡其道，豈肯改嫁，以傷婦節。」言畢淚如雨下。夫人察他志誠，乃實說道：「老相公所說少年進士，就是莫郎。老相公恨其薄倖，務要你夫妻再合。只說有個親生女兒，要招贅一婿，卻教眾僚屬與莫郎議親。莫郎欣然聽命，只今晚入贅吾家。等他進房之時，須是如此如此，與你出這口嘔氣。」玉奴方才收淚，重勻粉面，再整新妝，打點結親之事。

　　到晚，莫司戶冠帶齊整，帽插金花，身披紅錦，跨著雕鞍駿馬，兩班鼓樂前導，眾僚屬都來送親。一路行來，誰不喝采。是夜，轉運司鋪毡結

---

19 東床：女婿。

20 兼葭倚玉樹：比喻貧賤之人倚靠富貴之人。

21 銜結之報：銜環結草。比喻報恩。

彩，大吹大擂，等候新女婿上門。莫司戶到門下馬，許公冠帶出迎。眾官僚都別去，莫司戶直入私宅，新人用紅帕覆首，兩個養娘扶將出來。掌禮人在檻外喝禮，雙雙拜了天地，又拜了丈人丈母，然後交拜禮畢，送歸洞房做花燭筵席。莫司戶此時心中如登九霄雲裡，歡喜不可形容，仰著臉，昂然而入。才跨進房門，忽然兩邊門側裡走出七八個老嫗、丫鬟，一個個手執籬竹細棒，劈頭劈腦打將下來。把紗帽都打脫了，肩背上棒如雨下。莫司戶被打，慌做一堆，只得叫聲：「丈人、丈母救命！」只聽房中嬌聲宛轉，吩咐道：「休打殺薄情郎，且喚來相見。」眾人方才住手。七八個老嫗、丫鬟，扯耳朵，拽胳膊，好似六賊戲彌陀[22]一般，腳不點地，擁到新人面前。司戶口中還說道：「下官何罪？」開眼看時，畫燭輝煌，照見上邊端端正正坐著個新人，不是別人，正是故妻金玉奴。莫稽此時魂不附體，亂嚷道：「有鬼！有鬼！」眾人都笑起來。只見許公自外而入，叫道：「賢婿休疑，此乃吾採石江頭所認之義女，非鬼也。」莫稽心頭方才住了跳，慌忙跪下，拱手道：「我莫稽知罪了，望大人包容之。」許公道：「此事與下官無干，只吾女沒說話就罷了。」玉奴唾其面，罵道：「薄倖賊！你不記宋弘有言：『貧賤之交不可忘，糟糠之妻不下堂。』當初你空手贅入吾門，虧得我家資財，讀書延譽，以致成名，僥倖今日。奴家亦望夫榮妻貴，何期你忘恩負本，就不念結髮之情，恩將仇報，將奴推墮江心。幸然天公可憐，得遇恩爹提救，收為義女。倘然葬江魚之腹，你別娶新人，於心何忍！今日有何顏面再與你完聚！」說罷，放聲而哭。「千薄倖，萬薄倖」罵不住口。莫稽滿面羞慚，閉口無言，只顧磕頭求恕。許公見罵得夠了，方才把莫稽扶起。勸玉奴道：「我兒息怒，如今賢婿悔罪，料然不敢輕慢你了。你兩個雖然舊日夫妻，在我家只算新婚花燭，凡事看我之面，閒言閒語，一筆都勾罷。」又對莫稽說道：「賢婿，你自家不是，休怪別人。今宵只索忍耐，我教你丈母來解勸。」說罷，出房去。少刻夫人來到，

---

22 六賊戲彌陀：六賊：是佛教名詞，指聲、色、香、味、觸、法。佛教傳說六賊幻化成形，去引誘佛陀，擾亂其修行。

又調停了許多說話，兩個方才和睦。次日許公設宴管待新女婿。將前日所下金花、彩幣依舊送還，道：「一女不受二聘。賢婿前番在金家已費過了，今番下官不敢重疊收受。」莫稽低頭無語。許公又道：「賢婿常恨令岳翁卑賤，以致夫婦失愛[23]，幾乎不終。今下官備員如何？只怕爵位不高，尚未滿賢婿之意。」莫稽漲得面皮紅紫，只是離席謝罪。

　　自此莫稽與玉奴夫婦和好，比前加倍。許公共夫人待玉奴如真女，待莫稽如真婿。玉奴待許公夫婦，亦與真爹媽無異，連莫稽都感動了。迎接團頭金老大在任所奉養送終。後來許公夫婦之死，金玉奴皆制重服[24]，以報其恩。莫氏與許氏往來不絕。詩云：

　　　　宋弘守義稱高節，黃允休妻罵薄情。

　　　　試看莫生婚再合，姻緣前定枉勞爭。

【賞析】

　　〈金玉奴棒打薄情郎〉選自《喻世明言》第二十七卷。故事大要是說：金老大年五十餘喪妻，只有一女，名玉奴。金老大倚著女兒才貌，立意要將他嫁個士人；可恨金老大是個乞丐團頭，玉奴因為這樣的出身，所以到了十八歲，尚未許人。鄰翁介紹一個落拓秀才莫稽入贅金家。玉奴恨自己門風不好，要掙個出頭，乃勸丈夫刻苦讀書；凡求學問的相關花費，不惜價錢，不吝供給，所以莫稽才學日進，聲譽日起，二十三歲發解，連科及第。

　　但是就在莫稽考中進士、披宮錦回家時，一般人還口口聲聲，指指點點說他是乞丐頭子的女婿。莫稽十分介意，覺得這是他一生最大的汙點，於是在赴任途中，以賞月之名將玉奴推入江中，後來，玉奴恰巧遇上淮西轉運使許德厚，許公正好是莫稽的上司，許公聽完玉奴訴其悲苦後，將她

---

23 失愛：無法相愛。
24 重服：為父母辦喪事所穿的孝服。

收為義女。

許公佯稱以己女託媒招贅，莫稽欣然應允。花燭之夜，婢女預伏洞房，棒打莫稽，玉奴歷數其罪。莫稽滿面羞愧，叩頭求恕，後經許公解勸調停，夫妻重歸於好。

小說在入話就開宗明義地指出：「婦人之隨夫，如花之附於枝，枝若無花，逢春再發；花若離枝，不可復合。」封建社會的婦女就是處於這種「第二性」的附庸次等地位，所以我們見到在傳統貞操和女德觀念的要求下，金玉奴最後還是委曲求全，再次原諒並接受了原本要置她於死地的丈夫，她甚至不敢有另外追求幸福的想法，當她以為救命恩人許德厚要將她另外許配給別人時，她是堅持拒絕的。金玉奴的性格，是有情有義的，一直到許公夫婦過世，金玉奴皆制重服，以報其恩，她的立場都是很堅定的，很具傳統女性美德的，而這就更加襯托出莫稽的忘恩負義，攀附權貴，當然，我們也見到作者在小說中讓莫稽得到應有的懲罰，反映出勞動人民對背信棄義之人的譴責。

金玉奴的幸運在於她在困頓之際，遇上了許德厚，而許德厚又正巧是莫稽的上司，所以讓她有幸可以在許德厚的主持正義下大罵莫稽：「薄倖賊！你不記宋弘有言：『貧賤之交不可忘，糟糠之婦不下堂。』當初你空手贅入吾門，虧得我家資助，讀書延譽以致成名，僥倖今日。奴家指望夫榮妻貴；何期你忘恩負義，就不念結髮之情，恩將仇報，將奴推墮江心？幸得上天可憐，得遇恩父提救，收為義女；不然，一定葬於江魚之腹了。你於心何忍？今日還有何顏面，再與你完聚？」我們似乎不難想見金玉奴在開罵時的憤恨。

但是這麼好運的事並不常見，在馮夢龍的《三言》中有另外一篇同是譴責男子薄倖的〈王嬌鸞百年長恨〉裡的王嬌鸞就是以悲劇收場。故事的前半部分是典型的才子佳人故事；但在後半部中，公子周廷章因父病返鄉省視，而家裡已經為他安排好親事，周廷章得知女方財富貌美，遂不顧前盟，另行婚娶。王嬌鸞得知情郎負心，於是上吊自殺，臨終前將自己與周廷章的故事製成絕命詩，連同昔日婚書一起巧妙地投入官府文書，讓周廷

章負心薄倖的事實公諸於世，譴責無情無義的負心之輩。但是，可憐王嬌
鸞用死去捍衛傳統的節烈觀，實在是相當不值啊！

　　此外，小說中真實地反映了丐頭與乞丐的經濟關係──「眾丐叫化得
東西來時，團頭要收他日頭錢。若是雨雪時，沒處叫化，團頭卻熬些稀粥，
養活這夥丐戶，破衣破襖，也是團頭照管。所以這夥丐戶，小心低氣，服
著團頭，如奴一般，不敢觸犯。」丐頭對乞丐有著相當大的威權，一方面
勒索乞丐，一方面又在必要時給以接濟，從這種依存關係可以看出丐頭的
勢力，所以我們見到金團頭「住的有好房子，種的有好田園，穿的有好衣，
吃的有好食；真個廩多積粟，囊有餘錢，放債使婢」這些描述可能有些誇
張，但也與當時實際沒有差太遠。由此，也可以想像當時社會所存在的弊病。

蔣興哥重會珍珠衫（節錄）

馮夢龍

　　卻說蔣興哥跟隨父親做客，走了幾遍，學得伶俐乖巧，生意行中，百般都會，父親也喜不自勝。何期到一十七歲上，父親一病身亡。興哥哭了一場，免不得揩千淚眼，整理大事。本縣有個王公，正是興哥的新岳丈，也來上門祭奠，少不得蔣門親戚陪待敘話。中間說起興哥少年老成，這般大事，虧他獨力支持，因話隨話間，就有人攛掇道：「王老親翁，如今令嬡也長成了，何不乘凶完配，教他夫婦作伴，也好過日。」王公未肯應承，當日相別去了。

　　光陰如箭，不覺周年已到。興哥祭過了父親靈位，換去粗麻衣服，再央媒人王家去說，方才依允。不隔幾日，六禮完備，娶了新婦進門。

　　蔣興哥人才本自齊整，又娶得王公最幼之女——三巧兒——這房美色的渾家，分明是一對玉人，良工琢就，男歡女愛，比別個夫妻更勝十分。

　　興哥一日間想起父親存日廣東生理，如今耽擱三年有餘了，那邊還放下許多客帳，不曾取得。夜間與渾家商議，欲要去走一道。渾家初時也答應道該去，後來說到許多路程，恩愛夫妻，何忍分離？不覺兩淚交流。興哥也自割捨不得，兩下淒慘一場，又丟開了。如此已非一次。光陰荏苒，不覺又攘過了二年。那時興哥決意要行，瞞過了渾家，在外面暗暗收拾行李。揀了個上吉的日期，五日前方對渾家說知，道：「常言『坐吃山空』，我夫妻兩口，也要成家立業，終不然拋了這行衣食道路？如今這二月天氣不寒不暖，不上路更待何時？」渾家料是留他不住了，只得問道：「丈夫此去幾時可回？」興哥道：「我這番出外，甚不得已，好歹一年便回，寧可第二遍多去幾時罷了。」渾家指著樓前一棵椿樹道：「明年此樹發芽，便盼著官人回也。」說罷，淚下如雨。興哥把衣袖督他揩拭，不覺自己眼淚也掛下來。兩下

裡怨離惜別，分外恩情，一言難盡。到第五日，夫婦兩個啼啼哭哭，說了一夜的話，索性不睡了。五更時分，興哥便起身收拾，將祖遺下的珍珠細軟，都交付與渾家收管。自己只帶得本錢銀兩、帳目底本及隨身衣服、舖陳之類，又有預備下送禮的人事，都裝疊得停當。原有兩房家人，只帶一個後生些的去：留一個老成的在家，聽渾家使喚，買辦日用。兩個婆娘，專管廚下。又有兩個丫頭，一個叫暗雲，一個叫暖雪，專在樓中伏待，不許遠離。分付停當了，對渾家說道：「娘子耐心度日。地方輕薄子弟不少，你又生得美貌，莫在門前窺瞰，招風攬火。」渾家道：「官人放心，早去早回。」兩下掩淚而別。正是：世上萬般哀苦事，無非死別與生高。

興哥上路，心中只想著渾家，整日的不瞅不睬。不一日，到了廣東地方，下了客店。這夥舊時相識，都來會面，興哥送了些人事。排家的治酒接風，一連半月二十日，不得空閒。興哥在家時，原是淘虛了身子，一路受些勞碌，到此未免飲食不節，得了個瘧疾，直延到秋盡，方得安痊。把買賣都耽擱了，眼見得一年回去不成。正是：「只為蠅頭微利，拋卻鴛被良緣。」興哥雖然想家，到得日久，索性把念頭放慢了。

且說這裡渾家王三巧兒，自從那日丈夫吩咐了，果然數月之內，目不窺戶，足不下樓。光陰似箭，不覺殘年將盡，家家戶戶，鬧轟轟的暖火盆，放爆竹，吃闔家歡耍子。三巧兒觸景傷情，圖想丈夫，這一夜好生悽楚！

明日正月初一日，是個歲朝。暗雲、暖雪兩個丫頭，一力勸主母在前樓去看看街坊景象。這一日被丫頭們攛掇不過，只得從邊廂裡走過前樓，分付推開窗子，把簾兒放下，三口兒在簾內觀看。這日街坊上好不鬧雜！三巧兒道：「多少東行西走的人，偏沒個賣卦先生在內！若有時，喚他來卜問官人消息也好。」暗雲道：「今日是歲朝，人人要閒耍的，那個出來賣卦？」暖雪叫道：「娘！限在我兩個身上，五日內包喚一個來占卦便了。」

　　早飯過後，暖雪下樓小解，忽聽得街上當當的敲響。響的這件東西，喚做「報君知」，是瞎子賣卦的行頭。那瞎先生占成一卦，道：「若是妻問夫，行人在半途，金帛千箱有，風波一點無。青龍屬木，木旺于春，立春前後，已動身了。月盡月初，必然回家，更兼十分財采。」三巧兒叫買辦的，把三分銀子打發他去，歡天喜地，上樓去了。

　　大凡人不做指望，到也不在心上：一做指望，便癡心妄想，時刻難過。三巧兒只為信了賣卦先生之語，一心只想丈夫回來，從此時常走向前樓，在簾內東張西望。直到二月初旬，椿樹抽芽，不見些兒動靜。三巧兒思想丈夫臨行之約，愈加心慌，一日幾遍，向外探望。也是合當有事，遇著這個俊俏後生。正是：「有緣千里能相會，無緣對面不相逢。」這個俊俏後生是誰？原來不是本地人，是徽州新安縣人氏，姓陳，名商，小名叫做大喜哥，後來改口呼為大郎。年方二十四歲，且是生得一表人物。他下處自在城外，偶然這日進城來，要到大市街汪朝奉典舖中間個家信。那典舖正在蔣家對門，因此經過。你道怎生打扮？頭上帶一項蘇樣的百技鬃帽，身上穿一件魚肚白的湖紗道袍，又恰好與蔣興哥平昔穿著相像。三巧兒遠遠瞧見，只道是他丈夫回了，揭開簾子，定眼而看。陳大郎抬頭，望見樓上一個年少的美婦人，目不轉睛的，只道心上歡喜了他，也對著樓上丟個眼色。誰知兩個都錯認了。三巧兒見不是丈夫，羞得兩頰通紅，忙忙把窗兒拽轉，跑在後樓，靠著床沿上坐地，幾自心頭突突的跳個不住。誰知陳大郎的一片精魂，早被婦人眼光兒攝上去了。回到下處，心心念念的放他不下，忽然想起大市街東巷，有個賣珠子的薛婆，曾與他做過交易。這婆子能言快語，況且日逐串街走巷，那一家不認得，須是與他商議，定有道理。

　　陳大郎進城，一徑來到大市街東巷，去敲那薛婆的門。大郎見四下無人便向衣袖裡摸出銀子，解開布包，攤在桌上，薛婆當時滿臉堆下笑來，將金錠放銀包內，一齊包起，叫聲：「老身大膽了。」向臥房中藏過，忙踅出來，道：「大官人，老身且不敢稱謝，你且說甚麼

買賣，用著老身之處？」大郎道：「急切要尋一件救命之寶，是處都無，只大市街上一家人家方有，特央乾娘去借借。敝鄉裡汪三朝奉典舖對門高樓子內是何人之宅？」婆子想了一回，道：「這是本地蔣興哥家裡，他男子出外做客，一年多了，止有女眷在家。」大郎道：「我這救命之寶，正要問他女善借借。」便把椅兒掇近了婆子身邊，向他訴出心腹，如此如此。

婆子聽罷，連忙搖首道：「此事太難！蔣興哥新娶這房娘子，不上四年，夫妻兩個如魚似水，寸步不離。如今投奈何出去了，這小鬍子足不下樓，甚是貞節。」陳大郎聽說，慌忙雙膝跪下，說：「我陳商這條性命，都在乾娘身上。你是必思量個妙計，作成我入馬，救我殘生。事成之日，再有白金百兩相酬。若是推阻，即今便是個死。」慌得婆子沒理會處，連聲應道：「是，是！此事須從容圖之，只要成就，莫論歲月。若是限時限日，老身決難奉命。」陳大郎道：「若果然成就，便退幾日何妨。只是計將支出？」薛婆道：「明日不可太早，不可太退，早飯後，相約在汪三朝奉典舖中相會。大官人可多帶銀兩，只說與老身做買賣，其間自有道理。若是老身這兩只腳跨進得蔣家門時，便是大官人的造化。大官人便可急回下處，莫在他門首盤桓，被人識破，誤了大事。討得三分機會，老身自來回復。」大郎道：「謹依尊命。」

當日無話。到次日，陳大郎穿了一身齊整衣服，取上三四百兩銀子，放在個大皮匣內，喚小郎背著，跟隨到大市街汪家典舖來。瞧見對門樓窗緊閉，料是婦人不在，便與管典的拱了手，討個木凳兒坐在門前，向東而望。不多時，只見薛婆抱著一個蔑絲箱兒來了。陳大郎喚住，問道：「箱內何物？」薛婆道：「珠寶首飾，大官人可用麼？」大郎道：「我正要買。」薛婆進了典舖，與管典的相見了，叫聲聒噪，便把箱兒打開。內中有十來包珠子，又有幾個小匣兒，都盛著新樣簇花點翠的首飾，奇巧動人，光燦奪目。陳大郎揀幾吊極粗極白的珠子，和那些簪珥之類，做一堆兒放著，道：「這些我都要了。」婆子便把

眼兒瞅著，說道：「大官人要用時盡用，只怕不肯出這樣大價錢。」陳大郎已自會意，開了皮匣，把這些銀兩白華華的，攤做一台，高聲的叫道：「有這些銀子，難道買你的貨不起。」此時鄰舍閒漢已自走過七八個人，在舖前站著看了。婆子道：「老身取笑，豈敢小覷大官人。這銀兩須要仔細，請收過了，只要還得價錢公道便好。」兩下一邊的討價多，一邊的還錢少，差得天高地遠。那討價的一口不移，這裡陳大郎拿著東西，又不放手，又不增添，故意走出屋簷，件件的翻覆認看，言真道假、彈斤估兩的在日光中恒耀。惹得一市人都來觀看，不住聲的有人喝采。婆子亂嚷道：「買便買，不買便罷，只管擔閣人則甚！」陳大郎道：「怎麼不買？」兩個又論了一番價。正是：「只因酬價爭錢口，驚動如花似玉人。」

　　王三巧兒聽得對門喧嚷，不覺移步前樓，推窗偷看。只見珠光閃爍，寶色輝煌，甚是可愛。又見婆子與客人爭價不定，便分付丫鬟去喚那婆子，借他東西看看。暗雲領命，走過街去，把薛婆衣抉一扯，道：「我家娘請你。」婆子故意問道：「是誰家？」暗雲道：「對門蔣家。」婆子把珍珠之類，劈手奪將過來，忙忙的包了，一頭說，一頭放入箱兒裡，依先關鎖了，抱著便走。頭也不回，徑到對門去了。陳大郎心中暗喜，也收拾銀兩，別了管典的，自回下處。

　　暗雲引薛婆上樓，與三巧兒相見了。三巧兒心上愛了這幾件東西，專等婆子到來酬價，一連五日不至。到第六日午後，忽然下一場大雨。雨聲未絕，砰砰的敲門聲響。三巧兒喚丫鬟開看，只見薛婆衣衫半濕，提個破傘進來，走上樓來萬福道：「大娘，前晚失信了。」三巧兒慌忙答禮道：「這幾日在那裡去了？」婆子道：「小女托賴，新添了個外甥。老身去看看，留住了幾日，今早方回。半路上下起雨來，在一個相識人家借得把傘，又是破的，卻不是晦氣！」三巧兒道：「你老人家幾個兒女？」婆子道：「只一個兒子，完婚過了。女兒到有四個，這是我第四個了，嫁與徽州朱八朝奉做偏房，就在這北門外開鹽店的。」三巧兒道：「你老人家女兒多，不把來當事了。本鄉本土少什

麼一夫一婦的，怎捨得與異鄉人做小？」婆子道：「大娘不知，到是異鄉人有情懷。雖則偏房，他大娘子只在家裡，小女自在店中，呼奴使婢，一般受用。老身每遍去時，他當個尊長看待，更不怠慢。如今養了個兒子，愈加好了。」三巧兒道：「也是你老人家造化，嫁得著。」

喚暗雲取杯見成酒來，與老人家坐坐。婆子道：「造次如何好攪擾？」三巧兒道：「時常清閒，難得你老人家到此作伴扳話。你老人家若不嫌怠慢，時常過來走走。」婆子道：「多謝大娘錯愛，老身家裡當不過嘈雜，像宅上又忒清閒了。」三巧兒道：「我家與你相近，不耐煩時，就過來閒話。」婆子道：「只不敢頻頻打攪。」三巧兒道：「老人家說那裡話。」說罷，斟酒遞與婆子，婆子將杯回敬，兩下對坐而飲。原來三巧兒酒量盡去得，那婆子又是酒壺酒甕，吃起酒來，一發相投了，只恨會面之晚。那日直吃到傍晚，剛剛雨止，婆子作謝要回。三巧兒又取出大銀盅來，勸了幾盅。又陪他吃了晚飯。

卻說陳大郎在下處呆等了幾日，並無音信。見這日天雨，料是婆子在家，拖泥帶水的進城來問個消息，又不相值。自家在酒肆中吃了三杯，用了些點心，又到薛婆門首打聽，只是未回。看看天晚，卻待轉身，只見婆子一臉春色，腳略斜的走入巷來。陳大郎迎著他，作了揖，問道：「所言如何？」婆子搖手道：「尚早。如今方下種，還沒有發芽哩。再隔五六年，開花結果，才到得你口。你莫在此探頭探腦，老娘不是管閒事的。」陳大郎見他醉了，只得轉去。

次日，婆子買了些時新果子、鮮雞、魚、肉之類，喚個廚子安排停當，裝做兩個盒子，又買一甕上好的釅酒，央間壁小二姚了，來到蔣家門首。這是第三次相聚，更覺熟分了。飲酒中間，婆子問道：「官人出外好多時了還不回，虧他撇得大娘下。」三巧兒道：「便是，說過一年就轉，不知怎地耽擱了？」婆子道：「依老身說，放下了恁般如花似玉的娘子，便博個堆金積玉也不為罕。」婆子又道：「大凡走江湖的人，把客當家，把家當客。比如我第四個女婿宋八朝奉，有了

小女，朝歡暮樂，那裡想家？或三年四年，才回一遍。住不上一兩個月，又來了。家中大娘子督他擔孤受寡，那曉得他外邊之事？」三巧兒道：「我家官人到不是這樣人。」婆子道：「老身只當閒話講，怎敢將天比地？」當日兩個猜謎擲色，吃得酩酊而別。

　　第三日，同小二來取家火，就領這一半價錢。三巧又留他吃點心。從此以後，把那一半賒錢為由，只做問興哥的消息，不時行走，這婆子俐齒伶牙，能言快語，又半癡不顛的，慣與丫鬟們打諢，所以上下都歡喜他。三巧兒一日不見他來，便覺寂寞，叫老家人認了薛婆家裡，早晚常去請他，所以一發來得勤了。今日薛婆本是個不善之人，一般甜言軟語，三巧兒遂與他成了至交，時刻少他不得。正是：「畫虎畫皮難畫骨，知人知面不知心。」

　　陳大郎幾遍討個消息，薛婆只回言尚早。其時五月中旬，天漸炎熱。婆子在三巧兒面前，偶說起家中蝸窄，又是朝西房子，夏月最不相宜，不比這樓上高敞風涼。三巧兒道：「你老人家若撇得家下，到此過夜也好。」婆子道：「好是好，只怕官人回來。」三巧兒道：「他就回，料道不是半夜三更。」三巧兒指著床前一個小小藤榻兒，道：「我預先排下你的臥處了，我兩個親近些，夜間睡不著好講些閒話。」說罷，檢出一項青紗帳來，教婆子自家掛了，又同吃了一會酒，方才歇息。

　　從此為始，婆子日間出去做買賣，黑夜便到蔣家歇宿。床榻雖隔著帳子，卻像是一頭同睡。夜間絮絮叨叨，你問我答，凡街坊穢褻之談，無所不至。這婆子或時裝醉作瘋起來，到說起自家少年時偷漢的許多情事，去勾動那婦人的春心。害得那婦人嬌滴滴一副嫩臉，紅了又白，白了又紅。婆子己知婦人心活，只是那話兒不好啟齒。

　　光陰迅速，又到七月初七日了，正是三巧兒的生日。婆子清早備下兩盤盒禮，與他做生。三巧兒稱謝了，留他吃麵。婆子道：「老身今日有些窮忙，晚上來陪大娘，看牛郎織女做親。」說罷自去了。下得階頭不幾步，正遇著陳大郎。路上不好講話，隨到個僻靜巷裡。陳

大郎攢著兩眉，埋怨婆子道：「乾娘，你好慢心腸！春去夏來，如今又立過秋了。你今日也說尚早，明日也說尚早，卻不知我度日如年。再延擱幾日，他丈夫回來，此事便付東流，卻不活活的害死我也！陰司去少不得與你索命。」婆子道：「你且莫喉急，老身正要相請，來得恰好。事成不成，只在今晚，須是依我而行。如此如此，這般這般。全要輕輕悄悄，莫帶累人。」陳大郎點頭道：「好計，好計！事成之後，定當厚報。」說罷，欣然而去。

卻說薛婆約定陳大郎這晚成事。午後細雨微茫，到晚卻沒有星月。婆子黑暗裡引著陳大郎埋伏在左近，自己卻去敲門。暗雲點個紙燈兒，開門出來。婆子故意把衣袖一摸，說道：「失落了一條臨清汗巾兒。胡胡，勞你大家尋一尋。」哄得暗雲便把燈向街上照去。這裡婆於捉個空，招著陳大郎一溜溜進門來，先引他在樓梯背後空處伏著。婆子便叫道：「有了，不要尋了。」暗雲道：「恰好火也沒了，我再去點個來照你。」婆子道：「走熟的路，不消用火。」兩個黑暗裡關了門，摸上樓來。三巧兒問道：「你沒了什麼東西？」婆子袖裡處出個小帕兒來，道：「就是這個冤家，雖然不值甚錢，是一個北京客人送我的，卻不道禮輕人意重。」三巧兒取笑道：「莫非是你老相交送的表記。」婆子笑道：「也差不多。」當夜兩個耍笑飲酒。婆子道：「酒看盡多，何不把些賞廚下男女？也教他鬧轟轟，像個節夜。」三巧兒真個把四碗菜，兩壺酒，分付丫鬟，拿下樓去。那兩個婆娘，一個漢子，吃了一回，各去歇息不題。再說婆子飲酒中間問道：「官人如何還不回家？」三巧兒道：「便是算來一年半了。」婆子道：「牛郎織女，也是一年一會，你比他到多隔了半年。常言道一品官，二品客。做客的那一處沒有風花雪月？只苦了家中娘子。」三巧兒歎了口氣，低頭不語。婆子道：「是老身多嘴了。今夜牛女佳期，只該飲酒作樂，不該說傷情話兒。」說罷，便斟酒去勸那婦人。約莫半酣，婆子又把酒去勸兩個丫鬟，說道：「這是牛郎織女的喜酒，勸你多吃幾杯，後日嫁個恩愛的老公，寸步不離。」兩個丫鬟被纏不過，勉強吃了，各不勝

酒力，東倒西歪。三巧幾吩咐關了樓門，發放他先睡。

　　婆子一頭吃，口裡不住道：「大娘幾歲上嫁的？」三巧兒道：「十七歲。」婆子道：「破得身遲，還不吃虧：我是十三歲上就破了身。」三巧兒道：「嫁得恁般早？」婆子道：「論起嫁，到是十八歲了。不瞞大娘說，因是被他家小官人調誘，一時間貪他生得俊俏，就應承與他偷了。初時好不疼痛，兩三遍後，就曉得快活。大娘你可也是這般麼？」三巧兒只是笑。婆子道：「那話兒到是不曉得滋味的到好，嘗過的便丟不下，心坎裡時時發癢。日裡還好，夜間好難過哩。」婆子又道：「還記得在娘家時節，哥哥出外，我與嫂嫂一頭同睡，兩下輪番在肚子上學男子漢的行事。」三巧兒道：「兩個女人做對，有甚好處？」婆子走過三巧兒那邊，挨肩坐了，說道：「大娘，你不知，只要大家知音，一般有趣，也撤得火。」三巧兒舉手把婆子肩胛上打一下，說道：「我不信，你說謊。」婆子見他欲心已動，有心去挑撥他，又道：「老身今年五十二歲了，夜間常癡性發作，打熬不過，虧得你少年老成。」三巧兒道：「你老人家打熬不過，終不然還去打漢子？」婆子道：「敗花枯柳，如今那個要我了？不瞞大娘說，我也有個自取其樂，救急的法兒。」三巧兒道：「你說謊，又是甚麼法兒？」婆子道：「少停到床上睡了，與你細講。」

　　說罷，只見一個飛蛾在燈上旋轉，婆子便把扇來一撲，故意撲滅了燈，叫聲：「阿呀！老身自去點燈來。」便去開樓門。陳大郎已自走上樓梯，伏在門邊多時了。婆子便引著陳大郎到自己榻上伏著。婆子下樓去了一回，複上來道：「夜深了，廚下火種都熄了，怎麼處？」三巧兒道：「我點燈睡？慣了，黑魆魆地，好不怕人！」婆道：「老身伴你一床睡何如？」三巧兒應道：「甚好。」婆子道：「大娘，你先上床，我關了門就來。」三巧兒先脫了衣服，床上去了，叫道：「你老人家快睡罷。」婆子應道：「就來了。」卻在榻上拖陳大郎上來，赤條條的聳在三巧兒床上去。三巧兒摸著身子，道：「你老人家許多年紀，身上恁般光滑！」那人並不回言，鑽進被裡，就捧著婦人做嘴，

婦人還認識婆子，雙手相抱。那人要地騰身而上，就幹起事來。那婦
人一則多了杯酒，醉眼朦朧；二則被婆子挑撥，春心飄蕩，到此不暇
致詳，憑他輕薄：

　　一個是閨中懷春的少婦，一個是客邸慕色的才郎。一個打熬許久，
如文君初遇相如。分明久旱受甘雨，勝似他鄉遇故知。

　　陳大郎是走過風月場的人，顛鸞倒鳳，曲盡其趣，弄得婦人魂不
附體。雲雨畢後，三巧兒方問道：「你是誰？」陳大郎把樓下相逢，
如此相慕，如此苦央薛婆用計，細細說了：「今番得遂平生，便死瞑
目。」婆子走到床間，說道：「不是老身大膽，一來可憐大娘青春獨
宿，二來要救陳郎性命。你兩個也是宿世姻緣，非干老身之事。」三
巧兒道：「事已如此，萬一我丈夫知覺，怎麼好？」婆子道：「此事
你知我知，只買定了暗雲、暖雪兩個丫頭，不許他多嘴，再有誰人漏
泄？在老身身上，管成你夜夜歡娛，一些事也沒有。只是日後不要忘
記了老身。」三巧兒到此，也顧不得許多了，兩個又狂蕩起來，直到
五更鼓絕，天色將明，兩個幾自不捨。婆子催促陳大郎起身，送他出
門去了。自此無夜不會，或是婆子同來，或是漢子自來。兩個丫鬟被
婆子甜話兒偎他，又把利害話兒嚇他，又教賞他幾件衣服，漢子到時，
不時把些零碎銀子賞他們買果兒吃，騙得歡歡喜喜。夜來明去，一出
一入，都是兩個丫鬟迎送，全無阻隔。真個是你貪我愛，如膠似漆，
勝如夫婦一般。陳大郎有心要結識這婦人，不時的制辦好衣服、好首
飾送他，又督他還了欠下婆子的一半價錢。又將一百兩銀子謝了婆子。
往來半年有餘，這漢子約有千金之費。三巧兒也有三十多兩銀子的東
西，送那婆子。婆子只為圖這些不義之財，所以肯做牽頭。這都不在
話下。

　　古人云：「天下無不散的筵席。」才過十五元宵夜，又是清明三
月天。陳大郎要得還鄉。夜來與婦人說知，兩下思深義重，各不相捨。
婦人到情願收拾了些細軟，跟隨漢子逃走，去做長久夫妻。陳大郎道：
「使不得。我們相交始末，都在薛婆肚裡。就是主人家呂公，見我每

夜進城，難道沒有些疑惑？況客船上人多，瞞得那個？兩個丫鬟又帶去不得。你丈夫回來，跟究出情由，怎肯干休？娘子權且耐心，到明年此時，我到此覓個僻薄下處，悄悄通個信兒與你，那時兩口兒同走，神鬼不覺，卻不安穩？」婦人道：「萬一你明年不來，如何？」陳大郎就設起誓來。婦人道：「既然你有真心，奴家也決不相負。你若到了家鄉，倘有便人，托他捎個書信到薛婆處，也教奴家放意。」陳大郎道：「我自用心，不消吩咐。」

　　又過幾日，陳大郎雇下船隻，裝載糧食完備，又來與婦人作別。這一夜倍加眷戀，兩下說一會，哭一會，又狂蕩一會，整整的一夜不曾合眼。到五更起身，婦人便去開箱，取出一件寶貝，叫做「珍珠衫」，遞與陳大郎道：「這件衫兒，是蔣門祖傳之物，暑天若穿了他，清涼透骨。此去天道漸熱，正用得著。奴家把與你做個記念，穿了此衫，就如奴家貼體一般。」陳大郎哭得出聲不得，軟做一堆。婦人就把衫兒親手與漢子穿下，叫丫鬟開了門戶，親自送他出門。

　　話分兩頭。卻說陳大郎有了這珍珠衫兒，每日貼體穿著，便夜間脫下，也放在被窩中同睡，寸步不離。一路遇了順風，不兩月行到蘇州府楓橋地面。忽一日，赴個同鄉人的酒席。席上遇個襄陽客人，生得風流標致。那人非別，正是蔣興哥。原來興哥在廣東販了些珍珠、玳瑁、蘇木、沉香之類，搭伴起身。那夥同伴商量，都要到蘇州發賣。興哥久聞得「上說天堂，下說蘇杭」，有心要去走一遍，做這一回買賣，方才回去。還是去年十月中到蘇州的。因是隱姓為商，都稱為羅小官人，所以陳大郎更不疑惑。他兩個萍水相逢，年相若貌相似，談吐應對之間，彼此敬慕。即席間問了下處，互相拜望，兩下遂成知己，不時會面。

　　興哥討完了客帳，欲待起身，走到陳大郎寓所作別，大郎置酒相待，促膝談心，甚是款洽。此時五月下旬，天氣炎熱。兩個解衣飲酒，陳大郎露出珍珠衫來。興哥心中駭異，又不好認他的，只誇獎此衫之美。陳大郎便問道：「員縣大市街有個蔣興哥家，羅兄可認得否？」

興哥到也乖巧，回道：「在下出外日多，里中雖曉得有這個人，並不相認，陳兄為何問他？」陳大郎道：「不瞞兄長說，小弟與他有些瓜葛。」便把三巧兒相好之情，訴了一遍。扯著衫兒看了，眼淚汪汪道：「此衫是他所贈。兄長此去，小弟有封書信，奉煩一寄，明日送到貴寓。」興哥口裡答應道：「當得，當得。」心下沉吟：「有這等異事！現在珍珠衫為證，不是個虛話了。」當下如針刺肚，推放不飲，急急起身別去。

回到下處，想了又惱，惱了又想，恨不得學個縮地法兒，頃刻到家連夜收拾，次早便上船要行。只見岸上一個人氣呼呼的趕來，卻是陳大郎。親把書信一大包，遞與興哥，叮囑千萬寄去。氣得興哥說不得，話不得，死不得，活不得。只等陳大郎去後，把書看時，面上寫道：「此書煩寄大市街東巷薛媽媽家。」興哥一手扯開，卻是八尺多長一條桃紅縐紗汗巾。又有個紙糊長匣兒，內羊脂玉風頭簪一根。書上寫道：「微物二件，煩乾娘轉寄心愛娘子三巧兒親收，聊表記念。相會之期，准在來春。珍重，珍重。」興哥大怒，把書扯得粉碎，撇在河中；提起玉簪在船板上一損，折做兩段。一念想起道：「我好糊塗！何不留此做個證見也好。」便撿起簪兒和汗巾，做一包收拾，催促開船。

急急的趕到家鄉，望見了自家門首，不覺墮下淚來。想起：「當初夫妻何等恩愛，只為我貪著蠅頭微利，撇他少年守寡，弄出這場醜來，如今悔之何及！」在路上性急，巴不得趕回。及至到了，心中又苦又恨，行一步，懶一步。進得自家門裡，少不得忍住了氣，勉強相見。興哥並無言語，三巧兒自己心虛，覺得滿臉慚愧，不敢殷勤上前扳話。興哥搬完了行李，只說去看看丈人丈母，依舊到船上住了一晚。次早回家，向三巧兒說道：「你的爹娘同時害病，勢甚危篤。昨晚我只得住下，看了他一夜。他心中只牽掛著你，欲見一面。我已雇下轎子在門首，你可作速回去，我也隨後就來。」三巧兒見丈夫一夜不回，心裡正在疑慮：聞說爹娘有病，卻認真了，如何不慌？慌忙把箱籠上

鑰匙遞與丈夫，喚個婆娘跟了，上轎而去。興哥叫住了婆娘，向袖中摸出一封書來，分付他送與王公：「送過書，你便隨轎回來。」

卻說三巧兒回家，見爹娘雙雙無恙，吃了一驚。王公見女兒不接而回，也自駭然。在婆子手中接書，拆開看時，卻是休書一紙。上寫道：「立休書人蔣德，系襄陽府棗陽縣人。從幼憑媒聘定王氏為妻。豈期過門之後，本婦多有過失，正合七出之條。因念夫妻之情，不忍明言，情願退還本宗，聽憑改嫁，並無異言，休書是實。成化二年月日，手掌為記。」書中又包著一條桃紅汗巾，一技打折的羊脂玉鳳頭簪。王公看了大驚，叫過女兒問其緣故。三巧兒聽說丈夫把他休了，一言不發，啼哭起來。王公氣忿忿的一徑跟到女婿家來，蔣興哥連忙上前作揖。王公回禮，便問道：「賢婿，我女兒是清清白白嫁到你家的，如今有何過失，你便把他休了？須還我個明白。」蔣興哥道：「小婿不好說得，但問令嬡便知。」王公道：「他只是啼哭，不肯開口，教我肚裡好悶！小女從幼聰慧，料不到得犯了淫盜。若是小小過失，你可也看老漢薄面，恕了他罷。你如今做客才回，又不曾住過三朝五日，有什麼破綻落在你眼裡？你直如此狠毒，也被人笑話，說你無情無義。」蔣興哥道：「丈人在上，小婿也不敢多講。家下有祖遺下珍珠衫一件，是令嬡收藏，只問他如今在否。若在時，半字休提：若不在，只索休怪了。」王公忙轉身回家，問女兒道：「你丈夫只問你討什麼珍珠衫，你端的拿與何人去了？」那婦人聽得說著了他緊要的關目，羞得滿臉通紅，開不得口，一發號陶大哭起來，慌得王公沒做理會處。王公只得把休書和汗巾、善於，都付與王婆，教他慢慢的偎著女兒，問他個明白。

王公心中納悶，走到鄰家閒話去了。王婆見女兒哭得兩眼赤腫，生怕苦壞了他，安慰了幾句言語，走往廚房下去暖酒，要與女兒消愁。三巧兒在房中獨坐，想著珍珠衫洩漏的緣故，好生難解！這汗巾簪子，又不知那裡來的。沉吟了半晌道：「我曉得了。這折簪是鏡破釵分之意：這條汗巾，分明教我懸梁自盡。他念夫妻之情，不忍明言，是要

全我的廉恥。可憐四年恩愛，一旦決絕，是我做的不是，負了丈夫恩情。便活在人間，料沒有個好日，不如縊死，到得乾淨。」說罷，又哭了一回，把個坐幾子填高，將汗巾兜在梁上，正欲自縊。也是壽數未絕，不曾關上房門。險好王婆暖得一壺好酒走進房來，見女兒安排這事，急得他手忙腳亂，不放酒壺，便上前去拖拽。不期一腳踢番坐幾子，娘兒兩個跌做一團，酒壺都潑翻了。王婆爬起來，扶起女兒，說道：「你好短見！二十多歲的人，一朵花還沒有開足，怎做這沒下梢的事？莫說你丈夫還有回心轉意的日子，便真個休了，恁般容貌，怕投人要你？少不得別選良姻，圖個下半世受用。你且放心過日子去，休得愁悶。」王公回家，知道女兒尋死，也勸了他一番，又囑付王婆用心提防。過了數日，三巧兒也放下了念頭。

再說蔣興哥把兩條索子，將暗雲、暖雪捆縛起來，拷問情由。那丫頭初時抵賴，吃打不過，只得從頭至尾，細細招將出來。已知都是薛婆勾引，不干他人之事。到明朝，興哥領了一夥人，趕到薛婆家裡，打得他雪片相似，只饒他拆了房子。薛婆情知自己不是，躲過一邊，並沒一人敢出頭說話。興哥見他如此，也出了這口氣。回去喚個牙婆，將兩個丫頭都賣了。

話分兩頭說。卻說南京有個吳傑進士，除授廣東潮陽縣知縣。水路上任，打從襄陽經過。不曾帶家小，有心要擇一美妾。路看了多少女子，並不中意。聞得襄陽縣王公之女，大有顏色，一縣聞名。出五十金財禮，央媒議親。王公到也樂從，只怕前婿有言，親到蔣家，與興哥說知。興哥並不阻當。臨嫁之夜，興哥顧了人夫，將樓上十六個箱籠，原封不動，連匙鑰送到吳知縣船上，交割與三巧兒，當個賠嫁。婦人心上到過意不去。旁人曉得這事，也有誇興哥做人忠厚的，也有笑他癡呆的，還有罵他沒志氣的，正是人心不同。

閒話休題。再說陳大郎在蘇州脫貨完了，回到新安，一心只想著三巧兒。朝暮看了這件珍珠衫，長吁短歎。老婆平氏心知這衫兒來得蹺蹊，等丈夫睡著，悄悄的偷去，藏在天花板上。陳大郎早起要穿時，

不見了衫兒，與老婆取討。平氏那裡肯認。急得陳大郎性發，傾箱倒筐的尋個遍，只是不見，便破口罵老婆起來。惹得老婆啼啼哭哭，與他爭嚷，鬧吵了兩三日。陳大郎情懷撩亂，忙的收拾銀兩，帶個小郎，再望襄陽舊路而進。將近襄陽，不期遇了一夥大盜，將本錢盡皆劫去，小郎也被他殺了。陳商眼快，走向船梢舵上伏著，倖免殘生。思想還鄉不得，且到舊寓住下，待會了三巧兒，與他借些東西，再圖恢復。歎了一口氣，只得離船上岸。

　　走到襄陽城外主人呂公家，告訴其事，又道：「如今要央賣珠子的薛婆，與一個相識人家借些本錢營運。」呂公道：「大郎不知，那婆子為勾引蔣興哥的渾家，做了些醜事。去年興哥回來，問渾家討什麼『珍珠衫』。原來渾家贈與情人去了，無言回答。興哥當時休了渾家回去，如今轉嫁與南京吳進士做第二房夫人了。那婆子被蔣家打得個片瓦不留，婆子安身不牢，也搬在隔縣去了。」

　　陳大郎聽得這話，好似一桶冷水沒頭淋下。這一驚非小，當夜發寒發熱，害起病來。這病又是鬱症，又是相思症，也帶些怯症，又有些驚症，床上臥了兩個多月，翻翻覆覆只是不愈。陳大郎心上不安，打熬起精神，寫成家書一封。請主人來商議，要覓個便人捎信在家中，取些盤纏，就要個親人來看覷同回。這幾句正中了主人之意。恰好有個相識的承差，奉上司公文要往徽寧一路。水陸驛遞，極是快的。呂公接了陳大郎書箚，又督他應出五錢銀子，送與承差，央他乘便寄去。

　　話說平氏拆開家信，果是丈夫筆跡，平氏看了，半信半疑，左思右想，放心不下。與父親平老朝奉商議。收拾起細軟家私，帶了陳旺夫婦，就請父親作伴，雇個船隻，親往襄陽看丈夫去。到得京口，平老朝奉痰火病發，央人送回去了。平氏引著男女，上水前進。不一日，來到襄陽城外，問著了舊主人呂家。原來十日前，陳大郎已故了。呂公賠些錢鈔，將就入殮。平氏哭倒在地，良久方醒。慌忙換了孝服，再三向呂公說，欲待開棺一見，另買副好棺材，重新斂過。呂公執意不肯。平氏投奈何，只得買木做個外棺包裹，請僧做法事超度，多焚

冥資。

　　過了一月有餘，平氏要選個好日子，扶柩而回。呂公見這婦人年少姿色，料是守寡不終，又且囊中有物。思想兒子呂二，還沒有親事，何不留住了她，完其好事，可不兩便？呂公買酒請了陳旺，央他老婆委曲進言，許以厚謝。陳旺的老婆是個蠢貨，那曉得什麼委曲？不顧高低，一直的對主母說了。平氏大怒，把他罵了一頓，連打幾個耳光子，連主人家也數落了幾句。呂公一場沒趣，敢怒而不敢言。呂公使去攛掇陳旺逃走。陳旺也思量沒甚好處了，與老婆商議，教他做腳，裡應外合，把銀兩首飾，偷得罄盡，兩一兒連夜走了。呂公明知其情，反埋怨平氏道：「不該帶這樣歹人出來，幸而偷了自家主母的東西，若偷了別家的，可不連累人！」又嫌這靈柩礙他生理，教他快些搬去。又道後生寡婦，在此住居不便，催促他起身。平氏被逼不過，只得別賃下一間房子住了。雇人把靈柩移來，安頓在內。這淒涼景象，自不必說。

　　間壁有個張七嫂，為人甚是活動。聽得平氏啼哭，時常走來勸解。平氏又時常央他典賣幾件衣服用度，極感其意。不勾幾月，衣服都典盡了。從小學得一手好針線，思量要到個大戶人家，教習女紅度日，再作區處。正與張七嫂商量這話，張七嫂道：「老身到有一策，娘子莫怪我說。你千里離鄉，一身孤寡，手中又無半錢，想要搬這靈柩回去，多是虛了。莫說你衣食不周，到底難守：便多守得幾時，亦有何益？依老身愚見，莫若趁此青年美貌，尋個好對頭，一夫一婦的隨了他去。得些財禮，就買塊土來葬了丈夫，你的終身又有所托，可不生死無憾？」平氏見他說得近理，沉吟了一會，歎口氣道：「罷，罷，奴家賣身葬夫，旁人也笑我不得。」張七嫂道：「娘子若定了主意時，老身現有個主兒在此。年紀與娘子相近，人物齊整，又是大富之家。」平氏道：「他既是富家，怕不要二婚的。」張七嫂道：「他也是續弦了，原對老身說：『不拘頭婚二婚，只要人才出眾。』似娘子這般丰姿，怕不中意？」原來張七嫂曾受蔣興哥之托，央他訪一頭好親。因

是前妻三巧兒出色標致，所以如今只要訪個美貌的。那平氏容貌，雖不及得三巧兒，論起手腳伶俐，胸中煙渭，又勝似他。張七嫂次日就進城，與蔣興哥說了。興哥聞得是下路人，愈加歡喜。這裡平氏分文財禮不要，只要買塊好地殯葬丈夫要緊。張七嫂往來回復了幾次，兩相依允。

　　卻說平氏送了丈夫靈柩人士，祭奠畢了，大哭一場，免不得起靈除孝。臨期，蔣家送衣飾過來，又將他典下的衣服都贖回了。成親之夜，一般大吹大擂，洞房花燭。正是：「規矩熟閑雖舊事，恩情美滿勝新婚。」蔣興哥見平氏舉止端莊，甚相敬重。一日，從外而來，平氏正在打疊衣箱，內有珍珠衫一件。興哥認得了，大驚問道：「此衫從何而來？」平氏便把前夫如此張致，夫妻如此爭嚷，如此賭氣分別，述了一遍。又道：「前日艱難時，幾番欲把他典賣。只愁來歷不明，怕惹出是非，不敢露人眼目。連奴家至今，不知這物事那裡來的。」興哥道：「你前夫陳大郎名字，可叫做陳商？」平氏道：「正是。」蔣興哥把舌頭一伸，合掌對天道：「如此說來，天理昭彰，好怕人也！」平氏問其緣故，蔣興哥道：「這件珍珠衫，原是我家舊物。你丈夫奸騙了我的妻子，得此衫為表記。我在蘇州相會，見了此衫，始知其情，回來把王氏休了。誰知你丈夫客死。我今續弦，但聞是徽州陳客之妻，誰知就是陳商！卻不是一報還一報！」

　　興哥有了管家娘子，一年之後，又往廣東做買賣。一日到合浦縣販珠，價都講定。主人家老兒只揀一粒絕大的偷過了，再不承認。興哥不忿，一把扯他袖子要搜。何期去得勢重，將老兒拖翻在地，跌下便不做聲。忙去扶時，氣已斷了。兒女親鄰，哭的哭，叫的叫，一陣的簇擁將來，把興哥捉住。不由分說，痛打一頓，關在空房裡。連夜寫了狀詞，只等天明，縣主早堂，連人進狀。縣主准了，因這日有公事，分付把凶身鎖押，次日候審。

　　你道這縣主是誰？姓吳名傑，南畿進士，正是三巧兒的晚老公。初選原在潮陽，上司因見他清廉，調在這合浦縣采珠的所在做官。是

夜，吳傑在燈下將准過的狀詞細閱。三巧兒正在旁邊閒看，偶見宋福
所告人命一詞，兇身羅德，襄陽縣客人，不是蔣興哥是誰？想起舊日
恩情，不覺痛酸，哭告丈夫道：「這羅德是賤妾的親哥，官人可看妾
之面，救他一命還鄉。」縣主道：「且看臨審如何。若人命果真，教
我也難寬宥。」三巧兒兩眼噙淚，跪下苦苦哀求。縣主道：「你且莫
忙，我自有道理。」明早出堂，三巧兒又扯住縣主衣袖哭道：「若哥
哥無救，賤妾亦當自盡，不能相見了。」

　　當日縣主升堂，第一就問這起。只見宋福、宋壽弟兄兩個，哭啼
啼的與父親執命，蔣興哥辨道：「他父親偷了小人的珠子，小人不忿，
與他爭論。他因年老腳軟，自家跌死，不甘小人之事。」縣主問宋福
道：「你父親幾歲了？」宋福道：「六十七歲了。」縣主道：「老年
人容易昏絕，未必是打。」宋福、宋壽堅執是打死的。縣主道：「有
傷無傷，須憑檢驗。既說打死，將屍發在漏澤園去，候晚堂聽檢。」
原來宋家也是個大戶，有體面的。老兒曾當過里長，兒子怎肯把父親
在屍場剔骨？兩個雙雙不願發檢。縣主發怒道：「你既不願檢，我也
難問。」弟兄兩個連連即頭道：「但憑爺爺明斷。」縣主送：「望七
之人，死是本等。倘或不因打死，屈害了一個平人，反增死者罪過。
就是你做兒子的，巴得父親到許多年紀，又把個不得善終的惡名與他，
心中何忍？但打死是假，推仆是真，若不重罰羅德，也難出你的氣。
我如今教他披麻戴孝，與親兒一般行禮：一應殯殮之費，都要他支持。
你可服麼？」弟兄兩個道：「爺爺吩咐，小人敢不遵依。」興哥見縣
主不用刑罰，斷得乾淨，喜出望外。當下原、被告都即頭稱謝。

　　卻說三巧兒自丈夫出堂之後，如坐針氈，一聞得退衙，便迎住問
個消息。縣主道：「我如此如此斷了，看你之面，一板也不曾責他。」
三巧幾千思萬謝，又道：「妾與哥哥久別，渴思一會，問取爹娘消息。
官人如何做個方便，使妾兄妹相見，此思不小。」縣主道：「這也容
易。」看官們，你道三巧兒被蔣興哥休了，恩斷義絕，如何恁地用情？
他夫婦原是十分恩愛的，因三巧兒做下不是，興哥不得己而休之，心

中幾自不忍，所以改嫁之夜，把十六隻箱籠，完完全全的贈他。只這一件，三巧兒的心腸，也不容不軟了。今日他身處富貴，見興哥落難，如何不救？這叫做知恩報恩。

　　再說蔣興哥遵了縣主所斷，著實小心盡禮，更不惜費，宋家弟兄都沒話了。喪葬事畢，差人押到縣中回復。縣主晚進私衙賜坐，說道：「尊舅這場官司，若非令妹再三哀懇，下官幾乎得罪了。」興哥不解其故，回答不出。少停茶罷，縣主請入內書房，教小夫人出來相見。他兩個也不行禮，也不講話，緊緊的你我相抱，放聲大哭。就是哭爹哭娘，從沒見這般哀慘，連縣主在旁，好生不忍，便道：「你兩人且莫悲傷，我看你不像哥妹，快說真情，下官有處。」兩個哭得半休不休的，那個肯說？卻被縣主盤問不過，三巧兒只得跪下，說道：「賤妾罪當萬死，此人乃妾之前夫也。」蔣興哥料瞞不得，也跪下來，將從前恩愛，及休妻再嫁之事，一一訴知。說罷，兩人又哭做一團，連吳知縣也墮淚不止，道：「你兩人如此相戀，下官何忍拆開。幸然在此三年，不曾生育，即刻領去完聚。」兩個插燭也似拜謝。縣主即忙討個小轎，送三巧兒出衙：又喚集人夫，把原來賠嫁的十六個箱籠搶去，都教興哥收領：又差典吏一員，護送他夫婦出境。此乃吳知縣之厚德。此人後行取到吏部，在北京納寵，連生三子，科第不絕，人都說陰德之報，這是後話。

　　再說蔣興哥帶了三巧兒回家，與平氏相見。論起初婚，王氏在前：只因休了一番，這平氏到是明媒正娶，又且平氏年長一歲，讓平氏為正房，王氏反做偏房，兩個妹妹相稱。從此一夫二婦，團圓到老。

【賞析】

　　本篇是從「三言」——《喻世明言》第一卷節選而來。作者馮夢龍。

　　這篇小說的大要是：蔣興哥和三巧兒原本是一對恩愛的夫妻，婚後兩人的濃情蜜意卻因蔣興哥要出外經商而被迫中斷。蔣興哥經年未

歸，毫無訊息，讓三巧兒獨守空閨，萬般寂寥。外來的商人陳大郎偶
從三巧兒的窗口見到貌美三巧兒，有心佔有，便鼓動薛婆協助設法用
計誘姦三巧兒，得利的薛婆用心算計終於一步步攻破三巧兒的寂寞芳
心，讓三巧兒落入陷阱，陳大郎得逞後，連續數月和三巧兒難分難捨，
就在陳大郎要回鄉時，三巧兒將蔣家祖傳的「珍珠衫」送給陳大郎。
而陳大郎在途中，卻與化名為羅小官人的蔣興哥相遇，兩人一見如故。
一日，蔣興哥見陳大郎穿著珍珠衫，才知三巧兒竟然紅杏出牆。蔣興
哥回家後，謊稱岳父母生病要三巧兒回娘家探望，並將休書和陳大郎
託他帶送的禮物交給隨從婆娘，到時交給三巧兒。蔣興哥不忍明言，
平和地將三巧兒休掉。

　　陳大郎返家後，每日望著珍珠衫犯相思，妻子平氏故意把珍珠衫
給藏起來，夫妻便起了爭執。陳大郎於是返回去找三巧兒。才知三巧
兒已被其夫休去，在自殺未遂後已經改嫁給吳傑縣官作填房；陳大郎
驚嚇過度而歸天了。

　　平氏為陳大郎賣身葬夫經鄰居作媒嫁給蔣興哥為妻。一日，平氏
整理衣箱，露出珍珠衫，才各自說明事情原委。

　　後來，蔣興哥與人有了糾紛，正巧送到了吳縣官處審理，三巧兒
謊說蔣興哥是她的兄長，要丈夫全力解難，後來，吳縣官在解危後，
安排兄妹相見，才發現實情，便讓兩個情深依舊的夫妻破鏡重圓。

　　在「三言」的愛情婚姻小說中，我們可以見到進步的婚戀觀。明
代中葉以後，隨著商品經濟的繁榮和資本主義的萌芽，人的生理本能
的慾求（特別是女人的生理慾求）和對榮華富貴的物質享受的慾望也
迅速蓬勃。在〈蔣興哥重會珍珠衫〉裡我們見到被休掉的妻子可以再
改嫁，改嫁之後，還可在後夫的寬容成全中，與前夫破鏡重圓。作者
對產生婚外情的女性，採取諒解和包容的態度，「覆水可收」完全顛
覆了傳統的倫理道德。

　　這篇小說以珍珠衫為主線而構成小說最有看頭的「懸念」設計，
以曲折的情節，層次豐富而分明地細膩地刻劃了蔣興哥、三巧兒和陳

大郎三角關係中複雜的人性和矛盾，尤其是將女性的情慾書寫描寫得有血有肉，貼切真實，同時也從人性的角度出發，不用道德的因果論去合理化愛情，反而以寬容開明的寫實手法，去書寫人性，其中又表達了必須珍惜夫妻結髮之情的主題。

　　小說裡最讓人動容的應該是在婚姻中出軌的三巧兒，最後又與離婚後的丈夫破鏡重圓。當時的社會是那麼保守，現今若發生這種事，妻子應該都不見得會被原諒，可是小說怎麼會是團圓的結局呢？我們仔細去看小說作者細緻地描寫三巧兒在丈夫離家做生意的內心世界的變化，就可以理解作者對於她的紅杏出牆，何以寬容的角度來看待。

　　三巧兒與丈夫蔣興哥「男歡女愛，比別個夫妻更勝十分」，夫妻倆「成雙捉對，朝暮取樂，真個行坐不離，夢魂作伴」。蔣興哥要遠行經商跟三巧兒約定「明年此樹發芽，官人回也。」作者從三巧兒的行動，集中描寫了她的心情轉折。在丈夫離家後，她牢記著丈夫的叮嚀，幾個月之內，「目不窺戶，足不下樓」，她眼睛不敢看窗外，也不曾走下樓，完全拒絕外在的誘惑，過的簡直是違背人性的囚禁生活。除夕夜，家家戶戶大團圓，爆竹的熱鬧聲，更是對比出她的寂寥。大年初一，她終於在丫頭的慫恿下，打開窗戶，透過簾巾觀看熱鬧的街道，這也讓她興起要請個算卦先生來問問看丈夫何時歸來的念頭。而在卜卦得到好消息後，她開始在簾巾內引頸盼望，正巧有一天見到一個和丈夫穿著打扮十分相像的人，她以為是丈夫回來了，所以揭開簾巾定睛一看，卻意外和陳大郎四目相交，她「羞得兩頰通紅，忙忙把窗兒拽轉，跑在後樓，靠著床沿上坐地，幾自心頭突突的跳個不住。」這個重要的關鍵，也引出了之後曲折的情節。作者利用一連串的動作描寫三巧兒對於沒有歸期的丈夫的遙遠思念，也把孤單的心境表現出來。

　　從外地來做生意的商人陳大郎意外地和三巧兒一見鍾情，他找上曾經和他生意往來的薛婆用計誘騙三巧兒，當薛婆和三巧兒兩人漸漸熟識後，有一次飲酒中間，薛婆故意煽動三巧兒，說是她丈夫應該是有了新人，忘了舊人；之後，薛婆還找了藉口晚上到蔣家過夜。夜間

就常和三巧兒講些街坊穢褻之談。有時薛婆裝醉，說起「自家少年時偷漢的許多情事，去勾動那婦人的春心。害得那婦人嬌滴滴一副嫩臉，紅了又白，白了又紅。婆子己知婦人心活，只是那話兒不好啟齒。」

薛婆在三巧兒生日那晚見時機成熟，謊稱要留下和她同宿，卻安排陳大郎上了有些醉意的三巧兒床上。小說寫著：「一個是閨中懷春的少婦，一個是客邸慕色的才郎。一個打熬許久，如文君初遇相如；一個盼望多時，如必正初諧陳女。分明久旱受甘雨，勝過他鄉遇故知。」

陳大郎和三巧兒相處半年有餘，無夜不會。就在陳大郎要回家鄉時，兩人依依難捨，陳大郎計畫明年他再回來時，找個偏僻的地方，再與三巧兒聯絡會合，兩人就私奔，而這中間他會寫信到薛婆處聯絡現況；這一夜兩人又聊又哭，整夜不曾闔眼。這樣的分別和三巧兒送別丈夫時，實在沒什麼差別。撇開道德觀而言，我們見到一個沉溺於情慾，不顧一切愛得真切的女人，讓人不得不憐惜幾分，也對於她對丈夫的背叛給予情有可原的諒解。終究多數女人活在愛情中，尤其是古代的女人，而陳大郎也是有心人，並非僅是單純尋歡。這一點從三巧兒把蔣家祖傳的珍珠衫送給陳大郎，而陳大郎在回家途中，「有了這珍珠衫兒，每日貼體穿著，便夜間脫下，也放在被窩中同睡，寸步不離。」可以看出。

蔣興哥因為做生意方便，所以化名為羅小官人，在一個酒席上認識了陳大郎，陳大郎並不知道這個和他喝酒言歡的新認識的好朋友，就是他所誘拐的三巧兒的丈夫。有一天，這兩個一見如故的好兄弟在喝酒時，陳大郎因為天氣很熱，脫下了外衣，只穿著珍珠衫，蔣興哥見到了他家祖傳的珍寶，詢問之下，才知道他的妻子紅杏出牆。當下如針刺肚，推辭不再喝酒，急急起身告別。

當蔣興哥隔天一早急著要搭船回家時，陳大郎氣吁吁的趕來親自把書信一大包，遞給蔣興哥叮囑他千萬要幫他送去薛媽家。陳大郎離去後，蔣興哥扯開那包，見到裡面有要轉給三巧兒的桃紅縐紗汗巾和頭簪，信中還約定隔年春天再見。蔣興哥氣得把書信扯得粉碎，撇在

河中，還將玉簪折成兩段，後來，轉念一想。又撿起簪兒和汗巾，可以留做見證。

　　在蔣興哥回家途中，作者用了不少的文字描寫蔣興哥懊惱又悔恨的心理活動──「望見了自家門首，不覺墮下淚來。想起當初夫妻何等恩愛」「只為我負著蠅頭微利，撇他少年守寡，弄出這場醜來，如今悔之何及！」過去的小說，從來沒有出現過這般細緻的心理描寫。而這樣的心理描寫，可以讓讀者正視人性，自我檢討，並作出寬容的看待。

　　回到家的蔣興哥成熟而理性地處理妻子的背叛。蔣興哥為保留妻子的尊嚴，不忍把話說開，於是謊稱岳父母生病，雇了轎子送妻子回娘家，又找一婆娘跟隨，並要婆娘到時託送書信給三巧兒，就可隨轎回來。

　　三巧兒回家，見雙親無恙，吃了一驚。三巧兒的父親從婆娘手中接到休書，休書也是寫得含蓄：「立休書人蔣德，系襄陽府棗陽縣人。從幼憑媒聘定王氏為妻。豈期過門之後，本婦多有過失，正合七出之條。因念夫妻之情，不忍明言，情願退還本宗，聽憑改嫁，並無異言，休書是實。成化二年月日，手掌為記。」休書中又包著一條桃紅汗巾和一枝折損的頭簪。父親頗為驚愕，問三巧兒原因，三巧兒只是啼哭，一言不發。氣憤的父親馬上到了蔣興哥家，在這裡我們見到有風度的蔣興哥還連忙上前作揖，面對岳父要他給個說法，蔣興哥只是平和地說：「小婿不好說得，但問令嫒便知。」岳父說三巧兒只是啼哭，不肯開口，又要女婿看他的面子，若是三巧兒犯了小過失，就原諒她吧！蔣興哥又說：「丈人在上，小婿也不敢多講。家下有祖遺下珍珠衫一件，是令嫒收藏，只問他如今在否。若在時，半字休提：若不在，只索休怪了。」

　　二十多歲的三巧兒見事已至此，有意尋短卻被救了回來。吳傑進士上任當知縣，不曾帶家小，有心要找一個小妾。他聽說三巧兒的美貌，便出五十金財禮，找媒人說親。三巧兒的父親擔心蔣興哥有意見，

便去拜訪蔣興哥，蔣興哥不但不阻擋，還在三巧兒改嫁的前一晚，顧了人送上十六個箱籠到吳知縣的船上，並將鑰匙交給三巧兒，當作嫁妝。這事令三巧兒感動萬分。

另一方面，陳大郎回家後，每天看著珍珠衫犯相思，他的妻子故意把珍珠衫給藏了起來，所以夫妻倆便起了爭執。陳大郎於是返回去找三巧兒，才知道她已經被丈夫休掉，而且改嫁了。陳大郎驚嚇過度而死，他的老婆原要陳大郎料理後事的金錢被偷了，鄰居有意替她作媒，她只好賣身喪夫，結果竟是嫁給了蔣興哥。有一天，蔣興哥看見老婆在整理衣箱，露出了珍珠衫，相當驚訝，才各自說出事情的經過。蔣興哥說：「這件珍珠衫，原是我家舊物。你丈夫奸騙了我的妻子，得此衫為表記。我在蘇州相會，見了此衫，始知其情，回來把王氏休了。誰知你丈夫客死。我今續弦，但聞是徽州陳客之妻，誰知就是陳商！卻不是一報還一報！」

後來蔣興哥惹上官司，恰為吳知縣審理，三巧兒謊稱蔣興哥是她的哥哥，哭著請求丈夫幫忙：「若哥哥無救，賤妾亦當自盡，不能相見了。」當知縣為蔣興哥解了圍，三巧兒千恩萬謝，希望知縣能安排讓他們兄妹相見，問取爹娘消息。蔣興哥與三巧兒意外相逢，兩個也不行禮，也不講話，緊緊相抱，放聲大哭。一旁的知縣，好生不忍，便問真相。吳知縣是個性情中人，當他聽到蔣興哥講述兩人過去的恩愛與休妻再嫁之事時，他也跟著蔣興哥和三巧兒哭泣不止，並說：「你兩人如此相戀，下官何忍拆開。幸然在此三年，不曾生育，即刻領去完聚。」接著還安排轎子，送三巧兒出衙，又找人把原來陪嫁的十六個箱籠讓蔣興哥領回，後來，還派一名典吏，護送他們夫婦出境。這裡表現了吳知縣的寬厚德行。

小說有著教化人心的功用，最後安排吳知縣「行取到吏部，在北京納寵，連生三子，科第不絕」，大家都說他是積陰德，善有善報。

三巧兒的三段姻緣，離離合合，最後，竟然在知縣丈夫的主動成全下，與前夫復合，而成了蔣興哥的小妾，從此一夫二婦，白頭到老。

　　陷於情慾的三巧兒是發乎真心的，她毫無考慮輕率地將丈夫的祖傳寶物珍珠衫在要和情人離別時，當作紀念物送了出去，作者安排讓她這樣的舉動付出了後續的代價，陳大郎也因欺人妻，而得到報應；作者並未放棄這對有情的夫妻，蔣興哥也在經過內心檢討後，最後又和三巧兒破鏡重圓，只是三巧兒從正室降為妾侍，而成其所好的吳知縣也遇上好的姻緣，事業發達，這都可見作者從人性出發所作的合理而用心的安排。

　　本篇小說蔣興哥和吳傑處理結束婚姻的態度和舉措，都是值得我們學習的。

　　這樣的態度應該是面對婚姻或愛情走到盡頭所該有的道別藝術。

祝　福

魯迅

　　舊曆的年底畢竟最像年底，村鎮上不必說，就在天空中也顯出將到新年的氣象來。灰白色的沈重的晚雲中間時時發出閃光，接著一聲鈍響，是送灶[1]的爆竹；近處燃放的可就更強烈了，震耳的大音還沒有息，空氣裡已經散滿了幽微的火藥香。我是正在這一夜回到我的故鄉魯鎮的。雖說故鄉，然而已沒有家，所以只得暫寓在魯四老爺的宅子裡。他是我的本家，比我長一輩，應該稱之日「四叔」，是一個講理學的老監生。他比先前並沒有什麼大改變，單是老了些，但也還未留鬍子，一見面是寒暄，寒暄之後說我「胖了」，說我「胖了」之後即大罵其新黨。[2]但我知道，這並非借題在罵我：因為他所罵的還是康有為。但是，談話是總不投機的了，於是不多久，我便一個人剩在書房裡。

　　第二天我起得很遲，午飯之後，出去看了幾個本家和朋友；第三天也照樣。他們也都沒有什麼大改變，單是老了些；家中卻一律忙，都在準備著「祝福」。[3]這是魯鎮年終的大典，致敬盡禮，迎接福神，拜求來年一年中的好運氣的。殺雞，宰鵝，買豬肉，用心細細的洗，女人的臂膊都在水裡浸得通紅，有的還帶著絞絲銀鐲子。煮熟之後，橫七豎八的插些筷子在這類東西上，可就稱為福禮「了」，五更天陳列起來，並且點上香燭，恭請福神們來享用；拜的卻只限於男人，拜完自然仍然是放爆竹。年年如此，家家如此，——只要買得起福禮和爆竹之類的，——今年自然也如此。天

1　舊俗以夏曆十二月二十四日為灶神升天的日子，在這一天或前一天祭送灶神，稱為送灶。

2　清末對主張或傾向維新的人的稱呼；辛亥革命前後，也用來稱呼革命黨人及擁護革命的。

3　舊時江南一帶每年年終的一種迷信習俗。清代範寅《越諺‧風俗》載：「祝福，歲暮謝年，謝神祖，名此。」

色愈陰暗了，下午竟下起雪來，雪花大的有梅花那麼大，滿天飛舞，夾著煙靄和忙碌的氣色，將魯鎮亂成一團糟。我回到四叔的書房裡時，瓦楞上已經雪白，房裡也映得較光明，極分明的顯出壁上掛著的朱拓[4]的大「壽」字，陳摶[5]老祖寫的；一邊的對聯已經脫落，鬆鬆的捲了放在長桌上，一邊的還在，道是「事理通達心氣和平」。我又無聊賴的到窗下的案頭去一翻，只見一堆似乎未必完全的《康熙字典》，一部《近思錄集注》和一部《四書襯》。無論如何，我明天決計要走了。

況且，一想到昨天遇見祥林嫂的事，也就使我不能安住。那是下午，我到鎮的東頭訪過一個朋友，走出來，就在河邊遇見她；而且見她瞪著的眼睛的視線，就知道明明是向我走來的。我這回在魯鎮所見的人們中，改變之大，可以說無過於她的了：五年前的花白的頭髮，即今已經全白，全不像四十上下的人；臉上瘦削不堪，黃中帶黑，而且消盡了先前悲哀的神色，彷彿是木刻似的；只有那眼珠間或一輪，還可以表示她是一個活物。她一手提著竹籃，內中一個破碗，空的；一手拄著一支比她更長的竹竿，下端開了裂：她分明已經純乎是一個乞丐了。

我就站住，預備她來討錢。

「你回來了？」她先這樣問。

「是的。」

「這正好。你是識字的，又是出門人，見識得多。我正要問你一件事——」她那沒有精采的眼睛忽然發光了。

我萬料不到她卻說出這樣的話來，詫異的站著。

「就是——」她走近兩步，放低了聲音，極祕密似的切切的說，「一個人死了之後，究竟有沒有魂靈的？」

我很悚然，一見她的眼釘著我的，背上也就遭了芒刺一般，比在學校

---

4 用銀朱等紅顏料從碑刻上拓下的文字或圖形。

5 陳摶是五代時人，因科舉不第，先後隱居武當山和華山修道。後人把他附會為「神仙」。

裡遇到不及預防的臨時考，教師又偏是站在身旁的時候，惶急得多了。對
於魂靈的有無，我自己是向來毫不介意的；但在此刻，怎樣回答她好呢？
我在極短期的躊躇中，想，這裡的人照例相信鬼，然而她，卻疑惑了，——
或者不如說希望：希望其有，又希望其無……。人何必增添末路的人的苦
惱，為她起見，不如說有罷。

「也許有罷，——我想。」我於是吞吞吐吐的說。

「那麼，也就有地獄了？」

「啊！地獄？」我很吃驚，只得支吾著，「地獄？——論理，就該也
有。——然而也未必，……誰來管這等事……。」

「那麼，死掉的一家的人，都能見面的？」

「唉唉，見面不見面呢？……」這時我已知道自己也還是完全一個愚
人，什麼躊躇，什麼計畫，都擋不住三句問。我即刻膽怯起來了，便想全
翻過先前的話來，「那是，……實在，我說不清……。其實，究竟有沒有
魂靈，我也說不清。」

我乘她不再緊接的問，邁開步便走，匆匆的逃回四叔的家中，心裡很
覺得不安逸。自己想，我這答話怕於她有些危險。她大約因為在別人的祝
福時候，感到自身的寂寞了，然而會不會含有別的什麼意思的呢？——或者
是有了什麼預感了？倘有別的意思，又因此發生別的事，則我的答話委實
該負若干的責任……。但隨後也就自笑，覺得偶爾的事，本沒有什麼深意
義，而我偏要細細推敲，正無怪教育家要說是生著神經病；而況明明說過
「說不清」，已經推翻了答話的全局，即使發生什麼事，於我也毫無關係了。

「說不清」是一句極有用的話。不更事的勇敢的少年，往往敢於給人
解決疑問，選定醫生，萬一結果不佳，大抵反成了怨府，然而一用這說不
清來作結束，便事事逍遙自在了。我在這時，更感到這一句話的必要，即
使和討飯的女人說話，也是萬不可省的。

但是我總覺得不安，過了一夜，也仍然時時記憶起來，彷彿懷著什麼
不祥的預感；在陰沈的雪天裡，在無聊的書房裡，這不安愈加強烈了。不
如走罷，明天進城去。福興樓的清燉魚翅，一元一大盤，價廉物美，現在

不知增價了否？往日同遊的朋友，雖然已經雲散，然而魚翅是不可不吃的，即使只有我一個……。無論如何，我明天決計要走了。

　　我因為常見些但願不如所料，以為未必竟如所料的事，卻每每恰如所料的起來，所以很恐怕這事也一律。果然，特別的情形開始了。傍晚，我竟聽到有些人聚在內室裡談話，彷彿議論什麼事似的，但不一會，說話聲也就止了，只有四叔且走而且高聲的說：

　　「不早不遲，偏偏要在這時候，——這就可見是一個謬種！」

　　我先是詫異，接著是很不安，似乎這話於我有關係。試望門外，誰也沒有。好容易待到晚飯前他們的短工來沖茶，我才得了打聽消息的機會。

　　「剛才，四老爺和誰生氣呢？」我問。

　　「還不是和祥林嫂？」那短工簡捷的說。

　　「祥林嫂？怎麼了？」我又趕緊的問。

　　「老了。」

　　「死了？」我的心突然緊縮，幾乎跳起來，臉上大約也變了色。但他始終沒有抬頭，所以全不覺。我也就鎮定了自己，接著問：

　　「什麼時候死的？」

　　「什麼時候？——昨天夜裡，或者就是今天罷。——我說不清。」

　　「怎麼死的？」

　　「怎麼死的？——還不是窮死的？」他淡然的回答，仍然沒有抬頭向我看，出去了。

　　然而我的驚惶卻不過暫時的事，隨著就覺得要來的事，已經過去，並不必仰仗我自己的「說不清」和他之所謂「窮死的」的寬慰，心地已經漸漸輕鬆；不過偶然之間，還似乎有些負疚。晚飯擺出來了，四叔儼然的陪著。我也還想打聽些關於祥林嫂的消息，但知道他雖然讀過「鬼神者二氣之良能也」，而忌諱仍然極多，當臨近祝福時候，是萬不可提起死亡疾病之類的話的；倘不得已，就該用一種替代的隱語，可惜我又不知道，因此屢次想問，而終於中止了。我從他儼然的臉色上，又忽而疑他正以為我不早不遲，偏要在這時候來打攪他，也是一個謬種，便立刻告訴他明天要離

開魯鎮，進城去，趁早放寬了他的心。他也不很留。這樣悶悶的吃完了一餐飯。

冬季日短，又是雪天，夜色早已籠罩了全市鎮。人們都在燈下匆忙，但窗外很寂靜。雪花落在積得厚厚的雪褥上面，聽去似乎瑟瑟有聲，使人更加感得沈寂。我獨坐在發出黃光的菜油燈下，想，這百無聊賴的祥林嫂，被人們棄在塵芥堆中的，看得厭倦了的陳舊的玩物，先前還將形骸露在塵芥裡，從活得有趣的人們看來，恐怕要怪訝她何以還要存在，現在總算被無常打掃得乾乾淨淨了。魂靈的有無，我不知道；然而在現世，則無聊生者不生，即使厭見者不見，為人為己，也還都不錯。我靜聽著窗外似乎瑟瑟作響的雪花聲，一面想，反而漸漸的舒暢起來。

然而先前所見所聞的她的半生事蹟的斷片，至此也聯成一片了。

她不是魯鎮人。有一年的冬初，四叔家裡要換女工，做中人的衛老婆子帶她進來了，頭上紮著白頭繩，烏裙，藍夾襖，月白背心，年紀大約二十六七，臉色青黃，但兩頰卻還是紅的。衛老婆子叫她祥林嫂，說是自己母家的鄰舍，死了當家人，所以出來做工了。四叔皺了皺眉，四嬸已經知道了他的意思，是在討厭她是一個寡婦。但看她模樣還周正，手腳都壯大，又只是順著眼，不開一句口，很像一個安分耐勞的人，便不管四叔的皺眉，將她留下了。試工期內，她整天的做，似乎閒著就無聊，又有力，簡直抵得過一個男子，所以第三天就定局，每月工錢五百文。

大家都叫她祥林嫂；沒問她姓什麼，但中人是衛家山人，既說是鄰居，那大概也就姓衛了。她不很愛說話，別人問了才回答，答的也不多。直到十幾天之後，這才陸續的知道她家裡還有嚴厲的婆婆；一個小叔子，十多歲，能打柴了；她是春天沒了丈夫的；他本來也打柴為生，比她小十歲，大家所知道的就只是這一點。

日子很快的過去了，她的做工卻毫沒有懈，拿物不論，力氣是不惜的。人們都說魯四老爺家裡僱著了女工，實在比勤快的男人還勤快。到年底，掃塵，洗地，殺雞，宰鵝，徹夜的煮福禮，全是一人擔當，竟沒有添短工。然而她反滿足，口角邊漸漸的有了笑影，臉上也白胖了。

　　新年才過，她從河邊淘米回來時，忽而失了色，說剛才遠遠地看見一個男人在對岸徘徊，很像夫家的堂伯，恐怕是正為尋她而來的。四嬸很驚疑，打聽底細，她又不說。四叔一知道，就皺一皺眉，道：「這不好。恐怕她是逃出來的。」

　　她誠然是逃出來的，不多久，這推想就證實了。

　　此後大約十幾天，大家正已漸漸忘卻了先前的事，衛老婆子忽而帶了一個三十多歲的女人進來了，說那是祥林嫂的婆婆。那女人雖是山裡人模樣，然而應酬很從容，說話也能幹，寒暄之後，就賠罪，說她特來叫她的兒媳回家去，因為開春事務忙，而家中只有老的和小的，人手不夠了。「既是她的婆婆要她回去，那有什麼話可說呢。」四叔說。

　　於是算清了工錢，一共一千七百五十文，她全存在主人家，一文也還沒有用，便都交給她的婆婆。那女人又取了衣服，道過謝，出去了。其時已經是正午。

　　「啊呀，米呢？祥林嫂不是去淘米的麼？……」好一會，四嬸這才驚叫起來。她大約有些餓，記得午飯了。

　　於是大家分頭尋淘籮。她先到廚下，次到堂前，後到臥房，全不見淘籮的影子。四叔踱出門外，也不見，直到河邊，才見平平正正的放在岸上，旁邊還有一株菜。

　　看見的人報告說，河裡面上午就泊了一隻白篷船，篷是全蓋起來的，不知道什麼人在裡面，但事前也沒有人去理會他。待到祥林嫂出來淘米，剛剛要跪下去，那船裡便突然跳出兩個男人來，像是山裡人，一個抱住她，一個幫著，拖進船去了。祥林嫂還哭喊了幾聲，此後便再沒有什麼聲息，大約給用什麼堵住了罷。接著就走上兩個女人來，一個不認識，一個就是衛婆子。窺探艙裡，不很分明，她像是捆了躺在船板上。

　　「可惡！然而……。」四叔說。

　　這一天是四嬸自己煮午飯；他們的兒子阿牛燒火。

　　午飯之後，衛老婆子又來了。

　　「可惡！」四叔說。

「你是什麼意思？虧你還會再來見我們。」四嬸洗著碗，一見面就憤憤的說，「你自己薦她來，又合夥劫她去，鬧得沸反盈天的，大家看了成個什麼樣子？你拿我們家裡開玩笑麼？」

「阿呀阿呀，我真上當。我這回，就是為此特地來說說清楚的。她來求我薦地方，我那裡料得到是瞞著她的婆婆的呢。對不起，四老爺，四太太。總是我老發昏不小心，對不起主顧。幸而府上是向來寬宏大量，不肯和小人計較的。這回我一定薦一個好的來折罪……。」

「然而……。」四叔說。

於是祥林嫂事件便告終結，不久也就忘卻了。

只有四嬸，因為後來僱用的女工，大抵非懶即饞，或者饞而且懶，左右不如意，所以也還提起祥林嫂。每當這些時候，她往往自言自語的說，「她現在不知道怎麼樣了？」意思是希望她再來。但到第二年的新正，她也就絕了望。

新正將盡，衛老婆子來拜年了，已經喝得醉醺醺的，自說因為回了一趟衛家山的娘家，住下幾天，所以來得遲了。她們問答之間，自然就談到祥林嫂。

「她麼？」衛老婆子高興的說。「現在是交了好運了。她婆婆來抓她回去的時候，是早已許給了賀家墺的賀老六的，所以回家之後不幾天，也就裝在花轎裡抬去了。」

「啊呀，這樣的婆婆！……」四嬸驚奇的說。

「啊呀，我的太太！你真是大戶人家的太太的話。我們山裡人，小戶人家，這算得什麼？她有小叔子，也得娶老婆。不嫁了她，那有這一注錢來做聘禮？她的婆婆倒是精明強幹的女人呵，很有打算，所以就將她嫁到裡山去。倘許給本村人，財禮就不多；惟獨肯嫁進深山野墺裡去的女人少，所以她就到手了八十千。[6] 現在第二個兒子的媳婦也娶進了，財禮只花了五

---

6 舊時以一千文錢為一貫或一吊，所以幾千文錢也稱為幾貫或幾吊，但也有些地方直稱為多少千。八十千即八十吊。

十，除去辦喜事的費用，還剩十多千。嚇，你看，這多麼好打算？……」

「祥林嫂竟肯依？……」

「這有什麼依不依。——鬧是誰也總要鬧一鬧的；只要用繩子一捆，塞在花轎裡，抬到男家，捺上花冠，拜堂，關上房門，就完事了。可是祥林嫂真出格，聽說那時實在鬧得利害，大家還都說大約因為在唸書人家做過事，所以與眾不同呢。太太，我們見得多了：回頭人出嫁，哭喊的也有，說要尋死覓活的也有，抬到男家鬧得拜不成天地的也有，連花燭都砸了的也有。祥林嫂可是異乎尋常，他們說她一路只是嚎，罵，抬到賀家墺，喉嚨已經全啞了。拉出轎來，兩個男人和她的小叔子使勁的擒住她也還拜不成天地。他們一不小心，一鬆手，阿呀，阿彌陀佛，她就一頭撞在香案角上，頭上碰了一個大窟窿，鮮血直流，用了兩把香灰，包上兩塊紅布還止不住血呢。直到七手八腳的將她和男人反關在新房裡，還是罵，阿呀呀，這真是……。」她搖一搖頭，順下眼睛，不說了。「後來怎麼樣呢？」四嬸還問。

「聽說第二天也沒有起來。」她抬起眼來說。

「後來呢？」

「後來？——起來了。她到年底就生了一個孩子，男的，新年就兩歲了。我在娘家這幾天，就有人到賀家墺去，回來說看見他們娘兒倆，母親也胖，兒子也胖；上頭又沒有婆婆；男人所有的是力氣，會做活；房子是自家的。——唉唉，她真是交了好運了。」

從此之後，四嬸也就不再提起祥林嫂。

但有一年的秋季，大約是得到祥林嫂好運的消息之後的又過了兩個新年，她竟又站在四叔家的堂前了。桌上放著一個荸薺式的圓籃，簷下一個小舖蓋。她仍然頭上紮著白頭繩，烏裙，藍夾襖，月白背心，臉色青黃，只是兩頰上已經消失了血色，順著眼，眼角上帶些淚痕，眼光也沒有先前那樣精神了。而且仍然是衛老婆子領著，顯出慈悲模樣，絮絮的對四嬸說：

「……這實在是叫作『天有不測風雲』，她的男人是堅實人，誰知道年紀輕輕，就會斷送在傷寒上？本來已經好了的，吃了一碗冷飯，復發了。

幸虧有兒子；她又能做，打柴摘茶養蠶都來得，本來還可以守著，誰知道那孩子又會給狼銜去的呢？春天快完了，村上倒反來了狼，誰料到？現在她只剩了一個光身了。大伯來收屋，又趕她。她真是走投無路了，只好來求老主人。好在她現在已經再沒有什麼牽掛，太太家裡又湊巧要換人，所以我就領她來。——我想，熟門熟路，比生手實在，好得多……。」

「我真傻，真的，」祥林嫂抬起她沒有神采的眼睛來，接著說。「我單知道下雪的時候野獸在山墺裡沒有食吃，會到村裡來；我不知道春天也會有。我一清早起來就開了門，拿小籃盛了一籃豆，叫我們的阿毛坐在門檻上剝豆去。他是很聽話的，我的話句句聽；他出去了。我就在屋後劈柴，淘米，米下了鍋，要蒸豆。我叫阿毛，沒有應，出去一看，只見豆撒得一地，沒有我們的阿毛了。他是不到別家去玩的；各處去一問，果然沒有。我急了，央人出去尋。直到下半天，尋來尋去尋到山墺裡，看見刺柴上掛著一隻他的小鞋。大家都說，糟了，怕是遭了狼了。再進去；他果然躺在草窠裡，肚裡的五臟已經都給吃空了，手上還緊緊的捏著那只小籃呢。……」她接著但是嗚咽，說不出成句的話來。

四嬸起初還躊躕，待到聽完她自己的話，眼圈就有些紅了。她想了一想，便教拿圓籃和舖蓋到下房去。衛老婆子彷彿卸了一肩重擔似的噓一口氣；祥林嫂比初來時候神氣舒暢些，不待指引，自己馴熟的安放了舖蓋。她從此又在魯鎮做女工了。

大家仍然叫她祥林嫂。

然而這一回，她的境遇卻改變得非常大。上工之後的兩三天，主人們就覺得她手腳已沒有先前一樣靈活，記性也壞得多，死屍似的臉上又整日沒有笑影，四嬸的口氣上，已頗有些不滿了。當她初到的時候，四叔雖然照例皺過眉，但鑑於向來僱用女工之難，也就並不大反對，只是暗暗地告誡四嬸說，這種人雖然似乎很可憐，但是敗壞風俗的，用她幫忙還可以，祭祀時候可用不著她沾手，一切飯菜，只好自己做，否則，不乾不淨，祖宗是不吃的。

四叔家裡最重大的事件是祭祀，祥林嫂先前最忙的時候也就是祭祀，

這回她卻清閒了。桌子放在堂中央，繫上桌幃，她還記得照舊的去分配酒杯和筷子。

「祥林嫂，你放著罷！我來擺。」四嬸慌忙的說。她訕訕的縮了手，又去取燭臺。

「祥林嫂，你放著罷！我來拿。」四嬸又慌忙的說。

她轉了幾個圓圈，終於沒有事情做，只得疑惑的走開。她在這一天可做的事是不過坐在灶下燒火。

鎮上的人們也仍然叫她祥林嫂，但音調和先前很不同；也還和她講話，但笑容卻冷冷的了。她全不理會那些事，只是直著眼睛，和大家講她自己日夜不忘的故事：「我真傻，真的，」她說。「我單知道雪天是野獸在深山裡沒有食吃，會到村裡來；我不知道春天也會有。我一大早起來就開了門，拿小籃盛了一籃豆，叫我們的阿毛坐在門檻上剝豆去。他是很聽話的孩子，我的話句句聽；他就出去了。我就在屋後劈柴，淘米，米下了鍋，打算蒸豆。我叫，『阿毛！』沒有應。出去一看，只見豆撒得滿地，沒有我們的阿毛了。各處去一問，都沒有。我急了，央人去尋去。直到下半天，幾個人尋到山墺裡，看見刺柴上掛著一隻他的小鞋。大家都說，完了，怕是遭了狼了。再進去；果然，他躺在草窠裡，肚裡的五臟已經都給吃空了，可憐他手裡還緊緊的捏著那只小籃呢。……」她於是淌下眼淚來，聲音也嗚咽了。

這故事倒頗有效，男人聽到這裡，往往斂起笑容，沒趣的走了開去；女人們卻不獨寬恕了她似的，臉上立刻改換了鄙薄的神氣，還要陪出許多眼淚來。有些老女人沒有在街頭聽到她的話，便特意尋來，要聽她這一段悲慘的故事。直到她說到嗚咽，她們也就一齊流下那停在眼角上的眼淚，歎息一番，滿足的去了，一面還紛紛的評論著。

她就只是反覆的向人說她悲慘的故事，常常引住了三五個人來聽她。但不久，大家也都聽得純熟了，便是最慈悲的唸佛的老太太們，眼裡也再不見有一點淚的痕跡。後來全鎮的人們幾乎都能背誦她的話，一聽到就煩厭得頭痛。「我真傻，真的，」她開首說。

「是的，你是單知道雪天野獸在深山裡沒有食吃，才會到村裡來的。」他們立即打斷她的話，走開去了。

她張著口怔怔的站著，直著眼睛看他們，接著也就走了，似乎自己也覺得沒趣。但她還妄想，希圖從別的事，如小籃，豆，別人的孩子上，引出她的阿毛的故事來。倘一看見兩三歲的小孩子，她就說：「唉唉，我們的阿毛如果還在，也就有這麼大了。……」

孩子看見她的眼光就吃驚，牽著母親的衣襟催她走。於是又只剩下她一個，終於沒趣的也走了。後來大家又都知道了她的脾氣，只要有孩子在眼前，便似笑非笑的先問她，道：「祥林嫂，你們的阿毛如果還在，不是也就有這麼大了麼？」

她未必知道她的悲哀經大家咀嚼賞鑒了許多天，早已成為渣滓，只值得煩厭和唾棄，但從人們的笑影上，也彷彿覺得這又冷又尖，自己再沒有開口的必要了。她單是一瞥他們，並不回答一句話。

魯鎮永遠是過新年，臘月二十以後就忙起來了。四叔家裡這回須雇男短工，還是忙不過來，另叫柳媽做幫手，殺雞，宰鵝；然而柳媽是善女人，[7] 吃素，不殺生的，只肯洗器皿。祥林嫂除燒火之外，沒有別的事，卻閒著了，坐著只看柳媽洗器皿。微雪點點的下來了。

「唉唉，我真傻，」祥林嫂看了天空，歎息著，獨語似的說。

「祥林嫂，你又來了。」柳媽不耐煩的看著她的臉，說。「我問你：你額角上的傷疤，不就是那時撞壞的麼？」

「唔唔。」她含糊的回答。

「我問你：你那時怎麼後來竟依了呢？」

「我麼？……」

「你呀。我想：這總是你自己願意了，不然……。」

「啊啊，你不知道他力氣多麼大呀。」

「我不信。我不信你這麼大的力氣，真會拗他不過。你後來一定是自

---

7 佛家語，指信佛的女人。

己肯了，倒推説他力氣大。」

「啊啊，你……你倒自己試試看。」她笑了。

柳媽的打皺的臉也笑起來，使她蹙縮得像一個核桃；乾枯的小眼睛一看祥林嫂的額角，又釘住她的眼。祥林嫂似乎很侷促了，立刻斂了笑容，旋轉眼光，自去看雪花。「祥林嫂，你實在不合算。」柳媽詭祕的説。「再一強，或者索性撞一個死，就好了。現在呢，你和你的第二個男人過活不到兩年，倒落了一件大罪名。你想，你將來到陰司去，那兩個死鬼的男人還要爭，你給了誰好呢？閻羅大王只好把你鋸開來，分給他們。我想，這真是……。」

她臉上就顯出恐怖的神色來，這是在山村裡所未曾知道的。

「我想，你不如及早抵當。你到土地廟裡去捐一條門檻，當作你的替身，給千人踏，萬人跨，贖了這一世的罪名，免得死了去受苦。」

她當時並不回答什麼話，但大約非常苦悶了，第二天早上起來的時候，兩眼上便都圍著大黑圈。早飯之後，她便到鎮的西頭的土地廟裡去求捐門檻。廟祝 8 起初執意不允許，直到她急得流淚，才勉強答應了。價目是大錢十二千。

她久已不和人們交口，因為阿毛的故事是早被大家厭棄了的；但自從和柳媽談了天，似乎又即傳揚開去，許多人都發生了新趣味，又來逗她説話了。至於題目，那自然是換了一個新樣，專在她額上的傷疤。

「祥林嫂，我問你：你那時怎麼竟肯了？」一個説。「唉，可惜，白撞了這一下。」一個看著她的疤，應和道。

她大約從他們的笑容和聲調上，也知道是在嘲笑她，所以總是瞪著眼睛，不説一句話，後來連頭也不回了。她整日緊閉了嘴唇，頭上帶著大家以為恥辱的記號的那傷痕，默默的跑街，掃地，洗菜，淘米。快夠一年，她才從四嬸手裡支取了歷來積存的工錢，換算了十二元鷹洋，9 請假到鎮的

8　舊時廟宇中管理香火的人。

9　指墨西哥銀元，幣面鑄有鷹的圖案。鴉片戰爭後曾大量流入我國。

西頭去。但不到一頓飯時候，她便回來，神氣很舒暢，眼光也分外有神，高興似的對四嬸說，自己已經在土地廟捐了門檻了。

　　冬至的祭祖時節，她做得更出力，看四嬸裝好祭品，和阿牛將桌子抬到堂屋中央，她便坦然的去拿酒杯和筷子。「你放著罷，祥林嫂！」四嬸慌忙大聲說。

　　她像是受了炮烙[10]似的縮手，臉色同時變作灰黑，也不再去取燭臺，只是失神的站著。直到四叔上香的時候，教她走開，她才走開。這一回她的變化非常大，第二天，不但眼睛凹陷下去，連精神也更不濟了。而且很膽怯，不獨怕暗夜，怕黑影，即使看見人，雖是自己的主人，也總惴惴的，有如在白天出穴遊行的小鼠；否則呆坐著，直是一個木偶人。不半年，頭髮也花白起來了，記性尤其壞，甚而至於常常忘卻了去淘米。

　　「祥林嫂怎麼這樣了？倒不如那時不留她。」四嬸有時當面就這樣說，似乎是警告她。

　　然而她總如此，全不見有憐憫起來的希望。他們於是想打發她走了，教她回到衛老婆子那裡去。但當我還在魯鎮的時候，不過單是這樣說；看現在的情狀，可見後來終於實行了。然而她是從四叔家出去就成了乞丐的呢，還是先到衛老婆子家然後再成乞丐的呢？那我可不知道。

　　我給那些因為在近旁而極響的爆竹聲驚醒，看見豆一般大的黃色的燈火光，接著又聽得畢畢剝剝的鞭炮，是四叔家正在「祝福」了；知道已是五更將近時候。我在朦朧中，又隱約聽到遠處的爆竹聲連綿不斷，似乎合成一天音響的濃雲，夾著團團飛舞的雪花，擁抱了全市鎮。我在這繁響的擁抱中，也懶散而且舒適，從白天以至初夜的疑慮，全給祝福的空氣一掃而空了，只覺得天地聖眾歆享了牲醴和香煙，都醉醺醺的在空中蹣跚，預備給魯鎮的人們以無限的幸福。

---

10 亦作炮格，相傳為殷紂王時的一種酷刑。據《史記‧殷本紀》裴駰集解引《列女傳》：「膏銅柱，下加之炭，令有罪者行焉，輒墮炭中，妲己笑，名曰炮格之刑。」

千載有餘情

陳碧月

1

認識三年多，這是第一次正式和雨軒的母親見面，上次是在他父親的喪禮上。

我起個大早，特地化了淡粧，在精挑細選中，穿上一件新買的紅色格子連身背心裙，再加上一件黑色外套，然後在頸上繫一條尼泊爾風味的黑色紡紗絲巾。今天是個特殊的日子，除了到醫院探望雨軒的母親，還有雨軒的阿姨要請吃中飯。如此費心地妝扮只希望留給她們一個美好的印象。

雨軒停好車，我們走進市立醫院，搭上電梯，他握著我的手，在他的眼角我彷彿見到一絲隱憂，從他母親長期下腹痛住進醫院作檢查後，他每天總是律師事務所和醫院兩邊跑，幾乎忙得不可開交，看著他消瘦不少的面頰，真是心疼不已，如果不是學校功課忙，真恨不得能為他盡點心力。

「思涵，妳很緊張嗎？手心直冒汗——」雨軒慎重其事地看著我。

我輕輕地對他點點頭，其實我的手心裡，也滲有他的汗，他似乎比我還緊張。

雨軒把我介紹給他母親。

「伯母，您好。」我微微地彎下腰，關心地問候：「您有沒有好一點？」

伯母沒有回應，只是衰弱的雙眼無力地直視著我。我突然感到不安，夢想中並沒有這一幕啊，有的只是她握著我的手，頻頻對我點頭稱讚。

我突然變得笨拙。雨軒遞給我寬慰的一笑，他把水果禮盒放在床邊的櫃子上，然後說：「媽，這是思涵特地去挑的水梨和進口蘋果。」

伯母終於開口了：「何必麻煩何小姐，讓人家破費呢？」

「不麻煩的，伯母。」我連忙說，順勢將新鮮的康乃馨插在花瓶裡，然後打開水果禮盒：「伯母，我削蘋果給您吃？」

伯母表情沈重說：「不用了，謝謝。」

「還是……」我把蘋果放下，換了一粒梨子：「還是吃梨子，好嗎？」

「謝謝，我想休息了。」伯母深深地闔上眼皮。

我祝福她「早日康復」，然後離去，關上病房門，雨軒牽著我，把我的手握得更緊，我們並肩走在寂靜的長廊，不發一語，彷彿聽得見自己不規律的心跳聲，難道雨軒他母親不喜歡我。

我似乎很不得雨軒家人的緣，兩次見面都是不愉快的經驗，就像上個月中旬，說好星期假日載我下臺中到亞哥花園走走，順便先到學校看看他弟弟。

「振欽這小子，從學校開學後就沒回家過，十月的假期那麼多也不見他回家看看我媽，上個禮拜打過電話後，就再沒消息了。我媽天天惦著他，不知寄去的錢夠不夠用，天涼了有沒有加衣服，晚上有沒有蓋被——哎，他總是教人放不下心——」記得雨軒說過，他們之間的隔閡，不僅是九歲之差的代溝，主要是在振欽十歲那年，無意間知道他最敬愛的大哥，居然竟是他同母異父的兄弟，從那時起他就認定，只有父親才是和他同一國的。

我們到宿舍找不到振欽，同學說他搬出去了，好不容易找到他租賃在外的房間，卻沒人應門，雨軒試著在門口的兩雙鞋子裡摸索，果然在球鞋中取出了鑰匙。

他的房間實在雜亂無章，堆積如山的換洗衣物，垃圾多得連垃圾桶都負荷不了，書桌上除了凌亂的書堆，還有一碗吃剩的泡麵。

我順手撿起地上的空塑膠袋，先將桌上的垃圾清理乾淨，準備將房間打掃一番。

雨軒在書桌前坐了下來，拿起相框，那是振欽考上大學那年，到成功嶺受訓，懇親會時和父親的合照。他望著那合照發呆，喃喃道著：「爸，你走得太快了，真的，太快了——我發奮努力考上的律師執照，現在不過是張廢紙罷了！從九歲和妹妹跟著媽媽嫁給了你，我看著你每天不管日曬雨淋，推著那麵攤子到處作生意，只是為了想多賺些錢，把我們撫養長大，那時我立志努力用功，報答你的恩情，我發誓將來一定要賺很多錢，要買

一間很大的店面，讓你賣你的王記牛肉麵，不再害怕颱風下雨；還要買一間寧靜的住宅讓你和媽媽頤養天年，沒想到如今店面買了，房子也在貸款中，而你卻不在了。」

我走到雨軒身邊，拍拍他的肩膀，要他想開些。

我把堆疊在書桌上的書一本本整理好，準備放回書架上，正好兩個保濟丸的空瓶跌落在地，我把它們撿起來，丟進垃圾袋中，對雨軒說：「振欽可能肚子不舒服，吃了不少保濟丸，有空叫他到醫院檢查看看。」

聽見上樓的腳步聲，雨軒起身開門。

振欽意外的眼神，不知是因為我們這兩個不速之客，還是煥然一新的房間。

經過雨軒介紹後，振欽客氣地向我打招呼：「何小姐，真謝謝妳，帶了這麼多吃的，還幫我打掃房間。」

「不客氣，你哥哥幫你帶了幾件毛衣和外套，我都幫你把它放在衣櫥裡了。」我的話才完，雨軒就接著說：「是媽要我帶給你的，你快兩個月沒回去了，媽很惦念你，問你什麼時候回家？」

「回家？回家幹什麼？看你們一家四口享受天倫之樂啊！我爸爸已經死了，媽媽也是你們兄妹的，你們滿意了吧！我——我是個有家歸不得的孤兒。」

「振欽，你講話一定要那麼傷人嗎？家裡那一個不關心你，都是一家人，為什麼要分黨分派，爸爸生前，最希望我們兄弟能和睦相處，你現在這個樣子，教他老人家在天之靈能安心嗎？」

「是啊！反正從小你什麼都好，我什麼都不好，無論我作多大的努力，爸爸的眼裡還是只有你，你是我的模範，我的榜樣——放屁——為什麼？為什麼？我才是他的親生兒子，但他卻疼的是你，連媽媽也是，她關心的只有你那個不正常的妹妹——」

「不准你這樣說雨晴。」我坐在角落，被雨軒的吼聲嚇了一跳。我沒有見過他妹妹，卻因她有個美麗而矛盾的名字——雨晴，想早點認識她，但雨軒始終不曾提過她，幾次向他提議請雨晴吃飯，他總是欲言又止，後

來才推說她很忙。

雨軒看了我一眼，我示意要他冷靜一點，好好和振欽談。

雨軒用和緩的語氣問他：「怎麼不住宿舍了，登記不到床位嗎？」

「宿舍太吵了，搬出來比較自由。」

「這樣一間不便宜吧？」雨軒把手插進口袋，拿出皮夾，掏出五張一千塊。

「便不便宜並不重要，我會自己打工賺錢，不會花你一分錢的。」振欽又變得不近情理起來，他走向窗邊，拒絕接受雨軒手上的錢。

「你知道我不是那個意思──」

「媽──媽最近身體有沒有好一點？」振欽背對著我們用一種愧疚的口吻詢問著。他面對書桌，手裡忙著在筆筒裡不知找尋什麼。

「藥吃了快一個月了，也不見起色，又不肯答應上醫院作檢查。」

振欽長長地嘆了一口氣：「你們回去吧，我想一個人靜一靜。」

離去前，雨軒把五千塊壓在相框底下。振欽終究沒有回頭道再見。結果，亞哥之旅不但沒有成行，連回臺北的路上，雨軒的沈默竟凝結得彷彿真空裡的空氣。

救護車驚天動地的救命聲，把我拉回了現實。

雨軒問我在想什麼？我搖搖頭沒有回答。

「思涵，妳可別介意，我媽媽最近心情很不穩定，我猜，她可能也已經知道她得了子宮頸癌──」

「子宮頸癌？」我十分意外。

「昨天檢查報告出來，醫生說已經是第二期了，可能要作根治性的子宮切除或用放射線治療。」

十月的陽光，彷彿被烏雲所遮蔽，那種無奈的心情，像是豔陽天突然下起了滂沱大雨。

2

中午依約，到雨軒的阿姨和朋友合夥經營的川菜館用餐，阿姨的福態

大方、和藹可親，正如她的名字——富美。我在愉快的氣氛中進食，心情一掃上午探病的陰霾，阿姨忙著招呼我，忙著肯定雨軒的眼光，直讚美我。我心中暗想：如果雨軒的母親有阿姨的一半該多好，阿姨似乎看出了我的心事。

　　用完水果後，阿姨說如果下午沒事，就留下來喝下午茶，她想多跟我聊聊……。

　　「以前你媽媽——含笑——每次來找我，我們都到這裡泡茶，有時一聊就誤了作晚飯的時間——」阿姨對雨軒說：「哎！當初要是不管含笑同不同意，都堅持送她到醫院檢查，現在也不會拖到第二期了。」

　　「含笑」，那是雨軒他母親的名字，但呈現在我腦海的竟是她的滿面愁容，我多麼想多瞭解她，為她分擔一些心事。

　　阿姨把我和兩軒帶回了五十幾年前一段塵封已久的往事——

　　民國二十六年，在基隆七堵的瑪陵坑，有戶林姓有錢人家的獨生女兒，名叫美嬌，才十二歲就長得花容玉貌、閉月羞花，有不少人家到家中說媒，更有許多年輕小伙子時常在林家門口徘徊。美嬌的母親擔心有一天美嬌會被拐走，於是向窮人家收養了一個兩歲大的女孩——招弟，給美嬌撫養，好讓她定下心來，另一方面也讓別人知道美嬌已有所屬。

　　在美嬌十五歲那年，父親為她招了隔壁村李家的次子志明入贅當女婿。一年後，生下含笑，含笑兩歲時，志明向岳父商量，說他大嫂又生了個女的，準備送給別人，他想把她抱來養，讓她姓他原來的「李」，岳父母答應後，於是李富美住進了富有的林家。又過了一年，在林家的期待下，美嬌終於生了個男孩。

　　民國三十八年，林家兩老，相繼過世，誰知禍不單行，戰爭結束不久，民生凋敝，連林家也日漸步向家道中落的一日。

　　美嬌從小嬌生慣養，吃不了苦，就在含笑十三歲那年，她決定把含笑賣到城裡去。一切都安排妥當，她叫志明把含笑帶到車站去。一路上含笑含著淚，不停哭訴著，只要不把她賣掉，要她做什麼都可以。

　　她說她已經學會種菜了；還有，以後一定不再貪睡，會比招弟還要早

一點起來餵豬、餵鴨、煮稀飯；還要學招弟討媽媽歡心，不再惹媽媽生氣，她保證會好好照顧弟弟和富美，一定不讓他們再吵得媽媽煩心，她一直苦苦哀求著。

當每一戶的炊煙裊裊升起，志明又帶著含笑回家了。

晚上，含笑沒有辦法安心入睡，她又聽見父母親的講話聲。

志明說：「含笑卡十三歲，什麼誌都不知影，我看歸去叫招弟去，也是同款嘛！而且，各卡按怎講，含笑也是攬親生的。」

美嬌反駁說：「不行！自細漢阮就甲招弟當作親像自己的囝仔，而且，伊也很會伺候阮，阮才不甘，要不然，就將你的富美代替含笑賣掉呀！」

志明啞口無言，美嬌正中他的弱點，富美是他生命的全部希望，他把她看得比誰都重要，怎麼可能把她賣掉？

美嬌得意的說服他：「哎呀！你不知影，算命仙仔說，含笑這個查某囝仔的命太硬，等候伊大漢，恐怕會剋父剋夫——」

隔天一大早，志明又帶著含笑往火車站的路上走，含笑二話不說，不哭也不鬧，到了車站，志明把她交給一個歐巴桑，交代她要聽話後離去，含笑望著志明離去的身影，她想：「我走了，爸爸就可以活久一點了。」

四年多來，含笑從基隆的茶室被帶到臺北的華西街，她早已學會認命。一直到文翰章把她從火坑中救了出來，又不嫌棄地娶了她，十八歲的她，才發現原來她也有重見光明的一天。

江西人，三十歲的文翰章，是個基層警員，原來薪資就不多，娶了含笑後生活更是艱苦。含笑住進了那個全是講國語的村子，一開始還很不習慣，好在隔壁有個好鄰居叫金鳳常來找她，她教金鳳說臺語，金鳳教她學國語，兩人一下子熱絡起來。

翰章告訴含笑，金鳳的先生是他同鄉的拜把兄弟，長年在金門服務，一年難得回來一次。

含笑學著金鳳找了些手工回家做，以貼補家用，這樣的日子雖然苦，但卻是她一生中最幸福的日子。

中秋節前夕，一舉得男的喜悅，教翰章每天把雨軒捧在手心裡，笑得

嘴都合不攏了。

　　過年前，家家戶戶特別忙，尤其是金鳳，她準備了好多她先生最愛吃的年菜和年糕，忙得不亦樂乎；然而，天有不測風雲，她先生因公殉職的死訊，竟在除夕一早傳來，金鳳哭得死去活來，傷心得幾乎要隨他而去。

　　含笑和翰章一再勸金鳳，翰章要她放心，他一定盡全力照顧她和他留下來的一雙兒女。

　　此後，兩家幾乎併成了一家，大家分工合作，相處得非常融洽。從含笑懷第二胎起，金鳳就一手包辦了所有家事，並照顧三個孩子；含笑閒不下來，索性在馬路邊擺了個香煙攤。

　　一天下午，有個客人一口氣買了兩條新樂園，含笑欣喜若狂的跑回家中補貨，在院子裡金鳳的兩個孩子玩成一團，他們說，媽媽抱軒軒到房間裡餵奶。含笑正要進門，看見翰章的鞋子在門口，這時翰章應該在分局裡的啊！含笑打開房門，竟發現金鳳和翰章正在她的床上；她衝進去抱起一旁哇哇大哭的雨軒，頭也不回地衝出門外，不管床上那兩人的叫喚，她傷心欲絕，邊跑邊哭，幾乎忘了肚子裡那個八個月大的孩子。

　　含笑在醫院醒來，那女嬰已早產。富美從板橋趕來，抱著雨軒守在床邊，含笑要她把等在門外的翰章和金鳳叫進來。

　　翰章懷著歉意解釋著他的一時衝動，金鳳連說全是她的錯。含笑想起十三歲被賣掉的前一天晚上，媽媽說她將來會剋父剋夫，她覺得自己是個不祥的女人，算起來翰章是她的恩人，她又怎麼能害他一輩子呢？金鳳和他才是相配的一對啊！含笑決定要成全他們。

　　翰章苦苦乞求她的原諒，他說孩子還小，絕不讓她把他們帶走。

　　終究，含笑還是把孩子都帶走了，他們先到富美家住了幾天，但翰章天天找上門要接他們回去，含笑又跑到艋舺以前一個姐妹的住處避了起來，但還是讓翰章給找著了。雖然每次他都是連人帶錢給趕了出來，但他還是天天來碰釘子；終於有一天，他得其門而入了，但含笑母子卻不在了，那個姐妹說，含笑準備改嫁了，請他在離婚協議書上簽字。含笑連住處也不告訴再三勸合的富美，這次，翰章是再也找不到他們了。

　　老陳是個年近半百的鰥夫，妻子早逝，沒有留下一兒半女。他娶了含笑後，向她保證一定把雨軒、雨晴視如己出，含笑為了報答他的恩情，讓他嘗到了老來得子的喜悅——振欽，這是他在夢中就取好的名字。

　　他為整個家更加辛勞奔波，有一天小樹長大了，大樹卻變老了；總算，也是功成身退了。

　　女服務生又為我們加了壺水，送進來。

　　富美阿姨說：「你爸爸昨天來看我了？」

　　「我爸爸？」雨軒問。

　　「是的，你親生爸爸，他一直很關心你們母子的生活，從你媽媽離開他，嫁給你繼父，他一直努力希望能透過我，把他對你們的掛念以及經濟上的援助轉交給你們，只是你媽媽一直拒他於千里之外——雨軒，再怎麼說他也是你的父親，你總不能記恨他一輩子吧！」

　　「我能不恨嗎？當媽媽和繼父正在受苦受難時，他在那裡？他正和那女人一家子享受天倫之樂。如果不是從小無意間聽到媽媽對妳吐露的點點滴滴，又怎麼會瞭解媽媽的委屈。算了，阿姨，我們不提這些掃興的事。」

　　阿姨又說：「其實，把那麼古老的故事搬出來告訴你們，並沒有什麼用意，只不過一時感慨，我一直覺得是你媽媽改變了我一生的命運，當初被送走的應該是我，而不是她——；她被賣走後，我爸爸在一次傳染病中過世，十八歲那年，媽媽把我嫁給板橋的首富，幾年前，我先生也在意外中喪生——」阿姨鼻頭一酸，紅了眼睛。

　　我遞了張面紙給阿姨，看了雨軒一眼，不知該說什麼安慰的話。雨軒說：「阿姨，我先送妳回去休息吧！」

　　阿姨拭著淚，轉而微笑：「是啊！是啊！我都忘了，雨晴還託人照顧著呢？」

　　「雨晴怎麼了？」我關心地問，但卻沒人答應。阿姨無奈地看著雨軒，那是一種令我不解的眼神。

3

　　星期五下午沒課，我到醫院去照顧伯母，本著過去護士的本能以及幾年的護理經驗，處理事情倒很得心應手。晚上，伯母說我陪她一天了，硬是催雨軒送我回去。

　　車子在環亞飯店等綠燈，正好見一對新人送完客人，走出門口，進入禮車。綠燈亮了，雨軒收回視線，我感染了喜氣對雨軒說：「你記不記得巧婕，就是我以前護專那個同學啊！她前天結婚，大夥鬧她洞房時，還直問我們什麼時候請他們喝喜酒……」雨軒笑而不答，那個笑相當勉強，勉強中還有一絲絲的隱憂，這隱憂時常籠罩著我，我並不陌生，我可以輕易地感受到他的眼神，彷彿表達著他所經歷的，並非我所能瞭解的！

　　護專畢業後在榮總服務，遇見雨軒那個下午，正好我值班，他扶著一位滿身是血的老婆婆掛急診，原來老婆婆被超速行駛的機車騎士撞傷，而肇事者早已逃之夭夭。我對他留下了深刻的印象，畢竟在這樣人心不古的社會，這種人已不多見了；第二次再見，是在市立智障協會，我陪醫生到中心義診，他說他來看看，多少作一點捐獻。

　　我們因「愛」而結緣續緣，從相識到相知，我在他的鼓勵下，通過了插班大學的考試，進入社工系就讀。我一直以為他在等我畢業，然畢業在即，我將加入榮總社工室的服務行列，但他對將來卻隻字未提，難道，他從沒想過要與我步向紅毯的那一端。

　　車子在仰德大道上加足了油門，他說想上陽明山看夜景。

　　我們在擎天崗下了車，他依然沈默，我看著那相憐的兩個影子，不知他心裡在想些什麼。找了地方坐了下來，他將我摟在懷裡，我把他急促的心跳聲數得一清二楚。

　　「雨軒，我知道這一個月來，你為了伯母的病操心極了，但除了這些，我看得出你還有其他的心事，我們彼此那麼坦誠相待，你說出來，讓我為你分憂解勞好嗎？」

　　「思涵，我求求妳，妳可不可以不要再對我那麼好──我──我根本

沒有對妳坦誠過啊！」雨軒對我大聲吼著，像一顆爆發的定時炸彈。

我雖然嚇著了，卻深信從不發怒的他，一定是有原因的。「雨軒，我知道你心情不好，那麼就發洩出來吧！」雨軒把頭埋在雙掌裡，我體會得出他的痛苦，又苦於不知情，於是我開始揣測：「伯母的病情還算穩定啊！下午我才問過醫生——；還是你和振欽又鬧得不愉快了？」他用力的搖頭否定。「哦，那是不是雨晴？上次阿姨說她託人照顧她，是不是她——？」

「是的，是她，就是她——」他失去理智般高喊著。

「是不是沒有人照顧她呢？我可以啊！反正我——」

他打斷了我的話，像有一團無名火自胸腔升起：「妳可以怎樣？她——她需要人家照顧她一輩子，她——她從小就是個智障兒……」

「智障兒？」天啊！怎麼會——，我怎麼也會遇上這種事。

小學時候和我最要好的芳琪，她有個唸啟智班的妹妹，每次她帶妹妹上下課時，總會引來其他同學的指指點點，甚至取笑她，她永遠低著頭自卑地走著。升上五年級，她學會向母親反抗了，她說她再也不要帶妹妹上學，連同學都笑她也是白癡。沒人願意和她坐在一起。

她的成績在五年級下學期突然猛進，當上了小排長，和我坐在一起，我漸漸和她好起來，有時上下課順路就陪她去接送她妹妹，我慢慢發現啟智班的學生，並不像我們所想的那麼可怕，或者會作出傷害人的動作。

六年級開學前，傳出我們班將換導師，而那位老師竟是去年帶啟智班的導師，這個消息引起每位家長的極力反對；但畢業時，我們班卻得到畢業班的最高榮譽。

考上護專那年，我去參加小學同學會，見到了芳琪，她變得更內向了，藉著昔日的友誼，我們很快又熟稔起來，她談起她妹妹的近況，在一次白天的意外出走，黃昏時被發現在附近準備拆建的廢屋裡，當時的她，衣衫不整，裙角處還留有血跡。此後她的情緒極不穩定，尤其在生理期間，經過長時間的訓練，仍不能自己處理月經，後來經由醫生決定，才做子宮摘除手術。

通過插大考試，意外地接到芳琪的電話，她說高中畢業後，因為家境

的關係沒能繼續升學，現在在補習班的櫃臺工作，看見我榜上有名，特地向我道喜。事後我請她吃飯，聊起了未來，我問她有沒有合意的男朋友，她沮喪而無奈地說：「有中意的對象又怎樣，像我這種『條件』——家裡四個孩子全是女的，我身為長女，又有個智障的妹妹，有誰願意擔負這種責任呢？我幾次拒人於千里之外，因為我心裡相當清楚，我根本沒資格跟別人談戀愛，哎！我想，這輩子注定是要孤獨一人，終其一生了。」

當時我還衷心誠意的勸她，不要太悲觀：「芳琪，把心胸敞開，只要妳能遇到一個真心愛妳的男人，他一定能全心全意的包容妳的一切，並且願意和妳一起分擔所有的責任……」

勸她的一席話還在耳際，如今從事不關己到事到臨頭——如今面對眼前同樣有個智障妹妹的雨軒，這個我一輩子唯一的最愛，三十年來他竟獨自承受了和芳琪一樣的苦楚，而我呢？我能像自己所說的「全心全意的包容他的一切，並且和他一起分擔所有的責任」？

「思涵——」雨軒喚我時，我才發現自己的恍惚。

「思涵，我——我對不起妳，我不知道妳現在心裡怎麼想，但妳一定要相信我，我從沒有想過要欺騙妳，而是我的自私驅使著我，想把妳永遠留在我身邊，曾經有幾次想向妳坦白，但話一到嘴邊又縮了回去，原諒我——我實在害怕失去妳——」他緊緊的擁抱住我，這樣的溫暖前所未有，這樣的心悸，撼動不已。

雨軒說，雨晴那時候上完國中啟智班後，就無處可去，想學習一技之長很難，他們都很為她的將來憂心。

我建議他可送雨晴到北市啟智學校，他們那裡可以訓練學生自理生活，進而習得一技之長，比如有出任速食店助手、印製名片、栽培花木、水耕蔬菜，訓練有成後，可進入社會，賺取收入。不過，他們的老師說，學校方面曾寄出數百封徵詢需要何種人才，可代為訓練的推介信給大臺北地區數百家企業，但結果蠻令人失望，僅有一、兩封回信，頗令人難過；我們一些社工人員和教師，為了學生的未來，準備到外面拜訪，希望企業能給智障者一個工作機會。

雨軒長長地嘆了一口氣：「如果不是親身經歷，永遠也無法瞭解家中有個智障者的悲哀。」

雨軒執起我的手，深深地說：「思涵，相信我——我——」我用手摀住了他的嘴：「雨軒，什麼都不要說了，我知道你愛我的心，和我一樣——」

4

到榮總社工室上班後，雨軒聽了我的建議把伯母轉院到榮總來，一方面我和一些醫生、護士熟，另外又可就近照顧伯母，為雨軒分一些心。

週末，雨軒提早到醫院，我先回家。

「咦！你們都在等我吃飯啊！」飯廳裡爸爸、媽媽、哥哥和嫂嫂都在，他們面色凝重，像在討論什麼重大機密。

「是啊，等著妳呢？」媽媽應了我，那聲音教人有種山雨欲來風滿樓的警惕，究竟是什麼事？這些天來我一直小心翼翼，深怕洩露了祕密。

等我上了桌，大家似乎還沒有要開動的意思，我不敢出聲，媽媽終於開口了：「雨軒不是有個妹妹嗎？」

「是啊！」

「怎麼她都沒到醫院去照顧她母親？」

「她——」我看了其他人一眼，他們依然是張撲克臉。

「她——她怎麼樣，她是不是比她母親更需要人家照顧啊！」

「媽，妳在說什麼啊？」

「妳別瞞我了，有人看見雨軒帶著一個女的低能兒到你們醫院，口裡還直喊著『雨晴』跟著她跑，那個低能兒就是他妹妹是不是？」

我沒應聲，媽又問一遍：「是不是啊？」

「是又怎麼樣嘛！有問題的是雨晴，又不是雨軒，而且雨晴也不是妳所謂的低能，她只不過是輕度的智障，妳又何必大驚小怪——」

「你們聽她說的是什麼話，為了她好，居然說我大驚小怪。」媽媽不平地抱怨起來。

哥哥在餐桌下用腳踢我，嫂嫂也對我使眼色。

　　我看了爸爸一眼，想他平常最寵我的，一定會站在我這邊。

　　「思涵，從妳唸護專到插大唸社工，妳所有對社會工作的參與、義診、看護幼老，甚至定時探望各種啟智中心，爸為妳高興，從不怨妳沒有多放些心在家裡，但是以後你每天所面對的雨軒的妹妹，不是妳以前在學校所學的那些特殊教育的理論就能應付得來的，妳不能把她當作社會公益活動去作，那是一輩子的事啊！妳教我和妳媽怎麼放心把妳的未來託付給雨軒，而讓妳去照顧她妹妹一輩子呢？那我們又何必辛辛苦苦把妳栽培到大學畢業──」爸爸的話聽起來更是刺耳。

　　「當初你們不是都很喜歡雨軒，說他人品好，又有上進心，為什麼現在卻一概否定他呢？」

　　媽媽搶著說：「那是因為我不知道他有那樣一個妹妹。」

　　我悻悻道：「媽，妳不要那麼勢利──」

　　媽媽打斷了我的話：「妳說我勢利也好、自私也罷，反正我的出發點都是為了妳好，我不願意妳嫁過去吃苦、受罪。」媽媽起身離開飯桌，碗筷連動都沒動。

　　爸爸隨便吃了幾口，離去前要哥哥、嫂嫂多勸勸我。

　　哥哥表情凝重地說：「思涵，就現實的情況來說，哥也不贊成妳和雨軒繼續走下去，但我知道妳和雨軒的感情太深，現在硬要把你們分開，不但不可能，而且也太殘忍，但是哥希望妳能多體諒爸媽的心，媽絕不是妳所說的勢利現實，她只是愈想愈擔心，兩軒的母親還拖著病，弟弟還常常讓他操心，現在又跑出來一個智障的妹妹，這樣的婆家，妳教媽怎麼放心把妳嫁過去呢？」

　　嫂嫂握著我的手說：「這件事情媽正計較著，過一陣子我和妳哥哥再好好勸勸媽，看能不能有轉圜的餘地──」

　　我感激的看著他們，除了「謝謝」，說不出任何話來。實在慶幸在這條曲折的路上，我不是孤軍奮戰著。

5

一大早我就到病房探望手術後的伯母，伯母和我愈來愈有話說，她常對我提起雨軒小時候的趣事，近來更是喃喃唸著：「如果雨軒能娶到妳，那真是他一輩子的福氣啊！」這話我實在聽得心酸。

關上房門，走過長廊，護士長招手要我過去。

她說：「思涵，我上次不是告訴妳，常常有一對夫婦來詢問雨軒他媽媽的病情嗎？」

我點頭：「是啊！怎麼了？」

她把嘴嘟起來，朝向左邊的長椅：「就是那一對夫婦。」

那個男的滿頭白髮，女的雖已中年，但風韻猶存。我走向他們，他們看見我馬上站了起來。

「請問你們是雨軒的——？」

我的話未完，老先生反而先問我：「妳是何思涵小姐吧？」我非常意外，眼前這個人我並不認識啊！

老先生又開口：「我常聽雨軒他阿姨誇妳，又看過妳和雨軒的合照——」

我點了點頭：「那您是？」

「我是——我是文翰章——」

「文翰章……」我更驚詫了，富美阿姨口中那個故事的男主角，竟然就是眼前這位慈祥和藹的老先生，和我想像中的風流不羈完全不同。

我怔了好一會兒，才喚他：「文伯伯您好。」

然後我把視線轉向他身邊的女士：「您好，文伯母。」文伯母的臉上略過一絲不安，彷彿她承擔不起這個稱謂，勉強擠出笑容給我，然後看了文伯伯一眼。

我請他們到社工室喝茶。

文伯伯支支吾吾地問起伯母的病情，我把伯母開刀後的穩定情況告訴他們，他們才像是吃了顆定心丸。

「你們可以進去看看伯母嘛！」

　　文伯伯眉頭深鎖的說：「我們——我們沒辦法進去。」

　　「為什麼呢？」

　　「雨軒——雨軒要他阿姨告訴我，他不希望我去打擾他母親養病，他知道以他母親倔強的脾氣是不會想見我的。何小姐，我知道妳和雨軒最好，他也最聽你的話，我想冒昧的請妳幫我勸勸他，希望他能答應讓我見見含笑，如果含笑真不願見我，我一定馬上消失在她眼前，這麼多年了，就算再有天大的罪惡也該讓我和她一起承擔，尤其現在是她最脆弱的時候，更應該讓我和她見面。」

　　文伯母在一旁，一直不敢開口，終於我也看見了她贖罪的眼神：「是啊！就像雨晴，寄養在雨晴他阿姨那已經很久了，我們想把她接過來，阿姨卻為難的說沒有雨軒的同意，她不敢把雨晴交給我們。」她解釋說，最近她看了很多那方面的書，而且她兒子在國外唸書，女兒已經嫁人了，家裡就只有他們二老，雨晴過去住，有最自由的空間，不用怕影響別人，或受別人干擾。「何小姐，希望妳能瞭解我們的用心，幫我們勸勸雨軒，讓我們能為含笑作些補償。」看見他們懇求的眼神，教我打心底決定要幫他們達成心願。

　　我送他們到醫院門口，請他們放心我一定會勸勸雨軒的。臨走前文伯伯說他差點忘了件大事，他說他前兩天到臺中辦事，順便又去看看振欽，誰知沒碰著他，卻遇到一個自稱是他大一最要好的室友，他說自從振欽搬出宿舍後，整個人都變了，上課時間大都沒見著他人，他相當擔心。最近有一個租賃在外的大三學生，因為吸食安非他命導致心臟衰竭死亡，現在校方一直在調查，聽說振欽住的那一棟也有人在嗑藥，他擔心振欽也會受影響而染上惡習。文伯伯希望我把這件事轉告雨軒，請他多注意。

　　文伯伯說振欽的本性不壞，幾次和他交談，發現他心裡一直有個打不開的結，文伯伯希望能幫助他走回正路，以報答他父親對雨軒母子的照顧。

　　聽了這消息，再回想起上次打掃振欽房間時，所掉落的保濟丸瓶！天啊！難道真是這樣，報上不是說有人用保濟丸空瓶裝安非他命，我一頭亂，必須馬上找到雨軒。

6

隔天週末晚上，振欽回臺北看過伯母後，雨軒把他叫回家問話。

振欽一副不以為然地說：「又沒什麼大不了的，前一陣子準備考試用來提神的，你們不要小題大作好不好？」

我急著糾正他錯誤的觀念：「振欽，你錯了，安非他命之所以被列為禁藥，是因為它會引起腦出血，產生急性心肌病變造成心臟衰竭死亡，而且，服用後還會產生攻擊行為及被害妄想，現在甚至有很多人免費提供給人吸食，只是『放長線釣大魚』的作法。」

「是嗎？可是我覺得吃藥可以讓我覺得活力充沛，忘掉現實的壓力苦悶——」

雨軒怒斥他：「你真是不求長進——你口口聲聲不向家裡伸手要錢，要自己打工憑本事賺錢，你該不會像媒體海報一樣，吃久了，成了中盤商，一瓶賺個四、五百元吧？」

「是啊，反正我在你眼裡就只是一個『爛』字，你從來就瞧不起我，沒把我放在眼裡，從爸爸在世就是這樣，我永遠比不上你，可以了吧！」振欽拿起了行理袋想掉頭就走。

我留住了他，向他解釋：「振欽，你哥哥不是那個意思，他只是擔心你一時不小心染上惡習，會造成一輩子的遺憾——」

振欽抬頭，遞給我一個抱歉的眼神說：「其實我已經很久沒碰那東西了，有一陣子，我甚至每天吃安眠藥讓自己入睡……」他將行理袋放下，低著頭對雨軒說：「哥，我到阿姨家看雨晴，再到醫院去陪媽。」

「這兩千塊帶著吧！你不是最愛吃士林夜市的廣東粥，順路去吧！」雨軒拍了拍振欽的肩膀。

門被關上了，屋裡只剩下我和雨軒。雨軒拉著我坐到他身邊：「思涵，謝謝妳，幫我勸振欽，每次我的麻煩總要妳來分擔，實在不知該如何感謝妳？」

「其實，你該感謝的是你爸爸，如果不是他及早發現，到時候我們恐

怕連想勸都勸不動了。」

「好啦！我們不要提他，妳晚上想吃些什麼？」

我告訴他，我吃不下，我只要一想到他們兩位老人家一直在伯母病房門口徘徊，那種不得其門而入的焦急，我就感到痛心，因為，那也是我自己的切膚之痛啊！

「雨軒，我媽媽阻止我們兩個相愛的人在一起，那種得不到認定的痛苦，只有你我能體會，但我們還有幸能天天見面；可是你呢？你卻比我媽還殘忍，你狠心地阻隔了文伯伯和伯母的夫妻之情，也擅自斷絕了文伯伯和雨晴的父女之情，你憑什麼讓他們不能相見、不得相認，你知道你現在的作為在我看來，像是一個殘酷無情的劊子手——」

他沒有作任何解釋或辯駁。

我激動的情緒漸漸平緩：「我想，你一定是很愛文伯伯的，否則也不會恨他恨得那麼深，畢竟再怎麼說他到底還是你的親生父親。所謂『一生情、一生還』，你把決定權留給伯母，看她怎麼決定好嗎？」

我要他好好想一想，希望在伯母出院前，能得到他的好消息。

7

星期天一大早，在伯母的病房，發生了最感人的一幕——

文伯伯滿是皺紋的雙手緊握著伯母的手，兩人的眼眶都是紅的。

伯母說，其實她從沒恨過文伯伯，當初離家只是覺得緣盡了，她不想強求，再加上她一直記得她的命會剋父剋夫，而文伯伯是她的救命恩人，她怎麼忍心置他於死地，也許上天安排文伯母的出現是在警告她。於是伯母改嫁了，她一直不願意見文伯伯是要他完全死心，好好的對待文伯母一家三口。

文伯母從富美阿姨手中接過雨晴，然後把雨晴帶到伯母床邊，對她說：「含笑，妳委屈了二十幾年，現在可不可以請妳答應我，讓我有機會照顧妳和雨晴，不要讓我一直活在罪惡當中好嗎？」

伯母終於點頭了，她把雨軒和雨晴叫到跟前，雨晴跟著雨軒喊文伯伯：

「爸爸。」三個人抱在一起。

伯母伸出一隻手，給振欽握，她說：「振欽，手心是肉，手背也是肉，媽媽從來沒有偏心於誰，媽對你的愛和雨軒、雨晴一樣多，因為你們同樣都是我十月懷胎所生下來的啊！」

「媽，我知道——我全都知道，我不會再像以前那麼不懂事了。」振欽低下頭去，聲音哽咽地說。

文伯伯從警界提早退休後和朋友合夥作房地產，賺了不少，現在在振欽他們學校附近，還有一棟三層樓的房子，他租出兩層了，決定讓振欽搬過去，離開原來那個混亂的環境。

雨晴伸手摸伯母的額頭，口裡唸著：「媽媽發燒、感冒、流鼻水，要打針、吃藥——」這話逗得大夥都笑了。

看見這一幕，心中竟有幾分炫然欲泣的哀傷，也許是因著和雨軒那份顧盼流連、聲浪不已的命運吧！

8

媽媽知道雨軒他們一家人團圓後，就不再嘮叨要我多出去結交別的朋友，也許她是聽了哥哥、嫂嫂的勸，知道我和雨軒的感情太深，動搖不得的，反而近來常問：「雨軒怎麼不常來電話了？」

雨軒已經整整兩天沒有任何消息了，打電話到事務所沒找到人；CALL他，也沒回；家裡更是沒人應。我知道文伯伯接伯母和雨晴到內湖靜養去了。難道雨軒也跟著去了嗎？不可能，他手邊還有好幾個 CASE 要處理，但是，他實在沒有理由不跟我聯絡啊！難道他正享受著天倫之樂而忘了我的存在。

我的一顆心像是被撕裂掏空了。

原來習慣才是最可怕的毒癮，一旦上了癮，簡直無可救藥；習慣了每天晚上等著接他的電話，彼此傾訴一天的得失和心情，而今又過了九點鐘，我卻聽不到任何鈴聲，心中的失落難以言喻。日子像一潭沼澤，我置身於內，浮不起來，也沈不下去。

　　我回到房間，打開化粧臺的抽屜，把懷爐拿出來，打開蓋子，把杯子的尖端從供油口插進，將油慢慢注入，再用點火器點燃，最後用檢示片檢查是否點著，點火後，再將懷爐裝入紅色的絨布袋裡——。

　　這個懷爐是去年冬天，在一個下著毛毛雨的晚上，雨軒交給我的。

　　那天，受以前護專同學之託，去代她的班，充當特別護士，下班後居然看見撐著傘等在樓梯門口的雨軒，我好意外，他說特地送東西來給我，我們撐著傘並肩走著，寒冷的冬風夾著雨奔竄進來，他把手伸進口袋，叫我伸出手來，黑暗裡，他交給我一個用絨布裝的圓形懷爐，那溫暖立刻暖和了我冰冷的手，我的心亦是滾燙的。

　　雨軒說：「思涵，在有我陪妳的冬日裡，我可以溫暖妳冰冷的手；但當我不在妳身邊時，希望妳帶著懷爐，就像我和妳在一起一樣。」

　　那時，我聽見自己心底的聲音，期待在往後的每一個冬日，都將為他守候。畢竟，兩個人的日子，冬天會特別的短。

　　而現在懷爐又溫熱了，但我的心卻像是無法融化的冰，凍結了，也似縱情綻放後，卻傷心枯萎的蓓蕾。

　　等候與思念，竟成了我輪番交替的心情。

9

　　下午四點多，接到媽媽打來的電話，說是晚上有客人，要我下班後早一點回家。我追問著訪客是誰？媽媽卻神祕地推說：「總之不會讓你失望的。」

　　到家門口，我打開皮包找鑰匙，平常我一定是按門鈴，要全家都知道我回來的，但今天不可，我必須在有心理準備下見人，可不要一開門，所有的視線都集中到我身上。

　　我走過前院，在客廳的窗外，看見熱鬧的屋裡，文伯伯和伯母正和爸、媽談得有說有笑，坐在一旁的有富美阿姨、振欽，還有雨軒，我心中又喜又怒，他來幹什麼，等會兒進去後，一定不理他，讓他嚐嚐被冷落的滋味。

　　我推開紗窗進門，向大家一一打招呼，唯獨故意對雨軒視若無睹，富

美阿姨看出我的心思，她起身示意有話對我說，其實，我也正需找個人問清楚究竟是怎麼一回事。

我告訴媽，我進屋換件衣服，馬上出來。

「思涵，妳誤會雨軒了──」

「我誤會了？阿姨，他兩天來不給我任何消息也就罷了，他根本存心躲我，妳知道我這幾天是怎麼過的嗎？」

「他也並不好過啊！甚至，過得比妳還要苦，妳說，要他狠下心去拒絕一個他所深愛的人，是不是一件很痛苦的事呢？」

「怎麼說？」我的心情平靜了下來。

「這幾天他一直落落寡歡，經過我們再三追問，他才說出心裡最深處的話，他說他想和妳結婚，可是又怕結婚後會生出那樣的孩子──」

我感到一陣心痛，原來我誤會了他，我告訴阿姨：「可是現在醫學發達，已經可以知道造成智障是因為先天遺傳或者是後天的傷害──」

「就是因為這樣啊，所以，雨軒他爸爸帶他到醫院兩人徹底地作了各種檢查，取得了不會造成遺傳的書面報告，今天，就是特地拿這些報告當面向妳父母解釋清楚，妳文伯伯還要我再三叮嚀妳，將來結婚生子，還是要特別注意，多作檢查──」

此刻的心情像春天杜鵑的枝枒上，顛動著些微既驚又喜的生命。我走出臥室，再見雨軒，感覺恍如隔世，兩軒迎我而來，拉著我說：「思涵，對不起，兩天來委屈妳了。」

我才露齒微笑，媽媽的聲音就接了腔：「我們家思涵啊！可好久沒見她笑囉！」

「媽，妳別這樣嘛！」我羞得不知所措，感覺整張臉又更紅了。

屋子裡成串的笑語，此起彼落。

振欽更是笑得嘴都合不攏了，他對伯母說：「媽，我看還是早點把『大嫂』娶進門，好讓我們每天都能看到美人展眉啊！」

伯母說：「你也要看看你哥哥是不是有這個福氣啊！」

我把眼光轉向爸爸媽媽。

爸爸說：「人家振欽都喊妳大嫂了，妳可別白擔了這個名啊！」

我輕輕地點頭，笑意更濃了。這個笑不但為振欽，也為我自己。振欽終能面對真實的自己，在文伯伯的幫助下，走出煙毒勒戒所，重新出發；而我在踏上紅毯另一端的路上，儘管比一般人艱辛而無奈，但也因此多了一分珍惜與期許。

經歷了這些成長，終知歲月沈澱而來的情分，不只是愛，更不只是情，而是比愛更凝斂，比情更惺惺相惜的執著。

（原載於《明道文藝》，1995 年 4 月，第二二九期）

飄洋過海兩情傷

陳碧月

　　蕭瑟的冬夜裡，汪莉無法入眠，她的失眠並不是因為經過長久的等待，終於拿到了居留權，興奮得無法入眠，而是為了和婆婆在晚餐時的爭吵，她的情緒還無法平復。

　　汪莉走到廚房，沖了一杯茉莉花茶，濃郁的茉莉花香隨著蒸汽氤氳上騰，她想起五年前離開重慶老家時，也是在農曆年前，全家人圍坐在小火鍋前歡送她，親友鄰居無不羨慕她將成為臺灣媳婦。

　　晚飯時，婆婆端上最後一道菜，才一坐下來，便講起鄰居的一個親戚的朋友，嫁給了一個年紀大她很多的老榮民，原以為要開始享受榮華富貴，誰知才到臺灣沒多久，老榮民得了癌症，住進了醫院，大陸新娘成了沒日沒夜的看護。

　　婆婆揚著眉毛，高著嗓門，趁勢告誡汪莉：「今天妳已經正式成為臺灣人了，要知足囉！你們大陸人要過這種不用做事，又不愁吃穿的日子，怎麼可能！」

　　「我也想工作，我也不想白吃白喝，是你們臺灣人不允許的！」在大陸受過高等教育的汪莉實在氣不過，故意強調「你們臺灣人」五個字，因為她再也無法忍受一直以來婆婆都拿她當外人看。

　　※※※　　　　　　　　　　※※※　　　　　　　　　　※※※

　　婆婆本來就不滿意汪莉。獨生兒子吳雄到大陸做事，錢還沒賺到，便吵著要先為在上海結識的汪莉買一間房子，然後結婚。

　　吳雄並無積蓄，只能求助於父母，父母直覺汪莉是來騙錢的，說什麼也不答應。吳雄為此兩地協商，鬧得天翻地覆，更威脅父母若不答應，便不再回臺灣。

　　吳雄的妹妹吳萍特地從臺中回高雄鄉下勸母親，她說她家附近的市場

有一個小販也娶了個大陸妹，人很勤儉，嘴巴又甜，不但幫忙做生意，還把中風的公公照顧得很好。

汪莉終於同意吳雄這邊所提出來的，先結婚再買房子的條件。

汪莉到臺灣後，突然感覺夢想破滅，她所要生活的環境根本和她所想像的差距甚遠，簡直比上海還落後。吳雄有房、有車沒錯，房子是祖先留下來的四合院，車子是中古車，還在繳貸款。當時在內地一個月五萬多塊，聽起來是那麼地動人，怎麼想得到五萬塊在臺灣根本不夠花用。她有種受騙的感覺，再加上兩岸文化習俗的差異，她簡直過不下去了，很想回家。

ख़ख़ख़　　　　　　　ख़ख़ख़　　　　　　　ख़ख़ख़

吳雄的叔叔過世，家裡忙成一團，汪莉想利用機會幫忙，融入大家族，她找了很多家商店，好不容易才買來鞭炮，回家向公公邀功時，被一家子人罵了一頓，原來在他們家鄉，人死後都要放一串鞭炮歡送往生的。

汪莉覺得在整個家族中，只有吳萍對她比較好。吳萍自己也是人家的媳婦，她深知要在一個新的環境中生活是相當不容易的，更何況汪莉又是離鄉背井。

汪莉很喜歡吳萍從臺中回來，一方面她會送一些漂亮的禮物給她，另一方面她也有說話的對象。

「在上海，女人幾乎都是不用做家事的。」汪莉邊洗碗，邊對整理餐桌的吳萍說著。

「這麼好！那都誰做？」吳萍回頭問汪莉。她知道吳萍對於做家事有很多抱怨，母親常常在電話中數落她很懶惰，不會主動幫忙，叫她幫忙，還會擺臉色給她看。

「當然是男人做囉！女人體力比較差，上班回家都累了，男人一定要幫忙的。」

吳萍安撫說：「我們這邊鄉下的女人還很傳統，總覺得做家事是女人的天職。大嫂，反正妳現在也還不能打工，就幫幫媽媽，等妳以後可以出去工作了，媽媽會體恤妳的辛勞的。」

　　汪莉沒有回應，反而又問了一個問題：「小姑，妳也跟婆婆住嗎？」

　　「是啊！」吳萍知道汪莉為了想搬到大城市去和吳雄吵了很多次。

　　「好奇怪喔！我們那邊都不興和公婆一起住的。」

　　吳萍開導著懷著五個月身孕的汪莉說：「等到妳把小孩生下來後，就會發現和公婆住的好處了，他們可以免費幫妳帶小孩，而且還照顧得很好。」

　　「是嗎！可是讓老一輩的人照顧小孩，方式不同，也是問題很多吧！」汪莉持不同意見。

　　汪莉就是這樣一個心直口快的人，吳萍心想，難怪媽媽老對她抱怨說：「汪莉老是和我頂嘴，好像她比我還大似的。」

　　剛到臺灣的時候，走在街上，人們都會用異樣的眼光看著汪莉，不是上下打量，就是在背後批評。有一次去買菜，她居然聽見有人對她指指點點說：「妳看，她們大陸妹還會穿高跟鞋，塗口紅呢！」

　　每次電視新聞如果有中共的消息，汪莉覺得他們就會故意在她面前強力的批評中國大陸，好像她就是共產黨的代表，讓她覺得無地自容。

　　以前還沒拿到居留權，汪莉總覺得自己比外籍新娘還不如，現在她拿到了身分證總可以抬頭挺胸地走在路上了，因為她是名正言順的臺灣人了。

　　汪莉和吳雄婚後不時的爭吵，她總覺得吳雄沒有辦法滿足她的生活。她想搬到大城市去住，可以逛街，可以購物，可以上餐館，可以過高級一點的生活。

　　「你以為大城市的日子好過，連一間小房子我們都買不起。」吳雄把現實問題告訴汪莉。

　　「總之，都怪你，錢賺那麼少，長那麼大了還要靠家裡。」汪莉氣沖沖地說。她撫摸著肚子，臉上呈現出痛苦的表情。

　　吳雄見狀，過來撫著她說：「再忍兩個月吧，把小孩生下來，媽會幫

妳帶，妳就可以出去工作，日子就不會那麼難過了。」

汪莉的氣又上層樓：「我當然難過。」她說那天婆婆找不到東西，她也幫忙在找，婆婆居然喃喃自語說：「奇怪了，以前東西從來都不會不見的。」

「你媽媽真的很欺負人，你知道嗎？」汪莉哭了起來，情緒頗為激動。

吳雄又安慰說：「好啦！別哭了，我媽媽是鄉下人，不會講話，她沒有那個意思的。」

「是啊！是啊！又是她對，我錯，可以了吧！」

當晚，又是一個不歡而散的夜晚，吳雄又和朋友跑出去喝酒了，面對著汪莉的經濟壓力，他覺得自己很容易產生不穩定的情緒。

兩個月後，汪莉產下了一個女嬰。吳雄把汪莉從醫院接回來，幾天後，便連同營造公司的代表往大陸談生意去了。

在汪莉坐月子的這個月，吳雄不在身邊，她的心情十分沮喪，吳萍說這可能是產後憂鬱症，要她放寬心，吳雄到大陸去，也是想多賺些外快，補貼家用；汪莉埋怨婆婆不會坐月子，煮的東西她都不想吃，婆婆還要忙農會裡的工作，小孩幾乎都還要她親自帶，一點也不像在坐月子。

吳萍和母親溝通，母親也是滿腹委屈地說，她實在命苦，兒子不肖，把老婆、小孩都丟給她，她幾乎已經是從早做到晚了，還要被媳婦抱怨。

在紛紛擾擾中，一個月終於過去了，吳雄正好趕回來喝女兒的滿月酒。

就在席上，吳雄宣布公司以兩倍的薪水派他到大陸監工，吳萍也說她幫汪莉找到了一個作業員的工作，家裡的氣氛沈浸在喜洋洋中。

誰知，好景不常，就在汪莉因為工作結交了朋友，生活方才感到踏實時，吳雄居然傳出在大陸包二奶的消息，汪莉聽到時，簡直氣到五官都變形了。她氣得說要帶孩子去自殺，被家人勸阻後，她決定前往上海，把吳

雄帶回來。

　　　　※※※　　　　　　　　　※※※　　　　　　　　　※※※

　　吳萍那陣子帶著小孩住回娘家,她擔心爸媽承受不了。她想,吳雄和汪莉並未牽繫過深刻的感情,再加上兩岸文化觀念的差異,婚姻其實是岌岌可危的,最可憐的就是孩子了,還不知汪莉是否真能帶回吳雄,而吳雄就算回來後,是否還有辦法和汪莉在同一個屋簷下生活,她一想到這些問題就感到頭痛。

　　(原載於《明道文藝》,2002 年 5 月,第三一四期。)

碧海藍天

陳碧月

二○○一年歲末，他們在一場研討會上重逢。

在咖啡館裡他告訴她，他曾在網站上「搜尋」她，但沒想到她棄法從文，他一直以為那個發表了許多文章的人，只是一名和她同名同姓的女子。

他們對坐著，「近鄉情怯」的感情悸動著。

已過「而立」之年的他們，說起對方缺席的那段長長歲月，說得淡然，其實是千山萬水啊！沒想到，他們各自讓自己恢復單身的時間點，竟只有一個月之差。

「和妳重逢，彷彿一切都有了答案。」他如是說。

他們談起旅行，他說計畫要到加拿大的白馬寺看北極光；她心一驚，想起讀到張抗抗的〈北極光〉時，為小說裡對極光的敘述撼動著，也希望自己能夠有機會見到能夠帶來幸福的北極光。

因為「閱讀」，讓他們距離拉近，他說前一陣子在報上剪了一篇文章，講的是中年人才是談戀愛最適合的年紀；她訝然地說：「我好像也剪了那一篇文章。」

「這樣的機率有多高？」他問她。她笑而不答。

隔天，他約她午餐，他們各自拿出剪報，才發現，那篇〈戀愛適齡期〉分前後兩天刊出，他剪了「之一」，她剪了「之二」，合起來才是一篇完整的文章。

用完餐後，他拿出兩張機票，說要約她舊地重遊。

週五近午，飛機抵達臺東的豐年機場。

他的朋友到龍泉路上的溫泉飯店來找他，開車載他們到杉原海水浴場旁的一家義大利餐廳用餐，那是一間種滿了玫瑰花的木屋餐廳，在海風吹拂中，頗具異國情調。

　　他向朋友介紹她：「你應該見過她的。大四那一年你邀請班上同學來參加豐年祭，我就是在那裡認識她的。」

　　朋友眼睛大亮，對著她頻點頭：「喔！我老妹的朋友的同學，對不對？總共四、五個女生嘛！都是美女！」

　　他和朋友心照不宣，相視而笑。

　　朋友交出車鑰匙，對他說：「既然是載美女，當然要用四輪的，怎麼好讓人家吹風日曬。」

　　她趕忙說：「真是謝謝你啦！臺東有我們太多年輕時的回憶，騎著摩托車，感覺可以離年輕更近、離臺東更近。」

　　朋友回憶起說：「喔！對了！我想起來了。他在十股綠色隧道摔車，就是教妳騎車的嘛！妳把油門催到最後，整輛摩托車飛了起來……」

　　「是啊！好糗！過了十七年，你到現在都還記得。」她低下頭偷笑，長長的直髮流洩下來。

　　朋友關懷地側過頭問他：「對啊！你不是舊傷復發，安排好要開刀？什麼時間？」

　　他對朋友擠擠眉，含糊地說：「下星期吧！先不提這個。」

　　　　　　　⁂　　　　　　　　　　⁂　　　　　　　　　　⁂

　　他們騎著車往森林公園而去，林蔭間，蝴影相隨，換上自行車後，穿越一大片木麻黃所組成的茂密叢林，午後斜陽，也穿透綠林，她對他說，這裡林木扶疏，一點也不輸給德國的「黑森林」，他們平行地在步道上和波紋粼粼的琵琶湖裡的魚兒一般優游其間。

　　下午經過更生路，她被一間充滿藝術氣息的咖啡館給吸引，兩個異國相戀而結婚的老闆到門口招呼。

　　澳洲籍的先生送來印度奶茶時，順口說他倆有夫妻臉，問說結婚了沒？

他笑燦燦地看了她一眼，然後對老闆說：「我們先一起出來旅行，看能不能在一起……」

他看著她吸起一口冰奶茶時幸福的神情，說：「我都不覺得過了十七年，妳還像是個小女孩似的，記不記得，那一年我們蹲在路邊看一條水溝？」

「嗯！水往上流！」她興奮起來：「我記得當時你對我解釋著說，那是在地形落差下所形成的一種視覺錯覺，感覺好像是水要往高處流一樣。」

「呦，妳還記得，不過我記得的倒是妳吃著釋迦冰的滿足模樣。」他一面咧嘴而笑，一面從紙袋裡拿出一本東西，遞給她說：「送給妳。」

原來，他注意到她在隨身的記事本上密密麻麻地記錄心情；剛剛經過市區，趁著她吃完萬分懷念的米苔目，還在和「榕樹下」的老闆閒聊時，他飛快找到一家書店為她買了一本手札，說一是為了封面的書名——《二〇〇二，在愛的時光》，二是因該書版稅全數捐出，幫助 921 受災的孤兒。

她捧著那本手札感動得難以言喻，打開第一頁，在上面寫著：因為重逢，於是生命有了更閃亮的樂章。

晚上回到飯店，她從行李袋裡拿出了一個裝滿貝殼的瓶子，交到他面前，她迎接他訝然的表情：「這是……？我們一起在三仙臺撿的貝殼？」

她點點頭，然後遞上一本泛黃的日記給他，便往浴室去。

這本日記記錄了他們年少時那段青澀的戀情——他們邂逅、相戀，但不知該如何回去各自和身邊陪伴的人說明這樣的情愫；再加上他即將入伍，他不忍她為他等待。

　　——我喜歡凝聽他專注地介紹著：八仙洞，在阿美族的神話故事裡，是一個美麗的女子被處死後所隆起的石壁洞穴；知本的原名是「卡地布」，就卑南族的語言解釋，就是團結的意思。我欣賞他對每件事物的關注，包括對我，他居然可以搶在我之前，蹲下身為我繫鞋帶。

——他在石雨傘下，很自然地牽起我的手，我早已聽不見他在
　向我說明著這個長岬是因為波浪侵蝕和岩礁受海蝕⋯⋯；
　我只知道，我的心被他侵蝕了。
——太麻里的金針花搖曳著黃金似的優美身段，讓人感覺生命
　的美好，他說，下次要帶我看看午後的大霧，又是別有一
　番風情，我期待著。
——我打電話到火車站，問好火車停靠的月臺，我想在松山上
　車，可以陪他坐車到臺中，我提前到，可是火車沒有來，
　我很著急，後來才聽見廣播，他搭的車在第三月臺快要開
　了，我擠出人群，往第三月臺跑，但我人還在天橋上，就
　見到火車開走了。我心碎了，想一切都是天意吧！

　　　　　☙☙☙　　　　　　　　　☙☙☙　　　　　　　　　☙☙☙

　　他緊緊地抱住她，對她說：「是天意安排我們重逢，我們明天到金針
山，去等待午後的大霧，十七年前欠妳的一場飄邈風情，一定要還給妳。」
她噙著淚，抬起頭認真地對他說：「我要陪你開刀，十七年前為我摔傷的
肩，我有義務照顧他。」
　　（獲「來臺東看風景寫故事」小說類獎，2003 年 11 月。）

論文範例

八〇年代兩岸女性小說之比較

陳碧月

一、前　言

　　兩岸的女性小說，不約而同地，在不同的年代，以愛情小說為起點，集中體現女性的成長及其對愛情的不同於男性的敏感，而在八〇年代殊途同歸地使其女性小說達到高峰。

　　六〇年代是臺灣經濟起飛的重要階段，當人們在物質生活得到提升後，便繼而轉向對精神生活的要求，以愛情題材為主的小說，便在這個時候取代了五〇年代的反共小說。

　　由於經濟的發展，社會文化環境的變化、教育普及與文化的變化，帶動女性教育程度的提高以及女性社會地位的變遷，而有了女性語言的產生。女作家筆下柔軟溫婉的愛情小說，首先成為人們在工作忙碌之餘的心靈調劑品，後來其小說所呈現的社會關懷也漸漸受到注意。

　　瓊瑤在一九六三年出版她的第一部長篇小說《窗外》成名後，開始大量創作中、長篇的愛情小說，在這種風氣的帶動下，在八〇年代出現了「眷村」朱天文、朱天心、「女強人」朱秀娟、「外遇殺手」蕭颯、「婚戀理論家」曹又方、突破「性禁忌」的李昂、營造「樸實愛情」的蕭麗紅、掌握「兩性情境」的廖輝英，還有袁瓊瓊、蘇偉貞和鄭寶娟。

　　至於在海峽對岸呢？

　　「四人幫」垮臺後，新時期（一九七七年至一九八九年）的女性文學在改革開放、現代化建設事業的發展下，日趨成熟，經過反思，女作家們薪火相傳地，接下了繼「五四」後女性文學發展的火炬，她們反思歷史，

並在一片呼喚人性、人道主義的思潮中，去尋回女性的特質。在新時期的女性小說中最直接反映的還是婚姻和愛情。

十年的文化大革命帶給中國大陸無法估量的嚴重災難，其中最深沈的是對人的漠視與摧殘，於是我們間接見到了在新時期女性愛情小說中，社會政治因素影響兩性結婚、離婚；因為婚姻發生問題，而出現脫序的現象；或者環境造就女強人，女強人因性格的缺憾而在婚姻愛情中缺席。我們見到了在婚姻「圍城」裡外品嚐愛恨嗔癡的女性，也見到了在文化大革命之後，女性小說家重拾原本被列為文學禁區的愛情婚姻題材，設身處地地再次尋回失落的女性意識，以全面盡可能實現人的價值，為人生的終極目標，努力使得女性文學得以再度飛揚。

新時期浩浩蕩蕩的四代同堂的女作家，有：韋君宜、宗璞、問彬、李惠薪、諶容、張潔、航鷹、程乃珊、王小鷹、陸星兒、喬雪竹、張抗抗、張辛欣、王安憶、劉索拉、黃蓓佳、鐵凝、劉西鴻、方方、池莉。

本文所討論的「女性小說」定義在女作家以其眼光、切身體驗與表現方式，創作出以女性生活命運題材的小說。

而本論文所討論的小說文本範圍，以上述的兩岸女作家發表於八〇年代的小說為主。除了從政治、經濟及女權運動等社會環境面向切入，去分析兩岸女作家筆下的女性在親子關係、兩性關係及婚親關係中的處境與地位外，主要在比較兩岸八〇年代女性小說的異同點，並舉小說文本加以說明。

希望經由本文的研析，能夠達到以下兩個目的：一是，增進兩岸對彼此女性小說的瞭解與互通。二是，能更透顯出中國女性文學史的發展脈絡與全面。

二、八〇年代兩岸的社會背景

八〇年代的世界的共同潮流是「改革」，不管是資本主義還是共產主義國家，都群起響應這股風潮，頻呼改革。

李瑞騰在《臺灣文學的風貌》論及〈八〇年代的臺灣文學〉時提到：「臺灣經過六〇、七〇年代政治、外交上的起伏動盪，及經濟上的驚人成

長，八〇年代的臺灣便以風起雲湧之勢進入了一個令人目不暇給的多元化社會。在政治上，更趨於民主開放，解除戒嚴、開放黨禁、報禁等影響甚鉅的改革措施，陸續地實施；在社會上，各種過去長期被忽視、壓抑的問題，也紛紛暴現，諸如環保問題、雛妓問題、青少年犯罪暴增，及社會上所瀰漫的一股追逐金錢的風氣，在在都呈現出八〇年代的臺灣社會是個物慾橫流、價值錯亂的世代。」[1]

經歷過鄉土文學的爭戰後，臺灣的小說開始平面化、多元化、彩色化，也同時進入了女性作家的時代。所以助長女性作家的興盛的原因在於：臺灣經濟的發展，社會型態轉變，省籍情結逐漸淡化，鄉土文學已不能滿足教育普及的大眾人們的胃口，多面化的女作家隨著大眾媒體推展文學獎的徵文而崛起，其細膩優美的筆調，滿足了人們精神上的需求，再加以出版事業的逐漸普及，出版公司紛紛推出女作家的作品集，符合大眾的需求。

而大陸方面在文化大革命的十年動亂中，林彪、「四人幫」控制文壇，愛情題材成為文學的禁區，那時的文學被稱為「無情文學」，當「四人幫」垮臺後，無情文學很快地被有情文學所取代，反映愛情生活的作品日漸增多，「也隨即湧起了一股以愛情為題來探索人的自然本性的熱潮」。[2]文革後，七〇、八〇年代的新時期，女性文學才在實際上，又有了她的一片天，回顧中國當代文學，就會發現這是有史以來中國女作家湧現得最多且最活躍的時期，這被比喻為是繼「五四」後的第二次思想解放運動，也是以反封建為其思想解放的起點，整個社會大環境為西方女權主義思潮的湧入提供了機遇。

身處這樣的世代的女性其精神受到傳統與現代的衝擊，從其小說作品中可見其安身立命的生存法則。

---

1 李瑞騰：《臺灣文學的風貌》，臺北：三民書局，1991 年，頁 167～179。
2 黃政樞：《新時期小說的美學特徵》，南京：南京大學出版社，1991 年 2 月，頁 193。

三、相異點

㈠臺灣重「感性」；大陸重「理性」

臺灣在六〇、七〇年代崛起的作家，也許身處穩定發展的政治環境，不曾遭遇過大變革，所以寫出來的東西多數是「感性」重於「理性」。

臺灣女作家筆下的女主人公多數是「愛情至上」的，明知吃虧，仍甘於上當。

如蘇偉貞〈陪她一段〉裡的費敏，無怨無悔地為「需要很多很多的愛」的「他」全然付出所有，不求回報。儘管她從一開始就「清醒地」知道自己對「他」而言只是陪襯的角色，但還是寧願吃虧上當。

蕭颯《唯良的愛》裡的第三者范安玲全然為對方付出真情，她義正嚴辭地對找上門的元配說：「也許在法律上我有罪，可是在感情上，我和偉業相愛，我愛他，就是愛他，我不覺得愛人有罪。婚姻只是制度，不一定合理。」[3] 用情至深的她，後來不惜割腕以死明志。

又如廖輝英《不歸路》裡的李芸兒委身於已婚男子，甚至賺錢供養情夫全家，並上門希望得到他太太的承諾，但終究落得人財兩失，還有〈今夜微雨〉裡的杜佳洛也是，她們都甘願在不平等的愛情中，對其所愛的男人義無反顧地飛蛾撲火。

未婚女子搖擺在父家與夫家之間，進退維谷，她們浪漫地追尋真愛，對於婚姻是既期待又怕受傷害。

鄭寶娟《單身進行式》裡受傷的寶萍也想用懷孕來解決未婚的窘境；采菁懂得守住處女之身，是她聰明之處，因此如願得到了她認為拿得出去的丈夫；卜冰拿掉覬覦她家錢財的男友的孩子，幾年後，悲哀地想著如果當時留下那孩子，也許會有個愛他的理由，即使兩個人終究沒有結局。

在當時的小說中也有女性利用「婚姻」作為找不到出路的解決之道。

---

3 蕭颯：《唯良的愛》，臺北：九歌出版社，1986 年 11 月，頁 35。

蘇偉貞〈不老紅塵〉裡的曾宇為了了結與一有婦之夫的戀情，企圖以「結婚」畫下終點；施叔青〈壁虎〉裡的女主角也說：「促成我產生背叛自己意識去跟一個我並不十分喜歡的男人結婚是緣由他將帶我遠離，擺脫了少女時代一些磨折心靈神經的苦痛記事。」[4] 曹又方〈纏綿〉裡的顧敏之覺得到了適婚年齡，而和也搞不清楚喜不喜歡的王吉之同居，逼婚後，她覺得結婚就是護身符，她依然任性，不相信丈夫可以把她怎麼樣。當然這樣的婚姻註定是悲劇。

還有的是因為寂寞而結婚或當人家情婦的女性。

蕭颯〈葉落〉裡的培芳——「伊受不了同事的唆弄，經不起母親來信的敦促，更耐不住那份寂寞，伊嫁了一個連在禮堂行禮時，仍嫌惡他邋遢的男人。」[5]〈水月緣〉中因為一時寂寞而再婚的清月，事後「懊悔自己倉卒草率的決定，更怨自己耐不住寂寞，這麼糊裡糊塗的嫁了個既沒錢財又沒人才的男人。」[6] 施叔青〈困〉裡的葉洽，是家中唯一的獨生女，所以總是害怕孤單，她找了個博士嫁了，因為她覺得再怎麼樣，兩個人在一起總比一個人強。

成長於八〇年代的女性，物質生活不虞匱乏後，開始注意到心靈的需求，因為「寂寞」而介入他人的婚姻成為第三者的「情婦形象」出現在小說中。袁瓊瓊〈荼蘼花的下午〉裡的碧淑，覺得自己已屆三十，還能怎麼樣？而且她已經習慣了身邊有個人的生活，她懼怕從前自己無聲無嗅的活著；廖輝英《窗口的女人》裡的朱庭月主動追求情婦的角色，因為隨著年齡的增長，她開始意識到情感要找到著落；《不歸路》裡一直處於被動的李芸兒，承受著方武男一次次的打罵、欺騙、冷落，可她全然接受，就像是犯了毒癮，戒不了了——「如果不是因為寂寞，我們實在無法瞭解為什

4　施叔青：《倒放的天梯》，香港：博益出版公司，1983年，頁1。

5　蕭颯：《日光夜景》，臺北：聯經出版社，1977年，頁78。

6　同註5，頁226。

麼一個女人會甘心任人蹧蹋身心至這等地步！」[7]

　　至於大陸女知青作家，曾遭受文化大革命的政治迫害，處理感情是「理性」重於「感性」，有的可能情感受騙，但懂得即時抽身；或者吃虧上當後，立刻悟醒。

　　航鷹的〈東方女性〉這篇小說不僅告誡已婚者要用心經營婚姻，而且還從側面去批判婚外戀情。她藉著方我素的口，讓她在走過那樣一段婚外戀後，勸誡也同樣成為他人婚姻第三者的小朵說：

> 「愛情是排他性的，但不應是害他性的。如果是以傷害別人為前提，何談純潔、美好呢？」
>
> 「你想過沒有，在別人的東西中，什麼是最寶貴的？不是金銀珠寶，是感情，是家庭的和諧與幸福。難道這不是人類視為最珍貴的東西嗎？」[8]

　　韋君宜〈飛灰〉裡已婚的嚴芬，忍痛埋葬愛情；王安憶〈金燦燦的落葉〉裡莫愁理性面對夫妻在婚姻中成長的問題，決定自我修正；宗璞〈紅豆〉裡的江玫不願被男友「物化」，理性面對彼此因為生活背景和政治立場的根本差異，忍痛與「貌合神離」的愛情分手；張抗抗〈北極光〉裡的陸岑岑在家長的安排下和理念不合的傅雲祥訂婚，後來，她勇敢地承認那段感情的錯誤；黃蓓佳的〈請與我同行〉裡的修莎，則能夠在認清愛情的錯誤時，及時抽身；陸星兒筆下〈啊，青鳥〉裡的榕榕──當她發現和丈夫有了隔閡，她並沒有自怨自艾，反而在困惑迷惘中尋求人生真理；方方〈船的沈沒〉裡的楚楚，經歷過一段愛情，她成長了，現在她只想憑自己

---

7 黃晴：〈從「油麻菜籽」到「不歸路」〉，《不歸路》，臺北：聯合報社，1983年，頁156。

8 馬漢茂編：《掙不斷的紅絲線──中國大陸的愛情、婚姻與性》，臺北：敦理出版社，民國76年10月，頁136～137。

的本事走完人生，她珍惜她的自尊。

　　而張潔筆下也多是堅毅的理性女子——〈祖母綠〉裡的曾令兒勇敢地面對被背叛的感情，北上接受勞改，獨自艱辛地撫養兒子長大。後來，勇敢地走過喪子的傷痛後，她的研究在國際上受到肯定；在〈愛，是不能忘記的〉我們見到鍾雨的愛情在傳統觀念的束縛下的無法解脫的痛苦，她不願以兩個家庭的破裂去換取自己的幸福；《方舟》寫的是在婚姻中跌跌撞撞的三個不幸的知識女性，處於理想與現實的衝突，為爭取女性獨立人格，理性地面對生活和事業的坎坷遭遇和奮鬥歷程。

　　由於社會約定俗成的期待，使得男性的責任義務大過女性，然而，經歷過文革，撐起半邊天的女性在面對困難與挫折，其化解與調適的能力也不輸給男性。

　　當然，在這些獨立的身影背後還是有柔軟的一面。

　　在張辛欣〈最後的停泊地〉我們見到那個情感豐厚的女主人公的內心，還是有著這樣的理解——「說到底我們在感情生活裡，從本質上永遠不可能完全『獨立』；永遠渴望和要求著一個歸宿。」[9]

　　當然，也不全然是每個女性都是為自己而活的——王小鷹〈失重〉裡的陶枝，原本自信愛情可以創造奇蹟，可當她理想破滅，她完全失卻自我，不再堅持——不過，這樣的例子卻不多。

　　由於兩岸生存空間的差異，比較其八〇年代的小說所呈現的最大不同點在於大陸經歷過文革，其小說裡的女性形象較為獨立自主，理性多於感性；而臺灣的物質環境提升，反而人們的抗壓性低，有的為愛不顧一切的女性，其挫折忍耐度甚至低到選擇「自殺」，這一點是大陸小說中很少見的。

　　廖輝英《盲點》裡的齊子沅，被她已婚的上司玩弄感情，她一直期待上司離婚，但上司的妻子找上門興師問罪，她在身敗名裂的情況下割腕自殺。

　　蕭颯《唯良的愛》裡的唯良的父親早逝，母親改嫁，所以從小就很沒有安全感，婚後她的家與家人是她生活的全部，當丈夫告訴她他有外遇的

9　張辛欣：《我們這個年紀的夢》，臺北：新地出版社，1988年2月，頁168。

事實後，她找第三者懇談，可是第三者說她不願放棄。她開始藉著自我傷害以消解胸中之氣，她也想要尋求自立，可是她三十三歲了又沒有專才，根本不容易找到工作。在婚姻無法挽回，尋求工作寄託又無望的情況下，她選擇以死亡結束痛苦。

蘇偉貞筆下的女性大抵上都是受過高等教育、獨立有自我見解的女性，可是愈是這樣的女性，面對愛情有時愈是過不了難關——〈陪他一段〉裡的費敏因為無法擁有完整的愛而走向絕境；〈舊愛〉裡和已婚的青梅竹馬戀人舊情復燃的典青，在恨不重逢未嫁時的遺憾中結束了生命。

〈伊甸不再〉，是朱天文早期的短篇小說。甄素蘭長期生活在父母失和、婚姻暴力、母親瘋癲的陰影下，她在掙扎中開啟自己的事業，但也讓她與有婦之夫——喬樵結合，她開始扮演第三者的角色和喬樵同居。她的幸福在目睹喬樵一家人和樂出現的畫面時，開始破滅。她終於明白自己將永遠無法擁有期待中完整的家。伊甸不再，童年的「全家福」被父親給破壞了；喬樵的「全家福」畫面讓她明白他始終不屬於自己。她最後選擇自殺結束不快樂的一生。

袁瓊瓊〈迴〉裡的素雲和阿發相戀，但阿發家裡嫌她大阿發五歲，要他們分手，她懷著身孕嫁給了不知情的保衡。婚後，她搬了兩次家，想和過去做個了斷。四年後，阿發來找尋小孩，要她和保衡攤牌，但他只要小孩，不要她。她無法那樣殘酷地對待保衡，於是選擇結束自己的生命。

這一類的自殺事件，總是很少出現在大陸的小說中。

(二)臺灣：顛覆母職；大陸：歌誦母愛

廖輝英〈焚燒的蝶〉裡的封碧娥為了讓兒女有個完整的家，她忍受丈夫外遇的事實，表現了傳統婦女為子女不計一切的犧牲奉獻的精神。但這樣的例子不多，又其《盲點》裡的丁素素和蕭颯《如何擺脫丈夫的方法》裡的苡天都是不會為了兒女而勉強自己去維繫生病了的婚姻的現代母親。

在臺灣八〇年代的女性小說中，出現了顛覆母職的情況，以往傳統無私奉獻的母親形象，受到了強烈的考驗和質疑。

　　蕭颯〈人道〉裡的蕙芬不想因為意外懷孕而改變原來出國唸書的計畫，幾經掙扎還是決定去做人工流產；又《走過從前》裡的沒有固定工作的立平，經過理性的考量，把她所不捨的兩個孩子，送還給分居的丈夫。廖輝英〈玫瑰的淚〉裡的衣黎，當她陷在婚姻裡的兵荒馬亂時，她覺得婚姻都失去了，還要留住小孩做什麼？又《朝顏》裡的汪玲瓏，在得知丈夫有外遇後，冷靜思考自己未來的計畫，決定捨下幼子出國，她覺得孩子終究也有自己的路要走；再看《落塵》中的宜苓根本不想那麼年輕就有小孩，她生產完第一個孩子後的四個月又再度懷孕，在婆婆和丈夫的懇求下，才打消拿掉小孩的念頭。當她勉強生下小孩後，根本毫無耐心去對待孩子。

　　八〇年代的臺灣女性小說不再歌頌母親，反而以書寫的方式去證明並不是每個女人天生就有當母親的能力或本事，母愛絕不是天生的。

　　其母愛的展現也不是沒有，只是出現在「情婦角色」的扮演上──袁瓊瓊〈顏振〉裡扮演著情婦角色的蔣碧瑜，總是能讓受挫的顏振在她懷裡得到慈母的溫暖；蘇偉貞《陪他一段》裡的費敏和比她小的藝術家談戀愛，她「疼他疼到連他錯了也不肯讓他知道，以免他難過的地步」[10] 而大陸的王安憶〈荒山之戀〉裡的「她」也是用全然的母愛包容著丈夫所有的一切。

　　大抵大陸作家是正面肯定母職的。

　　池莉〈月兒好〉裡的月好，並沒有因為人生旅途的坎坷而失志，反而教育出兩個懂事的雙胞胎兒子；張潔〈祖母綠〉裡的曾令兒在離開悔婚的左葳後，發現自己懷孕了，她「好像發現了一個金礦。一夜之間，她從一個窮光蛋，變成了百萬富翁。」[11] 然而，不難想像當時大腹便便的她處於勞動改造時期，那樣的處境是如何的艱難：

　　　　「你必須交待自己的錯誤，檢查犯錯誤的政治根源、思想根

---

10 蘇偉貞：《陪他一段》，臺北：洪範書店，1983 年，頁 194。
11 張潔：《張潔》，北京：人民文學出版社，1993 年 5 月，頁 246。

源、歷史根源、社會根源。這是和誰發生的？在哪兒？是初
犯，還是屢教不改？這樣做的動機和目的？」

「政策我們已經向你交待清楚了，如果你拒不交待和檢查，只
會加重對你的處分，延長你的改造時間。」[12]

　　不論上頭的人怎樣輪番找她談話，要她交待，她只是用雙手護著肚子，
不發一語。為了孩子，忍辱負重地承受肉體和精神的慘痛折磨。

　　然而，女性在生育的過程中能夠讓自己尋回另一個自己。好幾次，她
望著吃不飽的兒子，總有衝動想寫封信向左葳求救，不過還是沒寫出一封
信；只有一次，兒子病危，她急得沒了主意，便打了一通長途電話，不過
她還是沒有出聲。等到兒子退燒後，她喃喃地對他說：「你看，我沒有對
他說。我們還是撐過來了，對麼？等你長大了，你就知道，頂好的辦法是
誰也不靠，而是靠自己。」[13] 曾令兒說這話時，是多麼地語重心長啊！身
為母親的她更堅強了。兒子在名為「我的爸爸」的作文裡讚揚她的偉大，
說：媽媽是條好漢。

　　在航鷹的〈東方女性〉中則呈現了兩個不同的母親的心情。

　　原本想自殺的身懷六甲的第三者方我素，乞求林清芬的原諒，她請求
身為醫師的林清芬，希望她站在也是母親的立場，救救孩子，把他送給沒
有孩子的人家。

　　這是方我素的母愛流露，我們接著來看林清芬。

　　林清芬為方我素接生後，當她得知方我素還是沒有打消自殺的念頭時，
她理性地擔心事情萬一爆發，會影響兒女的前途發展，於是，便接方我素
回家，以保證她生命的安全。

　　這是兩個不同的母親，相同保護小孩的心情。

---

12 同註 11，頁 274。
13 同註 11，頁 252。

　　池莉〈太陽出世〉裡的李小蘭也表現了一個母親的擔當。李小蘭發現自己意外懷孕，因為經濟考量，決定拿掉小孩，就在重要關頭，她反悔了。她「邁著母親的穩重步態走出了人流室。全世界困難重重可嬰兒仍雨後春筍般冒出來。困難算什麼！」[14]

　　在王安憶的〈小城之戀〉裡女主人公經歷了性愛本能的期待與亢奮後，肚子裡的小生命喚起了她的母性意識，她發現自己又重新活了過來，也深刻體會對於新生命有著不可推卸的責任。

　　隨著兩岸不同的文明發展與社會的進步速度，女性在社會、政治和經濟上的地位，也因著其改變而有不同的定位，因此，女性為人母的角色與本性，在兩岸作家筆下也有著不同的形象呈現。

㈢臺灣：為「金錢」；大陸：為「生存」

　　八〇年代的臺北大都會是女作家筆下人物的活動區域，多采多姿的都市生活，成為四面八方而來的異鄉人追逐成功的標竿。生活空間的擁擠、人際關係的緊密，卻顯得生活在城市中的人物的寂寞。世故而冷漠的城市人，生活在物慾橫流、資訊發達的都會中，戀情的發生地點有辦公室、舞廳、酒吧、東區、西門町、百貨公司、會員俱樂部、飯店、咖啡廳、MTV、KTV，這些都是作家筆下小說人物生活的舞臺。

　　蕭颯〈馬氏一家〉裡的晴芳嫁給了談不上喜歡的小鍾，是因為她想過舒適的鍾太太生活；《如夢令》中的于珍為了過金錢無缺的生活，而以「性」作為工具，奪取好友的同居人；〈無題的畫〉裡的葉崇更是利用一個接著一個的更有價值的男友的更換來成就自己的事業；施叔青〈晚晴〉裡的倪元錦為了改善家裡的經濟狀況，而嫁給矮了她半個頭，且並不滿意的丈夫；李昂〈外遇連環套〉裡的李玲很明白情婦的角色，除了帶給她生活享受外，還能接濟鄉下的雙親，尤其對方是不離婚的，她對現有的一切

---

14 池莉：《一冬無雪／池莉文集2》，江蘇：江蘇文藝出版社，1999年4月，頁125。

感到滿意;《暗夜》裡的丁欣欣享受著和出手大方為她購買衣服皮鞋的葉原在一起的不勞而獲的快樂,後來她帶著更高的利益取向和留美歸國的孫新亞交往,儘管孫新亞對她說:「我朋友在美國講得真對,臺灣女孩,個個都太好『上』了嘛!」[15] 這話聽在有著情慾自主的她的耳中,也只能乖乖屈服;而曹又方的《美國月亮》則是反映了當時社會崇洋媚外的現象。

在臺灣的小說中有不少以現實利害為主的愛情,女性總是在婚姻中更加發現「金錢」的重要,在當時所反映的是——物質愈豐富,精神愈空虛。

蕭颯《愛情的季節》裡的林佩心拋棄貧窮的男友,轉而主動引誘追求她的有錢人戴維良,婚後,她過著少奶奶的生活,可內心總覺有所缺憾,就在她離家出走後,見到前男友婚後的依舊寒酸,她終於死心踏地又回到戴維良身邊;〈戰敗者〉裡的靜禎對於生意失敗、無心經營婚姻的丈夫是不屑一顧的,她覺得他無能,所以提出離婚;〈姿美的一日〉裡的姿美在累積了一定的財富,有房子有店面後,便不再把丈夫視為天。廖輝英〈今夜微雨〉裡的杜佳洛也是,當她明白丈夫不屬於她之後,便盤算著要保住自己的錢,給孩子一個保障;《油麻菜籽》裡的阿惠覺得母親把錢看得比一切還要重要。蘇偉貞《陌路》裡的黎之白是因為「錢」才有辦法和丈夫維繫著名存實亡的婚姻關係。

在對岸像這種為了「錢」不擇手段或不顧情面的描寫並不多,如程乃珊〈女兒經〉是一例——蓓沁的母親一直告誡她貧窮的可怕,使得她一心要抓住有錢已婚的乜唯平。但其他多數的小說大抵只是為了求取基本的「生存」——在鐵凝〈棉花垛〉中我們見到「性」是支配男女關係的關鍵,小說裡的女性利用美色,換取長期飯票或一時溫飽,甘願成為男性的玩物的命運悲劇。

王安憶的〈崗上的世紀〉裡的李小琴,是一個把命運完全掌握在自己手裡的女性。在小說裡我們完全見不到傳統女子的含蓄和矜持,有的只是一個沒有背景,只能把命運掌握在自己手裡,不願聽任別人擺佈的女子。

---

15 李昂:《暗夜》,臺北:李昂自印,1994 年 12 月,頁 43。

　　為求「生存」，大陸有著權謀利害的婚姻。

　　張辛欣〈最後的停泊地〉裡的女主人公的初戀對象，為了爭取留學，拋棄了她和他表妹結婚；黃蓓佳〈在那個炎熱的夏天〉裡的怡月則是被男主人公當成是事業跳板；又〈冬之旅〉裡的卉所以和小應的婚姻有了著落，卉的用盡心機，讓小應的單位組織得以插手干預的影響力也不容忽視。

　　池莉〈不談愛情〉裡的吉玲因為莊建非對她的疏忽，她提出了離婚。就在此時，莊建非醫院裡，到美國觀摩心臟移植手術的名額下來了，一位女主任和莊建非有了這樣的對話：

　　「你也想撈冰箱彩電？」

　　「我最想看看心臟移植。」

　　「那就好。外科你最有希望。但我似乎聽說你和妻子在鬧矛盾。」

　　「這有關係嗎？」

　　「當然。沒結婚的和婚後關係不好的一律不予考慮。」

　　「為什麼？」

　　「怕出去了不回來。」

　　「笑話。」

　　「不是笑話，有先例的。你們是在鬧嗎？」

　　「是的。她跑回娘家了。」

　　華茹芬這才抬起眼睛搜索了房間，說：「這事你告訴誰了？」

　　「曾大夫。」

　　「幼稚！這個時候誰都可能為了自己而殺別人一刀，曾大夫，他──你太幼稚了！」

　　「曾大夫會殺我嗎？」

　　「你現在應該考慮的是盡快與妻子和好。三天之內，你們倆要

笑嘻嘻出現在醫院，哪怕幾分鐘。」

「可是她媽媽的條件太苛刻了。」

「你全答應。」

「但這──」

「宰相肚裡能撐船，一切都咽下去，照我說的做！」[16]

在中國大陸，「政治」是左右兩性愛情、婚姻的黑手，家庭出身、個人成分、社會關係和政治面貌都是擇偶時必須考慮的標準，這當然造成了不少不幸的婚姻。

由於兩岸文化背景的差異，不難見出女性落實在生活中的「實際」所求。

㈣大陸：「文革」題材及其革命伴侶

大陸因為經歷過慘痛的文化大革命，所以其八〇年代的小說多數展現了作家對當時現狀的描寫與其沈重的內心反映，尤其是在這一類的題材中，所塑造出來的革命伴侶一路走來的情深意重，當然是在臺灣這邊所沒有的。

韋君宜〈舊夢難溫〉裡的男女主角，年少時她是跟著他才參加「反飢餓」運動的，是他寫詩編詩刊，她晚上特地跑到學生會，幫他刻鋼板的。還把名字改成了兩人同字顛倒，以示不二。

在「反右」時期，林喬輕信謠言和丈夫──喬林離異；她反躬自省，想想當時的自己「實在並沒有那種攀富貴棄糟糠的壞動機。自問和別的某些勢利眼婦女確是兩樣，所作所為無愧於心。頂多認識上不對，有點拉車不認路，過左。不過，那可不是自己一個人的問題。法不責眾嘛。」[17]

當喬林講述起她的妻子──不但尊重他，並且從一開始就不信那些流

---

16 池莉：《一冬無雪／池莉文集 2》，江蘇：江蘇文藝出版社，1995 年 8 月，頁 87～88。

17 韋君宜：《中國當代作家選集叢書──韋君宜》，北京：人民文學出版社，1995 年 12 月，頁 276。

言，努力要瞭解他；林喬更感受到自己的蒙昧。

宗璞《三生石》菩提和方知，一個是年近四十的癌症病人，一個是年輕的外科醫生；一個是共產黨員，一個是漏網右派。在這樣艱難的背景下，他們光明正大地申請結婚了；韋君宜〈飛灰〉裡的嚴芬和陳植是在同甘共苦中產生感情的。他們兩個一起挨批鬥，一塊串口供，一起在小小的臥室兼書房裡發牢騷，他們從談科學到政治，從談黨的傳統到民主，互相交了心。

一九八〇年，是大陸粉碎四人幫，積極推動「四個現代化」的時期，科技人才的充實又是科技現代化最迫切需要的，至於人才的來源——無庸置疑地，是那些在歷經了文化大革命浩劫下存活過來的中年高級知識份子，他們便成了整個「四化」的骨幹。[18] 出身於工人階級，卻對知識份子極為關懷的諶容，在此時所發表的〈人到中年〉所探討的正是這類中年高級知識份子的命運——陸文婷和傅家杰便是在堅苦卓絕的環境下相互協助成長的；而〈永遠是春天〉裡的韓臘梅和李夢雨的愛情也是經過革命的考驗，在艱困的環境背景下發展鞏固起來的。

㈤臺灣：「眷村」題材及其思鄉情懷

講起臺灣的「眷村」文學，第一個想到的是出身於眷村家庭的朱天心、朱天文，在她們自傳性質濃厚的「眷村」作品中，呈現了眷村地位的起伏，在她們所呈現給讀者的外省族群的空間經驗中，除了充滿著眷村氣息的文本，還有著強烈的族群認同與鄉愁，這當然是在對岸的作品中所沒有的。

而在朱天心以眷村為背景的書寫中，「除了顯示城市性格、質疑資本主義對人的異化，也埋藏著外省族群在經濟、政治失勢的焦慮以及文人物質缺乏的窘迫。」[19] 在這些小說中，所呈現的筆調是灰色的，總有著淡淡

---

18 吳達芸：《女性閱讀與小說評論》，臺南：臺南市立文化中心，1986 年 5 月，頁 41。

19 曾意晶：《族裔女作家文本中的空間經驗——以李昂、朱天心、利格拉樂・阿、利玉芳為例》，臺北：國立臺灣師範大學碩士論文，1998 年，論文摘要頁 2。

的哀愁，每個人物的靈魂都一直努力在尋找出路，可又像是困在生活的磨
難中，進退兩難。

以下以朱天心發表於八〇年代初的三篇小說為例，加以說明。

〈天之夕顏〉中的丁亭是眷村裡的孩子王，但快樂的童年隨著他父親
的退役而結束，父親退役後在家吃終身俸，等死，因為他得了氣喘，長年
吵得人不安寧，他一直覺得父親是他最大的恥辱。後來，父親帶著保險金
和朋友到山下開店，結果錢被騙了，才死心回家來。

有一天，父親被車子撞死了，他哭得很傷心，母親告訴他，他的親生
父親是怎麼死的，而她為了他，只好嫁了這個父親，要他不必如此傷心。
他心中感到「恨」，覺得自己的一生荒謬極了。

他愛上了一個女孩——紀塵，後來紀塵得了癌症，他想用強大的力量
緊緊地抱住她，不讓她走。紀塵死前忽然說要見他，她又哭又鬧，走得很
不甘心。那天，丁亭想起養大他的父親，那個從北方來的人。

服完兵役後，他仍不回家，可也不會讓他母親缺錢用。

〈閒夢遠〉講了一對家庭背景懸殊的眷村子女——楊展威的父親是村
裡的鄰里幹事，大小事情都歸他管，大家都叫他老楊；江薀的父親是軍醫，
大家見了她父親都恭恭敬敬地喊一聲江伯伯。她的生活、家庭和功課都太
清亮圓滿了。

楊展威沒上大學，當完兵後，自己開了個小舖子。這次同學會再見到
幼時彼此愛戀的江薀，才發現高中時和村裡的一些國中女孩廝混時，心中
總彷彿有一處是空的，原來是江薀占據了那麼久。

江薀他們家很早就搬離了那眷村，她上了北一女，又唸了大學，有一
個永遠準備一雙溫暖的手來迎接她的男友。多年來，她的心中也掛念著小
學時她所喜歡的楊展威，同學會時再見後，在回家路上的車上，她見到楊
展威自己獨自走著，並沒有和其他男同學接著去喝酒，她覺得很安慰放心。
她打開皮包，找到她剛剛在同學會中所脫下的銀戒，那是男友送的，每當
他們鬧彆扭，她總是脫下它，但仍收得好好的，一旦言歡，她又馬上戴好
它，擦得雪亮恨不得人人都看得到。

　　朱天心〈無事〉裡彥彥的母親，是二次東征棉湖之役後生的，她父親見東征軍的戰事慘烈，給她取名為大同，她是個家世背景不錯的人。彥彥的父親在臺灣遇見她母親時，她是個三十歲孤苦伶仃的人，她「不甘願做女人，但還是就這樣的嫁了他……他是個事事不徹底的人，所以讓她連落個半生潦倒落魄江湖的落拓之名亦不能夠。」[20] 母親各方面都比父親強，父親也怕了她一輩子，可是到頭來，她病了，自殺不成，便只得靜靜地承他照料。

　　環境弄人，讓這些離鄉流浪的人們，因為，或想終結孤寂，或想落地生根，而與他人結合，誰知也可能會衍生更難解的問題，對雙方都是——不見天日，抱懷著遺憾而活。朱天文〈小畢的故事〉也是一例。

　　小說描寫了大陸來臺的下層人民的「瑕疵」的婚姻。畢媽和工廠領班發生了關係，懷了小畢，但領班是個有家室的人，沒法對她負責，她絕望地割腕自殺不成，只好生下小畢，為了生活，她將小畢託給人家照顧，自己到舞廳上班。後來，她嫁給了在大陸已經有家室的來臺老兵，婚後，為他生下了兩個孩子。有一次，小畢偷東西，被畢爸教訓，小畢頂他說：「你又不是我爸爸，憑什麼打我。」畢媽為這話賞了小畢兩巴掌，並要小畢跪在畢爸面前請求原諒；畢爸對小畢說：要跪去跪你的親生爸爸，我承受不起。隔天，畢媽開瓦斯自殺了，畢爸後悔地說：結婚十年沒說過一句重話，沒想到她就把那句話當了真。

　　在眷村中成長的外省第二代作家，他們也經歷過身分的認同困境，於是透過小說所呈現的生活內容、自我思辨，表現出強烈的鄉愁，記錄了極具時代意涵的——「眷村」生活，這個短暫存在於臺灣歷史脈絡，已經式微的時代氛圍和文化環境。

㈥臺灣：長輩決定婚姻

　　施叔青〈回首，驀然〉裡的范水秀的父母為她選擇了一個留美博士當

---

[20] 朱天心：《昨日當我年輕時》，臺北：三三書坊，1987 年 5 月，頁188。

丈夫，他們從認識到結婚不到兩個月，就算范水秀後來在婚姻中跌跌撞撞，父母還是覺得他們的決定是對的，因為他們有這樣的權利；蘇偉貞〈情份〉裡的于平慧割捨了自己的所愛，接受相依為命的父親的安排嫁給唐隸，只因唐隸住得離他們家較近。此外，還有李昂〈殺夫〉裡的林市、廖輝英《油麻菜籽》裡的阿惠母親的結婚對象都是長輩決定的。

這一點在對岸的小說不但不多見，反而家長要子女自己主宰婚姻選擇權，像張潔〈祖母綠〉裡在愛情十字路口徘徊的女兒向母親求教時，母親給了中肯的意見後，要她自己作決定。

㈦大陸：離婚難

在八〇年代的臺灣小說中，提到離婚議題的並不多，最先想到的是蕭颯的〈走過從前〉，該小說是以施寄青的婚變為藍本，記錄女性面對婚變的心情還有處理的過程——得知消息後的懷疑、求證、證實後企圖挽回、與第三者談判、求神問卜，以溫柔體貼取代爭吵，向雙方家長甚至對方家長討救兵，還把可以傾訴的對象，包括同學、同事、朋友全都加入戰場，長期抗戰後，終於投降簽字離婚。

至於對岸這一類探討離婚「歷程」的小說就多得多了。

相對於西方離婚觀的自由開通，婚姻的穩定性一直是保守含蓄的中國人所自豪的。特別是在中國大陸「高離婚率曾被視作資本主義腐朽性的標誌，是家庭崩潰、社會不穩定的危險信號」[21] 所以，在八〇年代的小說中，我們見到他們在為求經濟穩定、社會發展的情況下，會用政治的力量，不管婚姻的質量，而去抑制離婚率的上揚。

諶容〈懶得離婚〉裡的那對夫妻從提出離婚後，家裡就沒安寧過。先是街坊鄰居來勸解，接著是親戚家族，最後出現來調解的一男一女——「單位和社區對婚戀當事人的行政控制除了在其違規時的組織處理外，還具有

---

21 徐安琪主編：《世紀之交中國人的愛情和婚姻》，北京：中國社會科學出版社，1997 年 9 月，頁 94。

其他多種功能，諸如幫助調解情侶或夫妻糾紛、維護當事人的合法權益、為大齡男女或業務骨幹當『紅娘』以及對其未婚夫（妻）的家庭出身、社會關係進行政治審查等。」[22]

　　這對幫助調解夫妻糾紛的男女在問過他們姓名、婚史後，便把婚姻法宣講一遍又一遍，認為他們的感情還沒有「確已破裂」，應該進行調解。

　　家裡高朋滿座的人群，勸告著他們夫妻倆別自找麻煩。他們也知道離婚是不容易的：要調解，要調查，要上法院。要把好多私事公諸於眾，弄得身敗名裂。

　　大陸的「離婚難」還可以在張潔《方舟》裡找到線索。

　　柳泉為了要擺脫把她當作性工具的丈夫而要求離婚，可是僅僅為了爭奪兒子的撫養權，那離婚案就拖了五年之久；梁倩和丈夫分居，丈夫料定梁倩家庭的社會地位不允許她離婚；荊華是順利離了婚，但也不敢有再婚的想法——

> 只要想起離婚這件事，她們到現在還心有餘悸，膽戰心驚。難怪一般人都要在離婚這一個詞彙前面，加上一個「鬧」字或「打」字。[23]

　　因為她們是那樣地走過，所以感受得到切膚之痛，她們認為離婚是一場身敗名裂，死去活來的搏鬥——

> 誰要想離婚，那就得有十足的勇氣，丟掉一切做人的尊嚴，把自己頂隱祕的、頂不好意思說出口的……對形形色色陌生的，有權干預你的婚姻的人們，重複、申訴個上百遍，以求他們理

---

22 同註 21，頁 56。
23 張潔：《方舟》，臺北：新地出版社，1990 年 4 月，頁 29。

解，以求他們恩准。這理由對他們也許荒誕無稽，對你卻是生命攸關。這景況如同把衣服扒個精光，赤身裸體地站在千百人的面前。[24]

透過以上文字敘述的歷歷在目，我們更不難想像當時在大陸離婚的困難重重。此外，在大陸往往婚姻家庭的完滿，還影響著當事人的前途遠景。

通常知識女性面對背叛自己的丈夫都是決心離婚的，可是那念頭往往如曇花一現。航鷹〈東方女性〉裡的林清芬最終還是沒有和丈夫離婚，也許因為在舊有文化的浸染下，她們的離異觀也更保守，對於離婚的後顧之憂也比較多，比如，孩子的前途，就是最大的考慮因素；再者，也許因為「傳統觀念的根深蒂固，離異女子在婚姻市場上往往更具劣勢，她們因生理上已『失貞』和名譽上的『失分』而自身價值被貶，再婚前景往往不如離異男子樂觀。」[25]這一點在張潔《方舟》裡也可以見到。

「四人幫」橫行的那幾年實行半夜三更清查戶口，離過婚的荊華和柳泉的單元沒有一次不被查的，好像她們那裡藏著好幾個野男人似的。起先她還以為家家都得查，後來才知道人家是有重點的。在一般人眼裡——離過婚的女人，都是不正經的女人。

因為離婚過程的繁難，使得當時在中國大陸的婚姻表面上看起來是屬於高穩定性的，其實骨子裡卻是低質量的。再加上中國人是個講面子的民族，就拿張抗抗〈北極光〉裡的陸岑岑要和未婚夫解除婚約來說，未婚夫的第一個反應是：他該怎麼樣去面對他的親朋好友。由此可知，更何況那些跳進了婚姻陷阱裡的人，想要逃出來更是難上加難了。

---

24 同註 23，頁 30。
25 同註 21，頁 101。

四、相同點

㈠著重婚姻生活的探討

蕭颯〈死了一個國中女生之後〉從藍惠的眼中見其父母，她知道她那會彈琴、愛看書的母親，相當後悔憑媒妁之言嫁給了只會做生意，沒有一點藝術修養的父親；施叔青〈困〉裡的葉洽，婚後承認她與丈夫沒有任何共通點；廖輝英《藍色第五季》裡一結婚就發現錯了的季玫，坦承從未與丈夫享受過相濡以沫的滋味；袁瓊瓊〈燒〉裡的安桃和蘇偉貞〈兩世一生〉裡的余正芳都在婚姻中和另一半進行著「角力賽」。

朱天心〈鶴妻〉寫一個喪妻不久的鰥夫，在探索家庭的角落時，透過妻子生前所購買的家庭用品，意識到家庭主婦生活空間的貧脊與乏味。又〈新黨十九日〉也從側面寫出了以「廚房」為主的家庭主婦，從未看過晚間新聞的空虛而狹隘的生活型態。

蘇偉貞〈矮牆〉裡的「她」和軍人丈夫聚少離多，「她」和一個同是已婚的女性好友合租了一間房，這間房是她想要出走的心靈寄託；〈離家出走〉裡的仲雙文丟下一個她先生認為的好好的家和有前途的工作消失了，她先生放棄尋找她之後，才發現自己對她並不熟悉。又〈斷線〉裡的「她」和丈夫奉子成婚，婚後她感到孤單，因為丈夫常應酬，又有複雜的婚外關係，她常幻想他消失在她的世界裡，生產時，她找不到他為手術簽名，她也沒有當母親的喜悅。她在國中教書，後來申請赴美進修，同時把小孩帶到美國唸書，沒想到發生車禍，孩子意外喪生。她按習慣打電話給丈夫，決心瞞他，然後失蹤。她找了她的同學，訴說她的婚姻，之後，消失在大學的校園裡，從此丈夫再也沒有她的下落。

這些小說都表現臺灣社會轉型期，舊式婚姻家庭處於破裂中的真相。蕭颯《小鎮醫生的愛情》更是撕裂了表象完美的模範家庭的假面具——六十歲的王利一從臺北的大醫院退休後，回鄉開了一間小診所。他和第二任妻子從未吵架，生活有條有理，可是他卻占有了他的年輕護士劉光美，劉

光美跑回家後，被母親打了一頓，可是當王利一來接劉光美時，母親還交代王利一要好好待他。從此劉光美進入了他們的家庭，她不上樓去，王利一的妻子也不下樓來，王利一享著齊人之福，在妻子身上滿足道義的完善，在劉光美身上尋求青春和情慾的滿足。難得的是劉光美面對他人的追求絲毫不動心，後來，王利一的妻子鬧離家出走，劉光美在王利一的兒媳的勸說和幫助下離開王利一到臺北找工作，離開後，兩人還藕斷絲連，一直到王利一的妻子因氣病而死，劉光美才下定決心離開王利一。

而在大陸這邊所著重的婚姻生活的探討，較多的也是在精神方面的提升。〈飛灰〉裡的嚴芬和〈錦繡谷之戀〉裡的女主人公都是經濟獨立的現代女性，她們不像傳統「嫁雞隨雞，嫁狗隨狗」的女性，只求生活溫飽；她們更多地是要求婚姻精神層面的提升。

池莉在〈少婦的沙灘〉中描繪了婚後女子面對婚姻的無奈。女性嫁入一個新環境，面對新生活，丈夫如果無法扮演好橋樑的角色，將衍生諸多問題；妻子如果無法拿捏所扮演的角色的尺度，也將產生婚姻危機。黃蓓佳〈冬之旅〉裡的卉，也是因未能認清妻子的角色，而造成更嚴重的婚姻悲劇。

張辛欣〈我們這個年紀的夢〉裡的女主人公曾因快樂的童年而懷有夢想，但她的夢想卻隨著婚姻的現實生活，一點一滴地打碎，當她為了生活而盤算，為了菜價每天在市場和人討價還價，什麼白馬王子簡直就離她愈來愈遠。幻夢的覺醒，代表一種成長，也許日後她將克服自身的障礙，開始適應對方的生活方式或者溝通她的想法。

婚姻生活在一個女人的生命中占著相當重要的部分，兩岸的小說家皆看重了該部分，而從各個角度或深或淺地探究女性的婚姻生活，可說是為中國女性婚姻史的接續提供了很好的一頁。

(二)顛覆父權傳統

一九七〇年美國爆發激進的婦女解放運動，這對國內的知識女性產生了相當的影響；加以當時國內的社會環境是處在一個社會轉型、經濟起飛

的最佳狀態，這為現代女性意識的覺醒與發展，提供了肥沃的土壤。

臺灣的女性文學在六〇、七〇年代是一重要探索期，在此期間女性文學在逐步中成長，為八〇年代崛起的浩大聲勢，奠立了深厚的基礎。

愛情與婚姻對女人來說似乎是生命中最重要的全部，但她們總是在當這兩者不如意時，才會與事業連在一起。在臺灣當代的小說中，很多作品裡的女主人公都是因為感情受創有所覺悟，轉而往事業發展，呂秀蓮的〈這三個女人〉便是最好的例子。作者在小說中創造了三個女子不同的人生際遇，透過描寫她們對兩性、婚姻、家庭與事業的看法與省悟，藉以闡揚其女性主義之觀點。透過這三個女人的故事，我們見到作者所希冀的兩性的社會關係是在「愛」中有「合作」、有「溝通」，而不是處於「對立」、「競爭」的「恨」意中。

八〇年代的臺灣家庭雖多半是人口簡單的核心家庭——丈夫、妻子、小孩，但當時職業婦女的最大困境是，她們已不同於傳統婦女，她們和男性一樣是家庭的「生產者」，而非「消費者」，可是她們卻仍舊必須要擔負起傳統婦女的角色，在傳統觀念中的兩性地位關係並沒有與時俱進的狀況下——家務和小孩都是女人的責任——職業婦女只是蠟燭兩頭燒，當有一天她們承擔不了那樣的壓力，婚姻便容易產生問題。

走過婚姻的挫敗，成為獨立自主的女性，活出自己的一片天，如廖輝英《盲點》裡的丁素素、袁瓊瓊《自己的天空》裡的靜敏、蕭颯《走過從前》裡的何立平，這些女性形象的出現，打破了長久以來父系社會所緊握著的對女性的宰制權。

朱秀娟《女強人》裡高考落榜的林欣華從一個在公司裡什麼都不會的小職員，蛻變提升到可以在商場上叱吒風雲，與男性並駕齊驅的女企業家。

這種「女強人」形象，在大陸的小說中，尤為多見。

為了擴大自己的聲音，女性武裝起自己，反抗男性，但卻在不知不覺中向男性靠攏，漸而培養出男性的特質以成為自己的保護色，認同男性，相對地減弱了女性的柔美特質，造成女性自身的失落，這是極致雄化的反效果。張辛欣〈我在哪兒錯過了你〉裡的女主人公便是一例——「我常常

寧願有意隱去女性的特點，為了生存，為了往前闖！不知不覺，我便成了
這樣！」[26] 她的行為逾越了傳統社會所加諸女性的要求，然而，當她遇上
她所心儀的對象時，她那沈睡許久的女性的一面，便被喚醒了。可是只要
一接觸到工作──她便又無法克制地把她「男性」的一面顯露了出來。和
男友爭執過後，她便後悔了，她十分感傷地想：「我以為那只是一件男式
外衣，哪想到已經深深滲入我的氣質中，想脫也脫不下來！」[27]

　　社會主義制度的建立，為女性創造了與男性同等的工作條件，在兩性
平等觀念的導引下，與男性並駕齊驅的目標成了女性往前的力量，新時期
的「男女都一樣」的政治意識時代，造就了女性的充分自信，而所謂的「女
強人」就在這種情況下產生了。

　　張潔《方舟》裡那三個覺醒程度不同的女性，卻都相同地向男權提出
回擊；在程乃珊〈當我們不再年輕的時候〉我們見到女性因為政治和社會
的迫害，其人格形象的扭曲，女性雄化所產生問題，在「男女都一樣」的
口號下，還是得不到解決，性別歧視依然存在。

　　在七〇年代的文學作品中出現了不少只談革命，不談愛情；不愛紅裝，
愛武裝的「男性化的女人」；八〇年代則出現了過分在事業上與男性較勁
的「大女人」，但這些「大女人」又似乎是被環境所逼。

　　政治經濟的變遷與開放，經濟景氣的發展，女權運動讓女性地位得以
提升，這些社會環境的因素，影響著兩岸女作家的創作意識。她們筆下的
女性已懂得審視自己，她們不再依賴男人，而是擺脫了過去對男人的那種
崇拜和神話，她們懂得去追求自己所想要的生活，她們已經能夠培養在自
己的抉擇中，具有面對困難、解決事情的能力以及面對痛苦的容忍力。在
這種情形之下，她們的心理和人格，隨著其意識在環境的磨練下，將更加
堅強和健全。她們的愈挫愈勇，在在對傳統父權提出挑戰。

---

26 呂晴飛主編：《當代青年女作家評傳》，河北：中國婦女出版社，1990 年 6 月，
　　頁 523。
27 同註 26。

(三)反傳統世俗禁忌

　　講到「性」，在臺灣女作家的作品中第一個想到的是李昂的《殺夫》，小說裡寫實的性動作描寫，無疑是對封建的父權主義提出了控訴與制裁——林市終於在無法忍受丈夫精神與肉體凌虐的狀況下，做出了最後的反抗。《暗夜》比起《殺夫》對於潛在的社會問題（資本主義社會，物質充裕，精神空虛）又有了更進一層的探討，該小說曾因描寫露骨而遭到查禁——丁欣欣和李琳是在社會陰暗面不被注意的兩個女性，前者是在不只一個男人的身上尋求金錢與性愛的縱情快樂，但她卻是一事無成的女大學生；後者則是個四十歲一直處於性壓抑的有夫之婦，丈夫在情婦身上釋放熱情，她則和丈夫的朋友有了性關係，且為他墮胎而造成身心的折磨，最後，丈夫得知姦情，想必她日後的煎熬又更深。

　　女作家們大膽地藉著筆下的女性，講述她們的精神需求，那些感官形象看似肉感的性行為的明喻或暗喻的描寫，實際上是潛入了女性生命本體，在深層結構上直接表現了女人物質與精神上的兩面，真實展示了女性的性心理，釋放了女性的性能量，站在女性本位的立場提示並伸張了女性應有的性權利，無疑對中國女性的傳統文化性心理的結構，形成一股強大的衝擊。

　　在大陸八〇年代中期後，新一代的女作家將愛情題材引向「性愛」的境界，對於現代性愛的追求，在精神上更為提升，在行動上更為大膽，從對性的迴避、性的關注到對女性性心理的揭示，展現了完全女性化的自覺，她們從長期以來的性壓迫以及性壓抑的禁慾文化中掙脫，男性在性活動中不再居主導地位，女性也不甘於只能默默承受，她們開始意識到心底深處性愛意識的確實存在。女作家們所正視的「性愛」領域不但貼近了女性生命本身，更重要的是張揚了其女性意識。

　　談到新時期的性愛小說，第一個想到的是王安憶後期發表的「三戀」，這三篇小說對兩性加以辨別，試圖透過兩性關係去探索人性的複雜面，已經能夠敏感地注意到性別的差異問題。

　　〈荒山之戀〉裡的兩位女主人公，她們一個是內向、柔弱的男主人公

的妻子，一個是他婚外戀的情人，這兩個女人為了成就她們的母愛意識和
性愛意識，在男主人公的身上耗盡了她們的青春和生命；在〈小城之戀〉
中，我們見到男女主人公在不可抑制的性愛驅使下，展開一場野性的肉搏
戰，從迷亂焦灼的性渴求，到沮喪疲憊的性消蝕，他們利用痛苦的互毆，
發洩其性苦悶。為使男女雙方的愛情能夠和諧發展，精神世界是必須不斷
充實和拓展的，王安憶的第三篇性愛小說——〈錦繡谷之戀〉也講到了這
個主題；到了一九八九年，王安憶發表了〈崗上的世紀〉更是極致發揮了
女性本位主義。

在兩岸女作家關於性的書寫中，我們見到作家正視這份來自生命深處
的原始衝動，並肯定其合理性，進而提升自己。她們明白兩性關係既是人
生中無往不在且無法避免的基本現象，那麼就必須學習在衝動強烈的肉體
愛和深厚持久的精神愛兩者之間尋求中庸之點。在這個不再囿於刻板禮教
守忠，而著重於追求個人性愛意識自由的年代中，我們的確見識到了女性
的成長。

㈣女性特質的展現

在臺灣八〇年代的女性小說裡出現傳統女性鮮明形象的，以蕭麗紅的
作品為最。《千江有水千江月》裡的貞觀的二姨也是一個例子，傳統文化
對於女性的宰制力量尤以寡婦最深，雖然昔日的貞節牌坊已不復出現，但
一女不事二夫的貞操觀仍影響著傳統婦女，女人一旦成為寡婦後，只能夫
死從子，壓抑自我的情慾，無奈的等待著生命的終點。而貞觀的大妗，是
集所有認命於一身的女性，丈夫出征南洋，三十年來生死未卜，她如寡婦
般恪守婦道的伺候公婆與兒子，甚至當丈夫帶著另娶的女子歸來時，她仍
毫無芥蒂的接納他們。當所有的讚賞集中在她身上時，她以向神明許下出
家的承諾為由，執意還願，但從另一個角度看，出家或許是她逃避現實的
最好選擇，既能符合傳統要求女性接受男性納妾的陋習，又能讓她保持著
「婦德」的形象。

女性似乎有一種為了所愛的人犧牲成全的勇氣，尤其在艱困的環境中

掙扎圖存，把她們的韌性表露無遺，航鷹的〈前妻〉又是一例——我們在王春花身上見到了寬容，女人常常有一股為所愛之人挺身而出的意想不到的勇氣；另外一個例證是諶容〈永遠是春天〉裡的韓臘梅，當「造反派」批鬥她的前夫時，她並不因為前夫迫於大環境的變心而記恨，反而挺身而出，為他辯解澄清。女人的韌性總是在艱困的環境中呈現。

透過以上小說男女主人公遇事時的強烈對比，不難見出女作家們企圖在小說中所反映的女性的可貴特質，尤其是新時期的女作家受到社會因素與文化背景的影響，在其作品中或多或少都會流露出其性別意識。她們並不刻意宣揚女權主義，但其對女性的關注卻自然地展現在其作品當中。

韋君宜在〈洗禮〉中，極力集中描繪劉麗文這個具有深度的知識女性，她有是非道德觀，富有正義感，能言人所不敢言；陸星兒〈美的結構〉裡的林楠是一個執著地安排自己生活道路的女子；喬雪竹〈北國紅豆也相思〉裡的魯曉芝掙脫包辦婚姻後，為了實現理想，離開貧瘠的農村到大森林，艱辛地為她的事業奮鬥，詠出了頑強生命的謳歌，有著廣博的女性意識；池莉〈月兒好〉裡的月好，還有王安憶〈流逝〉裡的端麗也都是在遭受挫折的環境中，發現自己除了賢妻良母的角色外，還擁有追求事業理想的潛能。

張潔是新時期特別把寫作的焦點擺在關注女性命運的問題上面的女作家之一。在她的小說中我們見到在新舊交替的時代裡女性艱難的覺醒，她塑造了幾個不屈服於命運安排，不妥協於環境壓力，在生活的磨練中，愈挫愈勇的女性形象——〈祖母綠〉裡的曾令兒也是個敢愛敢恨的女子。當她為左葳頂罪時，站在臺上接受批判，還微微地笑著，為了所愛而犧牲，她覺得值得，儘管後來自私的左葳背棄了她，她也忠於自己的選擇；〈愛，是不能忘記的〉裡的鍾雨執著地守著一段真摯的、理想中的愛情，無怨無悔；《方舟》裡的三位女主人公毅然決然走出失敗的婚姻，把精神寄託在事業上，在不斷地追求與幻滅中，奮發向上。

女性在婚姻中總渴望來自另一半的呼應，但如果兩性之間不同步，有些臨危不亂的女性會勇敢走出渾沌，其擁抱事業的表現，絕對會讓男性刮目相看的。關於這一點，兩岸的女作家都從不同的方面去呈現女性的潛能

與其特殊的風格和氣質；尤其她們的小說沒有過去女性文學的剛強的桀驁
不馴，反而有著女性平穩而自信的特質。

(五)女性意識的逐漸加強

　　兩岸女性小說裡的成長模式，先是其女性意識的覺醒，接著尋求經濟
獨立，再來是努力實現自我。她們在犧牲自我的過程中發現其衝突與矛盾，
在反思抉擇中尋求自我意識的解脫，因此，開始正視自己的需要。

　　范銘如教授在論及臺灣八〇年代的女性小說時說：「八〇年代女性大
量、多樣地書寫與閱讀以愛情為主題的小說，不代表她們逃避、消遣，更
不代表其『天真無知』；相反地，它意味著女性自主意識的抬頭，她們企
圖由愛情中解碼，找出成為兩性私密關係裡主導、強勢的奧義。」[28]

　　臺灣現代文學發展走過現代主義、鄉土文學階段，在七〇、八〇年代
交替之際，一群新興女性創作者突然受到文壇重視並被稱為「閨秀文學」
作家，對於長期處於男性主導下被忽略的女作家來說，她們的耕耘努力總
是有了撥雲見日的機會了。在蕭麗紅筆下最突出的人物是誠摯認命和看透
人世的女性。《千江有水千江月》是她的代表作，小說中提供了豐富的女
性經驗，文本中的女性以「認命」的態度生活，並影響下一代，比如貞觀
的母親，從小不斷被灌輸著傳統的婦德與男尊女卑觀念，被訓練成為一個
好妻子、好母親、好媳婦的完美女人，母親還不准貞觀將衣服與弟弟們的
作一盆洗，連弟弟們脫下來的鞋，都不准貞觀提腳跨過去，而必須繞路而行。

　　作者利用這樣的書寫，「自覺」地揭示了男女不平等的現實是必須被
正視的。

　　袁瓊瓊〈自己的天空〉裡的靜敏在得知丈夫有了外遇後，不願接受夫
家所安排的「同居」的兩全其美的辦法，反而提出離婚的要求，主動掙脫
婚姻的枷鎖，她要成為一個自主的女性；廖輝英《盲點》裡的陸萍也是一

---

28 范銘如：《眾裡尋她——臺灣女性小說縱論》，臺北：麥田出版社，2002 年 3
　月，頁 156。

個毅然走出品質不良的婚姻，尋求自由的女子；《朝顏》裡走過低潮的蘇荷、蕭颯《走過從前》婚後的立平、《唯良的愛》裡的安萍，這幾位都是在現實生活中受挫的女性，她們憑著自我的毅力，努力不懈充實自己，在自己有能力面對生活的同時，也不忘給予他人關懷與支持。

又蕭颯《小鎮醫生的愛情》裡的媳婦面對公公王利一的外遇，並沒有任何譴責、抱怨或痛恨劉光美，反而還會時常站在兩方的立場去做協調。顯示了臺灣現代青年可以成熟到去理解感情與婚姻制度有時是可以分開去看待的。

中共在一九八八年，中國婦女第六次全國代表大會工作報告指出：當代婦女要爭取自身的進一步解放，必須努力提高思想道德素質和科學文化素質，樹立自尊、自信、自立、自強的新女性意識。[29]這「四自」的精神，是要女性從精神上擺脫依附狀態，發展獨立健全的人格。

王安憶〈雨，沙沙沙〉裡的雯雯和韋君宜〈洗禮〉裡的劉麗文都是勇敢地忠於自我女性，甚至勇於面對錯誤；這一點在問彬〈心祭〉裡的「我」的身上也可見到——「我」不但客觀地描述了她們這群女兒是如何扼殺了母親第二春的愛情，造成母親終生的遺憾外，還「展示了當代女性敢於正視自身弱點，進而否定自身，尋求現代生活價值的悲愴和莊嚴。」[30]敘述者「我」在母親過世後，試著揣想母親的心，她想母親一定多次想過：這些有知識、懂得生活價值的後輩們，應該會支持和贊許她的希望與追求；可事實並非如此。「我」懷著深沈的負罪感「勇於反省和自責，自覺地清理自己頭腦中存在的各種錯誤思想」。[31]

[29] 周裕新主編：《現代女性心理》，上海：上海社會科學院出版社，1998年1月，頁39。

[30] 任孚先、王光東：《山東新時期小說論稿》，濟南：山東教育出版社，1991年12月，頁266。

[31] 賀興安：〈婦女解放的一聲深長的呼吁〉，北京《作品與爭鳴》，1982年9月，第九期，頁20。

(六)婚戀觀的進步

婚戀題材小說可說是兩性關係的縮影。

呂秀蓮《這三個女人》裡的汪雲在丈夫死後,受到亡夫好友歐富川的開導。有一次在特殊的時空環境下,她感受到和歐富川之間一種似有若無的曖昧情愫。於是她和歐富川有了這樣的對話。

> 「我想我現在可以接受感情的發生與道德無關的說法,感情常在某種機緣、某種情境下產生,凡是有血有肉的人難免都會有此經驗;那些大驚小怪的,只因他們機緣未到。至於道德不道德,應該就感情的處理方式予以判斷。」
>
> 「……但我承認亦宏感情出軌,我要負部分責任,我太不成熟,甚至於……太差勁了。」[32]

歐富川把第三者對汪雲方的丈夫在金錢和精神上的支持告訴她,她才頓悟:原來當年當她在洗三溫暖,逛委託行拋鈔票時,丈夫卻在為每天的三點半焦頭爛額。而這一切居然要在丈夫死後三年才知曉。是丈夫捨不得她操心煩惱?還是怕她哭鬧嘮叨?

許玉芝呢?她覺悟到:「閉門索居的妻子未必能拴住她的丈夫,一個決心重建自我的女人也無須甩掉婚姻包袱。」[33] 她相信自己會擅用其資質與天賦,既做好賢妻良母,更做好獨立、自主的女人!

至於高秀如,則相當公允地面對婚姻問題:

> 與其勸導離婚,我寧可鼓勵他們面對現實,重建自我,使自己

---

[32] 呂秀蓮:《這三個女人》,臺北:自立晚報社,1985 年 8 月,頁 103。
[33] 同註 32,頁 58。

學會在婚姻的硬格中伸縮自如，進退有據，因為就像結婚不是人生的避風港，離婚，也非煩惱的止痛丹。[34]

她所追求的新女性主義是在獨立自主的性格中兼具賢妻良母的角色的。

相當難得的是，我們在這篇小說中見到這些覺醒的女性還是保有傳統女性的特質，並沒有一概否定他們的陰柔之美。高秀如仍然期待和諧而平等的兩性關係；許玉芝在突破賢妻良母的角色格局後，同樣珍惜她的婚姻與家庭生活；汪雲經過自我檢討，人同此心地去體會亡夫外遇的心情，並且對第三者表現出惺惺相惜的情感。這不同於其他激進女性主義者一昧地要求與男性平起平坐，而忽略了兩性的不同特性。

對岸也是如此。隨著時代的變遷，八〇年代的女作家對愛情的理解有著較豐厚的深度，我們見到她們筆下的女性的精神成長，以及她們在愛情中對人生目標追逐的價值觀，她們從對愛情、婚姻的希望到失望，進而以自省意識努力活出自己。

此外，女作家把愛情題材放到文學的恰當位置上，讓小說人物能夠在愛情中流露自然的本性，同時也證明了那和純粹的動物性是不同的，誠如韋君宜的〈飛灰〉、航鷹的〈楓林晚〉和問彬的〈心祭〉裡的三對黃昏愛侶，他們的愛悅，已超越了外貌和形體上的相互吸引的因素，這無疑呈現了人類所獨有的高尚而美好的感情。

㈦表現現代女性的困境

八〇年代的臺灣女性小說以探討兩性關係的題材受到關注，因為當時婦女運動蓬勃發展，婦女面臨著家庭與事業所處的立場的雙重考驗，廖輝英曾就此時期的兩性關係說：「身處轉型期社會之中，目睹男女兩性同樣在新舊交纏之下，面臨了安身立命最大的困頓艱難，不僅在現有社會中，適應一己之多重角色，存在著極大的衝突和困難；而且彼此對於相互情境、

---

[34] 同註 32，頁 52。

對應關係，一時也陷入了道德規範青黃不接的混亂狀況。換言之，現代男女，不僅自處艱困，相處也有或明或暗、如此那般的危機。對紅塵兒女而言，一切皆在不安定的轉換與錯亂之中紛擾，於是，個別行為，通常也有意料之外的非常情表現。所以，現代男女，其實必須飽受傳統例行與現代專有的雙重磨難之煎熬，無疑苦過從前那些世代的男男女女。」[35]

呂秀蓮在《這三個女人》中藉著高秀如的口說：

> 一個女人如果沒結婚，一個結了婚的女人如果沒有生育，或者一個生過小孩的女人如果沒生男孩，這都是一種缺陷，不只是他個人的缺陷，更是他嫁所屬的整個家族的缺陷。[36]

這段話很現實地講出了當時女性的生存困境。於是我們見到了袁瓊瓊〈小青與宋祥〉裡只要同居，不願結婚的小青，她認為女人會被摧毀在婚姻裡──「要擔負一切事，懷孕生子，操持家務，忍耐你們男人的薄倖、無情、自私自大、糊塗、任性！」[37]

此外，現代女性還有一個困境就是自我成長的速度快得讓另一半追趕不及，因此，產生了隔閡與落差。像蕭颯《如何擺脫丈夫的方法》裡的莀天即是因此而離婚。

廖輝英在〈紅塵劫〉裡寫出了在工作上已能獨當一面的黎欣欣仍然遭到性別歧視的窘境。黎欣欣因為加班和男同事夜宿辦公室，總經理給她扣上了有損名節的帽子，而遭到革職；當她對於男同事沒被開除而提出抗議時，總經理回答說：「公司這樣處理經過很慎重的考慮，事實上我們做這個決定，也是基於愛護你的立場，閒言可怕，愈傳愈盛，你留下來永遠抬不起頭。為了讓大家不再公開談論，所以留下唐兆民，都是同事，有他在，

---

35 廖輝英：《今夜微雨》，臺北：聯經出版社，1986 年 3 月，頁 2、3。
36 同註 32，頁 44。
37 袁瓊瓊：《自己的天空》，臺北：洪範書店，1981 年，頁 121。

大家會忌諱點；而且這種事吃虧的本來就是女性。」[38] 傳統兩性觀所設立的疆界，讓職業女性感到窒息。

在對岸也可以見到關於性別歧視與職場騷擾的題材。張潔《方舟》裡的梁倩在導戲過程，受到男性的百般刁難與歧視，戲殺青後，又無故被封殺、禁演；荊華發表的論文遭指責，受到書記的支持，卻又捲入情色風暴中；柳泉在工作上一直受到排擠，上司也仗著權勢，想吃她豆腐。

此外，女性兼顧事業與家庭的辛苦與艱難，也是其困境之一。諶容〈人到中年〉裡的女醫師陸文婷——

> 每天中午，不論酷暑和嚴寒，陸文婷往返奔波在醫院和家庭之間，放下手術刀拿起切菜刀，脫下白大褂繫上藍圍裙。可以毫不誇張地說，這是分秒必爭的戰鬥。[39]

兩岸的女作家真實展現女性生活於現實的難處與堅忍。

(八) 兩性平等的追求

廖輝英可堪稱是八〇年代女性小說作家的代表，其小說代言了臺灣一半人口的心聲，她「巧妙地運用種種反父權策略，於精神上或形體上閹割了作品中的男性人物，彰顯女性主體論述；但因自身成長背景使然，作家溫柔敦厚的人格特質含蘊於小說中，顯示在其對男性人物的塑造，並未對男性大加撻伐；而透過婚姻變奏的情節，演譯女性救贖與成長的方式，闡述新女性的出路，這使得小說風格呈現作家期望兩性平等、溫柔相待之標的。」[40] 從她的《油麻菜籽》我們見到傳統的母親要把加諸在自己身上的

---

38 廖輝英：《油麻菜籽》，臺北：皇冠出版社，1983 年 12 月，頁 143。

39 諶容：《諶容》，北京：人民文學出版社，1993 年 5 月，頁 31。

40 莊淑玲：《廖輝英女性小說研究》，臺北：南華大學文學研究所碩士論文，2002 年，論文摘要頁 2。

苦難，再套用在女兒阿惠身上。當阿惠抗議母親重男輕女的差別待遇時，母親要她不要計較，說女孩子是油麻菜籽命，落到那裡就長到那裡；而哥哥則是要傳香煙的。母親認為家裡那麼窮還讓她唸書，沒去當女工，她已經要知福了；而當阿惠考上大學時，母親竟對著成績單感慨說：「豬不肥，肥到狗身上去。」

在朱天文〈最想念的季節〉中也很明顯地傳達了女性努力與男性齊頭的想望與行動。廖香妹懷了她的老闆一個有婦之夫的孩子，老闆無法負責，但她想要生下這個孩子，她明白非婚生子女的不合法的社會現實。為了要給小孩一個姓，她和畢寶亮在朋友輾轉的介紹下認識了，畢寶亮願意簽下以一年為期的婚約同意書，孩子出世後就可以離婚。婚後，經濟獨立的廖香妹和畢寶亮分擔著家用；畢寶亮的生活也因為結婚有了改變，後來，廖香妹因工作意外，小孩流產了。一年期限到了，可是他們倆都願意讓婚約延長。一個原本只要孩子，不要父親的「交易」，卻得來意外的收穫。

在《這三個女人》中呂秀蓮彷彿化身為小說中的高秀如，客觀地對兩性平等問題提出見解：

> 所謂男尊女卑的論調，無非是以壓抑女性來抬舉男性罷了，男人的趾高氣揚，好比女人的低聲下氣，都是人為的不自然，前者有如穿高跟鞋，後者是裹小腳，皆有失天足本色。[41]

對岸的女作家也是為兩性平等的呼聲在高喊著。韋君宜〈飛灰〉裡守寡的嚴芬有一段抱怨男女不平等的感慨：

> 六十幾歲的男子死了老婆還可以再娶，五十幾歲女子如果再嫁就成了笑話。同理，六十幾歲的男子，尤其是知識份子，有的

---

41 同註 32，頁 67。

仍能顯得風度不凡。即會有人愛慕。至於六十歲的女子，則無例外都是又醜又討厭的老祖母。即使不說別的荒唐話，只要自己去想想昔日的愛情，都是犯罪。[42]

　　鐵凝〈麥稭垛〉中沈小鳳和陸野明的關係東窗事發後，沈小鳳主動坦誠；而羞愧的陸野明，不敢面對現實，把責任全部推給了沈小鳳去承擔。我們試想，如果他們在坑上野合的事沒有被發現，陸野明是不是會繼續利用沈小鳳的身體去滿足他的需要？

　　作者似乎有意藉此提高女性的地位與男性等同，甚至更為高尚。

　　在黃蓓佳〈冬之旅〉的女主人公的意識裡，「性」的發生是你情我願的，誠如她所說的「愉悅是雙方的」，就這六個字肯定了兩性的平等，表面上看來她似乎是把「性」作為利益交換手段，其實並不然。

　　王小鷹〈她不是灰姑娘〉裡的菜市場的賣魚女工，並不因為身處物欲橫流的環境，而敗倒在物質與金錢之下。她斷然拒絕高幹子弟的求愛，原因是：對方不暸解她，也沒有向她表示過她的感情，甚至不屑問問她的姓名、年齡。

　　再來看看王安憶〈崗上的世紀〉裡的李小琴一直處於主動積極的地位去主宰、去牽動楊緒國的心思、行蹤和生活種種。她去告發楊緒國一舉，不但說明了女性不是弱者，也表明了兩性等同的價值位置。她掌握自己的命運，決定自己要走的路，並肯定了自我存在的價值。

　　早期的女性文學作品，女作家主要取材於親身見聞，從她們最易投入的主題切入——愛情、婚姻和家庭；而隨著歐美女權主義思潮的影響，女作家眼界的擴大，兩岸的女性文化產生了愈來愈強烈的本位要求，已走向要求兩性平等對話的年代。

[42] 同註17，頁290。

五、結　語

　　完成了這篇論文，筆者有以下九點感想，條列如下：

　　㈠在女性文學發展的初級階段，其作品集中在宣洩女性的悲苦與哀怨，抨擊男性的霸權與獨裁，但當女性文學的發展深入漸趨成熟階段時，其作品則集中在女性對自我的檢討與要求，她們有了正確的人生觀與世界觀，因此，當她們遭遇失敗時，她們會進一步檢查自己的過失加以反省改進。

　　隨著兩岸女作家自身文化素質的加厚，女性處境和命運在兩性關係中充分開展而深化，女作家以呈現女性生命與價值為重任，因而此時，關於女性的自我、人生、兩性問題的題材才被開掘出來，其思考逐漸充溢著女權思想。

　　兩岸的女作家們通過寫作尋找女性自身，她們不再僅僅著眼於展現女性的痛苦心靈與對現實生活的種種不平，而是學習從生命角度認真地進行整體的把握。

　　㈡經由本文的研析，我們見到兩岸作家皆對女性的自我進行剖析，把現代女性在婚姻中的不幸或不協調與事業奮鬥的矛盾和痛苦，真實地展現其心靈世界於讀者面前，她們努力保有獨立尊嚴，期待在愛情與事業中尋求統一，以完成其人格理想。小說中所傳遞的訊息除了女性自我的成長及其相關問題外，還有兩性思想的差異。

　　當代女性新人格的形成，是在瞬息萬變的外部世界的影響下所造就的，這樣新人格一旦養成，她們便無法再漠視自我的存在，她們關心自己的情與慾、痛苦與掙扎、報復與希望。此外，在小說的分析中，我們從女作家的小說經營中見到了她們真切和細微的女性體驗和洞察；透過小說中的女性，我們瞭解到女性愈是覺醒，生活的愈是艱辛，付出的代價也愈大。

　　㈢范銘如在論及八○年代的小說時說：「在八○年代時，這一批新出道女作家最關心的莫過於愛情及兩性議題，她們對自身的性別及創作定位還不是那麼確定。她們普遍地在文本中質詰傳統定義下的兩性關係及愛情價值，也試圖再建構新女性典型。她們的文本重點往往聚焦於女性身分的反

思，以及女性對應周遭人際和社會位置等問題。」[43] 透過本文的分析，確實可見其發展軌跡。

　　㈣八〇年代臺灣社會環境的改變，「一方面沒有革除傳統中的不合理因素，但另一方面卻又動搖了傳統的價值觀。傳統道德觀念不再是約束男女關係的主力；在情慾與利益觀念的交織影響下，兩性關係進入一個多變而複雜的新局面，多發性的外遇事件就是這個新局面的常見環節。」[44] 例如：蕭颯的《小鎮醫生的愛情》和廖輝英的《不歸路》。

　　而在大陸小說中介入他人婚姻的第三者，還不至於像臺灣女性小說中「情婦」角色的豐滿──有的是寂寞難耐，為求性慾上的滿足；有的是以功利取向，甚至會反客為主地上門爭取名分──但是小說中男女主人公那種精神上的交流，其實反而是更細水長流的，更令家中的妻子感到威脅的。尤其作家並沒有對第三者的角色提出道德譴責，而是站在女性的立場去看待，並指出第三者在現實生活中所處的困境。

　　㈤十年的文化大革命帶給中國大陸無法估量的嚴重災難，其中最深沈的是對人的漠視與摧殘，於是我們間接見到了在八〇年代女性小說中，社會政治因素影響兩性結婚、離婚；因為婚姻發生問題，而出現脫序的現象；或者環境造就女強人，女強人因性格的缺憾而在婚姻愛情中缺席。透過以上的分析，我們見到了在婚姻「圍城」裡外品嚐愛恨嗔癡的女性，也見到了在文化大革命之後，女性小說家重拾原本被列為文學禁區的愛情婚姻題材，設身處地地再次尋回失落的女性意識，以全面盡可能實現人的價值，為人生的終極目標，努力使得女性文學得以再度飛揚。

　　㈥在八〇年代的大陸小說中我們見到結婚或離婚的政治或多或少的干預，也因此有無愛的婚姻或者離婚不成而造成的婚外戀情；再加以女性經濟地位的提高和獨立意識的增強，她們不再仰賴男性，而是積極地投身社

---

43 同註 28，頁 152。

44 劉秀美：〈臺灣社會言情小說中主題之變遷〉，《研究生論文發表會論文集》，臺北：中國文化大學中國文學研究所，頁 31。

會，因此她們的生活層面擴大了，對精神層次的要求也嚴格許多，一旦因為種種因素無法結束婚姻，她們與傳統女性相形之下便容易出軌。

㈦袁瓊瓊〈風〉裡有男女一夜情的心理狀態描寫；〈鄰家女兒〉的女主角和一個外國男人發生了關係，結果卻被其女友捉姦在床，趕走了她。在大陸八○年代的小說中還未見到有所謂的「一夜情」或「捉姦在床」的題材。

㈧蕭颯對青少年問題的關懷，確切地反映了臺灣工商化、都市化後，連帶所衍生的日益嚴重青少年問題。後起之秀的暢銷書作家張曼娟於一九八五年出版《海水正藍》，透過社會問題的提示，對筆下人物賦予悲憫的關懷，《海水正藍》即是一例，小說藉由一個面對父母離異身心受創的男孩的意外死亡，提示兩性面對婚姻問題的必須慎重。

㈨大陸到九○年代經濟起飛，走的是臺灣八○年代的路，在一些小說中，也折射出資本主義急功好利、都會女子虛浮物慾、缺乏文化省思的虛無感的重重危機，但小說中又同時呈現出濃厚的個人主義色彩，無論是在情感或自我的追求。例如：衛慧的《上海寶貝》。

參考書目

W. C. 布斯：《小說修辭學》，北京：北京大學出版社，1989 年。

丁樹南譯：《寫作的方法和經驗》，臺北：大地出版社，1984 年。

中國社會科學院外國文學研究所《世界文論》編輯委員會編：《小說的藝術——小說創作論述》，北京：社會科學文獻出版社，1995 年。

甘勒著，陳迺臣譯：《小說的分析》，臺北：成文出版社，1977 年。

安貝托・艾柯：《悠遊小說林》，臺北：時報出版公司，2000 年。

朱光潛：《文藝心理學》，臺北：開明書局，1974 年。

佛斯特：《小說面面觀》，臺北：志文出版社，1973 年。

李喬：《小說入門》，臺北：時報出版公司，1986 年。

周伯乃：《現代小說論》，臺北：三民書局，1971 年。

姚里軍：《寫作方法論》，北京：語文出版社，1989 年。

胡菊人：《小說技巧》，臺北：遠景出版社，1978 年。

馬振方：《小說藝術論》，北京：北京大學出版社，1999 年。

陳惠齡：《現代文學鑑賞與教學》，臺北：萬卷樓圖書有限公司，2001 年。

陸志平等著：《小說美學》，臺北：五南圖書公司，1993 年。

游喚、張鴻聲、徐華中：《現代小說精讀》，臺北：五南圖書公司，1998 年。

黃武忠：《小說家談寫作技巧》，臺北：學人文化事業公司，1980 年。

楊昌年：《現代小說》，臺北：三民書局，1997 年。

楊義：《中國敘事學》，北京：人民出版社，1997 年。

葉朗：《中國小說美學》，臺北：里仁書局，1994 年。

瑪仁・愛爾渥德著，丁樹南譯：《人物刻劃基本論》，臺北：傳記文學出版社，1970 年。

蒲安迪（Andrew H. Plaks）：《中國敘事學》，北京：北京大學出版社，1996 年。

劉世劍：《小說敘事藝術》，吉林：吉林大學出版社，1999 年。

劉孟宇：《寫作大要》，臺北：新學識文教出版社，1989 年。

劉勵操：《寫作方法一百例》，臺北：國文天地雜誌社，1990 年。

德慶路主編：《作家談創作》，廣州：花城出版社，1996 年。

鄭明娳：《小說批評》，臺北：正中書局，1993 年。

魏飴：《小說鑑賞入門》，臺北：國文天地出版社，1999 年。

陳碧月：《小說選讀》，臺北：五南圖書公司，1999 年。

陳碧月：《小說創作的方法和技巧》，臺北：秀威科技出版公司，2002 年。

Note

國家圖書館出版品預行編目資料

小說欣賞入門／陳碧月著. 一 二版. 一 臺
北市：五南, 2014.10
　　　　面；　公分.
ISBN 978-957-11-7286-6（平裝）

1.小説　2.文學評論

812.78　　　　　　　　　　102016597

1XSO　　中國文學

小說欣賞入門

作　　者 ― 陳碧月(256.4)

發 行 人 ― 楊榮川

總 編 輯 ― 王翠華

主　　編 ― 黃惠娟

責任編輯 ― 盧羿珊

封面設計 ― 童安安

出 版 者 ― 五南圖書出版股份有限公司

地　　址：106台北市大安區和平東路二段339號4樓

電　　話：(02)2705-5066　　傳　　真：(02)2706-6100

網　　址：http://www.wunan.com.tw

電子郵件：wunan@wunan.com.tw

劃撥帳號：01068953

戶　　名：五南圖書出版股份有限公司

台中市駐區辦公室/台中市中區中山路6號

電　　話：(04)2223-0891　　傳　　真：(04)2223-3549

高雄市駐區辦公室/高雄市新興區中山一路290號

電　　話：(07)2358-702　　傳　　真：(07)2350-236

法律顧問　林勝安律師事務所　林勝安律師

出版日期　2014年10月二版一刷

定　　價　新臺幣350元